kel

ründe

chiatrie

Curt Nickel

Die Abgründe der Psychiatrie

T·H·R·I·L·L·E·R

smp

swb media publishing

Die Handlung und die handelnden Personen sind frei erfunden.
Jede Ähnlichkeit mit lebenden und bereits verstorbenen Personen ist zufällig.

Bibliografische Information der Deutschen Nationalbibliothek:
Die Deutsche Nationalbibliothek verzeichnet diese Publikation in der Deutschen Nationalbibliografie; detaillierte bibliografische Daten sind im Internet über http://dnb.d-nb.de abrufbar.

1. Auflage 2016
ISBN 978-3-945769-35-5

Lektorat: Johanna Ziwich, Waiblingen
Titelgestaltung: Sig Mayhew/www.mayhew-edition.de
Titelfoto: © Aleksey Stemmer_shutterstock.com
Satz: Südwestbuch
Druck, Verarbeitung: Rosch-Buch, Scheßlitz
Für den Druck des Buches wurde chlor- und säurefreies Papier verwendet.

www.swb-verlag.de

Für Euch Drei.

I.

Die Schmerzensschreie des Mannes waren grauenhaft. Obwohl er sich verzweifelt wand, drückten ihn zwei Männer auf den Boden nieder, während ein dritter einen fast armdicken Holzpfahl in seinen After einführte. Den Pfahl hatte man an dem Ende, das in den Leib eindrang, nur wenig angespitzt. Fast stumpf war der Teil des Pfostens, der immer tiefer mit einem hölzernen Hammer in den Torso hineingetrieben wurde.

Je spitzer der hölzerne Pfosten zugerichtet war, desto leichter ging das Eindringen in den Körper. Dabei war es für den Betroffenen fast als glücklich zu bezeichnen, wenn dem so war. Er hatte alles recht schnell hinter sich, sein Lebenslicht erlosch nach kurzem Leiden. Ein stumpfer Pfahl, der nur schwerlich eindrang, bedeutete für den armen Teufel schlimmste Qualen und Pein. Denn das Sterben vollzog sich wesentlich langsamer und konnte sich deshalb um Stunden oder gar Tage hinauszögern.

Während bei einem spitzen Pfahl der Körper und die Organe, die im Wege lagen, rasch durchbohrt wurden, bis teilweise das Holz oben am Körper wieder herausdrang, quetschte der stumpfe Pfahl das Gewebe und die Organe eher zusammen. Somit gab das Körperinnere nur langsam nach und wich nur widerwillig dem Druck, der vom Eigengewicht des Körpers verursacht wurde und der den Kanal für den Pfosten bildete.

Für Vlad III. Draculea, wörtlich: Sohn des Drachen, konnte es nicht grausam genug sein. Je größer die Qual des Betroffenen, umso genüsslicher verfolgte er den Vorgang mit seinem Blick. Dies drückte sein zufriedener Gesichtsausdruck aus, mit dem er das Geschehen verzückt verfolgte.

Er war bekannt für seine Gräueltaten, die neben Pfählungen auch Folter, Feuertod, verstümmeln, ertränken, enthäuten, rösten und kochen der Opfer umfassten. Mit Genuss lebte er seine pervertierten Neigungen aus, wo er nur konnte. Deshalb war er beim Volk gefürchtet wie kein Zweiter und keiner wagte es, ihm auch nur ansatzweise zu widersprechen. Es wäre das sichere Todesurteil gewesen.

Seine Opfer waren Männer und Frauen allen Alters. Auch Kinder und Säuglinge blieben von seinen Grausamkeiten nicht verschont. „Er verursachte mehr Schmerz und Leid, als sich selbst die bluthungrigsten Peiniger der Christenheit und alle anderen Heiden zusammen vorstellen konnten", hieß es in späteren Überlieferungen.

Der arme Teufel, der am Boden lag, wimmerte nur noch. Der grausige Schmerz ließ ihn Geräusche von sich geben, wie sie unmenschlicher kaum sein konnten. Gleichzeitig quoll ein breiter Blutstrom neben dem in seinem Körper steckenden Pfahl heraus und tränkte den Boden mit seinem Rot.

Wohl 60 cm tief wurde das Holz in den After geschlagen. Dann hob ein Mann, der neben den drei Vollstreckern stand, seinen Arm. Das war das Zeichen dafür, dass es tief genug war, um den Pfahl mit dem Aufgespießten aufrichten zu können. In einem vorher angelegten Erdloch, das der Gepfählte zumeist selbst in den steinigen Boden hacken musste, richteten die Männer den Pfahl schließlich auf.

Das Eigengewicht des Gepfählten trieb das Holz noch ein weiteres Stück in seinen Körper hinein. Einen furchtbaren Schmerzensschrei, wie er markdurchdringender kaum sein konnte, gab der Mann noch von sich, bevor er von seiner Qual durch Bewusstlosigkeit erlöst wurde.

„Seid Ihr zufrieden, mein Herr?", fragte der Mann, der neben Vlad III. Draculea stand, vorsichtig.

Er war bemüht, seinen Gebieter bei Laune zu halten, das war offensichtlich. Dabei beugte er sich ein wenig zu seinem Herrn hinunter, der auf einem Stuhl saß, der beinahe den Anschein eines Thrones hatte. Mit edelsten Stoffen und Gold verziert, stand das Sitzmöbel im staubigen Sand.

Vlad nickte nur herrschaftlich und deutete auf die Szene, die sich vor ihm abspielte: „Erst, wenn der ganze Weg, soweit wir blicken können, von den Ungläubigen gesäumt ist, werde ich zufrieden sein, Nicolae. Eher nicht!"

Nicolae lächelte gezwungen. Im Grunde hatte er Todesangst vor seinem unberechenbaren Herrscher, der oftmals einfach aus einer Laune heraus einen seiner eigenen Leute am Pfahl sterben ließ.

Ebenso durfte er sich selbst auch nicht sicher fühlen, obwohl er einer der vertrautesten Begleiter Vlads war. Nur wenigen seiner engsten Berater gelang es, viel länger als ein Jahr zu überleben. Denn es war der nackte Wahnsinn, der Vlad Draculeas Verfolgungsängste hervorbrachte. Völlig unvorhersehbar gab Nicolaes Herr dann Anweisungen, die einzig der Befriedigung seiner perversen Triebe dienten. Die kleinste Unzufriedenheit des Gebieters reichte schon, um dem Leben eines Menschen ein Ende zu setzen. Insofern war sich Nicolae bewusst, dass es jederzeit auch ihn treffen konnte. Er lebte fortwährend in einem Zustand der Angst, sein Leben jeden Moment, ohne Vorankündigung, verlieren zu können.

„Wir werden Euren Anordnungen sofort nachkommen, Herr", antwortete Nicolae unterwürfig und verbeugte sich dabei anmutig. Gleichzeitig beobachtete er in der Ferne, wie sich die Vollstrecker den nächsten der Gefangenen griffen. Wie in Trance fügte sich der todgeweihte Mann und wehrte sich dabei nicht im Geringsten. Er wusste, dass es ohnehin zwecklos war und hoffte einzig, es würde schnell vorbei sein.

Es waren türkische Gefangene, die auf ihre Hinrichtung warteten. Das Ziel der gegenwärtigen Vorgänge war, weitere Verbände der osmanischen Armee abzuschrecken, wenn sie an den Ufern der Donau Tausende ihrer zu Tode gequälten Kameraden zu Gesicht bekamen, deren Leichen an den Pfählen verwesten.

Und die grausamen Handlungen Vlad Draculeas verfehlten ihre Wirkung nicht: Voller Schrecken wichen die türkischen Truppen zurück, als sie ihre bestialisch zugerichteten Kumpane erblickten. Die gepfählten Leiber von vielen Tausenden erschütterten die türkischen Invasoren derart, dass sie umgehend kehrtmachten.

„Sie sind alle die Brut des Teufels!", gab Vlad hasserfüllt von sich und zeigte dabei die verächtlichste Mimik, die ihm möglich war. „Das Holz des Pfahls wird den Satan aus ihren Seelen hinaustreiben!"

Nicolae verbeugte sich erneut. Dabei gab er ganz vorsichtig zu bedenken: „Sehr wohl, mein Gebieter. Doch bei dem Tross der Gefangenen befanden sich auch Frauen und Kinder."

„Was willst du mir damit sagen ...?" Vlads Stimme hatte einen gefährlichen Unterton.

Nicolae nahm nun seinen ganzen Mut zusammen. Denn es war ihm sehr wohl bewusst, dass er sich dadurch in allerhöchste Lebensgefahr begab: „Sollten wir sie nicht verschonen?", fragte er zaghaft. „Wäre es für Euch als Herrscher nicht angebracht, mit dieser Geste Größe zu zeigen?"

Vlad Draculea zuckte bei den Worten seines Beraters zusammen. Laut schnaufend erhob er sich von seinem prunkvollen Stuhl und trat auf seinen Diener zu. Dabei weiteten sich die Augen des Machthabers abnorm weit.

Ein Adrenalinstoß, wie er ihn selten erlebt hatte, durchfuhr den Körper Nicolaes. Voller Todesangst machte er sich nun auf sein Ende gefasst. Ein Ende, das er sich selbst zuzuschreiben hatte.

Doch er schien Glück zu haben, denn sein Gebieter polterte zwar fürchterlich los, doch der belehrende Unterton in seiner Stimme klang wie ein Zeichen dafür, dass seine Blutgier im Moment nicht auf seinen Berater abzielte.

„Wolltest du wirklich jene, die die Brut dieser Teufel verkörpern und die, die ihre Ausdehnung und Fortpflanzung sichern, am Leben lassen? Bist du denn irre, Nicolae?"

Scheinbar betreten und heilfroh darüber, dass ihn Vlad nur belehrte, senkte der Mann das Haupt: „Natürlich nicht, mein Gebieter. Ihr habt ja so recht!"

Beinahe lächelnd und äußerst zufrieden klopfte ihm Vlad auf die Schultern: „Na, siehst du, Nicolae. Du solltest weniger mitfühlend mit unseren Feinden verfahren. Wenn du sie heute an den Pfählen verenden siehst, dann wird dir – wenn du aufmerksam bist – nicht entgehen, dass in ihren Augen das Feuer der Hölle leuchtet. Und es wird erst bei ihrem Tode erlöschen. Ich habe es schon Tausende Male gesehen, dieses Höllenfeuer, glaube mir!"

„Ja, sicher, Herr", stammelte Nicolae erleichtert, „Ihr habt völlig recht, mein Gebieter!"

Dass ihr Herr mit den Dämonen in Kontakt zu stehen glaubte, das wusste jeder seiner Untergebenen. Häufig gab er an, ihre Stimmen zu hören oder sie oder einen Teil von ihnen zu sehen. Deshalb wagte auch niemand, Vlad Draculea zu widersprechen, denn jemand, der mit den Geistern und dem Satan sprach, der musste ein Auserwählter sein. Ob er nun ein Auserwählter Gottes oder ein Liebling des Teufels war, darüber nachzudenken traute sich niemand. Und darüber zu sprechen schon gar nicht. Und dass ihr Gebieter schlicht nur dem Wahnsinn verfallen war, daran wagte niemand von ihnen auch nur zu denken!

Die beiden Männer wandten sich wieder dem Geschehen zu und verfolgten es. Der Pfahl jenes Mannes, den die Vollstrecker gerade noch aus der Gruppe der Gefangenen herausgeholt hatten, war bereits aufgerichtet. Hatte er die Torturen bislang fast schweigend über sich ergehen lassen, so waren nun die Todesschreie umso heftiger. Die markdurchdringenden Töne, die er von sich gab, hatten nichts Menschliches mehr an sich. Doch auch ihn erlöste die Ohnmacht sehr schnell und seine Stimme verstummte.

Und die Männer Vlad Draculeas machten wahrlich nicht Halt vor den Frauen und Kindern. Auch kleine Säuglinge, die noch von ihren Müttern gestillt wurden, verschonten sie in ihrer Brutalität nicht. Dabei wirkte es fast großherzig, dass man wenigstens ihnen vor den Torturen die Kehle durchgeschnitten hatte. Es wird wohl der Mensch die einzige Spezies sein, die zu derart grausamen Taten fähig ist *und dabei Lust empfindet!*

„Sprich, Nicolae, hast du es gesehen?", fragte Vlad später seinen Diener. Dabei strahlte sein Gesicht triumphierend.

„Verzeiht, Herr", entgegnete der Diener kleinlaut. Dabei keimte erneut Unbehagen in ihm auf. „Ich wüsste im Moment nicht, was Ihr meint."

„Na, die flammenden Lichter in ihren Augen, die später dann erloschen sind. So, wie ich es dir prophezeit hatte!" Dabei schien

Vlad geradezu erstaunt zu sein, dass sein Berater nicht wusste, was er meinte.

„Bitte erzürnt jetzt nicht, Herr“, erwiderte Nicolae vorsichtig, dabei jedoch übertrieben ehrfürchtig. „Aber diese Fähigkeit scheint nur Ihr, Herr, zu haben. Ihr seid ein Auserwählter, der Dinge hören und sehen kann, wie es kein anderer Mensch vermag. Ihr seid etwas ganz Besonderes, oh Herr!“

Dieses Lob war Vlad Draculea natürlich ungeheuer angenehm. Um dies zu verbergen, zog er zum Schein seine Stirn in Falten.

„Du musst mir jetzt nicht schmeicheln, Nicolae“, sagte er mit gespieltem Tadel.

„Nein, Herr, ich meine das bitter ernst!“, erklärte der Gehilfe nachdrücklich. Er war heilfroh, dass sein Gebieter nun bester Laune war. Er hätte niemals im Leben den Mut gehabt, die Wahrheit zu sagen. Die Wahrheit, dass man Vlad III. Draculea für einen Wahnsinnigen hielt, der sich verfolgt fühlte! „Jeder in Eurer Truppe bewundert Euch um diese Fähigkeiten!“, fügte er noch hinzu, um die Laune des vergnügten Gebieters noch zu steigern.

Beinahe freundschaftlich legte Vlad Draculea nun den Arm um seinen Adjutanten und meinte derart vertraut zu ihm, dass es schon fast abartig wirkte: „Soll ich dir ein Geheimnis verraten, Nicolae?“

„Wenn es Euer Wunsch ist, Herr, gern!“, entgegnete der Mann mit gespieltem Interesse. Im Grunde fühlte er sich dabei überhaupt nicht wohl.

Vlad brachte seinen Mund ganz nah an das Ohr seines Dieners: „Das, was ich dir nun sage, habe ich bisher noch nie jemandem gesagt, Nicolae, hörst du?“

„Ja, mein Herr!“

Jedoch war sich Nicolae nicht schlüssig, ob es für ihn nun bedrohlich werden könnte oder nicht.

„Mein wirklicher Name ist gar nicht Vlad Draculea!“, hauchte jener geheimnisvoll.

In diesem Moment war Nicolae heillos überfordert. Ihm war

nicht klar, wie er auf diese Eröffnung reagieren sollte. Sollte das eine Falle sein?

„Herr ...?", stammelte er nur, denn er konnte sich nicht im Geringsten vorstellen, was sein Gebieter im Schilde führte.

„Ja, da staunst du, was?", lachte Vlad überlegen.

„In der Tat, Herr", erwiderte Nicolae ehrlich und ein wenig besorgt. Er hatte Bedenken, was nun noch kommen könnte.

„Und, willst du denn nicht wissen, wie mein wahrer Name lautet?"

„Wenn Ihr ihn mir sagen wollt, Herr?"

„Jülrinaldi lautet er!", rief Vlad leise und geradezu triumphierend. Dabei vermied er, dass einer der Umstehenden von ihrem Gespräch etwas mitbekam.

„Jül...", wiederholte Nicolae verunsichert. Ihm war klar, dass dies erneut ein Anzeichen des Wahnsinns seines Gebieters war.

„Jülrinaldi!", wiederholte Vlad eifrig nickend.

„Jülrinaldi", bestätigte Nicolae nun ebenfalls artig nickend.

Im gleichen Moment jedoch hob Vlad Draculea warnend seinen Finger. Die Bewegung war derart ruckartig, dass sein Berater furchtbar erschrak. Nicolaes erster Gedanke war, dass diese Bewegung Vlads ein Zeichen an die Nebenstehenden sei, ihn umgehend zu töten. Zu töten deshalb, damit er jenes Geheimnis, das ihm sein Gebieter anvertraut hatte, niemals verraten konnte. Doch es war, Gott sei Dank, nicht so.

„Trotzdem möchte ich dich warnen, Nicolae", sagte Vlad mit strenger Stimme. „Wenn du auch nur ein Wort von meinem Geheimnis jemandem erzählst, bist du des Todes ..."

II.

„Da kann man nur gratulieren, Steffi", sagte Heinrich Maldessa in allerbester Stimmung, „ich bin mächtig stolz auf unsere kleine Tochter!"

Dabei drückte er das junge Mädchen fest an sich. Soeben hatte er vernommen, dass seine Tochter ihr Staatsexamen für Krankenpflege mit der Bestnote bestanden hatte. Aus diesem Grund strahlten er und seine Frau Marit um die Wette. Endlich hatte ihr Kind diesen Lebensabschnitt gemeistert und konnte sich seine eigene Existenz aufbauen.

„Danke, Papa", freute sich Stephanie Maldessa und erwiderte die herzliche Umarmung ihres Vaters. „Ich bin ja so froh, dass ich nun alles hinter mir habe!"

„Das glaube ich dir gern", nickte Papa Maldessa zustimmend. „Ist auch ganz schön heftig, was die für so ein Staatsexamen für Krankenpflege verlangen. Da hättest du ja gleich Medizin studieren können!"

„Willst du mal sehen, meine Urkunde?", strahlte sie. Dabei streckte Stephanie ihrem Vater ihr Diplom entgegen.

Maldessa nahm das Papier so vorsichtig entgegen, als handle es sich um ein höchst zerbrechliches Utensil, und studierte es demonstrativ. Dabei weiteten sich seine Augen.

„Mensch, Marit", sagte er zu seiner Frau und reichte die Urkunde voller Freude weiter. „Schau mal: Sehr gut! Das übertrifft ja alle Erwartungen!"

Marit Maldessa strahlte wie ein Honigkuchenpferd. Ihre Blicke streichelten ihre Tochter förmlich, als sie abwechselnd auf die Urkunde und dann zu ihrer Steffi schaute.

„Mit einem solchen Zeugnis stehen dir auf jeden Fall alle Wege offen, mein Schatz", sagte Frau Maldessa beinahe feierlich. Sie war wirklich beeindruckt.

„Das kann man wohl laut sagen!", fügte ihr Mann eifrig hinzu.

„OP-Schwester, Intensiv-Pflege, Anästhesie-Fachkraft ..., alle Wege zu höchst qualifizierten Fachbereichen kannst du mit diesem Examen beschreiten. Überall wird man dich mit Kusshand einstellen!"

Stephanie nickte nur zustimmend.

„Hast du denn schon etwas Konkretes im Visier?", fragte ihr Vater weiter. „Du hattest doch ohnehin vor, nach dem Examen unserem hiesigen Krankenhaus den Rücken zu kehren. Ist da etwas in der Planung?"

„Ja, das ist es", lächelte das Mädchen. Dabei wirkte dieses Lächeln eher entschuldigend als freudig. „Soeben habe ich Bescheid bekommen, dass ich übernächsten Monat dort anfangen kann."

„Na, prima!", lachte Heinrich Maldessa hocherfreut. „Darf man denn auch erfahren, wo?"

„In der hiesigen Psychiatrie", kam beiläufig die knappe Antwort.

Heinrich Maldessas Augen weiteten sich ungläubig. Abwechselnd blickte er hilflos von seiner Tochter zu seiner Frau und zurück.

„Psy-chia-trie?", skandierte nun Frau Maldessa mit kritischem Ton. Dabei zog sie ein Gesicht, als hätte sie in eine Zitrone gebissen.

„Ja, Psychiatrie!", kam die eher trotzige Antwort.

„Wieso willst du denn ausgerechnet in einer Klapsmühle arbeiten?", fragte Steffis Vater, der die Sprache wiedergefunden hatte, kopfschüttelnd. „Jetzt, wo du dein Examen derart erstklassig abgelegt hast?"

Stephanies Gesicht verzog sich zu einem Lächeln, das letztlich wie eine Entschuldigung wirkte: „Weil mich das schon immer interessierte, Papa. Psychiatrie und die Erkrankungen des Geistes hatten für mich immer etwas wirklich Faszinierendes."

„Die Ballermänner interessieren dich mehr als die klassische Medizin? Nicht zu glauben!", schüttelte Maldessa erneut den Kopf.

„Papa", entgegnete Stephanie nun eindringlich, „das, was ihr meint, sind die klassischen Irrenhäuser, wie es sie früher gab! Heute sind das hochmoderne Kliniken, in denen psychiatrische und neurologische Erkrankungen behandelt werden, deren Erscheinungsformen ich äußerst interessant finde. Erkrankungen der Psyche und die Psychologie des Menschen haben mich schon immer gereizt."

„Ach, und seit wann?", spottete ihr Vater.

„Seit ich mein dreimonatiges Praktikum während meiner Ausbildung dort absolvierte!"

Maldessa schüttelte ungläubig den Kopf: „Und da hat man dir diese Flausen in den Kopf gesetzt?"

„Nicht in den Kopf gesetzt!", protestierte die junge Frau. „Spaß daran habe ich da bekommen!"

Der Vater atmete tief durch: „Es ist natürlich dein Leben und du allein bestimmst, wohin dich dein Weg führen soll. Doch schade finde ich es trotzdem, dass du mit deinen Fähigkeiten und Bestnoten in die Klapse gehst."

Stephanie drückte ihren seufzenden alten Herrn: „Warte es ab, Papa. Ich bin fest entschlossen, auf meine Ausbildung aufzubauen und mich weiterzubilden. Ich bin doch erst 19 und habe noch alles vor mir. Als einfache Krankenschwester im somatischen Krankenhaus ist man mit über 40 meistens schon am Limit der Belastbarkeit. Aber als Fachkraft in der Psychiatrie hat man viel bessere Karten, glaube mir!"

Man konnte Steffis Vater ansehen, dass es insbesondere Letzteres war, was in seinem Kopf arbeitete.

„Mag sogar sein, dass du da noch nicht einmal Unrecht hast", sagte er schließlich. „Soweit hatte ich gar nicht nachgedacht, Kleines."

Sofort begann sich Steffis Gesicht aufzuhellen.

„Und was erzähle ich jetzt unseren Nachbarn?", kam der Einwand von der Seite. Marit Maldessa schien offenbar noch nicht auf dem neusten Stand des Dialoges zu sein.

Vater Heinrich zwinkerte seiner Tochter zu und legte den Arm um seine Frau: „So wie es ist, Maus."

„Dass Steffi ihren weiteren Lebensweg im Irrenhaus gestaltet?", fragte diese argwöhnisch.

„Na, ja, ‚Irrenhaus' könntest du ja mit ‚psychiatrischer Klinik' austauschen ..."

***

„Vladi, könntest du noch Verbandmaterial aus der Apotheke mitbringen?", fragte Diana Thorn freundlich. Sie war eine ausgesprochen hübsche 40jährige Frau und hatte die Funktion einer Stationsschwester in der Aufnahmestation in Haus 42/2. Ihre ungewöhnlich langen, pechschwarzen Haare waren zu einem Zopf gebunden, der seitlich vor ihrem schlanken Körper herunterbaumelte. Schon über zehn Jahre war sie auf dieser Station tätig und allseits beliebt. Insbesondere seit ihrer Scheidung, vor gut einem Jahr, wurde sie von den männlichen Kollegen geradezu umgarnt. Einige hatten allerdings Probleme damit, wie mit einer geschiedenen Frau umzugehen sei, und betrachteten sie als Freiwild. Doch da gerieten sie bei Diana genau an die Richtige! Besonders einer der Assistenzärzte, Ike Lindner, suchte ihre Nähe wie die Motte das Licht. Er wollte einfach nicht begreifen, dass er bei dieser Frau keine Chance hatte und durfte sich deshalb eine Abfuhr nach der anderen einfangen.

Die Psychiatrie-Aufnahme war unterteilt in die offene und die geschlossene Abteilung. 42/2 war der offene Teil, in dem die Patienten ein- und ausgehen konnten, wie es ihr Therapieplan zuließ.

„Mach ich doch glatt, Schwester Diana. Sofern die Materialanforderung schon dort ist", erwiderte Vladimir Petrow mit einem aus seiner Sicht schelmischen Grinsen, das andere auch als Bedrohung werten konnten.

Petrow war eine Art „Hausarbeiter" auf den Stationen des Hauses, ein „Mädchen für alles". Als ehemaliger Patient, der schon über 30 Jahre in der hiesigen Klinik anwesend war, galt der mittlerweile 50jährige als Langzeitpatient. Aufgrund einer Erkrankung des schizophrenen Formenkreises wurde bei ihm ein bleibender Defekt diagnostiziert, der nicht mehr korrigierbar war. Da er als völlig harmlos und liebenswert galt, bekam er von der Klinik eine Art Arbeitsvertrag, der ihm lediglich ein gutes Taschengeld sicherte - Kost, Unterbringung und ärztliche Behandlung inbegriffen. Für Vladimir war das das Beste, was ihm passieren konnte, zumal er auf dem Arbeitsmarkt nicht mehr vermittelbar war.

Insofern hatten alle Seiten etwas davon, denn Vladimir war ausgesprochen fleißig und verlässlich und hatte sich in den vielen Jahren ein Netzwerk von Kontakten aufgebaut, von dem auch die Stationen profitierten. Wenn es etwas Ausgefallenes zu organisieren galt, dann war Vladimir der richtige Ansprechpartner!

„Selbstverständlich ist der Schein schon dort", lächelte die Stationsleiterin. „Glaubst du, ich würde dich sonst losschicken?"

Diana Thorn mochte den Patienten ungemein. Natürlich hatte dieser seine Macken und Eigenarten, was bei Patienten mit seinem diagnostizierten „Defekt" nicht ungewöhnlich war. Doch waren die Macken erträglich im Verhältnis zu dem, was man dafür zurückbekam. Er war grundehrlich und hatte noch nie versucht, fragwürdige Vorteile für sich zu ergattern oder das Personal auszutricksen. Das wurde Vladimir von allen Seiten hoch angerechnet.

Was die Macken und Verhaltensauffälligkeiten betraf, umfassten diese zumeist inhaltliche und formale Denkstörungen.

So lief er oftmals umher und hielt lebhafte Zwiegespräche, ohne dass ein Gesprächspartner sichtbar war. Er machte auch keinen Hehl daraus, dass er immer wieder Stimmen hörte und Sinnestäuschungen unterlag, die er dann als Teufelserscheinungen beschrieb, mit denen er jedoch „sehr gut umgehen" könne.

Seine formalen Denkstörungen umschrieb er mit Zwangsdenken oder Gedankenentzug sowie dem Versuch anderer Mächte, seine Gedanken zu beeinflussen und zu manipulieren. Das hörte sich im Grund sehr dramatisch und beängstigend an, doch da es seit Jahrzehnten nicht *einen* Vorfall gegeben hatte, der eine Gefahr für ihn oder andere bedeutet hätte, ließ man ihn mit seinem Wahn gewähren, ohne dass man sich um ihn Sorgen machte. Es gehörte eben zu ihm als individuelles Merkmal. Auch bekommen alle interaktionellen Beziehungen eine notwendige Eigendynamik, die sich selbst zu einer gewissen Verträglichkeit kanalisieren. So kam man miteinander bestens klar.

Vladimir hob mahnend seinen Zeigefinger: „Letzte Woche musste ich zweimal zur Apotheke, weil die Anforderung dort noch nicht eingetroffen war!"

„Das war dumm gelaufen", gab Schwester Diana mit schuldigem Blick zu. „Da war der Anforderungsschein in der Verwaltung hängengeblieben. Aber jetzt habe ich in der Apotheke angerufen. Du kannst also ruhig loslaufen."

Der Mann hob erneut den Finger: „Du weißt, dass der Meister böse werden kann?" Dabei zeigte sein Gesicht eine Mimik, vor der ein Nichteingeweihter sicherlich zurückgeschreckt wäre, jedoch nicht Diana, die das alles nur zu gut kannte.

Abwehrend hob die Schwester beide Hände empor und lachte laut: „Aber sicher, Meister Jülrinaldi, Ihr werdet bestimmt nicht enttäuscht sein ...!"

***

Der Wecker rasselte. Ein Aufbruchzeichen für Stephanie Maldessa, mit dem ihr erster Arbeitstag im neuen Lebensabschnitt eingeläutet wurde.

Natürlich wären für die junge Frau alle Wege der klassischen Medizin offen gewesen. Doch sie hatte sich nun mal entschlossen, ihren Weg in der Psychiatrie und den umfassenden Gebieten der Neurologie und des Behindertenbereichs zu suchen. Trotzdem verspürte sie ein flaues Gefühl in der Magengegend, als es jetzt soweit war und der erste Arbeitstag bevorstand. Zwar hatte die junge Frau dort schon ein mehrmonatiges Praktikum während ihrer Ausbildung absolviert, trotzdem war es etwas anderes, nur ein Gastspiel zu geben oder, wie jetzt, sich mit Haut und Haaren diesem Lebensweg zu verschreiben. Ungewollt drängte sich ihr der Gedanke auf, welch hochinteressante medizinische Objekte ihr jetzt entgingen und welche Chancen sie verpasste, wenn sie sich von der klassischen Medizin abwandte.

Aber dass sich diese Gefühlskiste bei ihr melden würde, war ihr schon vorher bewusst gewesen. Daher stellte sie den altmodischen, scheppernden Wecker ab und streckte anschließend ihre Gliedmaßen.

Dem Wecken mit dem Handy oder gar dem Radiowecker hatte sie längst entsagt. Von dem Gedudel der immer wiederkehrenden Melodie des Handys wurde sie eher zornig als wach, und die Musik des Radioweckers wirkte auf Steffi eher wieder einschläfernd, als dass sie gemächlich wach wurde. Deshalb hatte sich für sie das Altbewährte als das Beste erwiesen: Der klassische, furchtbar rappelnde Wecker, möglichst noch auf einen Porzellanteller gestellt, war für sie das zwar brutale, aber wirkungsvollste Mittel, den Tag zu beginnen. Ähnlich wie es dem Schwimmer widerfährt, der ins kalte Wasser springt: Wenn du einmal den inneren Schweinehund überwunden hast und mit einem Satz hineinspringst, dann hast du es nach wenigen Momenten hinter dir!

Während sich Stephanie Maldessa nun aufrichtete und in sich hineinhorchte, empfand sie mehrere Gefühle gleichzeitig. Zum einen war es natürlich die Vorfreude auf das Neue, und gleichzeitig die Sorge, ob sie dem neuen Aufgabengebiet gewachsen sein würde. Die Belastungen in der Psychiatrie waren völlig anderer Art als die in den herkömmlichen Krankenhäusern. Den Warnungen aus dem Bekanntenkreis, dass man „selbst ballaballa" wird, wenn man sich in der Klapse tummelt, maß sie nur wenig Bedeutung bei. Sofern es sich nicht um Infektionskrankheiten handelt – wie etwa eine Hirnhautentzündung -, sind psychiatrische Erkrankungen nicht anstekkend. Nein, es war etwas anderes, was sie beschäftigte.

Natürlich hatte sich die junge Frau reichlich informiert, bevor sie sich zu diesem Schritt entschlossen hatte. Abgesehen von der Faszination des menschlichen Geistes, seinem Verhalten und den damit verbundenen Erkrankungen, waren es noch andere Dinge, die weniger mit dem Phänomen „Psychiatrie" als solches, sondern eher mit dem Mechanismus der dort beschäftigten Menschen zu tun hatten.

In den somatischen Kliniken sind bei den Beschäftigten, die

dort viele Jahre tätig sind, Verschleißsymptome wie etwa körperliche Schäden insbesondere des Bewegungsapparates, und Erschöpfungszustände wie etwa Burn-Out-Syndrom zu beobachten.

In der Psychiatrie und im Behindertenbereich schlagen sich diese Verschleißsymptome dann eher im Stimmungsbild der dort Beschäftigten nieder. Depressive Verstimmungen prägen hier vorherrschend das Bild. Zum einen wird der fortdauernde Umgang mit Menschen, deren Verhalten oftmals atypisch ist, auch einen gewissen Einfluss auf die Stimmung haben, doch das ist es weniger, was hierzu führt. Vielmehr wird die Ursache beim Gegenteil des Burn-Out-Syndroms zu suchen sein: Dem Bore-Out-Syndrom. Quälende Langeweile und fortlaufende Unterforderung über Jahre hinweg fordern ihren Preis. Wobei das Kernproblem hierbei die Unehrlichkeit ist, dazu zu stehen und zuzugeben, dass der *fortlaufende* Umgang mit psychisch kranken und behinderten Menschen anstrengender ist, als man es sich eingestehen mag. Wäre das Arbeiten am Patient leichter und angenehmer, dann wäre die Organisationsstruktur der Kliniken nicht so aufgebaut, dass die Position und Dotierung umso höher ist, je mehr man sich vom psychisch Kranken oder Behinderten entfernt. Im bestehenden System jedoch sucht sich jeder, aber auch wirklich jeder – wenn sich irgendwie die Möglichkeit ergibt – dort ein Pöstchen, wo er sich den Schutzbefohlenen entziehen kann. Sei es durch Beförderung in eine leitende Position, Wahl in den Personalrat, als Sicherheits- oder Brandschutzbeauftragter oder möglichst oft Rückzug in irgendeinen Besprechungsraum.

Die Arbeit an dem Patienten oder Behinderten ist geprägt von langen Intervallen der Beaufsichtigung, des Wartens und des Zeitabsitzens und der Angst vor der Krisensituation, die jederzeit passieren kann. Quälende Langeweile bei gleichzeitiger Anspannung - bei dem einen mehr, bei dem anderen weniger - ist eine gefährliche Konstellation. Und das über Stunden – Tage – Wochen – Monate – Jahre – oder gar Jahrzehnte: Das kann sehr, sehr krank machen! Besonders das Zugeben dieser Ängste und Spannungen fällt den meisten vom Personal schwer, die gerne den „Coolen und Abgezockten“ vorzeigen wollen. Sie wollen nicht als „Weichei“ gelten und sind lieber ruhig. Dass sich dabei im Laufe der Jahre nicht verarbeitete Ängste anstauen und dies eine gewisse Eigendynamik annimmt, was dann zur Ausweglosigkeit führt, bedenken sie nicht. Sie werden langsam und stetig krank, psychisch krank, geprägt vom Bore-Out-Syndrom und Depressionen.

Hinzu kommen dann noch teilweise entwürdigende Belehrungen der Führungsebene. Es sind jene Personen, die sich dem intensiven Kontakt mit den Patienten entziehen konnten, ihren Untergebenen jedoch aus gesicherter Position Anweisungen geben. Sie wissen dabei genau, dass sie sich dem wahren Stress nie aussetzen müssen und können sich sorglos präsentieren und wichtig machen.

Lange und sehr intensiv hatte sich Stephanie mit diesem Thema beschäftigt. Via Internet und allen anderen möglichen Informationsquellen hatte sie sich vorab hierüber informiert. Und sie war ganz fest entschlossen, sich *nicht* diesem Mechanismus anzupassen, sondern den kranken oder behinderten Menschen in den Mittelpunkt ihrer Arbeit zu stellen. Dies war eine weitere Herausforderung für sie, der sie sich stellen wollte. Was sie jedoch nicht wissen konnte, war die Tatsache, dass das bereits viele „Illusionisten“ versucht hatten. Und noch nie war es einem gelungen, dieses Konzept durchzuziehen. Das System lässt es nicht zu und auch der größte Phantast stellt dies spätestens dann fest, wenn ihm bewusst wird, dass er krank geworden ist.

Und so ergab es sich, dass Steffi nachdenklich, aber entschlossen das Frühstück zu sich nahm und sich dabei eher dem Gefühl der freudigen Erwartung als dem der Sorge und Befürchtungen hingab. Für eine motivierte junge Frau eine völlig normale Reaktion.

***

Und trotzdem schlotterten ihr die Knie ein wenig, als sie mit vor Aufregung feuchten Händen fast eine halbe Stunde vor 8 Uhr im Flur der Klinikverwaltung eintraf, gespannt darauf, was bei ihrem Arbeitsbeginn passieren würde. Im Wartebereich vor Zimmer 101 saß bereits ein junger Mann. Freundlich grüßend setzte sich Steffi ihm gegenüber und musterte ihn aufmerksam, aber gleichzeitig mit demonstrativ beiläufigem Gesichtsausdruck. Ähnlich verhielt sich auch der junge Mann, der in ihrem Alter schien, vielleicht ein wenig älter. Dass bei den jungen Menschen sogleich Interesse füreinander bestand, schien beiden dabei nicht bewusst zu sein.

„Auch neu ...?“, fragte der junge Mann schließlich. Dabei fiel sofort auf, dass er so richtig nervös war. Seine Stimme zitterte regelrecht, obwohl er bemüht war, gelassen zu wirken.

Stephanie lächelte ihn freundlich an. Im Grunde war sie froh, dass sie angesprochen wurde. Hätte der junge Mann es nicht getan, dann hätte sie wohl die Initiative ergriffen.

„Richtig“, nickte sie zustimmend. „Ist schon ein bisschen komisch, wenn man hier sitzt und nicht weiß, was auf einen zukommt.“

„Hast du ...“, der Junge hob beschwichtigend seine Hände, „sorry, ich darf doch *du* sagen?“

„Aber natürlich!“ bejahte Steffi aufmunternd.

„Okay, danke. Hast du denn keinerlei Psychiatrie-Erfahrung?“, führte der neue Kollege seine ursprüngliche Frage zu Ende.

„Ich habe während meiner Krankenschwesterausbildung ein dreimonatiges Praktikum hier absolviert.“

„Und das hat dir so toll gefallen, dass du jetzt hier anfängst?“, fragte der junge Mann skeptisch.

Stephanie nickte bestätigend: „Ja, stimmt. Genauso war es! Und du?“

„Umgekehrt!“, lachte der Mann.

„Umgekehrt?“ Stephanie verstand nicht.

„Ich hatte hier in diesem Haus gelernt und dachte, ich sei dazu berufen, in einem ‚richtigen‘ Krankenhaus zu arbeiten.“

„Richtiges Krankenhaus?“

„Na, so einem, wo du herkommst, äh, wie heißt du eigentlich?“

„Steffi.“

„Und ich bin der Dirk. Also, Steffi: Wo richtige Krankenpflege stattfindet und die klassische Medizin dominiert.“

„Und dann hast du schnell gemerkt, dass das doch nicht so das Wahre ist?", stellte das Mädchen schmunzelnd fest. Sie wusste nur allzu gut, was Dirk nun sagen würde.

Dieser winkte nur seufzend ab: „Aber Hallo! Ich war dann fast zwei Jahre auf der Urologie als Urinkellner eingesetzt. Zwar war das mit dem vielen Pipi noch gar nicht mal so schlimm, wenn die da nicht so völlig durchgeknallte Vorstellungen von dem, was man leisten kann und dem, was von einem gefordert wird, gehabt hätten!"

„Wem sagst du das", stimmte Stephanie zu.

„Zwei Mann Personal für 20 Patienten, und das am OP-Tag!", schimpfte der junge Mann wie ein Rohrspatz. „Weißt du, Steffi, wenn das *mal* passiert, weil sich Kollegen krank melden oder aus anderen Gründen plötzlich ausfallen, dann kann man das ja abfangen und ist dazu auch bereit. Doch wenn das ein Dauerzustand aufgrund von Sparmaßnahmen ist und man dabei noch von der Verwaltung angelogen und unter Druck gesetzt wird, dann läuft das Fass irgendwann einmal über!"

„So schlimm?"

„Bei uns jedenfalls, ja!", erregte sich Dirk. Von seiner ursprünglichen Nervosität war nichts mehr zu spüren. Er hatte im Moment wohl schlicht vergessen, warum er hier war. „Und wenn du dann darüber nachdenkst, dass das nun dein gesamtes Arbeitsleben so weitergehen soll, dann sehnst du dich doch ein bisschen in die Psychiatrie zurück, das kannst du mir glauben!"

„Aber dann verstehe ich nicht, warum du so einen angespannten Eindruck auf mich machst", das Mädchen zuckte mit den Schultern. „Es müsste doch für dich so sein, dass du endlich wieder ‚nach Hause' kommst!"

„Eigentlich schon", meinte der Junge bitter. „Doch ich hatte mich bei meinem Abgang hier seinerzeit nicht gerade mit Ruhm beklekkert. Ich habe halt ein wenig Sorge, dass man mir das jetzt übel nimmt!"

„Darf man fragen, inwiefern?", fragte Steffi nun interessiert.

„Ich hatte das System kritisiert und öffentlich auf Missstände hingewiesen. Und zwar auf diversen Seiten im Internet", gab Dirk offen zu.

Steffi schob ihre Unterlippe vor: „Oha, da warst du dir wohl zu sicher, dass du hier nie mehr hin musst?"

„Mag sein", nickte Dirk. „Doch ich stehe weiterhin zu dem, was ich damals moniert hatte, auch wenn das so manchem hier nicht passt!"

„Dann ist es umso erstaunlicher, dass man dir trotz alledem eine neue Chance gibt", wunderte sich die junge Frau.

Dirk lachte laut auf und gleichzeitig damit setzte auch seine Anspannung wieder ein: „So sehe ich das auch. Vielleicht fand man insgeheim, dass ich gar nicht mal so unrecht hatte, vermute ich. Doch dann verstehst du sicherlich auch den Grund für meine Nervosität?"

„Allerdings!", pflichtete Steffi bei. Sie musste sich eingestehen, dass sie diesen Dirk zusehends netter fand.

Doch das Gespräch endete abrupt, als sich nun zwei weitere offensichtliche Neueinstellungen zu ihnen gesellten und in der Runde Platz nahmen. Es waren zwei junge Frauen, die den beiden freundlich zunickten. Mittlerweile waren es nur noch wenige Minuten bis 8 Uhr und alle blickten gebannt auf die Tür des Raumes 101, aus dem hoffentlich jeden Moment jemand herauskommen würde. In dem Anschreiben, das die jungen Leute bekommen hatten, wurde extra darauf hingewiesen, dass sie vor Raum 101 warten sollten, bis sich jemand bei ihnen meldete. Ansonsten hätte wohl längst einer von ihnen dort angeklopft.

Und so warteten sie um 8.10 Uhr noch immer, ohne dass sich hinter der Tür etwas tat. Die vier jungen Leute tauschten nun, ohne etwas zu sagen, besorgte Blicke untereinander aus.

„Wir sind hier im öffentlichen Dienst", beruhigte Dirk die Anwesenden schließlich. Ihm war natürlich nicht die zunehmende Sorge entgangen. „Hier ist in erster Linie jeder mit sich selbst beschäftigt", meinte er grinsend. „Erst dann kommt die andere Kundschaft!"

„Sie scheinen sich hier ja bereits auszukennen?", warf eine der Frauen ein.

„Ein bisschen", lächelte Dirk und stieß einen leisen Seufzer aus. „Ich habe hier schon mal gearbeitet."

8.20 Uhr. Endlich tat sich etwas! Die Tür von 101 öffnete sich und ein Mann fortgeschrittenen Alters trat heraus. Er war von hochgewachsener Statur und dabei knöchern und beinahe greisenhaft. Zudem trug er eine dicke Brille mit wahren Panzergläsern, die seine Augen riesig erscheinen ließen. Außerdem war er kahlköpfig bis auf einen Haarkranz, der sein Hinterhaupt umgab.

„Ich möchte mich für die kleine Verspätung entschuldigen", meinte er knapp. „Ich hoffe, dass Sie nicht allzu ungeduldig wurden. Mein Name ist Dr. von Hammel, ich bin in dieser Klinik der Verwaltungsdirektor und habe die Aufgabe, Sie zu empfangen und rechtlich-juristisch einzuweisen. Mein Doktortitel ist nicht medizinischer Art, wie Sie wahrscheinlich denken, sondern es ist der des Dr. jur. Da dies ein psychiatrisches Krankenhaus ist, können Sie sich gewiss denken, dass hier insbesondere der Datenschutz einen recht großen Raum in Ihrer Arbeit einnimmt. Daher bedarf es einer einführenden Belehrung, bevor wir Sie mit Ihrer künftigen Arbeit vertraut machen können."

Der Verwaltungsdirektor ratschte sein Programm herunter, als sagte er ein Gedicht auf. Keinerlei Emotionen oder persönliche Blickkontakte, kein aufmunterndes Lächeln oder Mitgefühl in Bezug auf die offensichtliche Anspannung der Kandidaten, die er zu betreuen hatte. Genauso hätte man auch einen Sprechautomaten aufstellen können.

Doch plötzlich kam ein wenig Leben in die Augen von Dr. von Hammel. Eher beiläufig deutete er auf Dirk: „Sie, Herr Schmidtchen, sind eine Wieder- und keine Neueinstellung und kennen das gesamte Prozedere ja schon. Sie können sich sogleich nach Haus 42/1 begeben. Die Aufnahmestation der Akut-Psychiatrie dürfte Ihnen ja bestens vertraut sein!"

Verhalten leuchteten Dirks Augen auf: „Meine alte Station, ich werde dort wirklich wieder eingesetzt? Damit hätte ich nie und nimmer gerechnet!", sagte er ungläubig.

Es war kaum zu glauben, aber in von Hammels Gesicht deutete sich ein Lächeln an. Und noch unfassbarer: Er zwinkerte sogar dabei. „Eigentlich waren Sie zum Kartoffelschälen in der Küche vorgesehen. Doch die Betriebsleitung hat beschlossen, auch einem ehemaligen Quertreiber eine zweite Chance zu geben. Ich empfehle Ihnen, diese Möglichkeit zu nutzen, zumal Schwester Diana Sie gern zurückhaben wollte."

Nun hellte sich das Gesicht von Dirk Schmidtchen vollends auf. Man hatte das Gefühl, als wäre er dem knochigen Verwaltungsleiter am liebsten um den Hals gefallen. Er bremste sich jedoch und meinte nur in Hochstimmung: „Ich werde Sie nicht enttäuschen, Herr von Hammel, bin schon weg!"

Von Hammel nickte nur, jetzt jedoch wieder bitter ernst.

„Wir sehen uns bestimmt, Steffi!", raunte Dirk dem Mädchen noch im Vorbeigehen zu, bevor er dann eilig zum Ausgang schritt.

Von den drei Frauen wusste nur Stephanie so halbwegs, worum es hier ging. Darum freute sie sich für Dirk mit, als er ihr zugenickt hatte. Die anderen beiden Frauen verstanden derweil gar nichts von dem Vorgang.

Und dann geleitete der Verwaltungsdirektor sie in jenen Raum 101, in dem bereits eine Frau mittleren Alters am Tisch saß und die Formulare musterte, die vor ihr lagen. Es waren die Personalbögen der neuen Mitarbeiterinnen, die zur Tür hereinkamen. Sie wandte sich lächelnd um und erhob sich, als die Gruppe auf sie zukam.

„Guten Tag", sagte sie ausgesprochen liebenswürdig, „mein Name ist Marit Morgalla, ich bin die Leiterin des Pflegedienstes der hiesigen Klinik."

„Früher hätte man Frau Oberin gesagt", wandte Dr. von Hammel ein, ohne dabei auch nur die geringste Mimik zu zeigen, so dass man nicht wissen konnte, was er dachte.

„Nehmen Sie alle ruhig Platz und gießen sich einen Kaffee ein oder nehmen sich von den anderen Getränken", meinte Frau Morgalla und deutete auf die Mitte des Tisches, wo Kaffee und Kaltgetränke standen. Daneben stand noch ein Tellerchen mit trockenem Gebäck.

Nur zögerlich kamen die drei Frauen dieser Aufforderung nach. Am liebsten hätten sie wohl abgelehnt, doch schon allein aus Höflichkeit nahm sich jede von ihnen ein Tässchen aus der Mitte und Stephanie mühte sich dann ab, ihr Zittern unter Kontrolle zu bringen und mit möglichst ruhigen Händen den Kaffee einzuschenken. Natürlich nicht ohne vorher auch Dr. von Hammel und die Pflegedienstleiterin zu fragen. Doch die winkten dankend ab und lehnten sich in ihren Stühlen genüsslich zurück, um das Spiel zu beobachten.

Diesen Vorgang zelebrierten die beiden Führungskräfte der Klinik bei allen Neueinstellungen, die ihren Dienst antraten. Auch das lange Wartenlassen hatte einen bestimmten Grund gehabt. Frau Morgalla wollte sich möglichst früh ein Bild von ihrem Personal machen, was Geduld, Sozialverhalten und Kommunikation betraf. So fand sie es ungemein interessant zu beobachten, wer von den Leuten dann den Mut hatte, sich als erster eine Kaffeetasse zu nehmen und, trotz offensichtlicher Nervosität, sich und anderen den Kaffee einzuschenken. Oder aber, wer eher zögerlich reagierte und lieber abwartete und sich von anderen Kaffee einschenken ließ. Der ganze Vorgang war nicht etwa ein von der Betriebsleitung vorgegebener Akt mit psychologischem Hintergrund, sondern einzig eine Marotte der Führungskräfte, die sie im Laufe der letzten Jahre entwickelt hatten.

Und schließlich folgte das übliche Prozedere, das die allgemeine Arbeit in der Psychiatrie beschrieb und vor allen Dingen jene Belehrung, die die Schweigepflicht umfasste. Jene Schweigepflicht, die ein äußerst wichtiges Element dieser Arbeit darstellte.

Dr. von Hammel sagte hierzu abschließend: „Es mag sicherlich einmal vorkommen, dass Ihnen in unserem Krankenhaus ein vertrautes Gesicht begegnet, das aus Ihrem Bekannten- oder Freundeskreis oder gar der Familie kommt. Ich kann Ihnen nur anraten, Informationen über Namen, Krankheitsbilder und therapeutische Maßnahmen unbedingt für sich zu behalten. Wir erleben immer wieder, dass Kollegen sich gegenüber ihren Bekannten oder Freunden wichtigmachen wollten und von Patienten - hinter vorgehaltener Hand natürlich – erzählten. Oder sie sprachen darüber mit ihrem

Partner und dieser trug es dann Dritten zu. Sie können sich gar nicht vorstellen, welcher Ärger in so einem Fall auf die Klinik zukommen kann. Und ich sage Ihnen knallhart: Neben einer fristlosen Kündigung kommen dann auch sämtliche Regressansprüche auf denjenigen zu, der diese vertraulichen Informationen weitergegeben hatte."

Das saß. Das war zu merken, denn die Damen blickten einander betroffen und beinahe schuldbewusst an. Aber das war auch das Ziel dieser Einführung und Dr. von Hammel beobachtete sie mit zufriedenem Gesicht.

Abschließend übergab Frau Morgalla jeder der Damen eine dikke Mappe: „Dies ist unsere Rundverfügungsmappe. Für jede von Ihnen ein Exemplar. Hier sind alle wichtigen Vorgaben unserer Arbeit aufgeführt. Zum einem, wie Sie sich zu verhalten haben und welche juristischen Folgen ein Fehlverhalten hat. Sie sollten sich eingehend zu Hause mit dieser Lektüre beschäftigen und in absehbarer Zeit wird man Ihnen eine Liste vorlegen, in der Sie die Zurkenntnisnahme abzeichnen können."

Nach der reichlichen Info und regelrechten Reizüberflutung blickten sich die drei Frauen tief durchatmend an. Sie vermieden es aber aufzustöhnen, obwohl ihnen danach zumute war. Mit so viel theoretischem Input am ersten Tag hatten sie sicherlich nicht gerechnet.

Dr. von Hammel kannte dieses Szenario und musste sich bemühen, sein ernstes Antlitz zu bewahren: „Ich werde jetzt die Stationen unterrichten, für die Sie Frau Morgalla eingeteilt hat und man wird Sie in Kürze von hier abholen. Das kann einige Momente dauern, da man dort ja nicht auf meinen Anruf wartet. Schenken Sie sich ruhig noch ein Tässchen Kaffee ein und stellen unserer Pflegedienstleiterin alle möglichen Fragen, die Ihnen noch einfallen. Sie wird bei Ihnen bleiben, bis man Sie abholt. Ich hingegen möchte mich nun von Ihnen verabschieden, denn meine Zeit ist denkbar knapp gehalten. Ich bedanke mich für Ihre Aufmerksamkeit."

Von Hammel verbeugte sich leicht und wandte sich zum Gehen um. Jetzt hätte nur noch ein Applaus gefehlt, dann hätte der Auftritt sogar komisch gewirkt.

Nur verhalten und ehrfürchtig nutzten die drei jungen Frauen die Gelegenheit, Frau Morgalla zu befragen. Noch zu groß war ihre Scheu und Unsicherheit, als dass ihnen jetzt konkrete Fragen zu Strukturen und Abläufen in der Psychiatrie einfielen. Und die anderen Fragen, die Urlaubs- und Arbeitszeitregelungen betrafen, die trauten sie sich nicht anzuschneiden.

Sehr rasch erschienen die Kollegen der Stationen, um ihre neuen Mitarbeiterinnen abzuholen. Ein freudiges Gefühl durchströmte Stefanie dabei, als sie erfuhr, dass sie für die Station 42/2 vorgesehen war. Zum einen, weil sie die Station schon vom Hörensagen kannte, als sie in der Klinik ihr Praktikum absolviert hatte, und zum anderen, weil sie noch in Erinnerung hatte, dass Dirk Schmidtchen nach 42/1 gekommen war. 42/1 war die geschlossene und 42/2 die offene Aufnahmestation. Insofern würde sie recht oft mit dem jungen Kollegen zusammen Dienst haben und darüber freute sie sich. Denn jenen Dirk mochte sie von Anfang an und es war zudem noch angenehm, wenn man dort schon jemanden kannte. Außerdem hatte die Stationsschwester, Diana Thorn, einen sehr guten Leumund. Schon während ihres Praktikums hatte sie sehr viel Gutes über diese Frau vernommen.

***

„Ich habe nichts mehr zum Paffen. Kannst du mir ein Päckchen Tabak mitbringen?“, fragte Rosemarie Otto Vladimir Petrow.

Dieser war gerade damit beschäftigt, die Bestellungen derjenigen Patienten aufzunehmen, die ihre kleinen Bedürfnisse nicht selbst besorgen konnten. Entweder, weil sie die Station nicht verlassen durften oder dies nicht konnten. Als Hausangestellter war dies ein Teil seines Aufgabenbereiches. Und er machte das nicht ungern, da er oftmals einen Teil des Wechselgeldes für sich einstreichen konnte.

„Du spinnst ja wohl“, tippte sich Petrow an den Kopf. „Du hast Ausgang, lauf doch selber!“

„Und wenn ich dich ganz lieb bitte“, schmeichelte die Frau und strich dem Mann dabei zärtlich über die Brust. Gleichzeitig spitzte sie vielsagend ihre Lippen.

Dies war eine typische Geste der Frau, die im sexuellen Bereich äußerst freizügig agierte. In der Krankenakte war ihr Verhalten mit „HWG“ (häufig wechselnde Geschlechtspartner) vermerkt. Äußerlich entsprach Rosemarie Otto der klassischen schizophrenen Patientin. Die Störungen der Affektivität und des Antriebes sah man ihr schon von weitem an. Trotz ihres leichten Übergewichtes trug sie knallenge T-Shirts oder Blusen, unter denen die Speckrollen regelrecht hervorquollen. Auch der viel zu kurze Rock passte so gar nicht zu ihren kräftigen und vollfleischigen Beinen und Waden. Und das lange, fettige Haar hing meist ungekämmt herunter. Die nicht zu übersehende Schmuddeligkeit wurde mit Unmengen dikker Schminke übertüncht. Dabei schminkte sie ihre Augen so, wie Cleopatra dies getan hatte. Auch die Fingernägel der Frau wirkten unwirklich und schon fast witzig. Sie waren abnorm lang, knallrot lackiert und machten den Eindruck von angemalten Krallen.

Rosemarie Otto war praktisch gewohnheitsmäßiger Dauergast auf der Station. Die 22jährige Frau hatte seit ihrer Pubertät in regelmäßigen Abständen ihre schizophrenen Schübe. Es waren Schübe, die von einer heiteren, läppischen Grundstimmung geprägt waren. Insofern lauteten die ersten Diagnosen auch „Hebephrene Schizophrenie“. Doch mit fortschreitendem Alter nahmen bei ihr Wahnideen und Sinnestäuschungen immer mehr zu. Deshalb hatte der Chefarzt, Dr. Fleischmann, als neue Diagnose die paranoide Form dieser Geisteserkrankung gestellt.

Petrow nahm ihre Hand von seiner Brust: „Versuch es doch nicht immer wieder, sündige Schwester“, lehnte er dankend ab. „Nur, weil du zu faul bist, bis zum Kiosk zu laufen, soll ich deinen Dienstmann spielen? Nein, das wird der Gebieter ganz bestimmt nicht tun!“

„Du brauchst es ja nicht umsonst machen“, hauchte die Frau verführerisch und ließ ihre Hand nun etwas tiefer an Petrows Körper hinuntergleiten.

„Hör auf mit dem Mist!“, wehrte Petrow jetzt energisch die Annäherung ab. „Für eine Zigarette bläst du doch jedem einen. Aber nicht mit mir, du würdest dich fürchterlich verschlucken!“

„Aber warum denn nicht?“, fragte Rosi beleidigt. „Jeder andere hier wäre froh, wenn ich nett zu ihm bin!“

„Weil diese Form der Sünde nicht mein Ding ist und man sich bei dir sicherlich so manches holen könnte“, entgegnete Petrow knallhart. „Ich lass mich nur mit Prinzessinnen und höheren Persönlichkeiten ein und nicht mit einer, die sich von jedem durchhämmern lässt!“

Das war jetzt doch etwas zu viel für Rosemarie Otto. Voller Zorn fuhr sie Petrow an: „Du Spinner! Prinzessinnen und höhere Persönlichkeiten, dass ich nicht lache!“, spottete sie entrüstet. „Du bist ja irre in deinem Wahn. Glaubst du wirklich, dass sich jemand mit dir einlassen wird, du alter Sack?“

Nun wurde Petrows Gesicht sehr ernst: „Überlege gut, was du zum Gebieter sagst“, sagte er gefährlich leise. Dabei hatte seine Stimme einen Tonfall, der sogar Rosemarie Otto zurückschrecken ließ. „Jülrinaldi hat noch niemand ungestraft beleidigt, das solltest du dir gut merken!“

Trotz des Schreckens nahm Rosi ihren Mut zusammen und höhnte: „Du mit deiner dämlichen Jülrinaldi-Spinnerei, kannst mich damit überhaupt nicht beeindrucken. Du solltest lieber zu Dr. Fleischmann gehen und um mehr Arznei nachfragen!“

„Den Weg solltest lieber *du* einschlagen und dich auf Syphilis und Tripper untersuchen lassen“, entgegnete Petrow kalt lächelnd. „Wenn man jeden Schwanz, der in dir drin war, mit 20 cm veranschlagte, dann stünde dir wahrscheinlich sogar Kilometergeld zu!“

Diese Äußerungen ließen das Fass überlaufen. Mit einem lauten Schrei fuhr Rosemarie Otto Vladimir Petrow mit ihren langen Krallen durch das Gesicht, so dass sich tiefe Furchen in seiner Haut bildeten, aus denen sogleich das Blut herausquoll und die Wangen herunterlief.

Petrow sprang voller Entsetzen einen Schritt zurück und fasste sich an die Backe. Ungläubig blickte er auf seine blutige Hand und dann wieder auf seine Gegenspielerin.

„Bist du denn völlig verrückt geworden, du Luder?“, schrie er außer sich.

Natürlich wusste Rosemarie Otto, dass dies Konsequenzen nach sich ziehen würde. Doch die Wut über die Beleidigungen war größer als die Angst vor Strafe.

„Selbst schuld!“, fauchte sie zurück.

Die Augen Vladimir Petrows schlossen sich bis auf einen kleinen Spalt. Erstaunlich ruhig und gefasst antwortete er nun mit einer Stimme, bei der es Rosi noch mulmiger als bisher wurde: „***So*** hat noch niemand gewagt, mit Jülrinaldi umzuspringen. Sei gewiss, dass die Strafe folgen wird. Am Pfahl aufgespießt wirst du werden, da kannst du sicher sein. So sicher, wie dein Gebieter es dir prophezeit!“

„Mein Gebieter?“, kam die Antwort, die trotzig und höhnisch klingen sollte. Jedoch war darin eher Schrecken und Angst zu hören. Rosemarie spürte nur zu genau, dass Petrow es verdammt ernst meinte.

„Was ist hier los?“, kam eine Stimme von der Seite her. Es war die Stimme Sigfrid Sailers, ein Pfleger Ende fünfzig, der schon Ewigkeiten auf dieser Station arbeitete. Er gehörte beinahe zum Inventar und war die rechte Hand der Stationsschwester Diana Thorn. Sie wusste, was sie an dem korpulenten und gemütlich wirkenden Mann und seiner langjährigen Psychiatrieerfahrung hatte. Sailer wurde von allen Kollegen und Patienten höchst geachtet, zumal er immer nur das Beste für jeden wollte. Aus diesem Grund galt sein gesprochenes Wort als Codex, an den sich jeder hielt. Meistens jedenfalls ...

„Hier“, wandte Petrow sein blutendes Gesicht dem Pfleger zu, „die Otto ist wieder durchgeknallt!“

Dabei war die Stimme Petrows ruhig und gefasst. Seine Ruhe war im Grunde völlig atypisch für eine solche Situation. Fast jeder wäre aufgebracht und erregt gewesen.

„Er hat mich beleidigt!“, verteidigte sich Rosi mit entrüsteter Stimme. „Er ist selbst schuld!“

„Das gibt dir aber nicht das Recht, deine Mitpatienten zu verletzen, Rosi!", sagte der Pfleger mit strengem Ton. „Das Faustrecht haben wir auf der Station abgeschafft!"

„Aber ..."

„Nichts aber!", unterbrach Sailer barsch und fasste die Frau am Unterarm. „Du kommst jetzt erstmal mit zum Lindner!"

Rosi versuchte, dem Griff des Pflegers zu entgehen, doch seine Hand hielt sie fest wie in einem Schraubstock.

Und zu Petrow gewandt meinte Sailer: „Und du, Vladi, lässt dich erstmal von Schwester Diana verarzten. Sie ist im Stationszimmer. Wasch dir aber vorher das Gesicht, deine Klamotten versauen immer mehr!"

„Und was geschieht mit mir?", fragte Rosemarie Otto nun etwas vorsichtiger. Ihr war natürlich klar, dass sie mit Sanktionen zu rechnen hatte.

„Das wird Dr. Lindner entscheiden. Ich denke, dass du deinen Ausgang vorerst knicken kannst."

„Ausgangssperre?", rief Rosi entsetzt. „Aber ich habe doch erst gestern wieder Ausgang bekommen!"

„Dumm gelaufen", meinte Sailer trocken. Dabei konnte er sich ein leichtes Grinsen nicht verkneifen. „Und jetzt komm, ab zum Lindner!", forderte er sie auf. Dabei rüttelte er an ihrem Arm, den er noch immer umschlossen hielt.

Otto wollte sich gegen die Umklammerung wehren und sich abwenden, doch der Griff des Pflegers wurde umso fester.

„Ich gehe nicht mit zum Doc!", protestierte sie jetzt gefährlich bestimmt.

„Wetten, dass doch?", entgegnete Sailer kalt lächelnd. Er war sich sicher, dass sich Rosi nur verbal wehrte.

Doch was nunmehr geschah, damit hätte selbst der erfahrene Pfleger niemals gerechnet. Schnell wie ein Wiesel wandte sich die Frau um und zerkratzte, mit nur einem Wisch, auch das Gesicht von Sigfrid Sailer.

Dieser wusste zuerst gar nicht, wie ihm geschah. Erst als er den brennenden Schmerz in seinem Gesicht wahrnahm, war ihm klar, was passiert war. Mit einem lauten Schrei umfasste er die Patientin und warf sie zu Boden. Dann kniete er sich mit seinem nicht unerheblichen Gewicht auf sie und hielt ihre Arme fest. Jetzt war sie es, die wie am Spieß schrie und mit den Beinen strampelte. Dass es für einen Umstehenden nicht ungefährlich wäre, wenn er von einem der Fußtritte getroffen würde, war offensichtlich.

Vladimir Petrow kannte derartige Szenarien natürlich zur Genüge. In seiner 30jährigen Anwesenheit in der Psychiatrie hatte er so etwas schon tausende Male miterlebt. Insofern war auch seine Reaktion Routine. Wie selbstverständlich nahm er sich sogleich die unteren Extremitäten seiner Mitpatientin vor, indem er sich mit seinem Körper auf ihre Beine legte und diese, wie der Greifarm eines Baggers, mit seinen Händen umklammerte.

„Ihr Schweine!", keuchte Rosemarie Otto unter der Last der Männer nun resignierend. Sie wusste, dass sie dagegen keine Chance hatte und ihre Situation sich erheblich verschlimmert hatte.

Dies war wieder einmal eine jener Situationen, die zeigte, wie wertvoll doch die Mithilfe des Patienten Petrow sein konnte. Wenn man seine Verhaltensauffälligkeit tolerierte und akzeptierte, dann entpuppte er sich immer wieder als relativ vollwertiger Mitarbeiter. Und gerade *das* war es, was das Personal von Haus 42 zu schätzen wusste.

***

„Und was glauben Sie, Frau Otto, was wir jetzt mit Ihnen anfangen sollten?", fragte Ike Lindner, einer der Assistenzärzte dieser Station freundlich, aber bestimmt. Auch wenn ihn fast alle mit „Herr Doktor" ansprachen, hatte er diesen Titel noch längst nicht erworben. Zwar war er seit Längerem mit seiner Dissertation beschäftigt, aber promoviert hatte er noch nicht. Doch so manches Mal führte er sich, zum Unmut einiger Mitarbeiter, so auf, als sei er bereits Professor. Und das kostete ihn viel Sympathie.

Nichtsdestoweniger hatte es auf der Station sogar der intellektuell Unterbelichtetste mitbekommen, dass der künftige Doktor

Ike Lindner auf Schwester Diana fixiert war wie die Biene auf den Honig. Zwar stand die Krankenschwester dem Interesse des gut aussehenden Arztes eher abweisend gegenüber, doch die spitzen Bemerkungen und Sticheleien, insbesondere der weiblichen Kollegen, wobei der Faktor „Neid“ wohl das treibende Element war, setzten ihr schon zu.

„Vladi hatte mich beleidigt, Herr Doktor“, sagte Rosemarie kleinlaut. Sie gab sich bewusst bescheiden, in der Hoffnung, hierdurch Schadensbegrenzung betreiben zu können. Doch man kannte sie gut genug, um zu wissen, dass ihre zur Schau getragene Zurückhalten ganz gewiss nicht von Herzen kam!

„Ach“, lächelte Lindner, „und das gibt einem dann das Recht, seinen Widersacher zu verletzen, ihm das Gesicht zu zerkratzen, um sich anschließend noch einen Pfleger vorzunehmen?“

Natürlich wusste der Arzt um die Angespanntheit der Frau und dass sie jederzeit hochgehen konnte wie eine Rakete. Ihre krankheitsbedingt begrenzte emotionale Selbstkontrolle befand sich gegenwärtig im Grenzbereich und er musste bestimmt, aber dabei behutsam vorgehen.

„Bis zum Wochenende Ausgangssperre, können Sie damit leben, Frau Otto?“, fragte Lindner und setzte dabei bewusst seinen Dackelblick auf.

Diesen unwiderstehlichen Blick wandte er bei Frauen grundsätzlich an, wenn er seine Ziele erreichen wollte und zumeist half ihm das auch.

Ottos Augen leuchteten auf: „Also bis Freitagabend?“

„Ne, ne“, lachte Lindner abwinkend. „Das wäre ja schon morgen. Nein, das Wochenende eingeschlossen natürlich!“

„Am Wochenende wollte aber mein Freund kommen!“, kam der zögerliche Protest.

Lindner zuckte mit den Schultern: „Den werden Sie dann auf unserer Station empfangen müssen, so leid es mir tut!“

„Wir wollten aber bumsen!“, entgegnete die Frau in einem so beiläufigen Ton, als rede sie über das Wetter.

Dieses Verhalten war ein klassisches Symptom jener affektiven Verflachung, wie sie im schizophrenen Formenkreis der Fall ist und die sich häufig in einer Distanzlosigkeit äußert, die für den Außenstehenden denkbar peinlich sein kann.

Im Hintergrund verschluckte sich prompt Schwester Diana an ihrem Kaffee. Sie saß am PC und machte nebenher Eintragungen. Da sie den Schluck Kaffee wieder herausgehustet hatte, war das Display mit kleinen Tröpfchen völlig bekleckert. Deshalb war von ihr auch ein kleiner Fluch zu vernehmen.

Lindner musste sich etwas wegdrehen, als er antwortete, damit niemand sein grinsendes Gesicht sehen konnte: „Das konnte ich natürlich nicht wissen, Frau Otto“, prustete er beinahe laut los. Er musste sich wirklich zusammenreißen.

„Das machen wir immer, wenn der Hannes mich besucht“, kam die ehrliche Antwort.

„So genau wollte ich das gar nicht wissen, Frau Otto“, meinte der Arzt, der sich bemühte, gefasst zu wirken.

„Und dann können wir das nicht, da ist doch die Glasscheibe an der Tür“, protestierte die Frau, die augenblicklich ihre Chance witterte.

Lindner seufzte tief durch. Im Grunde tat sich jetzt für ihn eine Möglichkeit auf, sein eigentliches Anliegen kundzutun: „Wir könnten ja einen Deal machen, Frau Otto!“

„Ja, was denn?“, fragte Rosemarie skeptisch. Irgendwie hatte sie das Gefühl, dass jetzt etwas käme, das ihr gar nicht behagte.

„Dr. Fleischmann hat angeordnet, dass wir Ihre Fingernägel kurz schneiden!“, war die direkte Antwort.

Ottos Augen weiteten sich ungläubig. Sie musste erstmal tief durchatmen.

„Wie bitte?“, erkundigte sie sich, als hätte sie nicht richtig gehört. Natürlich hatte sie die Botschaft sehr wohl verstanden und, ehrlich gesagt, auch Ähnliches befürchtet.

„Sie haben richtig vernommen“, bestätigte Lindner. Dabei wollte ihm der gerade erlebte Sketch nicht aus dem Kopf. Einfach zu witzig fand er den Dialog.

„Das dürfen Sie gar nicht, das ist Körperverletzung!", zickte die Frau nun. Dabei verschränkte sie demonstrativ ihre Arme vor sich.

„Wie bitte?", schmunzelte der Assistenzarzt amüsiert.

„Körperverletzung. Dafür können Sie in den Knast kommen, wenn ich Sie anzeige!", schmollte Frau Otto.

„Oh, doch, das können wir!", die Antwort war eindeutig. „Ich habe soeben mit Ihrem gesetzlichen Betreuer telefoniert und dieser ist der gleichen Ansicht."

„Aber das ist doch gegen meinen Willen!", kam der, jetzt wesentlich zaghaftere, Protest. „Ich kann mich deswegen an das Gericht wenden!"

Lindner winkte müde ab: „Es ist schon ein Fax an das Amtsgericht raus. Wir warten nur noch auf die Bestätigung von dort. Außerdem könnten wir Ihnen die Nägel auch ohne die Rücksprache mit dem Gericht stutzen, da Ihr Betreuer hier zustimmte. Sogar ohne die Zustimmung Ihres Betreuers ginge es, weil Sie mit Ihren langen Nägeln eine Gefahr für Mitpatienten und Personal darstellen. Ob freiwillig oder gegen Ihren Willen, das entscheiden einzig Sie. Und zur Not sogar in Narkose!"

Das saß so richtig! Es herrschte nun ein längeres Schweigen im Raum. In Rosis Kopf arbeitete es ziemlich ungestüm, das konnte man ihr ansehen. Und man sah ihr noch besser an, dass sie zu begreifen schien.

„Nun?", meinte Lindner schließlich.

„Dann aber nur Ausgangssperre bis morgen!", war die verhaltene, beinahe bettelnde Antwort.

Der Arzt schnaufte tief durch und wandte kurz seinen Blick zu Schwester Diana. Diese war noch immer damit beschäftigt, den Desktop des PCs mit einer eigens hierfür tauglichen Lösung vom Kaffee zu säubern. Als sich ihre Blicke trafen, schloss Diana kurz ihre Augen, was ihre Zustimmung ausdrückte.

„Okay, bis morgen einschließlich", seufzte Lindner.

Wobei er diese Sanktion selbst für viel zu dürftig hielt. Insbesondere deshalb, weil die Otto auch noch mit dem Gericht gedroht hatte. Auf der anderen Seite sollte man jedoch nie vergessen, dass diese Frau geistig krank war und sicherlich lieber zu den Gesunden zählen würde, als ihr Dasein in der Psychiatrie zu fristen. Und dass die Prognose für ihr gesamtes Leben vermutlich lautete, dass sie ständig hier bleiben müsste, ließ ihn dann doch die vereinbarte Maßnahme für sich selbst akzeptieren.

Rosemarie erhob sich von ihrem Stuhl: „Dann kann ich jetzt gehen?"

„Moment, Moment, Rosi", mischte sich Schwester Diana ein, „wenn deine Nägel kurz sind, nicht eher ..."

***

„Sie müssen Stephanie Maldessa sein, unsere neue Kollegin", sagte Diana freundlich, legte kurz die Nagelfeile zur Seite, mit der sie die Fingernägel Rosemarie Ottos bearbeitete und reichte dem jungen Mädchen die Hand.

Steffi war soeben von dem Krankenpflegeschüler Peter Schwenger von der Verwaltung abgeholt und zur Station eskortiert worden. Sie erwiderte den Händedruck und lächelte:

„Ja, das ..."

„Bist du neu?", fragte Rosemarie ziemlich distanzlos dazwischen. Sie saß auf einem Stuhl und beobachtete skeptisch den Verlauf der Maniküre. Sie hoffte immer noch, dass die Nägel nicht allzu kurz wurden.

„Ja, neu", entgegnete Steffi etwas irritiert. Dabei war sie sich unschlüssig, wohin sie nun schauen sollte.

„Rosemarie", tadelte die Stationsleiterin unwirsch, „quatsch doch nicht dazwischen! Du siehst doch, dass sich die neue Schwester bei mir vorstellen möchte."

Rosemarie schien die Schelte gar nicht zu interessieren: „Wie heißt du?", kam die nächste Frage.

„Jetzt reicht´s aber!", schimpfte Schwester Diana, nun sichtbar böse. „Du hältst jetzt den Mund, wenn ich mit der neuen Kollegin rede, klar?"

„Ja, ja", schmollte Rosi über die Zurechtweisung.

„Es wird besser sein, wenn wir das Nägelschneiden kurz unterbrechen, Rosi", meinte Diana seufzend. Ihr war klar, dass es jetzt keinen Sinn machte fortzufahren. Zumal sie wusste, dass diese Distanzlosigkeit der Patientin einzig auf ihr Krankheitsbild zurückzuführen war. Gute Worte oder das Hoffen auf Verständnis waren zwecklos. „Du kannst jetzt in den Tagesraum gehen, und die andere Hand machen wir nachher. Ich rufe dich dann!"

„Wo kommst du her?", kam Rosemaries nächste Frage an Steffi gewandt.

Mit ausgestrecktem Arm deutete Diana Thorn zur Tür: „Rosi!", sagte sie knapp, aber bestimmt.

„Schon gut, schon gut, Schwester Diana!", entgegnete Rosi und erhob sich von dem Stuhl. Jetzt schien sie endlich begriffen zu haben und trollte sich davon.

Erleichtert nickend wandte sich dann Diana an Steffi: „Sie kennen das ja schon, wie ich gehört habe?"

„Ja, ich habe schon ein Praktikum in dieser Einrichtung hier absolviert."

„So etwas oder Ähnliches dürfen Sie nie persönlich nehmen", sagte die Stationsschwester wohlmeinend. „Sobald Sie das tun, macht die Arbeit in der Psychiatrie keinen Spaß mehr, denn emotionalen Ausfällen sind Sie hier tagtäglich ausgesetzt. Deshalb rate ich Ihnen, sich ein dickeres Fell zuzulegen."

„Ich weiß", lachte Stephanie. Ihr gefiel die herzliche und offene Art der Frau ihr gegenüber sofort. Sie hatte sogleich ein gutes Gefühl, was ihren neuen Arbeitsplatz betraf.

***

„Jülrinaldi ...?", meinte Stephanie Maldessa etwas stutzig. Sie vermied es jedoch zu sagen, dass sie den Namen denkbar eigenartig fand. Deshalb entgegnete sie bedächtig: „Der Name ist etwas ungewöhnlich."

Vladimir Petrow hielt seinen Handrücken vor den Mund und

rückte etwas näher an das Mädchen heran: „Das ist auch absolut vertraulich, dass ich ihn dir verrate, ehrwürdige Schwester", hauchte er geheimnisvoll. „Hier, an diesem Ort, bin ich der Vladi Petrow!"

Erst jetzt klingelte es bei Steffi. Zwar hatte sie sich gedacht, dass sie einen Patienten vor sich hatte, doch sein souveränes Auftreten hatte sie ein wenig verunsichert. Und die Unsicherheit, die sie am ersten Tag am neuen Arbeitsplatz hatte sowie ihr Bemühen, nicht unhöflich sein zu wollen, hatte sie zuerst glauben lassen, möglicherweise einen Kollegen vor sich zu haben. Obwohl die tiefen Kratzspuren in dem Gesicht des Mannes so gar nicht zu einem Pfleger passten. Auch eine gewisse Schmuddeligkeit war etwas, was ebenfalls nicht so richtig stimmte. Andererseits hatte man ihr soeben noch einen Kollegen vorgestellt, der ebenfalls solche Kratzspuren im Gesicht aufwies.

„Ach ja, Vladi Petrow, gut, na denn ...", entgegnete Steffi etwas hilflos.

„Vladi ist unsere gute Seele der Station!", schaltete sich Sigfrid Sailer in das Gespräch ein. Er hatte am Rande mitbekommen, dass das Faktotum der Station die Neue sofort in Beschlag genommen hatte, als sie unsicher über ihre neue Station lief, um sich erstmal alles anzuschauen. Vergleichbares passiert mit allen neuen Kollegen, wenn sie sich einen Überblick verschaffen. Die Patienten fallen geradezu über sie her und fragen sie oftmals peinlichst aus.

„Gute Seele, was soll das heißen?", fragte Steffi erleichtert. Erleichtert deshalb, weil sich der Kollege zu ihr gesellt hatte. So richtig wohl fühlte sie sich im Moment nämlich noch nicht, wo alles fremd und neuartig war.

„Das heißt, dass Vladi bei uns offiziell als Hausarbeiter beschäftigt ist. Auf ihn kann man sich zu hundert Prozent verlassen, auch wenn er seine Eigenarten hat", lachte der Pfleger und zwinkerte Petrow dabei zu.

„Beleidige den Gebieter nicht!", wies Petrow Sailer mit strenger Stimme zurecht.

Sigfrid Sailer hob lachend seine Hände empor: „Du weißt doch, dass das alles nur lieb gemeint ist, Vladi!"

Petrow hob gebieterisch seinen Kopf: „Dann sei dir verziehen!", sagte er beinahe feierlich.

Daraufhin verbeugte sich der Mann leicht und stolzierte würdevoll davon.

„Mit ihm wirst du noch so einiges zu tun haben", meinte Sailer, nachdem er fort war. „Aber Vladi ist wirklich nicht übel, auch wenn er etwas eigenartig wirkt."

„Aha", nickte die junge Frau nachdenklich. Man sah, dass sie damit beschäftigt war, die Eindrücke zu sortieren.

„Ich soll dich über die Station führen und dir alles zeigen!", schnitt der Kollege ein neues Thema an.

„Gern", entgegnete Steffi erfreut. Sie war erleichtert, dass sich jemand um sie kümmerte und sie nicht sich selbst überlassen war. Das war nicht überall selbstverständlich. Vielerorts erlebte man immer wieder, dass neue Kollegen völlig alleingelassen wurden und sich selbst zurechtfinden mussten. Besonders in der Psychiatrie kann dies sehr anstrengend sein.

Ihren ersten Arbeitstag beendete Stephanie Maldessa relativ zufrieden. Im Verhältnis zu ihren Erwartungen bewegte sich ihre Bewertung des Tages im oberen Bereich. Daher freute sie sich beim Nachhausegehen schon ein wenig auf den nächsten Tag. Nur über eines war sie ein bisschen enttäuscht: Insgeheim hatte sie gehofft, Dirk Schmidtchen anzutreffen, der nebenan tätig sein musste.

Doch was sie nicht wissen konnte: Schwester Diana hatte ihm sogleich für den Tag frei gegeben, da am nächsten Tag ein personeller Engpass bevorstand. Und Schmidtchen war ein altbekannter Mitarbeiter, der sich schon bestens auskannte, so konnte man ihn in einer solchen Situation gut einsetzen. Und was Steffi des Weiteren nicht wissen konnte war, dass es Dirk ähnlich erging. Auch er fand es denkbar schade, sie an diesem Tag nicht mehr sehen zu können.

***

Morgens um 6 Uhr war für Stephanie Dienstbeginn. Doch im Allgemeinen hatte sich das Team schon eine Viertelstunde vorher versammelt, um den Nachtdienst abzulösen, sich über die vergangene Nacht zu informieren und gemeinsam, bei einem Tässchen Kaffee, den geplanten Tagesablauf zu besprechen. Zwar war das dann unbezahlte Arbeitszeit, aber ohnedem wäre eine reibungslose Dienstübernahme schwierig gewesen.

Der Frühdienst ging in der Regel auf dieser Station bis 14 Uhr und der Spätdienst von 14 bis 22 Uhr. Des Nachts verweilten auf den Stationen 42/1 und 2 zwei Pflegekräfte, die sich zumeist im Bereich von 42/1, geschlossene Akutaufnahme, aufhielten, jedoch auch für 42/2 zuständig waren. Auf der offenen Abteilung war in der Nacht nur selten etwas Gravierendes los, da sich die dortigen Patientinnen und Patienten nicht mehr in der Akutphase ihrer Erkrankung befanden. Wenn überhaupt, klagte jemand allenfalls über kleinere Wehwehchen, wie etwa Kopfschmerzen oder Schlaflosigkeit.

Steffi stand schon um kurz nach 5.30 Uhr auf der Matte und sah sich den überraschten Blicken der beiden Schwestern ausgesetzt, die den Nachtdienst absolvierten.

„Da kann es jemand nicht abwarten, dass der Dienst beginnt“, meinte eine der beiden schmunzelnd.

Sie war gerade damit beschäftigt, die nächtlichen Vorkommnisse im Dokumentationssystem einzutragen. Der übertriebene Dokumentationswahn der Krankenhäuser hatte mittlerweile auch die Psychiatrie erreicht. Diese Forderung der Kostenträger führte zum Unmut von Ärzten und Personal, denn die Betreuung der Kranken litt darunter erheblich. Alles musste unsinnigerweise schriftlich festgehalten werden, auch wenn es kein Mensch mehr lesen würde.

Die andere Kollegin winkte ebenso amüsiert ab: „Das gibt sich schnell, Gunda. Lass sie sich erstmal bei uns eingelebt haben.“

„Ich weiß“, lachte Steffi. „Aber bevor ich jetzt zu Hause die Minuten mühsam absitze komme ich lieber gleich hierher, um schon mal einiges kennenzulernen.“

„Ist ja nicht schlimm“, meinte Gunda und deutete auf die Kaffeemaschine: „Du kannst dir ruhig ein Tässchen einschenken. Die

Doku jetzt zu lesen macht keinen Sinn für dich. Du kennst ja niemanden davon.“

Als Steffi ihre Tasse gefüllt hatte und eben dabei war, sie zum Mund zu führen, da wäre sie ihr auch schon fast aus der Hand gefallen. Mit dieser freudigen Überraschung hatte sie nun wirklich nicht gerechnet.

Mit einem lauten: „Moin, moin“, kam Dirk Schmidtchen zur Tür herein. Und gleich hinter Dirk erschien auch schon Schwester Diana.

„Du hier?“, fragte Steffi Dirk im Flüsterton. Dabei strahlte sie über das ganze Gesicht.

„Ich konnte gestern sofort Feierabend machen, als ich zur Station kam“, raunte Dirk zurück.

Er freute sich nicht weniger darüber, Steffi hier zu sehen. Im Grunde war das der Grund für sein frühes Erscheinen, denn der Junge kam auch ganz gern auf den letzten Drücker zum Dienst. Zu früheren Zeiten hatte es mit Diana deswegen so manches Mal Stress gegeben.

„Schön“, entgegnete das Mädchen, wobei sie ihre Freude nicht verbergen konnte und auch nicht wollte.

„Ihr seid alle so früh heute Morgen“, staunte Schwester Gunda. „Was ist denn los?“

„Wir sind eben alle dienstgeil!“, lachte Diana, wobei sie sich zu Gunda wandte: „Und, war alles ruhig die Nacht?“

„Nicht so ganz“, seufzte Schwester Gunda. „Sabrina Nußpickel macht mir Sorgen.“

Diana nickte teilnehmend: „Tatsächlich, so schlimm?“

„Die kommt wieder voll in ihre depressive Phase, das ist offensichtlich. Wir haben heute Nacht etwas öfter in ihr Zimmer hineingeschaut als wir mussten. Ich hatte schlichtweg Sorge um sie.“

„Wir werden Sabrina heute wieder zurück in den Wachbereich legen, Sigfrid“, meinte Diana zum Pfleger Sailer, der kurz zuvor ebenfalls das Zimmer betreten hatte und erstmal ankommen musste. Doch bei seiner langjährigen Erfahrung war er sofort im Thema, ohne dass ein Wort gesprochen werden musste.

„Klar“, sagte er knapp. „Dirk wird mir sicherlich gleich helfen, ihre Klamotten rüberzubringen.“

Dirk nickte nur zustimmend.

Sabrina Nußpickel war, ähnlich wie Rosemarie Otto, ein steter Dauergast in der Psychiatrie. Nur hatte Sabrina mit ihren 38 Jahren eine schon wesentlich längere Psychiatrie-Karriere erlebt als Rosemarie. Und im Gegensatz zu Rosi wies sie ein völlig anderes Krankheitsbild auf, nämlich allerschwerste Depressionen mit zeitweise hochgradiger Suizidgefährdung. Die Arme Sabrinas wiesen schon eine Vielzahl sichtbarer Spuren auf von den Versuchen, sich die Pulsadern aufzuschneiden. Auch Versuche mit Schlaftabletten oder anderen Giften hatte sie bereits hinter sich. Das dramatischste Ereignis war seinerzeit das Schlucken von ätzender Desinfektionslösung, die dann auch einem Teil ihrer Speiseröhre bleibende Schäden bescherte, die sich in teilweise extremen Schluckbeschwerden und oft verschlucken äußerten.

An Sabrina Nußpickel war schon ein ganzer Stab von Psychiatern verzweifelt. Alle verfügbaren Behandlungsmethoden zeigten allenfalls nur kurzzeitige Erfolge, die dann auch schnell wieder zunichtewurden. Das Schwierige bei Sabrinas Form der Erkrankung war, dass die Krankheit ohne jeden Auslöser wie Stress, Schicksalsschläge, Mobbing oder anderen Problemen, denen man hätte entgegenwirken können, auftrat. Nein, bei der feinen und gepflegten Frau kam die Krankheit von innen her, wahrscheinlich genetisch bedingt. Es war eine sogenannte endogene Psychose.

Schwester Gunda und ihre Kollegin setzten sich noch ganz kurz mit in die Runde des Frühdienstes und tranken ein Tässchen Kaffee mit. Doch sehr schnell verabschiedeten sich dann die beiden Frauen und man konnte ihnen geradezu ansehen, dass sie sich nach nichts mehr sehnten als nach ihrem Bett und dem wohlverdienten Schlaf.

Nachdem die Runde den Tagesablauf besprochen hatte, löste sie sich auf und jeder ging der ihm zugeteilten Arbeit nach.

„Kannst du schon mal der Frau Nußpickel im Tagesraum sagen, dass ich zusammen mit Dirk sie gleich zurück in den Wachbereich legen werde, Steffi? Du weißt, wer sie ist? Ich hatte sie dir gestern vorgestellt", wandte sich Sigfrid Sailer zu Stephanie.

„Ja, ich weiß", stammelte das Mädchen unsicher. „Und wenn sie das nicht will?"

Sailer schmunzelte: „Keine Sorge. Die Frau wird eher froh darüber sein, wenn sie dorthin kommt. Sie leidet doch selbst unter ihrer Krankheit und daran, dass sie sich womöglich etwas antut. Das ist eine jener unendlichen Geschichten dieser Station!"

Steffi verstand und machte sich sogleich auf den Weg. Derweil fing Dirk schon mal an, ein Transport-Handwägelchen und ein paar Umzugskartons zu besorgen. Denn es war nicht gerade wenig, was die Frau an Inventar und Bekleidung hatte.

Schon wenige Augenblicke später erschien Steffi erneut im Büro, wo Sigfrid Sailer und Diana Thorn noch einige Dinge besprachen.

„Sie ist nicht im Tagesraum", äußerte sie ratlos.

Sailers Gesicht nahm einen besorgten Ausdruck an: „Da hatte ich sie vorhin noch rauchend sitzen sehen, als ich zum Dienst kam." Gleichzeitig breitete sich im Bauch des erfahrenen Pflegers jenes ungute Gefühl aus, das er bestens daher kannte, wenn sich Stress anbahnte, ohne dass er ihn so richtig zuordnen konnte.

„Da stimmt was nicht!", flüsterte er Diana zu und ging schnellen Schrittes zum Zimmer Sabrinas.

Von Sailers Unruhe aufgeschreckt, folgten Diana und Stephanie dem Mann, dessen Gang immer schneller wurde. Ohne anzuklopfen stürmte er in das Zimmer von Frau Nußpickel.

Als auch die Frauen das Zimmer erreicht hatten, stürmte der Pfleger in Höchstgeschwindigkeit auch schon wieder an ihnen vorbei und rannte sie dabei fast über den Haufen.

„Ein Messer, schnell, ein Messer!", rief Sailer dabei. Dabei war es erstaunlich, wie beweglich dieser korpulente Mann sein konnte.

Die Verwunderung der Frauen, was denn mit dem Kollegen los sei, wandelte sich in Erschrecken, als sie einen Blick in das Zimmer warfen: An einem Haken über dem Türrahmen des Badezimmers, an dem normalerweise ein Gesteck aus Trockenblumen hing, baumelte an dem Gurt ihres Bademantels der Körper von Sabrina Nußpickel. Auf dem Boden lag der umgeworfene Stuhl, auf dem sie vorher gestanden hatte, wobei sich ihre Füße nur wenige Zentimeter über dem Boden befanden. Das Gesicht Sabrina Nußpickels hatte bereits eine bläulich-blasse Färbung angenommen, was nichts Gutes vermuten ließ. Zudem waren die Augen derart aus den Höhlen hervorgetreten, dass sie wie Glubschaugen aussahen.

Steffi schlug entsetzt beide Hände vor das Gesicht: „Neiiin, neiiin!", presste sie hervor. Sie musste sich zusammenreißen, um nicht auch noch entsetzte Schreie von sich zu geben.

Doch im gleichen Moment kam auch schon Sigfrid Sailer mit einem Brotmesser in der Hand aus der Küche zurück. Kurz über dem Kopf der Patientin setzte er die Schneide an und durchtrennte das Seil, so schnell es ihm möglich war. Als hätte sie bereits Routine in solchen Situationen, fing Diana dann gekonnt den Körper der schlanken Frau auf und ließ ihn möglichst langsam zu Boden gleiten.

Schnell entfernte Sailer das Seil um den Hals der Patientin und überprüfte kurz, ob noch ein Puls zu fühlen war.

„Nichts!", raunte er mehr zu sich selbst. Dann begann er mit der klassischen Reanimation durch Herzdruckmassage und Beatmung.

Diana eilte derweil zum Telefon, um den Notarzt zu rufen. Sie wusste, dass es jetzt um Sekunden ging, sofern überhaupt noch etwas zu machen war!

„Kann ich dir irgendwie helfen?", fragte Stephanie unsicher. Sie fühlte sich denkbar unwohl dabei, tatenlos daneben zu stehen.

„Im Büro liegt ein Ambubeutel!", keuchte Sailer kurz zwischen seiner Atemspende auf. „So etwas kennst du sicherlich besser als wir hier in der Psychiatrie!"

„Sicher!", rief Steffi und wollte sogleich losstürmen. Doch das war nicht mehr nötig, denn Diana brachte den Beutel in ihrer Weitsicht bereits mit, als sie vom Telefon zurückkam.

„Gib her!", forderte Steffi die Stationsschwester auf. „Ich denke, ich kenne mich damit wohl besser aus!"

Natürlich gab Diana das Teil gerne an das junge Mädchen weiter. Ihr war klar, dass die Kollegen aus den somatischen Krankenhäusern mit medizinischen Geräten besser vertraut waren als die aus der Psychiatrie.

Und dann arbeiteten sie mit Hochdruck zu zweit an dem Körper der Frau, die aus dem Leben scheiden wollte. Zwischendurch fühlte Stephanie immer wieder am Handgelenk Nußpickels, ob nicht wenigstens die Spur eines Pulses zu spüren war. Es sah nicht gut aus ...

Völlig außer Atem erschien nun auch Ike Lindner in dem Zimmer. Hätte man nun erwartet, dass der Assistenzarzt aktiv an dem Geschehen teilnahm, so sollte man sich täuschen. Eher hilflos stand er neben den knienden Pflegekräften und war eher im Weg als dass er eine Hilfe war.

In der Zwischenzeit hatte Diana das fahrbare Sauerstoffgerät von der Station nebenan geholt. Mit geübten Handgriffen verbanden die beiden Schwestern dessen Schlauch an den Ambubeutel, so dass die Patientin bei der Beatmung eine erhöhte Konzentration dieses lebenserhaltenden Gases bekam.

Mittlerweile war auch der Chefarzt Dr. Fleischmann eingetroffen. Ihn schien an der Situation überhaupt nicht zu passen, dass die drei Pflegekräfte intensiv mit der Reanimation beschäftigt waren und der Arzt mit den Händen in den Taschen im weit offenen Arztkittel daneben stand und alles andere als den Eindruck machte, dass er als Mediziner Führung und Initiative ergriff.

„Welches Kreislaufmittel haben Sie gespritzt, Herr Lindner?“, fragte Fleischmann streng.

Bei Lindner wechselte schlagartig die Gesichtsfarbe: „Was, ich?“, kam die wirklich dumme Gegenfrage.

Nun nahm die Mimik des Chefarztes nahezu bedrohliche Formen an: „Wer denn sonst?“, wurde Fleischmann so richtig laut. Er ärgerte sich maßlos über den jungen Schnösel, der lieber den Doktor heraushängen ließ als wie ein solcher zu arbeiten. „Oder dachten Sie, ich halte Selbstgespräche?“

Es war erstaunlich, welch tiefe Röte das Gesicht eines Menschen annehmen kann. Mit offenem Mund stand Lindner da und brachte keinen Laut hervor.

Endlich kam die Rettung. Sowohl für den jungen Assistenzarzt als auch für Sabrina Nußpickel: In der Ferne war das Heulen eines Martinshorns zu hören. Man merkte deutlich, wie sie alle bei dem schrillen Geräusch, das sich stetig näherte, durchatmeten.

„Nun gehen Sie schon endlich dem Notarzt entgegen, damit er nicht auch noch suchen und sich durchfragen muss!“, fuhr Fleischmann Lindner an.

Dieser war heilfroh, dass er sich davonstehlen konnte, auch wenn das Ganze für ihn denkbar entwürdigend war.

Knurrend blickte der Chef seinem Assi nach. Mit Sicherheit würde es der arme Kerl in der nächsten Zeit nicht leicht haben, das war jedem bewusst, der die Szene mitbekommen hatte. Doch er war im Grunde selbst schuld!

„Lass mal gut sein, Siggi“, meinte Diana zu ihrem Kollegen. „Ich löse dich jetzt kurz ab!“ Die Frau hatte bemerkt, dass ihrem Mitarbeiter die „Körner“ ausgingen. Er war mit seinem massigen Körper in der ungewohnten Haltung so ziemlich am Ende seiner physischen Fähigkeiten angelangt.

Sigfrid Sailer stand schwer atmend vom Boden auf. Beim Erheben kreisten vor seinen Augen lauter dunkle Pünktchen. Er hätte wirklich nicht mehr lange gekonnt und war heilfroh über die Ablösung. Schwester Stephanie führte derweil per Ambubeutel routiniert die Beatmung durch. Abgesehen von dem Schrecken und Schock über das Geschehene hätte ihr gar nichts Besseres passieren können als diese Krise. Gleich an ihrem zweiten Arbeitstag auf der neuen Station konnte sie ihr Können zeigen!

Dem geübten Notarzt-Team gelang es mit routinierten Handgriffen und entsprechender Medikation rasch, Sabrina Nußpickel ins Leben zurückzuholen. Primär war das der umsichtigen Erstversorgung von Sailer, Thorn und Stephanie zu verdanken, die mit ihren Maßnahmen das Leben der Frau erhalten und sie nicht in den Tod hatten abgleiten lassen. Das wusste natürlich auch der Notarzt.

Man kannte sich, denn vergleichbare Situationen kamen in der Akut-Aufnahme der Psychiatrie öfter vor als man sich wünschte. Insbesondere die dunkle Jahreszeit war deswegen gefürchtet.

Nachdem sich Fleischmann davon überzeugt hatte, dass die Patientin überm Berg war, zog er sich zurück in sein Büro, um die Verlegungsformulare vorzubereiten. Er wurde hier nicht mehr benötigt.

Die zwei Begleiter des Notarztes betteten Sabrina vorsichtig auf die Bahre und bereiteten sie auf den Transport vor. Natürlich musste die Frau noch mit ins Krankenhaus zur Beobachtung.

Für solche Fälle gab es ein Abkommen mit der somatischen Klinik, was die Betreuung suizidaler oder anderer Patienten betraf, die unter stetiger Beobachtung sein mussten. Man konnte vom Krankenhaus nicht verlangen, dass es sein Pflegepersonal für die Betreuung psychotischer Patienten bereitstellte. In solchen Situationen musste stets eine examinierte Kraft aus der Psychiatrie als Begleitung zur Verfügung gestellt werden. In diesem Fall war es Dirk Schmidtchen, den das Los traf, was vor allem Stephanie sehr schade fand. Hatte sie sich doch so sehr gefreut, dass sie am heutigen Tag zusammen Dienst hatten.

„Gut gemacht, Siggi!“, meinte Dr. Paduch, der Notarzt, zu Pfleger Sailer. „Ohne eure Vorarbeit wäre es wohl anders ausgegangen.“

Sailer wischte sich den Schweiß von der Stirn. Er war noch immer ein wenig außer Atem, als er antwortete: „Lass mal, Hannes. Ist doch unser Job.“

„Okay“, lächelte Paduch, „aber das habt ihr wirklich toll hinbekommen!“

Sailer winkte müde ab: „Immer wieder gern. Doch inwieweit das genutzt hat, was einen erneuten Selbstmordversuch der Frau betrifft, das weiß keiner ...!“

***

Mit einem Staatsexamen für Krankenpflege hatte man zwar die Qualifikation, in einem psychiatrischen Krankenhaus arbeiten zu können, jedoch fehlte es den „Frischlingen", wie sie bei dem Stammpersonal scherzhaft hießen, schlichtweg an Psychiatrieerfahrung und Fachwissen. Das wusste die Einrichtung natürlich auch. Demzufolge bot die Institution den Neulingen im ersten Jahr ihrer Tätigkeit einen Schulungstag pro Woche an, an dem ihnen jene Psychiatrie-Grundkenntnisse vermittelt wurden. Da dieser Schulungstag innerhalb der regulären Dienstzeit stattfand, wurde dieses Angebot von den Betroffenen sehr gerne wahrgenommen.

Ein wenig enttäuscht war Stefanie natürlich darüber, dass Dirk Schmidtchen nicht mit von der Partie war. Doch im Nachhinein betrachtet war das völlig logisch, da er zwar auch als Neueinstellung galt, seine Ausbildung jedoch in einer psychiatrischen Einrichtung stattgefunden hatte, und zwar in der hiesigen.

Zweifelsohne hätte man Dirk auch als Wiedereinstellung anstatt Neueinstellung beschäftigen können. Doch dann hätte man ihm die Ausbildungszeit und die darauf folgenden Monate bis zu seiner damaligen Kündigung als Betriebszugehörigkeit anrechnen müssen.

Der Verwaltungsleiter, Dr. von Hammel, war dagegen gewesen. Das drückte seine Form von „Retourkutsche" aus, die er sich nicht nehmen lassen wollte. Zwar gab er es nicht zu, doch die öffentlichen Kritiken Dirk Schmidtchens seinerzeit gegenüber der Klinik hatten ihn mächtig geärgert. Und zwar derart, dass er sich auch nicht von Engelszungen umstimmen ließ, als er Schmidtchen wieder in den Betrieb aufnahm.

Und so begab sich Steffi am Freitag ihrer ersten Arbeitswoche zu besagtem Schulungsraum, wo der Psychiatrie-Unterricht stattfand. Für das kommende Jahr würde die Schulung immer am Freitag stattfinden, worauf sie sich einzustellen hatte.

Es waren 12 Pflegekräfte, acht weiblichen und vier männlichen Geschlechts, die sich am ersten Schultag einfanden. Es war das im vergangenen halben Jahr neu eingestellte Personal, für das diese Schulung nun begann. Einige arbeiteten bereits seit mehreren Monaten auf den Stationen und hatten bis zum Kursbeginn, der alle halbe Jahre stattfand, warten müssen.

„Guten Tag, meine Damen und Herren“, sagte der Mann in dem weißen Kittel mit fester Stimme.

Er schien Mitte bis Ende Fünfzig zu sein und schaute genau so aus, wie man sich einen klassischen Irrenarzt vorstellt. Neben seiner spindeldürren Erscheinung fiel auch seine Haarpracht sofort ins Auge. Das schüttere, graue Haar reichte fast bis zu den Schultern, und sein Gesicht war von einem beinahe brustlangen Bart umrahmt. Für eine Nebenbeschäftigung als Weihnachtsmann jedoch fehlte es ihm an Körpergewicht.

„Mein Name ist Scholz, Dr. Bodo Scholz“, fuhr der Arzt fort. „Ich übe in der Aufnahme die Funktion als Oberarzt aus und habe die ehrenvolle Aufgabe, Ihnen, meine sehr verehrten Damen und Herren, die elementarsten Grundkenntnisse der Psychiatrie zu vermitteln.“

Die einander völlig fremden Schüler blickten sich an. Dabei zeigten die Blicke so etwas wie heimliches Amüsement und drückten nicht gerade hohe Erwartungen aus. Der Doktor machte überhaupt nicht den Eindruck, als ob man von ihm interessante Dinge zu hören bekäme. Doch da sollte sich die Gruppe erheblich irren.

Sehr schnell ging der Arzt zum Lehrstoff über. Er begann allgemein mit dem Menschen als Individuum und seinen Fähigkeiten der Wahrnehmung, der Gedankengänge, die im Hirngewebe stattfinden und der Physiologie, wie die Abläufe dort stattfinden.

„Man muss sich das Nervengeflecht, das unsere Emotionen, Ängste, Süchte und Gefühle erzeugt, wie folgt vorstellen: Vor uns ist eine riesengroße Wiese, nur eben milliardenfach größer, als wir sie kennen. Alle Gedanken und Emotionen sind in einer Vielzahl von Pfaden in der Wiese gezeichnet. Diese Pfade sind die Verbindungen der Zellen untereinander. Jedes Gefühl, jeder Gedanke, jede Idee und jedes Verlangen ist in einem oder mehreren Pfaden manifestiert. Das sind die Verknüpfungen. Umso intensiver der Gedanke oder das, was ich mir merken will, umso ausgeprägter wird der Pfad, weil ich ihn immer häufiger benutze. Pfade, die ich selten benutze, wachsen durch das Gras mehr und mehr wieder zu. Erst eine Auffrischung, etwa durch eine Erinnerung, prägt ihn wieder aus, wie ein fast zugewachsener Fußweg auf der Wiese, der von den Leuten neuerdings wieder vermehrt benutzt wird. Gedanken, Ideen, Erinnerungen oder Ideologien, die ich sehr oft benutze, *sind regelrechte, befestigte Wege*. Etwa Fanatismus oder die Liebe zu jemandem, der mir nahe steht. Hingegen für Leute, die ich etwa im Urlaub kennenlernte und mit denen ich eine schöne Zeit verlebte, ist der Pfad kurz nach dem Urlaub noch immer richtig tief ausgetreten. Möglicherweise ruft man nach dem Urlaub sogar ein paar Mal an oder trifft sich vielleicht einige Male. Doch die Regel ist, dass man sich nach und nach wieder voneinander entfernt und der Pfad überwuchert stetig weiter, bis er teilweise nur noch schemenhaft auf der Wiese zu erkennen ist. Und diesen Mechanismus stellen Sie sich so vor, als wenn diese gigantische Wiese eine Ausdehnung hätte wie unsere gesamte Mutter Erde. Dies als Vorstellungshilfe für die Ausmaße, über die wir sprechen. Überall, kreuz und quer dann diese Pfade, mal mehr, mal weniger ausgetreten, mal sogar gut befestigt und ausgebaut. Etwa so sollten Sie sich den physiologischen Ablauf von Gedankengängen vorstellen, meine Damen und Herren."

Das Amüsement war aus den Blicken der Schülerinnen und Schüler gewichen. Es herrschte ein leises, allgemeines Aufstöhnen in der Klasse. Mit soviel Input, gleich in der ersten Unterrichtsstunde, hatten sie wahrlich nicht gerechnet.

Doch jetzt fing Dr. Scholz an, so richtig Gas zu geben. Praktisch ohne Übergang ging er auf die verschiedenen Krankheiten des Geistes ein und lenkte dabei den Schwerpunkt in Richtung der Schizophrenie. Im Formenkreis der Geisteserkrankungen für die meisten Lernbegierigen die interessanteste Gebrechlichkeit des Ingeniums.

Dabei fiel auf, dass nicht einer der Schüler unaufmerksam war. Geradezu fasziniert war ihre Aufmerksamkeit auf den Pädagogen fixiert, der die Vermittlung von Wissen und Bildung in der Tat meisterhaft beherrschte. Die Klasse war in seinen Bann geraten und sog seine interessanten Erläuterungen begierig auf. Ein Phänomen, für das der Mediziner allgemein bekannt war.

Scholz erklärte die formalen Denkstörungen, wie etwa Zwangsdenken oder Gedankenentzug, und die inhaltlichen Störungen der Sinneswahrnehmung, wie Wahnideen und Halluzinationen. Auch eine defizitäre Entwicklung der Affektivität und des Antriebes der Betroffenen beschrieb der Arzt äußerst anschaulich, indem er auf das Outfit von Defekt-Schizophrenen hinwies, denen man ihre Störung an ihrer zumeist ungepflegten Erscheinung bis hin zur Verwahrlosung sehr oft schon von weitem ansehen kann. Dabei kommt es jedoch häufig vor, dass Teilbereiche, etwa Kosmetik, übertrieben angewandt werden. Bei diesen Hinweisen musste Stephanie sofort an Rosemarie Otto denken, auf die diese Beschreibungen nur allzu gut passten.

„Bei der Ursache dieser Erkrankung gehen die Meinungen der Gelehrten, was gewisse Feinheiten betrifft, teilweise gigantisch auseinander", meinte Dr. Scholz schließlich. „Unbestritten ist, dass bei den ca. 0,8 Prozent Erkrankten der Durchschnittsbevölkerung genetische Dispositionen einen der schwerwiegendsten Anteile aufweisen. Auch toxische, also giftige Einflüsse, wie etwa Drogen, insbesondere das seinerzeitig sehr oft konsumierte LSD, haben Schizophrenien ausgelöst, die womöglich ansonsten nicht ausgelöst worden wären. Auch der Verlust der Eigenkontrolle des Betroffenen, der nicht in der Lage ist, die aus den Fugen geratenen Gedankengänge zu kontrollieren und zu kanalisieren, spielt eine Rolle. Ebenso das ‚sich hineintreiben lassen' in diese Gedankenwelt, ohne etwas dagegen setzen zu wollen, ist in manchen Fällen mit der Auslöser dieser Erkrankung."

Als sich nun eine der Schülerinnen meldete, um eine Frage zu stellen, war eine leichte Verärgerung der Klasse nicht zu übersehen. Als seien die Mitschüler erbost darüber, dass der Arzt bei seinen interessanten Ausführungen jetzt unterbrochen wurde.

Doch Scholz sah das locker. Mit einer freundlichen Handbewegung forderte er die Frau auf, ihre Frage zu stellen.

Diese hatte den Unmut ihrer Mitschüler gar nicht mitbekommen, als sie fragte: „Ich habe gelesen, Herr Doktor, dass man den

Schizophrenen nachsagt, sie hätten so eine Art ‚Draht' zu anderen Dimensionen. Das Stimmenhören und die Sinnestäuschungen könnten eher der Ausdruck einer anderen Form der Wahrnehmung sein, die wir dann als Krankheit bezeichnen."

Dr. Scholz musste lächeln. Mit einer derart scharfsinnigen Frage hätte er in diesem Kreis nicht gerechnet.

„Was Sie da ansprechen, hat etwas!", stimmte er nickend zu. „Zumindest haben diese Hypothesen keine Dummköpfe aufgestellt. Beweisen kann sie natürlich keiner. Was mich jedoch bei dieser Theorie stört, sind die anderen Symptome, die bei der Schizophrenie auftreten und die nicht dazu passen, wenn bei den für uns als krank gewerteten Personen eine ‚geistige Erweiterung' stattfände. Auch die zumeist sichtbare Verwahrlosung, wie sie in den allermeisten Fällen auftritt, passt da nicht."

Nun herrschte Stille im Raum. Jeder schien über die Ausführungen des Arztes nachzudenken.

„Vielleicht ist es ja keine ‚geistige Erweiterung' in dem Sinne, wie wir das verstehen?", schaltete sich schließlich Stephanie in den Dialog ein. Sie fand alles höchst interessant, was sie hier hörte.

„Sondern ...?", schmunzelte Scholz. Er hatte seinerseits seinen Spaß an der regen Teilnahme der Schüler.

„Nun", meinte Stephanie, „es treffen hier möglicherweise Elemente zusammen, die gar nicht zusammenpassen und deshalb von uns und den Betroffenen fehlgedeutet werden."

Eine Zeitlang stand der Psychiater nachdenklich da. Was seine Schülerin da sagte, hatte in gewisser Weise Hand und Fuß. Und was ihn selbst am meisten überraschte: Das offenbarte eine Denkweise über diese Erkrankung, wie sie selbst er noch nicht vollzogen hatte.

„Dann müssten wir unsere gesamte Ordnung, was physikalische und ethische Grundsätze betrifft, auf den Prüfstand stellen, junge Frau", meinte Scholz schließlich.

„Ein Onkel von mir ist Thriller-Autor bei einem renommierten süddeutschen Verlag", entgegnete sie angeregt. „Er vertritt schon seit langem die These, dass wir Glaubensfragen, wie wir sie zuordnen, fundamental neu überdenken sollten. Die Grundlagen unseres Denkens sind einzig aus unserer Position festgeschrieben. Und das hält er für falsch."

Dr. Scholz nickte nach einer erneuten, kurzen Pause des Nachdenkens zustimmend: „Wahrscheinlich wird er sogar recht haben. Was den Schöpfungsgedanken und die Glaubensfragen betrifft, hat sich die Menschheit schon oft korrigieren müssen. Insofern ist es nur allzu logisch, dass dies erneut geschehen müsste. Ob das dann die letzte Korrektur sein wird sei dahingestellt ..."

III.

Das Psychiatrische Krankenhaus war ein Komplex von etwa 50 freistehenden Häusern und umfasste die Fläche eines kleinen Dorfes. Unter diesem Anwesen mit Gebäuden, Straßen, Sportplatz, Park, Minigolf-Platz und allem, was zu so einer Gemarkung gehört, befand sich ein Labyrinth von Verbindungstunneln, in denen sich die gesamten Versorgungsstränge hinzogen. Stromnetz, Heizung, Wasser und alles das, womit so ein Krankenhauskomplex versorgt wird.

Zum Teil waren es relativ große Gewölbe, in denen man aufrecht gehen konnte und zum Teil auch welche, die nur in gebückter Haltung passierbar und denkbar eng strukturiert waren. Manche Seitengänge waren nur schwerlich als solche erkennbar. Entweder, weil sie mit irgendwelchem Krimskrams zugestellt waren oder aber sie waren derart abgelegen und schwer zu entdecken, dass sie kaum auffielen. So richtig auskennen in diesem Irrgarten dürfte sich wohl kaum jemand. Zumal es wahrscheinlich selten jemanden gab, der darauf erpicht war. Abenteuerlich wäre es bestimmt gewesen, dieses Labyrinth zu erforschen, doch sicherlich auch denkbar unheimlich.

Regelmäßig wurden die größeren Gänge von Wartungsfirmen frequentiert, die kleineren und flacheren Verläufe entsprechend weniger. Eben je nachdem, in welchem Ausmaß Wartungs- und Reparaturarbeiten anfielen. Die Einstiege in das System waren entweder durch die Kellerräume der Häuser möglich oder durch Gullydeckel, die sich zumeist an den Straßenverläufen befanden.

Und dieses unterirdische Labyrinth war bewohnt. In ihm herrschte ein reges Treiben von allerlei Kleingetier. Neben den vielen Insekten tummelten sich dort auch Warmblüter, vornehmlich Mäuse und Ratten. Besonders die Ratten, deren Anzahl die jener Geschöpfe, die sich über die Erde tummelten, um ein Vielfaches überstieg, waren die „Könige“ dieses von Gängen durchzogenen Wirrwarrs. Dementsprechend war das unterirdische Kanalsystem ein Ort, der freiwillig von niemandem betreten wurde. Und jene, die das doch mussten, machten dies einzig gegen Bezahlung und weil es ihr Job war. Doch jeder war schließlich froh, wenn er aus diesem Tunnelsystem wieder hinaus konnte.

Doch jede Regel hat ihre Ausnahme. Und diese Ausnahme war Vladimir Petrow. Kein Mensch wusste, dass dieses Labyrinth ***sein*** Reich war, zu dem er sich hingezogen fühlte. Es war der Ort, wo er seine perversen Triebe ausleben konnte, ohne dass ihm jemand auf die Schliche kam. Triebe, wie sie abscheulicher nicht sein konnten und die Petrow in einem ganz anderen Licht erscheinen lassen hätten, sofern jemand davon gewusst hätte. Doch so konnte er sein Geheimnis hüten und pflegen, ohne sich darüber zu sorgen, dass er es preisgeben musste. Schon viele Jahre fühlte er sich wie der Herr dieser Unterwelt und viele Jahre war seine Vormachtstellung dort unangetastet. Mit Bedacht und Geschick gelang es ihm, sein Mysterium geheim zu halten.

***

„Mensch, Mädchen, was machst du denn für Sachen?", fragte Sigfrid Sailer mit liebevollem Vorwurf in seiner Stimme.

Sabrina Nußpickel wurde gerade zurück aus dem Krankenhaus zur Station gebracht. Begleitet wurde sie von zwei Krankentransportfahrern, wobei einer von ihnen die Frau unterhakte, während der andere ihr Täschchen trug. Man kannte sich gegenseitig ziemlich gut, wie dem Umgang der Männer untereinander zu entnehmen war. Zumeist kam es dann zu spitzen und nicht ganz ernst gemeinten Sticheleien, die eher freundschaftlicher Natur waren.

Da Sabrina dem Pfleger nicht antwortete wandte sich Sailer an einen der Fahrer: „Und, wie ist sie drauf, Manfred?"

Der Fahrer grinste: „Eigentlich wie immer, Siggi, wenn wir sie zurückbringen. Die bekannte unendliche Geschichte."

„Und täglich grüßt das Murmeltier", nickte Sailer. „Wie gehabt! Wollt ihr ein Tässchen Kaffee?", wechselte der Pfleger das Thema.

„Nee, lass mal, Siggi", lehnte der Mann ab. „Wir haben noch ein paar dringliche Fahrten vor uns. Ein anderes Mal ganz bestimmt!"

„Ich kann dir natürlich auch ´ne Tasse Blasentee kochen, Manni!“, stichelte Sailer grinsend.

„Sehe ich aus, als hätte ich Blasenschwäche?“, meinte Manni etwas pikiert.

„Ich denke eher, dass der Manfred fürs Blasen eine Schwäche hat!“, schaltete sich sein Fahrerkollege vor Lachen laut prustend ein.

„Ha, ha ...“, ärgerte sich der Mann nun über seinen Kollegen.

Umso mehr, als nun auch Sailer in das Gelächter einstimmte. Die Männer hatten ihren Heidenspaß an ihrem schweinischen Dialog. Derweil lief Stephanie, die Frau Nußpickel in Empfang genommen hatte, tiefrot an.

„Kommen Sie, Sabrina“, forderte sie die Patientin auf. „Das sind Männergespräche. Hier haben wir nichts verloren!“ Mit diesen Worten führte sie Frau Nußpickel in Richtung ihres Zimmers.

Diese wirkte dabei eher apathisch als anwesend. Ihr unbewegtes Gesicht zeigte keine Regung. Steif wie ein Roboter ließ sie sich von Schwester Stephanie navigieren. Nahezu willenlos trottete die Frau hinter der Schwester her.

„Wie fühlen Sie sich, Sabrina?“, fragte Steffi vorsichtig, nachdem sie die Zimmertüre hinter sich verschlossen hatte. „Geht's denn besser?“

Frau Nußpickel hatte sich sogleich auf ihr Bett gesetzt und blickte emotionslos geradeaus an die Wand. Keine Antwort, noch nicht einmal eine Reaktion auf Steffis Frage.

„Wollen Sie mir nicht antworten?“, versuchte es die Schwester erneut in freundlichem Ton.

Ganz langsam kam etwas Leben in die Augen von Sabrina und eher scheu wandte sie ihr Gesicht der Krankenschwester zu.

„Nun ...?“, forderte sie Steffi erneut auf.

Dann brach es über Sabrina herein. Unvermittelt füllten sich ihre Augen mit Tränen und sie begann laut zu schluchzen. Und dieses Weinen kam von ganzem Herzen, das war deutlich zu spüren.

Steffi setzte sich neben sie und legte ihr den Arm um die Schulter: „So schlimm?“, fragte sie sanft.

„Hat doch alles eh keinen Sinn mehr!“, entgegnete nun die bitterlich weinende Frau.

Stephanie drückte die Patientin an sich: „Es hat immer einen Sinn zu leben!“

„Was wissen Sie denn, wie das ist!“, schluchzte Sabrina. „Da können Sie mir jetzt sagen, was Sie wollen, es bringt ohnehin nichts. Sie sind ja gesund und müssen das alles nicht durchmachen!“

„Sie sind sehr, sehr krank, Sabrina, ich weiß es ja! Aber diese Gefühle, die Sie empfinden, sind einzig Ausdruck Ihrer Krankheit und sonst nichts!“

Nun fixierte Frau Nußpickel derart fest das Gesicht der jungen Schwester, dass diese fast zurückgewichen wäre. Dann meinte sie mit versteinerter Stimme: „Diese unendliche Traurigkeit, diese Sinnlosigkeit des Lebens, diese völlige Antriebslosigkeit; können Sie sich vorstellen, wie man sich dabei quält, wie weh das alles tut?“

„Vorstellen weniger“, entgegnete Steffi ehrlich. „Aber denken kann ich mir das. Es muss einfach furchtbar sein. Ich wollte derartiges nicht durchmachen müssen!“

Sabrina Nußpickel lächelte gezwungen. Dabei liefen ihr dicke Tränen die Wangen hinunter. „Es gibt nichts Schlimmeres, Schwester Stephanie, das können Sie mir glauben. Obwohl man genau weiß, dass diese Gefühlserlebnisse von der Krankheit kommen, kann man sich nicht dagegen wehren. Man hat einfach keine Kraft, sich diesem zu widersetzen und will nur, dass es endlich vorbei ist. Warum versteht mich denn keiner?“

Die Frau tat Stephanie unendlich leid. Was sie da von sich gab, ließ ihre furchtbaren Leiden ahnen.

„Und da kann man wirklich nichts machen?“, fragte sie ziemlich ratlos. „Sie haben wirklich keine Kraft, sich dem entgegenzustemmen?“

Wie gerne hätte die Schwester Sabrina geholfen! Aber wie nur?

„Ich bin doch schon regelmäßiger Dauergast hier!“, entgegnete die Patientin bitter. „Glauben Sie, ich mache das gern, immer wieder in diesem Laden aufzukreuzen, und immer wieder Ärzte und

Schwestern zu enttäuschen? Ich weiß doch, dass sie alle es nur gut mit mir meinen!"

„Und die Medikamente, bringen *die* denn nichts?"

„Bei mir nur bedingt", verneinte Sabrina kopfschüttelnd. „So richtig an schlagen sie jedenfalls nicht. Ich habe doch schon so ziemlich alles durch was es da auf dem Markt gibt. Zumeist wird man nur gedämpft, aber kein bisschen geheilt."

„Aber bei anderen Patienten wirken die Medikamente doch auch?" Schwester Stephanie verstand das nicht.

„Was bei anderen wirkt, muss bei mir noch lange nicht wirken. Gäbe es die Pille, die mir helfen würde, dann würde ich sie liebend gern schlucken."

Steffi drückte die Patientin ungewöhnlich herzlich an sich. Sie hatte die Frau schon von Anfang an sehr gemocht.

„Sabrina", sagte sie eindringlich, „wir alle machen uns große Sorgen um Sie. Wir haben große Angst davor, dass Sie sich erneut etwas antun werden!"

Tief seufzte Frau Nußpickel durch und streichelte dabei der Schwester sanft über die Wange: „Das ist sehr lieb von Ihnen, Schwester Stephanie", erwiderte sie liebevoll. Man konnte ihr anmerken, wie dankbar sie die Zuwendung Steffis annahm. „Ich werde mich bemühen, mich nicht wieder in die Verzweiflung hineintreiben zu lassen."

Steffis Gesicht hellte sich auf. Und diese Mimik kam vom Herzen: „Das freut mich, Sabrina, das freut mich ungemein!"

Doch der Dämpfer folgte auf dem Fuß.

„Doch versprechen, Schwester Stephanie, versprechen kann ich das aber nicht ..."

***

„Warum haust du eigentlich in diesem Loch hier im Keller, Vladimir?", fragte Stephanie entsetzt und blickte dabei Petrow ungläubig an. Angewidert schüttelte sie sich.

Sie war mit Dirk Schmidtchen gerade damit beschäftigt, die Privatwäsche der Patienten aus dem Trockner zu holen und zum Einräumen in die Schränke herzurichten. Dies war eigentlich die Aufgabe der Hausangestellten Frau Hinz gewesen, doch diese hatte sich am Morgen krank gemeldet.

Rein zufällig hatte die Schwester beobachtet, wie Petrow in sein Zimmer strebte, das dem Wäschekeller gegenüber lag, und die Tür nicht richtig hinter sich verschloss. Dies hatte zur Folge, dass der Zugang sich von selbst hinter Petrow wieder öffnete, ohne dass er es bemerkt hatte. Die Neugierde bewirkte schließlich, dass Steffi das Wäschestück, mit dem sie gerade beschäftigt war, zur Seite legte und zu dem Zimmer schritt. Dass Petrow ein Zimmer im Keller hatte war ihr bereits bekannt. Doch dass es sich hierbei um eine derart kleine und stockfinstere Bruchbude handelte, das hatte sie nicht gewusst. Zudem war Unordnung als Beschreibung für den Zustand des Zimmers noch gelinde ausgedrückt. Es war eine klassische Messi-Bude. Ein schmaler Gang zu seinem Bett war das einzige, was vom Boden zu sehen war. Alles andere war zugestellt und vollgestapelt mit allerlei Krempel, den niemand brauchte. Nur eines stach bei dem Chaos sofort ins Auge: Es war keinerlei Dreck vorhanden. Kein für Messis üblicher Unrat, wie etwa verdorbene Speisereste oder gestapeltes Leergut. Der gesamte Plunder war picobello sauber. Kein Staub, kein Schmutz, kein Gestank.

Doch der Clou war, dass sich auf einem kleinen Schränkchen ein größerer Käfig befand, in dem sich zwei eigentlich sehr niedliche Ratten tummelten. Es waren wilde Ratten, also keine aus der Tierhandlung, das war offensichtlich. Woher er das Getier hatte wusste die junge Frau da noch nicht.

„Nur hier ist der Herrscher der Finsternis so nahe, wie es ihm geziemt!“, antwortete Petrow beinahe feierlich.

„Aber die Tiere hier, hausen die auch immer im Dunkeln?“, fragte Steffi ungläubig.

Warnend hob Petrow seinen Zeigefinger: „Dort, wo meine Untergebenen sonst leben, ist auch immer finstere Nacht!“

„Und wie heißen denn die Tiere?“

„Es sind meine Diener ohne Namen!“

Schmidtchen, der Stephanie gefolgt war, tippte sich gegen die Wange. Sich an die Stirn zu tippen vermied er. Doch Steffi verstand.

„Aber, hier ist es doch finster und kalt", schüttelte das Mädchen verständnislos den Kopf. „Und der Raum ist doch viel zu klein für dich, Vladimir!"

„Glaub mir, Steffi", schaltete Schmidtchen sich in das Gespräch ein, „seit wohl 20 Jahren wird auf Vladi mit Engelszungen eingeredet, seinen Platz hier zu räumen und in ein möbliertes Appartement ins Schwesternheim umzuziehen. Schöne, kleine Wohnung mit Balkon, Fernseher, Zentralheizung und Kochnische ..., aber nichts zu machen. Da kannst du genauso gut ein Fachgespräch mit der Waschmaschine führen, da würde mehr bei herumkommen!"

„Vladimir", stammelte die Schwester. „Warum nimmst du dieses tolle Angebot denn nicht an? Hier hast du weder Radio noch Fernseher und kannst dir noch nicht einmal etwas Leckeres kochen!"

Petrow schaute Stephanie an, als sei *diese* irregeworden: „Ein Machthaber braucht doch kein Radio oder Fernseher. Ich habe meine Diener!", meinte er voller Fassungslosigkeit. „Ich empfange ständig die Unterwerfungen meiner Dienerschaft. Dabei muss ich doch kein Radio hören!"

„Du meinst, du hast dein eigenes Radio im Kopf?", spottete Schmidtchen in Bezug auf Petrows Krankheitsbild. Natürlich wollte er damit seiner Kollegin gefallen und dabei überaus witzig wirken.

Petrow nickte großmütig. Er merkte dabei nicht, dass ihn Schmidtchen vergackeierte: „So ähnlich könnte man es nennen, Bruder Dirk."

„Empfängst du Radio Bremen oder Sender Freies Berlin?", grinste Dirk Schmidtchen nun gehässig.

Nun klingelte es bei Petrow. Seine Augen blitzten gefährlich auf, als er antwortete: „Hüte dich, Frevler. Fordere Jülrinaldi nicht heraus, denn er kann dich furchtbar bestrafen!"

Schnell lenkte Schmidtchen ein. Er wusste, dass er den Bogen überspannt hatte. Und verderben wollte er es sich mit Petrow wahrlich nicht. Schnell hob er beide Hände empor und meinte demütig: „Ich möchte den Herrscher Jülrinaldi um Verzeihung bitten. Er möge mir vergeben, es wird nie wieder vorkommen!"

„Dann sei dir vergeben", nicke Petrow großherzig. „Doch lass es dir eine Warnung sein, dies nicht nochmals zu wiederholen!"

Schmidtchen verneigte sich ergeben und antwortete würdevoll: „Es wird mir eine Lehre sein, oh großer Herrscher Jülrinaldi!"

Zufrieden nickte Petrow und hob seine Hand mit einer Geste, die Dirk und Steffi bedeuten sollte, dass sie sich nun entfernen konnten. Diese verstanden, verneigten sich und wandten sich um. Dann verschloss Petrow seine Türe hinter sich.

Die beiden jungen Leute grinsten sich an.

„Armer, kranker Kerl", sagte Steffi.

Dirk nickte nur zustimmend. Für ihn war Petrow schlicht ein Patient, der eine dicke Klatsche weg hatte. Natürlich sagte er das nicht laut, denn das kann einem in der Psychiatrie erheblichen Ärger einbringen!

„Eigentlich schade", fügte die junge Frau nach einer kurzen Weile an. „Er könnte es doch so schön haben, wenn er das nur wollte."

„Was willst du machen? Zwingen können wir ihn nicht, und solange er mit dem Loch hier unten zufrieden ist, wird man ihm seinen Willen lassen!"

Was sie beide nicht wissen konnten: Es hatte völlig andere Gründe, dass Vladimir Petrow diesen dunklen Kellerraum nicht gegen ein wunderschönes Appartement eintauschen wollte ...

***

Gleich neben dem Keller-Domizil Vladimir Petrows befand sich die schwere Eisentür zum technischen Raum des Hauses. Hier verliefen die Leitungen aus dem Tunnelsystem in das Haus hinein. Ganz am Ende dieses großen Kellerraumes, so ziemlich in der dunkelsten Ecke, war der Zugang zum Versorgungslabyrinth. Auch dieser bestand aus einer Eisentüre, die wie ein Fenster in die Wand eingelassen war. Sowohl für den Zugang zum technischen Raum als auch zum Versorgungstunnelsystem bedurfte es spezieller Schlüssel, die einzig die Männer von der technischen Abteilung in Besitz hatten. Nur für den Notfall, wenn etwa aus dringenden Gründen unbedingt ein Zugang zu dem Raum oder zum Labyrinth notwendig war und ein Mann des technischen Dienstes nicht zur Verfügung stand, waren Schlüssel in den Tresoren der Stationen unter sicherem Verschluss hinterlegt.

Bei einigen älteren Häusern war das noch anders, hier passten auch jene Durchgänger-Schlüssel in die Schlösser, die in alle Türen im Gelände passten. Nachdem die Betriebsleitung jedoch erfahren hatte, dass diese Durchgänger verbotenerweise auch im Besitz einiger Patienten waren, wurde das Schließsystem der technischen Räume nach und nach ausgetauscht.

Und irgendwie war Petrow in den Besitz dieser Schlüssel gelangt. Natürlich wusste davon kein Mensch, ansonsten hätte man sie ihm bestimmt weggenommen, denn ein Unbefugter hätte die teilweise lebensnotwendige Versorgung der Krankenstationen ohne weiteres im Handumdrehen lahmlegen können.

Was niemand wusste war, dass Petrow sein Zimmerchen kaum zum Schlafen nutzte. Allenfalls am frühen Abend legte er sich nieder und schlief nur kurz. Erst gegen Mitternacht, wenn im Hause alles ruhig war und friedlich schlummerte, war seine Zeit gekommen. Ohne dass er einen Wecker nötig hatte wachte er auf und machte sich auf zu seinem Reich. Ein Reich, das dem Herrscher über Galaxie und Unendlichkeit gerecht war.

Schemenhaft bewegte sich Petrows Gestalt dann im schummrigen Schimmer der spärlichen Nachtbeleuchtung zum technischen Raum. Schnell schloss er diesen auf und verschwand darin. Von draußen war kurz noch zu hören, wie er von innen wieder abschloss.

Daraufhin richtete er den Lichtkegel einer kleinen Taschenlampe zum Eingangsfenster ins Labyrinth. Auch hier ging alles sehr schnell. Wie ein flinkes Wiesel verschwand er schließlich in den gruseligen Katakomben. Den Weg, den Petrow nun einschlug, hatte er wohl schon Tausende Male beschritten. Wie in seiner Westentasche kannte er sich in den Katakomben aus. Gezielt spazierte er zuerst aufrecht einen Hauptgang entlang, bis plötzlich zur rechten Hand eine Abzweigung in einen Seitengang folgte. Diesen musste Vladimir schon in gebückter Haltung durchschreiten, denn die Höhe der Decke über ihm verringerte sich bei jeder Seitenabzweigung zunehmend.

Endlich schien er sein Ziel erreicht zu haben. An die Wand links neben ihm gelehnt stand eine recht massiv ausschauende Holzplatte. Vom Aussehen her schien sie schon ewig dort zu stehen. Sie mochte wohl anderthalb Meter hoch sein und wurde von den vorbeilaufenden Rohren fixiert. Warum dieses von Holzwürmern gespickte und verrottet aussehende Teil dort stand, wusste man sogleich, wenn man Petrow weiter beobachtete. Mit geübten Handgriffen schob er die Platte zur Seite, wobei die fixierenden Heizungs- und Versorgungsrohre wie eine Führung wirkten. Schließlich wurde sichtbar, was verdeckt werden sollte: Ein etwa einen Meter hohes Loch in der Wand, durch das Petrow nur hindurch kam, wenn er sich so richtig klein machte.

Und hinter diesem Loch tat sich ein ziemlich großer Raum auf, der schon fast wie ein kleiner Saal wirkte. Wozu diese Halle einstmals gebaut wurde, konnte wohl niemand mehr sagen. Das Psychiatrie-Anwesen, das über dem Labyrinth erbaut war, wurde Anfang des 20. Jahrhundert errichtet. Wahrscheinlich existierten irgendwo noch alte Pläne, in denen der Zweck dieses Raumes ersichtlich war. Doch wen interessierte das schon? Fakt war, dass dieses Gewölbe über zwei Meter Höhe und eine Fläche von 50-60 qm aufwies.

Vladimir Petrow hatte sich diese Räumlichkeiten denkbar gemütlich eingerichtet. Woher er all diese Sachen hatte und wie er sie durch das kleine Loch hier hineinbugsiert bekam, mochte sein Geheimnis sein. Jedenfalls stand in einer Ecke ein wohl 1,60 Meter breites französisches Bett. Zudem standen an den Wänden allerlei alte Schränke verschiedener Größen. Teppiche und Brücken machten den Raum sogar anheimelnd. Und etwas abseits von dem Bett stand eine gemütliche, etwas durchgesessene Sitzgruppe, die anscheinend vom Sperrmüll kam. Noch etwas weiter daneben befand sich außerdem ein Esszimmertisch mit vier Stühlen.

Doch der absolute Clou war ein kleiner Elektroherd, auf dem Petrow seine Speisen zubereiten oder erwärmen konnte. Und daneben stand sogar eine Spüle mit fließendem Wasser, das er von den Versorgungsleitungen abgezweigt hatte. Das Abwasser wurde derweil in ein altes Kanalrohr entsorgt. Den Strom für Licht und Herd hatte er von einem der vielen Elektrokabel abgeleitet, die überall herumhingen. Eigentlich eine lebensgefährliche Angelegenheit, wenn man die unfachmännisch verlegten Leitungen betrachtete. Doch alles im allem eine bizarr-gemütliche Residenz, wenn da nicht ...

Wie immer, wenn Petrow sein Reich betrat, führte ihn sein erster Weg zu einem vergitterten Eisengestell, Marke Eigenbau, das etwas größer als ein Schuhkarton war. Dieses quadratische Gestell hatte so etwas wie eine handhohe Eingangstüre. Durch einen Kontakt im Inneren des Gestells wurde ein Verschlussmechanismus ausgelöst, sobald der innen liegende Köder bewegt wurde. Dieses Metallgestell war eine raffiniert konstruierte Rattenfalle, die das Getier lebend einfing.

Zufrieden schmunzelnd betrachtete Petrow seine Beute. Fragend schaute ihn die Ratte mit ihren Knopfaugen an, als er sich der Falle näherte. Zwar wusste sie noch nicht, was ihr blühte, doch je näher Petrow kam, umso unruhiger wurde das Tier.

„Auch du wirst die Strafe des Gebieters erfahren!", sagte Petrow in zeremoniellem Ton.

Als hätte sie die Worte des Mannes verstanden, steigerte sich die Erregung des Tieres erheblich. Unstet lief sie in ihrem Gefängnis auf und ab und suchte vergeblich nach dem Ausgang. Doch der war undurchdringbar verschlossen.

„Ja, versuche ruhig, den Fluchtweg zu finden", meinte Petrow genüsslich. „Entkommen wirst du mir ohnehin nicht!"

Dann schritt er wie bei einer feierlichen Handlung zu einem der Schränke und entnahm dort einen angespitzten Holzspieß von etwa einem halben Meter Länge sowie einen Lederhandschuh und eine Sprühflasche. Und genauso feierlich trat er wieder an den Käfig heran. Mit geradezu würdevoller Geste streifte er den Handschuh über und öffnete von oben die Rattenfalle. Gezielt richtete er dann den Kopf der Sprühflasche auf das Gesicht der Ratte, die nun in Panik verfallen war und eigenartige Laute von sich gab. Der Sprühstoß traf punktgenau das Gesicht des Tieres. Wie von Sinnen rannte sie daraufhin in ihrem Käfig auf und ab.

Doch das Tier hatte keine Chance. Nach wenigen Momenten schon wirkte die Substanz, die er auf die Ratte versprüht hatte. Dieses Mittel hatte einen ätherähnlichen Geruch und bewirkte, dass das Geschöpf zwar benommen und bewegungsunfähig, aber nicht betäubt war. Und das war das Ziel Vladimir Petrows.

Mit dem übergestreiften Handschuh nahm er die erstarrte Ratte so, dass sie in seiner Hand auf dem Rücken lag. Die Panik in ihren Augen sprach von ihrer Todesangst. Doch Petrow kannte keine Gnade. Genüsslich führte er die Spitze des Holzspießes in ihr Hinterteil ein. Voller Schmerz schrie das Tier nun erbärmlich auf. Und dieses Geschrei verstärkte sich noch, je tiefer Petrow den Spieß in ihren Körper einführte. Doch mehr und mehr ließ die Gegenwehr des Geschöpfes nach. Der geschundene Körper der Ratte zuckte nur noch, wobei sie ihr kleines Maul weit öffnete. Ihre Augen starrten ins Leere, als habe sie sich mit ihrem Schicksal abgefunden.

Stolz trug Vladimir seine Beute in die Ecke seines Domizils, in der er seine Trophäensammlung aufgebahrt hatte. Auf dem Boden waren wohl Hunderte von Mauersteinen nebeneinander gelegt, die eine Fläche von 10 qm bedeckten. In der Fabrik wurden diese Steine bei der Herstellung zu Isolationszwecken mit Löchern versehen. Und genau in diese Löcher passten dann die Stöckchen, mit denen Petrow in seiner ganzen Grausamkeit die Ratten pfählte.

Es mochten wohl Hunderte sein, die dort fein säuberlich in der Ecke aufgebahrt waren. Teilweise schon verwest und nicht unerheblich stinkend und von allerlei Insektengetier durchgefressen. Einige der armen Geschöpfe waren schon dabei, von den Stöcken abzufallen, da die Kadaver soweit verwest waren, dass sie keinen Halt mehr hatten. Die Tierleichen entsorgte Petrow dann, indem er sie einfach irgendwo in die Katakomben warf. Denn Ratten und damit auch tote Ratten gab es dort ohnehin mehr als genug. Insofern wäre das niemandem als ungewöhnlich aufgefallen.

Mit hochzufriedenem Gesicht steckte Petrow den Stab mit der zuckenden Ratte in eines der Löcher des Steines, das noch frei war. Dann trat er bedächtig einen Schritt zurück, um sein verendendes Beutestück zu betrachten.

Mit einem Ausdruck voller Lust und Zufriedenheit sagte er schließlich mit erhabener Stimme: „Es ist erneut vollbracht: Die Huldigung von Jülrinaldi, dem Herrscher über Himmel und Erde, dem Gebieter über alles, hat ein weiteres Mal stattgefunden!"

Sodann faltete Petrow seine Hände und verbeugte sich hoheitsvoll vor seiner Opferstätte. Nun hätte im Hintergrund nur noch die Kirchenmusik gefehlt, um dieser perversen und bizarren Veranstaltung den Rahmen eines nichtweltlichen Rituals zu geben ...

***

Dr. Scholz, Hobby-Dozent aus Leidenschaft, hatte für seine Schüler am zweiten Unterrichtstag eine Überraschung parat. Scholz besaß den Ehrgeiz, seine Lehrstunden möglichst anschaulich zu gestalten. Insofern wollte er heute der Klasse einen Patienten vorstellen, bei dem die Themen Perversionen, Grausamkeiten und Sadismus zutrafen. Und bei diesem Patienten passten sie wie angegossen. Die Klasse konnte sich also auf etwas gefasst machen, worüber sie noch lange nachdenken konnte!

Egon Schieber war ein Patient aus der Forensik. Wenn man ihn von der Leine ließ, also unbeaufsichtigt auf die Gesellschaft losließ, geriet er regelmäßig außer Kontrolle. Dann wurde der Mann brandgefährlich, lebensgefährlich sogar. Unter Beaufsichtigung jedoch war er zumeist fromm wie ein Lamm. Man hätte sich kaum vorstellen können, dass dieser Mann in irgendeiner Form gefährlich sein könnte. Meistens jedenfalls. Das Gericht hatte ihm eine geschlossene Unterbringung verordnet, die für ihn wohl eine lebenslange Maßnahme sein würde. Nicht umsonst waren drei begleitende Pflegekräfte mit ihm zur Schule gekommen.

Neben einem ausgeprägten Buckel und einem Gesicht, an dem überhaupt nichts ebenmäßig erschien, schien Schieber zudem noch einen leichten Schiefhals zu haben, denn sein Kopf war abnorm zur Seite gelehnt. Natürlich konnte der Mann nichts für sein quasimodohaftes Aussehen, dennoch machte er auf alle Schüler der Klasse einen furchterregenden Eindruck.

„Was ist das denn für ein Monster?“, flüsterte Stephanies Stuhlnachbarin entsetzt.

„Das ist der Schwiegersohn vom Scholz!“, kam von hinten eine Stimme.

„Ehrlich?“, wandte sich die Frau ungläubig um.

Als der Mitschüler jedoch grinsend abwinkte, wurde ihr ihre Naivität bewusst. Beleidigt drehte sie sich wieder nach vorne und ärgerte sich mehr über sich selbst als über den Kollegen.

„Und Sie möchten etwas von sich erzählen, Herr Schieber?“, leitete Dr. Scholz das Gespräch ein.

Die Züge des Patienten hellten sich auf. Dabei konnte man sich nicht entscheiden, ob diese Mimik Angst einflößte oder witzig wirken sollte: „Erzählen, ja, erzählen!“, kam seine dunkle Stimme.

Er schien es zu genießen, diese Aufmerksamkeit, die ihm zuteilwurde. Natürlich war es nicht das erste Mal, dass Schieber in einer Schulklasse vorsprach. Routiniert und mit nicht zu übersehenden „Starallüren“ verbeugte er sich bei seinen Worten vor den Schülerinnen und Schülern.

„Na, dann erzählen Sie mal!“, forderte Scholz den Mann mit aufmunterndem Nicken auf.

Dann verschränkte der Arzt seine Arme und beobachtete die Klasse genüsslich, die nicht ahnen konnte, welch grausame Geschichten ihr jetzt vorgetragen wurde.

Und was Egon Schieber nun von sich gab, war allenfalls in Horrorromanen allerheftigster Kategorie zu lesen. Er plauderte aus dem Nähkästchen mit einer Selbstverständlichkeit, dass wirklich allen in der Klasse schauderte.

Schieber berichtete, wie er Menschen erwürgte oder erschlug

und anschließend häutete. Oder aber, wie er einem jungen Mädchen einen Zaunpfahl durch den Mund in den Rachen drückte, bis er am hinteren Hals wieder hinauskam. Dass sich Schieber noch an seinen Opfern, ob Frau oder Mann, anschließend verging, war in Anbetracht der vorher geschehenen Grausamkeiten schon beinahe Kleinkram.

Und die Schilderungen erfolgten in einem so selbstverständlichen Ton, dass jedem in diesem Raum umgehend klar wurde, wie krank der Geist dieses Mannes sein musste. Dass zusätzlich bei ihm noch eine schwerwiegende geistige Behinderung vorlag, war natürlich nicht zu übersehen. Sein extremes Aussehen trug darüberhinaus zum Bild eines Monsters bei.

Es war mucksmäuschenstill in der Klasse. Gebannt blickten alle auf die Lippen des Lustmörders, der diese entsetzten Blicke seiner Zuhörer genoss, als stünde er unter tosendem Beifall auf einer Bühne.

Seine drei Begleiter verzogen währenddessen im Hintergrund immer wieder ihre Münder und nickten dabei, als wollten sie bestätigen, dass Schieber völlig zu Recht bei ihnen weggesperrt war.

Doch dieser redete sich langsam heiß. Mit seinem bescheidenen und recht infantilen Vokabular prasselte es ununterbrochen aus ihm heraus. Ohne jede Regung von Schuldbewusstsein oder Reue schilderte er detailgenau seine bestialischen Taten. Dabei gab er sich unübersehbar noch Mühe, die grausamen Details besonders hervorzuheben.

„Warum machen Sie das alles?", unterbrach der Psychiater gezielt. Ihm ging es weniger darum, eine Antwort zu bekommen, sondern er fragte, weil es ihm nicht behagte, dass Schieber anfing, sich in eine gewisse Euphorie hineinzusteigern. Der Patient schien sich vorzukommen wie ein Superstar.

Beinahe verärgert wirkte Schieber über diese Unterbrechung. Trotzdem antwortete er zwar widerwillig, aber artig: „Macht Spaß, wenn sie Angst haben."

„Wenn die Leute Angst haben vor Ihnen? Das macht Sie zufrieden?", war gleichzeitig Frage und Feststellung des Psychiaters.

„Und dann totmachen, macht auch Spaß“, entgegnete der Sadist bereitwillig. Dabei lächelte er freundlich, als plaudere man über ein Kochrezept.

„Sie wissen doch, dass das sehr schlimme Verbrechen sind, die Sie begehen?“

Scholz versuchte der Klasse zu zeigen, wie abwegig die Ergebnisse von Affektivitätsstörungen sein können. Dass sich Gefühlsempfindungen eines Kranken nicht immer mit dem decken, was unter normalem Menschenverstand verstanden wird.

Schieber nickte eifrig. Ohne dass die gute Laune aus seinem Gesicht wich antwortete er: „Ist böse. Der Doktor schimpft dann immer mit Egon Schieber!“

„Und trotzdem machen Sie das?“

„Mann spricht immer mit Egon. Sagt immer, Egon soll totmachen!“, nickte Schieber.

Das war einzig eine sachliche Erklärung, kein Versuch der Entschuldigung.

„Mann ...? Sie meinen, der Mann, dessen Stimme Sie immer wieder hören?“

Schieber stimmte mit einer Kopfbewegung lebhaft zu.

Scholz nickte befriedigt. Er schien mit dieser Demonstration der besprochenen Krankheitsbilder zufrieden zu sein. Deshalb hob er seinen Arm und machte den Begleitern des Patienten ein Zeichen. Dann ging er auf den Patienten zu.

„Ich denke, das dürfte jetzt reichen, Herr Schieber“, sagte er verbindlich. „Ich bedanke mich dafür, dass Sie zu uns gekommen sind.“

Dabei bot er dem gemütskranken Bösewicht zögerlich seine Hand. Es war nicht zu übersehen, dass ihm diese Geste nicht gerade leicht fiel. Doch da war nun mal die Klasse als Publikum und er das Vorbild.

„Schon Ende?“, fragte Schieber ungläubig. Die ihm dargebotene Hand beachtete er gar nicht. Er war einfach nur enttäuscht darüber, dass sein „Schaulaufen“ nun zu Ende sein sollte.

„Leider ja“, lächelte der Arzt, wobei er seine Hand, eher erleichtert, zurückziehen konnte. „Der Unterricht für unsere Schüler muss weitergehen."

Nun wurde das heitere Gesicht des Mannes zum ersten Mal ernst: „Schade", äußerte er enttäuscht.

„Dann komm, Egon", meinte einer seiner Begleiter bestimmt und rüttelte den Patienten an der Schulter. „Dein Auftritt ist zu Ende, es geht wieder ab zum Schloss Valium!"

Der Mann wollte vor der Klasse wohl witzig wirken. Als darauf keinerlei Resonanz kam, schien ihm das fast peinlich zu sein. Jedenfalls verfärbte sich sein Antlitz etwas rötlich.

„Und der Tabak?", entgegnete Schieber ziemlich besorgt.

„Bekommst du auf der Station!", beschwichtigte der Mann.

„Zwei Pakete?"

„Zwei Pakete, wie versprochen!"

Mit einer tiefen Verbeugung wie schon bei seinem Erscheinen verabschiedete sich Egon Schieber von den Schülern. Dann schlurfte er zur Klasse hinaus, gefolgt von seinen Begleitern. Diese nickten den Zuhörern noch kurz zu, bevor sie schließlich hinter Schieber aus dem Blickfeld verschwanden.

Im ersten Moment herrschte im Raum Totenstille. Dann gab es ein allgemeines Durchatmen und Gemurmel.

„Ich hoffe", meinte Scholz laut, um das Getuschel zu übertönen, „dass Ihnen dies als Anschauung ausreichte." Dabei wirkte er selbst hochzufrieden.

Weiteres Gemurmel und zustimmendes Nicken.

„Was ist Ihnen besonders aufgefallen?", fragte er die Beobachtungen der Klassengemeinschaft ab.

„Diese Gefühlskälte, mit der der Mann seine Taten schilderte", meinte Stephanie. „Ich bin jetzt noch erschüttert, mit welcher Selbstverständlichkeit er über diese schlimmen Taten sprach!"

Scholz nickte: „Das ist eben jene affektive Verflachung bei den Geisteserkrankungen. Insbesondere in der Schizophrenie fällt das auf, weil oftmals die intellektuellen Fähigkeiten kaum gestört oder sogar überdurchschnittlich sind."

„Aber doch nicht bei dem Herrn Schieber, der gerade hier war!", protestierte Steffi zaghaft.

„Natürlich nicht", lächelte der Psychiater. Er freute sich dabei über die rege Beteiligung seiner Schüler. „Grundsätzlich müssen wir geistige Erkrankungen und geistige Behinderungen trennen. Früher hatte man einfach alle, deren Verhalten auffällig war, als „verrückt" eingestuft. Man unterschied sie nicht voneinander und verwahrte sie alle zusammen, ohne jedwede Behandlung. Im Fall von Herrn Schieber kommen Krankheit und Behinderung gleichzeitig zum Tragen. Als sich die Psychiatrie noch in den Kinderschuhen befand, hätte man das Krankheitsbild von Schieber als ‚Pfropfschizophrenie' bezeichnet. Das hieß seinerzeit, dass dem Krankheitsbild der Schizophrenie der ‚Schwachsinn' aufgepfropft ist."

„Allein die Bezeichnungen sind herzlos", sinnierte Stephanie laut.

Scholz nickte: „So grausam ist die Welt nun mal. Und es gibt nur wenige Länder, in denen psychisch kranken oder behinderten Geschöpfen ein menschenwürdiges Dasein erlaubt wird. Wir brauchen nur zum Ostblock zu schauen, wo die Leute, in erster Linie Kinder, an ihren Bettchen angekettet werden."

***

Ein lauter Schrei hallte durch Station 42/2. Es hörte sich beinahe so an, als sei jemand abgestochen worden. Patienten und Pflegekräfte blickten sich bei dem Gekreische erschrocken an.

Voller Entsetzen in den Augen kam Rosemarie Otto in das Pflegezimmer gestürmt: „Jupp und Else sind weg!", schrie sie außer sich.

„Nun mal langsam, Rosi!", entgegnete Sigfrid Sailer eher erleichtert. Er hatte schon mit dem Schlimmsten gerechnet.

„Weg, sie sind weg!"

„Du meinst deine beiden Wellensittiche?"

Sailer musste ein zufriedenes Grinsen, was er selbst für denkbar gehässig hielt, unterdrücken. Er gönnte Rosi den Schmerz, da sie sich so gut wie gar nicht um ihre Vögelchen kümmerte, die sie seinerzeit unbedingt haben wollte. Ohne ständige Aufforderung, sich um ihre Pfleglinge zu kümmern, wären die Tiere längst verhungert und verdurstet. Und die Reinigung des Käfigs war jedes Mal ein harter Kampf mit der Patientin, die hierfür schlicht zu bequem und zu faul war. Und jetzt, wo die Viecher nicht mehr da sein sollten, machte die Otto ein derartiges Theater und Gezeter, einfach nicht zu glauben!

„Ja, weg", kam die aufgeregte Antwort. „Der Käfig ist aufgesperrt und das Fenster steht sperrangelweit offen. Das muss jemand mit Absicht getan haben!" Dabei ballte Rosemarie wutentbrannt ihre Fäuste.

„Wer sollte denn so etwas tun?", fragte Sailer ungläubig. „Da hat doch niemand was davon!"

„Na, der Vladi natürlich!", schimpfte Rosi wütend. „Wenn ich den in die Finger bekomme, dann zerkratze ich ihm die andere Gesichtshälfte. Das schwöre ich!"

Dabei machte Rosi jene typischen Kratzbewegungen mit ihren gekürzten Krallen, dass es Sailer schauderte.

Der Pfleger hob beide Hände und meinte beschwichtigend, dabei jedoch sehr bestimmt: „Das wirst du ganz schön sein lassen, verstanden? Hier wird niemandem mehr das Gesicht zerkratzt, klar?"

„Aber ..."

„Nichts aber!", bestimmte Sailer sehr eindringlich. „Es kann doch auch jemand anderes getan haben. Du hast doch wahrlich nicht ***nur*** Freunde hier!"

„Aber er war es!", zürnte Rosi, die sich einfach nicht beruhigen wollte.

Dabei hatten sich unvermittelt ihre Augen mit dicken Tränen gefüllt. Und es war wirkliche Trauer um Jupp und Else, die Wellensittiche, um die sie sich praktisch nur unter Druck gekümmert hatte.

Als hätte man den Teufel gerufen, spazierte in diesem Moment Petrow in das Büro. Er trug einen großen Karton vor sich her, in dem Papierhandtücher waren, die er gerade von draußen hereingeholt hatte. Die Handtuchspender regelmäßig aufzufüllen war eine seiner Aufgaben.

„Du Schwein!", schrie Rosi voller Zorn und wollte sich auf Petrow stürzen.

Sailer hatte das kommen sehen und war darauf vorbereitet. Wie Schraubstöcke hielten seine Arme die rasende Frau zurück.

Petrow hingegen schien im ersten Moment gar nicht zu wissen was los war. So tat er jedenfalls. In Wirklichkeit jedoch wusste er nur zu gut, den Wutanfall seiner Mitpatientin einzuordnen. Doch dumm stellen erschien ihm als beste Strategie.

Der Patient wich einen Schritt zurück: „Bist du verrückt geworden, du alte Hexe?"

„Du verdammtes Schwein, du hast Jupp und Else fliegengelassen!", keuchte Rosi, wobei sie verzweifelt versuchte, aus der Umklammerung freizukommen.

Hätte Sailer sie nicht fest im Griff gehabt, dann wäre Rosi wahrlich auf ihn losgegangen. Sie schien mehr und mehr außer Kontrolle und steigerte sich regelrecht hinein.

„Ich habe deine Piepmätze nicht fliegen lassen!", protestierte Petrow. „So etwas Primitives macht ein wahrer Herrscher nicht!"

Dass er da in gewisser Weise recht hatte, konnte nicht von der Hand gewiesen werden.

„Doch, du warst es!", schrie Rosemarie. Dabei zerrte sie erneut an der Umklammerung von Sailer, um sich loszureißen. Doch sein Griff war unlösbar.

„Jülrinaldi hat deine dämlichen Mistviecher nicht fliegen lassen!", wiederholte Petrow nochmals.

Dabei war eine gewisse Zufriedenheit in seinem Antlitz nicht zu übersehen. Er hatte sein Ziel erreicht.

„Du warst vorhin in ihrem Zimmer, Vladi. Ich hab genau gesehen wie du herauskamst!", mischte sich Detlef Schwengel in das Gespräch ein.

Durch das Geschrei angelockt, hatte sich mittlerweile eine Patiententraube vor dem Büro, auch Pflegerzimmer genannt, gebildet. Die Neugierde und Abwechslung vom monotonen Tagesgeschehen lockte immer Leute an, wenn etwas los war. Hinzu kam noch, dass sich dabei die Gelegenheit bot, sich wichtig zu machen.

„Da, hört ihr?", keuchte Rosi, die durch ihr Gezerre mittlerweile ziemlich außer Atem war. „Detlef kann das bezeugen, er hat Vladi gesehen!!"

„Vladimir, stimmt das wirklich?", fragte Sailer nun mit strenger Stimme.

Die Strenge in seiner Stimme war mehr gespielt als überzeugt. Natürlich konnte er sich denken, dass Petrow sich nicht ungestraft das Gesicht zerkratzen ließ. Trotzdem war er emotional auf Petrows Seite. Nicht zuletzt, weil auch er noch tiefe Kratzspuren von Rosi im Gesicht hatte. Insofern gönnte er ihr diese Strafe.

Petrow hob beschwörend seinen Finger: „Jülrinaldi hat keine Vögel fliegen lassen", entgegnete er dabei fast feierlich.

„Und was hattest du in Rosis Zimmer zu suchen?"

„Die Aufgabe des Gebieters ist es, die Spender für Papierhandtücher aufzufüllen, wie du weißt, Bruder Sigfrid."

Sigfrid Sailer nickte zufrieden und wandte sich Frau Otto zu, die sich, wohl eher aus Erschöpfung, etwas beruhigt hatte: „Hast du gehört, Rosi? Er hat deinen Handtuchspender aufgefüllt, wie alle anderen auch!"

„Er hat trotzdem Jupp und Else fliegen lassen!", bockte Rosi zwar weiterhin, jedoch mittlerweile wesentlich weniger intensiv.

„Du kannst es Vladi aber nicht nachweisen", meinte der Pfleger eindringlich.

„Er war es!"

Nun nahm Sailers Stimme einen warnenden Unterton an: „Nimm das zur Kenntnis, dass es keinen Beweis gibt und sei friedlich, wenn ich dich jetzt loslasse. Denk dran: Wenn es jetzt wieder Ausgangssperre gibt, dann aber für wenigstens vier Wochen, das verspreche ich dir!"

Das schien zu wirken. Mit zusammengekniffenen Lippen nickte die Frau. Und als Sailer seinen Griff lockerte, schnaufte sie zwar kräftig durch, hielt sich aber zurück.

Für einen kurzen Moment herrschte in dem Raum Totenstille, aber ihr mühsam unterdrückter Zorn war beinahe hörbar.

„Alles okay?" Sailer atmete innerlich durch. Er hatte das Gefühl, dass er die Situation hatte entspannen können. War sich jedoch nicht sicher, ob das Theater nicht jederzeit wieder losbrechen könnte.

Weiterhin Stille und unruhig wandernde Blicke der beiden Beteiligten, die sich gegenseitig auswichen. Gott sei Dank verursachten Blicke keine Kratzspuren, ansonsten wäre wohl Blut geflossen.

„Dann erkläre ich die Debatte hiermit für beendet!“, kam Sailers formelles Schlusswort. Dabei hoffte er inständig, dass dies auch so bliebe.

Rosemarie Otto riss sich von dem nur noch leichten Griff Sailers los und ging langsam an Petrow vorbei. Auf gleicher Höhe mit ihm drehte sie blitzschnell ihren Kopf zur Seite und spie ihm mitten ins Gesicht. Gleichzeitig entfernte sie sich, wie von der Sehne geschnellt, mit schnellen Schritten. Und dass sie ihm zumindest ins Gesicht spucken konnte, empfand sie als Entschädigung dafür, ihre anderen hasserfüllten Gelüste unterdrücken zu müssen!

Es war nur ein ganz kurzer Moment, in dem Petrow richtig verdattert wirkte. Doch schnell fasste er sich. Und noch bevor der konsternierte Sailer darauf reagieren konnte, rief ihr Petrow hinterher: „Jülrinaldi wird dich strafen und aufspießen, glaub es mir!“

Dabei wischte sich der Mann bedächtig mit dem Handrücken Rosis Speichel aus dem Gesicht. Und die Augen Petrows hatten dabei den Anschein, als handle es sich um zwei glühende Kohlen.

Rosemarie Otto drehte sich nur kurz um: „Phh, du bekloppter Jülrinaldi-Spinner!“

„Lass sie, Vladi“, besänftigte der Pfleger und rüttelte ihn an der Schulter. Er hatte beobachtet, wie sich die Augen des Patienten derart weiteten, wie er es bei ihm bisher noch nie gesehen hatte. Dieser angsteinflößende Anblick war ihm überhaupt nicht geheuer.

„Sie wird ihre Strafe bekommen, Bruder Sigfrid, glaub es mir!“, entgegnete Petrow kalt.

„Hör auf, Vladi. Es lohnt sich nicht!“

„Sie hat Jülrinaldi beleidigt!“

Sailer legte seinen Arm um Petrows Schulter. Mittlerweile hatten sich die anderen Patienten entfernt, da die Show vorbei zu sein schien. Daher waren sie jetzt wieder allein im Flur.

„Sag mal ehrlich, Vladi", versuchte der Pfleger ihm freundschaftlich die Wahrheit zu entlocken. „Hast du die Vögel aus dem Käfig gelassen? Ich verspreche dir, dass ich nicht petzen werden!"

„Nein", kam die knappe Antwort.

Und das stimmte auch. Petrow hatte die Vögel aus dem Käfig *genommen*. Dass Jupp und Else nun am Spieß neben den Ratten aufgereiht waren, sagte er natürlich nicht ...

***

„Hast du keine Sorge, Siggi, dass Vladi seine Drohung wahr machen könnte?", fragte Stephanie besorgt. Sie war während des Streites im Zimmer nebenan beschäftigt gewesen und hatte alles mitbekommen.

Sigfrid Sailer winkte lachend ab: „Der? Nee, du! Was glaubst du, wie oft er hier schon jemanden mit Folter und Pein bedroht hatte. Bei Majestätsbeleidigung macht der das fast immer. Dabei ist der harmloser als eine Stubenfliege!"

„Na, ich weiß nicht ...", entgegnete die Schwester skeptisch. „Wenn man das so hört, dann kann einem schon angst und bange werden!"

Sailer legte seinen Arm freundschaftlich um ihre Schulter. Er genoss ihre Nähe, denn ihre Attraktivität ließ auch ihn nicht kalt.

„Glaub mir, Steffi", erwiderte er beinahe liebevoll, „wir brauchen uns da wirklich keine Sorgen zu machen. Während seines 30jährigen Aufenthaltes hier in der Klinik hat er sich noch nie an jemandem vergriffen. Warum sollte er jetzt auf einmal damit anfangen? Jemanden bedroht hingegen hat er fast täglich. Petrow ist schlichtweg nur ein Maulheld und mehr nicht!"

„Na, dein Wort in Gottes Ohr!", lachte Stephanie nun und drehte sich dezent aus der freundschaftlichen Umklammerung heraus. Sie empfand sie zwar nicht als Belästigung, doch angenehm war sie ihr auch nicht.

„Glaub mir", fuhr Sailer, dem die Geste Steffis nicht entging, fort, „Vladi weiß nur zu gut, was er hier an uns hat. Nirgendwo ginge es ihm so gut wie hier. Bei uns ist er der unumstrittene King unter seinesgleichen. Er wäre doch wirklich dumm, wenn er das aufs Spiel setzte. Zumal er den Drang zur Gewalt noch nie gezeigt hat."

„Und er genießt das unübersehbar", nickte die Schwester zustimmend.

„Das kann man wohl sagen. Dabei hat er seine Verhaltensstruktur so geschickt angepasst, dass ich mich manchmal frage, ob er wirklich so verrückt ist wie er tut."

„Du meinst, er spielt uns etwas vor?", zweifelte Steffi an Sailers Einschätzung.

„Nicht so ganz. Natürlich ist er schizophren bis in die Haarwurzeln. Doch so manches Mal wird er, aus Eigennutz natürlich, noch zusätzlich ein Schüppchen drauflegen. Es wird ein Mischmasch sein von Ballaballa und Schaulaufen. Davon bin ich jedenfalls überzeugt."

Sigfrid Sailer lag mit seiner Einschätzung gar nicht mal so weit daneben. Trotzdem war Vladimirs Wahn natürlich dominant. Dies sollte sich umgehend ziemlich anschaulich zeigen, denn Petrow kreuzte gerade erneut auf. Er kam vom Tagesraum und lief an den beiden vorbei.

„Vladi, ich wollte dich immer was fragen!", rief ihm Sailer zu.

Petrow stoppte abrupt und wandte sich dem Pfleger zu: „Rede, Bruder Sigfrid."

Sailer versuchte, an Petrows Gedankengänge heranzukommen, um Steffi aufzuzeigen, was da überhaupt im Kopf eines schizophrenen Patienten vor sich gehen kann.

„Wie stellt du dir das überhaupt mit der Weltherrschaft des Gebieters vor, Vladi?"

„Das wirst du nicht verstehen können, Bruder Sigfrid", entgegnete Petrow fast traurig. „Es stehen dahinter Logiken, die dein Denkvermögen übersteigen werden!"

„Oh, danke!", lachte Sailer köstlich amüsiert. „So schätzt du mich also ein?"

Auch Stephanie Maldessa konnte ihre Belustigung über die Direktheit des Patienten nicht verbergen.

Petrow tat ziemlich betroffen: „Nimm´s mir nicht übel, Bruder Sigfrid, aber das sind Sphären, in denen ich wandle, die du nicht begreifen wirst!“

„Versuch's trotzdem, Vladi“, grinste Sailer. „Ich werde mich bemühen!“

Petrow sinnierte etwas nach, bevor er antwortete: „Bei dem Samenerguss eines Mannes werden Millionen von Spermienzellen ausgestoßen, die alle die DNA des Gebers enthalten“, begann er, mit der Erklärung weit ausholend.

„Sagt man“, stimmte Sailer lächelnd zu. „Ich habe sie noch nie nachgezählt!“

Petrow fuhr unbeirrt fort und man sah, wie ernst es ihm damit war: „Irgendwann wird jede einzelne Zelle des Gebieters genutzt werden können und den heranwachsenden Eizellen der Frauen zugeführt werden. *Nur* noch das Erbgut des Gebieters wird erlaubt sein, wenn die Zeit gekommen ist. Alles andere wird nicht mehr geduldet werden können!“

„Und auf diesem Weg wirst du schließlich die Herrschaft über die Welt übernehmen?“

Sailer musste sich wirklich zusammenreißen, noch ernst zu bleiben. Steffi hatte sich derweil schon etwas zur Seite gedreht, damit Petrow ihr lachendes Gesicht nicht sah.

„Über das gesamte Universum!“, füge Petrow mit ernster Miene hinzu. „Über das gesamte Universum, Bruder Sigfrid!“

„Und was soll dann das Endziel sein?“

„Alle sind dann vollkommen, Bruder Sigfrid, alle sind dann vollkommen!“

„Ich bin eher der Meinung, dass alle dann schizophren sind!“, prustete Sailer nun lachend los.

Auch Steffi stimmte in das Gelächter ein, woraufhin Petrow ein betroffenes Gesicht zog. Er schien sichtbar verstimmt über diese Majestätsbeleidigung.

Mit Tränen in den Augen legte Sailer freundschaftlich den Arm um Petrows Schulter: „Nimm´s mir nicht übel, mein lieber Freund. Doch wie soll das mit den vielen Samenergüssen bei dir denn funktionieren? Immerhin benötigten wir dann wenigstens sieben Milliarden Zellen. Wenn wir das Ganze durch – sagen wir mal - fünf Millionen pro Erguss teilen, dann kämen wir auf eine Zahl von, äh, 1400 Ladungen! Wie willst du das denn schaffen? Dann trocknest du doch völlig aus!"

Die Augen Petrows zeigten nun eine gewisse Ratlosigkeit. Mit derartig komplizierten Bedingungen, ganz zu schweigen von den Berechnungen, hatte er sich noch gar nicht befasst.

Und Sailer setzte noch einen drauf. Wahrscheinlich war es die Anwesenheit Stephanies, die ihn jetzt jene Grenze überschreiten ließ, hinter der es für den Patienten peinlich werden könnte.

„Und bei dir kommt doch ohnehin nur noch heiße Luft!", lachte er laut auf und schlug sich dabei vor Vergnügen auf die Oberschenkel.

Petrows Augen blitzten erbost auf. Das war nun wirklich zu viel für ihn. Schnaufend wandte er sich um und entfernte sich rasch.

„Vladi", rief ihm Sailer hinterher, „das war doch nur ein dummer Scherz!"

Doch Petrow lief schnurstracks weiter, ohne sich umzudrehen.

***

„Heute habe ich eine besonders interessante Überraschung für Sie, meine Damen und Herren", kündigte Dr. Scholz beinahe geheimnisvoll an. Wie immer hatte er sich methodisch auf den Unterricht vorbereitet.

Die Anspannung in der Klasse nahm schlagartig zu, denn man wusste, dass der Mann wirklich etwas drauf hatte. Wenn er Interessantes ankündigte, dann war es auch so.

„Das Korsakow-Syndrom", meinte der Psychiater. „Hat einer von Ihnen hiervon schon einmal gehört?"

„Muss vom Suff kommen", sagte eine junge Frau aus der ersten

Reihe. „Jedenfalls habe ich das in diesem Zusammenhang mal gehört.

„Die Richtung ist zumindest richtig“, lächelte der Psychiater. „Nur eben noch nicht konkret.“

„Wenn jemand seinen Verstand versoffen hat!“, kam es aus einer der hinteren Linien.

Allgemeines Gelächter in der Klasse.

„Das stimmt schon eher “, nickte der Arzt. „Jedenfalls was das Ergebnis des Alkoholmissbrauchs betrifft. Ich möchte Ihnen heute jemand vorstellen, bei dem dies der Fall ist. Umso trauriger, da es sich um einen Kollegen von mir handelt. Dr. Heinz Galanke war einmal ein aufstrebender Hirnchirurg. Überdurchschnittlich intelligent und in der Feinchirurgie des Nervensystems geradezu ein Genie. Nur leider hatte er ein trauriges Defizit: Er war dem Suchtteufel verfallen!“

Ein wissbegieriges Raunen ging durch die Klasse. Was der Scholz da ankündigte war wirklich eine außergewöhnliche Geschichte.

„Der Mann hatte praktisch alles, was man sich wünschen kann“, fuhr Scholz fort. „Familie, Geld, Ansehen und Einfluss, und leider auch ausgesprochenen Durst. Dabei möchte ich jetzt mit Ihnen gar nicht über die Alkoholproblematik als Erkrankung reden, sondern über die Folgen und das, was schließlich zurückbleibt, wenn man sein Nervensystem ständig toxischen Belastungen aussetzt, die bei fortwährender Zufuhr schließlich zur Verblödung führen.“

„Und davor ist dann noch nicht einmal ein Doktor gefeit!“, kam es treffend aus den hinteren Reihen.

„So ist es! Suchtproblematiken sind praktisch in allen Schichten unserer Gesellschaft vorhanden. Vom heruntergekommenen Penner bis hin zum höchstangesehenen Professor. Gewisse Nuancen und Anhäufungen finden sich allenfalls in sozialen Umfeldern und Bildungsständen wieder. Doch Fakt ist nun mal, dass wirklich alle Bereiche unseres Bürgertums hiervon betroffen sind.“

Dr. Scholz schwieg nun einige Momente, um das Gesagte etwas sacken und einwirken zu lassen.

Schließlich fuhr er fort: „Dr. Heinz Galanke, den ich Ihnen gleich vorführen werde, bietet, neben dem Bild des schwerst alkoholkranken Korsakow-Patienten, ein äußerst hohes Aggressionspotential, das bei ihm regelmäßig zum Kontrollverlust führt. Die Erregungszustände treten bei dem Mann ohne jeden Anlass auf und kommen praktisch aus heiterem Himmel. Diese Aggressivität ist bei ihm derart ausgeprägt, dass er für seine Umwelt eine große Gefahr darstellt. Vor seiner dauerhaften Unterbringung in der Psychiatrie war es letztendlich bei ihm zu Tötungsdelikten gekommen, wobei ihm, aufgrund seiner geistigen Erkrankung, Schuldunfähigkeit zugesprochen wurde. Nach § 63 StGB landete er schließlich bei uns."

„Wird der Mann jemals die Chance haben, wieder auf freien Fuß zu kommen?", fragte Stephanie Maldessa.

„Wenn er gesund würde und keine Gefahr mehr darstellte, natürlich! Doch damit wird wohl nicht mehr zu rechnen sein", lächelte der Dozent.

„Also kann er sich darauf einstellen, dass er den Rest seines Daseins hier in der Klinik verbringen wird?"

„Ob er sich darauf einstellen kann, bezweifle ich. Nicht, weil er das nicht will, sondern eher deshalb, weil er es nicht können wird. Ihm wird es schlicht egal sein, wo er die restliche Zeit seines Lebens verbringt. Doch überzeugen Sie sich alle selbst davon!"

Dr. Scholz schritt zur Tür und öffnete sie. Draußen warteten schon zwei Pflegekräfte darauf, dass man sie mit ihrem Patienten hinein bat. Mit einem freundlichen Nicken betraten die zwei Begleitkräfte das Klassenzimmer, den Patienten dabei in ihrer Mitte führend. Unter den Schülern herrschte währenddessen ein verhaltenes Getuschel.

Dr. Heinz Galanke war ein Mann von recht kräftiger Statur. Sein Äußeres wirkte ziemlich ungepflegt und schmuddelig. Unrasiert und mit fettigem und strähnigem Haar trat der Mann mit seiner Begleitung in die Mitte des Raumes. Er wirkte regelrecht gleichgültig und unbeteiligt, als wüsste er überhaupt nicht, was er hier sollte. Im Grunde war es eine bemitleidenswerte Kreatur, die vor der Klasse stand.

Scholz hatte bereits einen Stuhl neben sein Lehrerpult gestellt und deutete auf ihn: „Bitte setzen Sie sich doch, Herr Kollege."

Die letzten Worte sprach er demonstrativ mit einem Unterton des Bedauerns aus, um seiner Erschütterung über den Verfall eines Menschen und das, was er sich selbst angetan hatte, Nachdruck zu verleihen.

Wortlos folgte Galanke der Aufforderung und blickte teilnahmslos im Klassenzimmer umher. Derweil postierten sich die beiden Pfleger gleich hinter dem Mann. Es sah aus, als passten sie auf den gefährlichsten Mann der Welt auf. Natürlich war dabei auch eine gehörige Portion Selbstdarstellung der Pfleger nicht zu übersehen.

Dr. Scholz schien das etwas übertrieben zu finden. Deshalb wandte er sich an die Begleiter: „Ich glaube, es würde reichen, wenn Sie sich neben der Ausgangstüre postieren."

Einer der Begleiter blickte ihn eher überrascht an. Damit hatte er offensichtlich nicht gerechnet: „Finden Sie?", entgegnete er mit demonstrativem Erstaunen.

„Ich denke schon", meinte der Arzt. „Wir sind hier doch nicht bei der Stasi."

Der Mann zuckte mit den Schultern: „Wenn Sie es wünschen. Ihr Wort in Gottes Ohr, Herr Doktor!"

Die Männer kamen dem Wunsch des Psychiaters nach und zogen sich zurück. Dabei konnte sich einer von ihnen ein hämisches Grinsen nicht verkneifen. Und warum er grinste, durfte der Arzt kurz darauf erfahren.

„Und Sie sind Herr Galanke?", begann Scholz das Gespräch mit dem Patienten.

„Ja, Galanke", antwortete der Mann, ohne den Arzt oder eine andere Person anzublicken. Er schaute praktisch ins Leere. Ihn schien überhaupt nicht zu interessieren, was sich um ihn herum abspielte.

„Ich heiße Sie bei uns herzlich willkommen", nickte Scholz dem Mann freundlich zu.

„Ja", kam die gleichgültige Antwort.

„Wissen Sie, wo Sie sich hier befinden?"

„Ja."

Danach Schweigen, mehr kam von Galanke nicht.

„Und wo befinden Sie sich?"

„Theater."

„Im Theater?", fragte Scholz nun selbst überrascht über die Antwort. „Und in welchem Theater befinden wir uns?"

„Im Kino."

Scholz schüttelte den Kopf. Er schien über das Ausmaß der Verblödung des Patienten entsetzt.

„Was für ein Kino?", fragte er.

„Theater."

Ein Raunen ging durch die Klasse. Das war wirklich völliger Unsinn, was der Mann von sich gab.

„Welchen Beruf üben Sie aus?", versuchte es Scholz erneut.

„Auto fahren."

Galanke zeigte bei keiner der Antworten irgendeine Mimik oder Gestik. Seine Auskünfte kamen wie die eines Roboters, mit blecherner Stimme.

Der Dozent wandte sich zu seinen Schülern: „Gedächtnislükken mit etwas Erdachtem auszufüllen nennen wir in der Fachsprache ‚Konfabulation'. Dieses Symptom ist beim Korsakow-Syndrom klassisch. Unser Proband ist nicht mehr in der Lage, seine Situation objektiv einzuschätzen und ergänzt seine Gedächtnislücken mit eigenen Phantasieanteilen oder erfindet völlig neue Elemente".

Jeder andere Proband wäre bei so einer Wertung über ihn wahrscheinlich völlig entsetzt. Doch Galanke schien das, was Scholz da über ihn erzählte, gar nicht zu berühren. Gleichgültig saß er da und ließ die Dinge so sein, wie sie waren. Bei dem Mann war keinerlei Regung sichtbar.

Scholz richtete seine Aufmerksamkeit erneut auf den Patienten: „Hätten Sie vielleicht einen Wunsch, Herr Galanke?"

Galanke reagierte nicht. Bewegungslos verharrte er auf seinem Stuhl.

„Herr Galanke, haben Sie einen Wunsch, kann ich etwas für Sie tun?"

Zum ersten Mal kam so etwas wie Leben in die Züge des Mannes. Mit großen Augen richtet er seinen Blick auf den Psychiater. Er sagte aber nichts dabei, er blickte Scholz nur an.

„Nun", forderte ihn Scholz erneut auf, „möchten Sie etwas haben?"

„Zigarette!", kam die knappe Forderung, die in der Klasse allgemeines Kichern auslöste.

„Da kann ich Ihnen jetzt leider nicht helfen", lächelte der Doktor. „Hier in der Klasse ist Rauchverbot."

„Zigarette!", kam die Forderung nun erheblich lauter und aggressiver. Und gleichzeitig kam Leben in das Gesicht des Mannes, während er mit seinem Blick den Psychiater fixierte.

Einer der beiden Begleiter, die an der Tür standen, tippte seinen Kollegen an. Ihm schien aus Erfahrung nichts Gutes zu schwanen.

Dr. Scholz stellte sich vor Galanke und beugte sich etwas zu ihm nieder. Dabei legte er ihm freundschaftlich seine Hand auf die Schulter: „Herr Galanke", sagte er liebevoll, „hier darf nicht geraucht werden."

Was nun geschah, passierte derart schnell, dass es kaum jemand so richtig mitbekam, obwohl alle Augen auf die Männer gerichtet waren. Mit einer unglaublich schnellen Bewegung holte Heinz Galanke aus und verpasste Dr. Scholz einen Kinnhaken, dass dieser mehrere Meter weit geschleudert wurde. Dann schlug der Arzt derart hart auf den Boden auf, dass er kurzzeitig sein Bewusstsein verlor.

Ein einziger durchdringender Aufschrei breitete sich im Raum aus. Gleichzeitig stürzten die beiden Pfleger heran und warfen sich auf Galanke. Mit festem Griff drückten ihre Arme den Patienten am Boden nieder.

Lähmendes Entsetzen und Stille beherrschten nun das Klassenzimmer. Zwei der Schüler eilten zu Dr. Scholz und richteten seinen Oberkörper etwas auf. Scholz war nur kurzzeitig bewusstlos gewesen. Langsam und zögernd stellte sich sein Bewusstsein wieder ein. Benommen blickte er fragend umher. Und mit lautem Stöhnen griff er sich an die Nase, aus der ein dicker Blutstrom quoll.

Während einer der beiden Begleiter Heinz Galanke am Boden festhielt, griff der andere zu seinem Handy und telefonierte kurz. Schon nach wenigen Minuten eilten drei weitere Pflegekräfte herbei, die halfen, Galanke zu bändigen und wegzubringen.

Dieser wirkte dabei völlig gleichgültig und ließ alles mit sich geschehen, als wüsste er gar nicht mehr, was soeben passiert war. Spätesten jetzt wurde es jedem in der Klasse klar, wie wenig dieser Mann für sein Handeln zur Verantwortung gezogen werden konnte. Er wusste wirklich nicht, was er tat.

Der Unterricht fiel in den kommenden Wochen bis auf weiteres aus. Das gebrochene Nasenbein von Scholz benötigte erstmal eine längere Ruhepause ...

***

„So einfach kommst du mir nicht davon, du Drecksack", fuhr es Rosemarie Otto durch den Kopf.

Das, was ihr Petrow angetan hatte, saß verdammt tief. Dass sie sich um Jupp und Else so gut wie gar nicht gekümmert hatte, blendete sie dabei aus. Doch diese unsagbare Beleidigung, die wollte sie einfach nicht auf sich sitzen lassen. Dafür musste dieser Bastard jetzt büßen!

Gleich nach dem Frühstück schlich sie sich auf leisen Sohlen in den Keller zu Vladis Zimmertüre. Rosi wusste, dass er während dieser Zeit in der Regel Botengänge machte. Daher war die Gelegenheit günstig!

Während an den meisten Türen des Hauses Sicherheitsschlösser angebracht waren, war die von Petrow noch mit einem alten, herkömmlichen Schloss versehen. Das war für Rosemarie überhaupt kein Problem, denn sie wusste sehr wohl mit einem mitgebrachten Dietrich umzugehen. In früheren Zeiten und auch später, wenn sie nicht gerade in der Psychiatrie untergebracht war, hatte sie gelernt, so ein Teil zu handhaben. In den zwielichtigen Kreisen, in denen sie sich seinerzeit tummelte, wurde so mancher Bruch begangen, um etwa Alkohol und Zigaretten zu finanzieren. Keine großen Sachen, sondern eher kleinere Straftaten wie beispielsweise Einbrüche in Gartenlauben oder Kellerräume, um sich dann anzueignen, was sich irgendwie zu Geld machen ließ. In dieser Hinsicht verfügte die Patientin über einen einschlägigen Erfahrungsschatz.

Nun also stand die Frau vor Petrows Zimmertüre und fummelte mit einem Dietrich im Schloss herum. Schon nach wenigen Momenten hatten Rosis geübte Hände die Tür geöffnet. Zufrieden mit sich selbst lächelte sie und trat in das Zimmer. Dabei leuchtete sie mit einer Taschenlampe in den Raum. Das Licht anmachen wollte sie nicht, denn die volle Beleuchtung hätte jemandem auffallen können.

In der schummrigen Bude müffelte es unangenehm. Dies mochte sicherlich auch an den beiden Ratten liegen, die sie jetzt im Lichtkegel der Lampe in ihrem Käfig wahrnahm.

Zufrieden lächelte Rosi: „Hab ich euch, ihr Mistviecher!", sagte sie in gehässigem Ton. Die Tatsache, dass die beiden Nager noch am wenigsten für das Geschehene konnten, blendete sie dabei aus. Rache war das einzige Gefühl, das sie jetzt im vollen Ausmaß beherrschte.

Langsam schritt Rosemarie Otto auf die Tiere zu. Der Lichtschein der Taschenlampe hatte die Ratten nun voll erfasst. Die beiden Tierchen blickten auf, als hätten sie eine Frage in ihren kleinen Äuglein.

Und dann wurde es plötzlich völlig dunkel in Rosis Bewusstsein. Ein harter Gegenstand hatte sie am Kopf getroffen. Dass sie zu Boden sank und hart aufschlug, bekam die Frau gar nicht mehr mit ...

***

Merkwürdigerweise war es im Laufe des Tages niemandem aufgefallen, dass Rosemarie Otto nicht auf der Station war. Zwar hatte sie offiziell Ausgang, jedoch bloß für eine Stunde und das auch nur in Begleitung zumindest eines Mitpatienten, der vom Personal genehmigt werden musste. Also konnte sie sich nicht irgendeinen verwirrten Schussel nehmen und sich vom Acker machen. Dies war eine Sanktion als Folge ihres „Spuckattentates“ auf Petrow.

Eigentlich war es schon ein starkes Stück, dass Rosis Abwesenheit niemandem aufgefallen war. Zumal die Frau fortwährend für Unruhe auf der Station sorgte. Wo Rosi war, da war es ungewöhnlich laut und so manches Mal ging es dann auch handgreiflich zur Sache. Frau Otto war schon so etwas wie eine Kliniklegende und zum Scherz hatte Sailer vorgeschlagen, sie in die Inventarliste aufzunehmen.

Es war allerdings ein sehr stressiger Tag für das Personal gewesen. Unglücklicherweise war an diesem Wochentag ein Teamgespräch angesetzt, und gerade als dieses beginnen sollte, kamen nacheinander fünf Aufnahmen, es war wie verhext. Nun sind Aufnahmen für eine Aufnahmestation nichts Ungewöhnliches, doch derart viele in so kurzer Zeit schon. Deswegen drehte sich das Personal mehr oder weniger im Kreis und das soeben erst begonnene Teamgespräch wurde kurzerhand abgeblasen.

Die Hausangestellte, Frau Hinz, hatte den Abendbrottisch im Speisesaal für die zurzeit 16 Patientinnen und Patienten gedeckt. Dabei sorgte die etwas dickliche Frau, wie eigentlich immer, mit ihrem Kommandoton für ziemlichen Stress. Zu Recht hatten sich die Kranken immer wieder darüber beschwert und Frau Hinz wurde auch schon des Öfteren von der Stationsleitung ermahnt, ihre Dominanz etwas zu zügeln. Doch es war eben das Wesen dieser im Grunde herzensguten Frau, dass sie verbal ziemlich polternd auftrat.

Die erste, der Rosemaries Fehlen auffiel, war Stephanie Maldessa. Zuerst schaute sie in Rosis Zimmer nach, dann im Tagesraum und schließlich in allen Toiletten. Nichts, keine Spur von der Patientin.

Steffi wandte sich an Schwester Diana: „Weißt du, wo Rosi sein könnte? Ich habe sie überall gesucht.“

„In ihrem Zimmer ist sie nicht?“

„Nein, auch nicht auf einer der Toiletten. Ich habe überall nachgeschaut!“

„Die wird sich doch nicht etwa vom Acker gemacht haben?“,

seufzte Diana. „Dass ihr die Sanktionen nicht behagten, war ja für alle offensichtlich."

„Hat sie das schon öfter gemacht, einfach so getürmt?", fragte Stephanie ungläubig.

„Leider ja", erwiderte Diana bitter. „Vor ein paar Wochen hat sie sich kackfrech ein Taxi genommen und ist nach Düsseldorf zu ihrer Schwester gedüst. Mal soeben über hundert Kilometer Taxifahrt. Der Taxifahrer war natürlich beglückt über die weite Tour!"

„Wie bitte?"

„Ja, du hast richtig gehört. Die Schwester hat sich natürlich alles andere als gefreut. *Wir* konnten sie tags drauf dann dort abholen."

Steffi schüttelte ungläubig den Kopf: „Und das Taxi, wer hat das denn bezahlt? Das war bestimmt nicht billig!"

Diana zuckte mit den Schultern: „Na, die Klink natürlich, wer sonst? Wir sind halt für unsere Patienten verantwortlich und damit auch für den Unsinn, den sie anstellen."

„Das ist aber nicht richtig, finde ich. Auch eine Patientin sollte wissen, dass sie keine Narrenfreiheit hat!"

Diana lächelte: „Aus therapeutischen Gründen wird ihr jetzt jeden Monat 5 € vom Taschengeld abgezogen. Das war für uns Kampf genug, bis sie das begriffen hatte!"

„Müssten wir jetzt nicht irgendwelche Suchdienste informieren?", sorgte sich Stephanie.

„Sie ist nicht als suizidal eingestuft. Dementsprechend können wir noch warten", meinte die Stationsschwester. „Wir werden nach dem Abendessen nochmals das ganze Haus absuchen und die nähere Umgebung um das Haus. Wenn wir sie nicht finden, sage ich Fleischmann Bescheid. Er oder einer der anderen Ärzte wird morgen früh die Polizei anrufen, denke ich."

„Oha", seufzte Steffi, „dann wird auf unsere Rosi noch einiges an Ärger zukommen."

„Warten wir´s erstmal ab", beschwichtigte Diana. „Ihr wird das in Grunde völlig schnurz sein. Vielleicht liegt sie gerade bei einem ihrer Verehrer im Bett und verdient sich einen Euro hinzu."

„Nicht zu glauben", entgegnete Stephanie verdrießlich. „Wenn derartiges nach draußen dringt, dann schütteln die Menschen doch nur den Kopf!"

„Die Leute draußen haben sich nun mal eine Meinung über Irrenhäuser gebildet, ohne die wahren Hintergründe zu kennen."

***

Da lag die füllige Frau ohne Bewusstsein vor ihm. Vladimir Petrow musste sich sputen. Er hatte nicht unendlich Zeit, Rosemarie Otto fortzuschaffen.

Es war reiner Zufall, dass er vorhin zu seinem Zimmer im Keller geeilt war. Die Nikotinsucht hatte ihn dazu getrieben. Eben als er seine Botengänge antreten wollte, war ihm aufgefallen, dass sein Tabakbeutel zur Neige ging. Deswegen auch der rasche Gang in den Keller zu seinem Zimmerchen, um sich mit Nachschub zu versorgen.

Und jetzt das! So wagte es doch diese freche Göre, in sein Gemach einzudringen, um sich an seiner Dienerschaft zu vergreifen! Denn dass sie es auf die Tiere abgesehen hatte, als sie vor deren Käfig stand, war offensichtlich. Dies war eine unfassbare Majestätsbeleidigung, die er nicht dulden konnte und die bestraft gehörte! Und zwar auf solche Weise bestraft, wie er es bisher noch nie durchgeführt hatte. Ein teuflischer Gedanke wuchs in Petrow heran, der in ihm eine nie zuvor gekannte Lust weckte. Eine Lust, die bisher nur in seinen Träumen stattgefunden hatte und die nun möglicherweise in die Tat umgesetzt werden konnte.

Unter Zeitdruck schleifte der Mann die gewichtige, bewusstlose Frau zuerst in den technischen Raum und schließlich in die Katakomben. Er musste alles geben, denn es war eine anstrengende Arbeit, die sicher 90 Kilogramm schwere Rosi zuerst über das Durchgangsfenster und schließlich durch die Gänge zu ziehen. Ohne jedes Hilfsmittel quälte er sich schrecklich mit dem Koloss. Und dann war da ja noch diese Sorge, dass man ihn oben auf der Station suchte, um ihn mit den üblichen Botengängen zu beauftragen. Zumal man es von ihm und seiner Zuverlässigkeit gewohnt war, dass er praktisch immer zur Verfügung stand.

Die letzten Meter zu seiner geheimen Residenz waren die allerschwersten, da sich die Decke immer weiter absenkte und die Arbeit in tief gebückter Haltung stattfinden musste.

Endlich hatte es Petrow geschafft. Schwer atmend stand er in der Galerie des Schreckens und betrachtete die vor ihm liegende Rosemarie Otto. Dicke Schweißperlen traten auf seiner Stirn aus den Poren und trieften an seinem Gesicht hinunter. Laut schnaufend wischte er sich das Nass mit dem Handrücken aus dem Antlitz. Dabei nickte er, zufrieden mit sich selbst und dem, was er geleistet hatte.

„Du wirst die Strafe bekommen, die der Herrscher für dich vorgesehen hat!", sagte er leise und empfand dabei eine Lust an Grausamkeit, die ihm neu war. Aber das erschreckte ihn nicht, sondern spornte ihn eher an.

Nachdem Petrow mehrmals tief durchgeatmet hatte, zog er die Frau schließlich zu dem Platz im Raum, wo er sie haben wollte. Nachdem er nochmals tief Luft geholt hatte, drehte er Rosi auf den Bauch.

Beinahe übereifrig eilte er danach zu einem seiner Schränke und holte aus einer Schublade ein paar Seile, mit denen er darauf die Hände Rosemarie Ottos auf ihrem Rücken zusammenband. Anschließend entblößte er den Unterleib der Bewusstlosen. Dies tat er jedoch nicht, um sich an ihr zu vergehen, sondern aus einem ganz anderen Grund. Schließlich fixierte er noch ihre Füße und zwar so, dass sie an den Säulen rechts und links neben ihr festgebunden waren. Rosi lag nun breitbeinig auf den Bauch, völlig unfähig, sich zu bewegen. Genau so wollte es Vladimir Petrow haben, denn es war die ideale Position, die für sein perverses Vorhaben vonnöten war!

Mit Eiseskälte griff sich Vladimir nun einen Eimer, der etwas abseits stand, ging zu seiner Küchen-Zapfstelle und füllte ihn halbvoll. Dann schritt er auf Rosi zu und schüttete mit lustvollem Grinsen das Wasser laut plätschernd über ihren Kopf. Ihr patschnasses Haupt lag nun in einer großen Pfütze, mit dem Gesicht nach unten.

Schon nach wenigen Augenblicken hörte er sie aufstöhnen. Doch mehr tat sich vorerst nicht. Es war, als versuche man jemanden zu wecken, der unbedingt weiterschlafen wollte. Deshalb trat ihr Petrow, mit verhaltener Kraft, seitlich in die Rippen.

Das wirkte. Mit einem tiefen Seufzer schlug Rosemarie die Augen auf. Im ersten Moment verstand sie gar nichts, nur dass ihr Kopf höllisch schmerzte. Mehr nahm sie nicht wahr. Doch der Blick auf den kalten Boden und die Unfähigkeit sich zu bewegen setzte in ihrem Gehirn den Versuch in Gang, die Dinge zuzuordnen. Schließlich spannte sich ihr massiger Körper an, als könne sie nicht fassen, was ihr da passiert war. Und endlich schien sie zu begreifen, dass etwas überhaupt nicht stimmte, wobei ihre Bewegungen ihre Panik verrieten.

„Hiilfeee!“, kam es stöhnend über ihre Lippen. „Hiilfeee!“ Dabei wand sie sich in ihren Fesseln wie ein fetter Aal, dessen Bewegungsfähigkeit eingeschränkt war.

„Na, da guckst du aber blöd, was?“, höhnte Petrow grimmig.

Verwundert hob Rosi ihren Kopf an, soweit es ihr in Bauchlage möglich war. Eher schemenhaft nahm sie ihren Mitpatienten vor sich wahr. Es dauerte einige Momente, bis sie ihn schließlich erkannte.

„Was soll die Scheiße, Vladi?“, presste sie fast tadelnd hervor. „Bist du verrückt geworden?“

Petrow tat so, als hätte er die Beleidigung überhört: „Die Vorsehung hat ergeben, dass dich die Strafe ereilen wird“, entgegnete er würdevoll.

„Hör auf mit dem Mist und mach mich endlich los, du blöder Affe!“, giftete die Frau nun wütend.

Petrow hob warnend den Zeigefinger: „Je mehr du Jülrinaldi beleidigst, umso härter wird deine Strafe sein!“

Erst jetzt merkte Rosi, dass sie unten rum völlig entblößt war: „Wenn du mich ficken willst, dann brauchst du mich doch nicht festbinden, du Blödmann!“, schimpfte sie empört. „Mach mich los und du kannst mich vögeln, solange du willst!“

„Meinen Körper gelüstet nicht nach dem, was bereits Hunderte benutzt haben“, kam die abfällige Antwort.

Immer heftiger stieg der Zorn in Rosemarie Otto auf. Sie schien noch immer nicht begriffen zu haben, dass es jetzt um ihr nacktes Leben ging.

„Du dreckiger Wichser“, schrie sie außer sich vor Empörung. „Was willst du denn von mir?“

Petrow verbeugte sich leicht und lächelte die Frau hoheitsvoll an: „Das wirst du sehen, wenn ich heute Abend zurück bin. Dann wird dich der Gebieter strafen, wie es dir gebührt!“

„Ich drehe dir die Eier auf links, wenn ich wieder losgebunden bin. Das verspreche ich dir!“, presste Rosemarie wütend hervor.

„Der Übergeordnete möge dir vergeben, denn du wirst nicht wissen können, was die Bestimmung verlangt!“

Dann drehte er sich um und strebte in Richtung des Lochs, das den Ausgang darstellte.

Jetzt kam Panik in Rosi auf. So langsam schien sie zu begreifen, dass das hier wesentlich ernster war, als sie es eingeschätzt hatte.

„Du willst mich doch nicht etwa in diesem Dreckloch hier allein lassen?“, schrie sie entsetzt.

Doch Petrow antwortete nicht. Er drehte sich noch nicht einmal zu ihr um, als er das Licht ausknipste und die Frau im Zappendusteren zurückließ.

„Du Schwein, du Sau, du Drecksack!“, krakeelte Rosi mit sich überschlagender Stimme dem Mann hinterher.

Doch es nutzte nichts. Rosemarie war jetzt allein im Stockdunkeln, niemand konnte sie hier hören, geschweige denn ihr helfen. So nach und nach ahnte sie zwar, dass ihre Situation sehr bedrohlich war, doch mit dem, was ihr wirklich bevorstand, damit hätte sie niemals gerechnet ...

***

Fleischmann kräuselte seine Stirn, als er vom Verschwinden Rosemaries erfuhr. Der athletisch gebaute Mann war für seine Umsicht bekannt und dafür, dass er immer klare Entscheidungen traf, die jeder nachvollziehen konnte. Dennoch sah der 58jährige ein wenig aus wie der klassische Irrenarzt. Sein Kopf war bedeckt mit längerem, zerzaustem grauen Haar, er hatte dicke Augenbrauen und sein Gesicht war durch einen strubbeligen Bart fast zugewuchert.

Sein Ansehen war bei der gesamten Belegschaft sehr hoch, insbesondere, weil von ihm noch nie irgendjemand „schlechte Geschichten" gehört hatte. Unter schlechten Geschichten verstand man unfaires Verhalten, Hochnäsigkeit und Arroganz. Nein, Fleischmann war für alle ein äußerst beliebter Vorgesetzter.

„Wir sollten jetzt nicht in allzu große Sorge verfallen", meinte Fleischmann beschwichtigend. „Es ist doch nun wirklich nicht das erste Mal, dass sich Frau Otto absetzt. Hätten wir jedes Mal den Alarmzustand ausgerufen, hätten wir uns zum Kasper gemacht. Ich denke, wir sollten uns wirklich nicht verrückt machen, nur weil Rosi wieder vom Geschlechtstrieb erfasst wurde."

„Das stimmt zwar, Herr Doktor", entgegnete Sigfrid Sailer, „doch diesmal ist es irgendwie anders. Das habe ich im Urin, glauben Sie mir!"

„Ach", sagte der Chefarzt verwundert, „was soll denn jetzt anders sein? Möchten Sie vielleicht eine Urinprobe zum Labor geben?"

Sailer ließ sich von der Stichelei seines Chefs nicht beirren: „Dann ist es eben das Bauchgefühl, das mir sagt, dass da etwas nicht stimmt. Auch wenn die Situation praktisch genauso ist wie immer, so ist es doch gewissermaßen anders!"

Fleischmann konnte sich ein Lächeln nicht verkneifen und musste unvermittelt auf Sailers kugeligen Wanst blicken.

„So, so", schmunzelte er. „Ihr Bauchgefühl!"

Sailer war hart im Nehmen und ging auf die Anspielung ein. Auf seinen Rettungsring deutend entgegnete er: „Sehen Sie, anschaulicher geht es doch gar nicht!"

Fleischmann wurde wieder ernst: „Scherz beiseite, Herr Sailer. Ist Ihr Bauchgefühl und die Urinkonsistenz das einzige Indiz oder ist da noch mehr?"

„Um ehrlich zu sein", druckste der Pfleger, „leider das einzige."

„Fragen wir doch Petrow!", meinte Fleischmann auf Vladi deutend.

Dieser kam gerade in das Stationszimmer herein und stellte einen großen Karton, gefüllt mit vielen kleinen Schachteln, die Einweghandschuhe enthielten, auf den Boden. Er hatte sie vom hiesigen Magazin abgeholt.

Der Chefarzt wandte sich zu dem Patienten: „Vladi, ich hätte da mal eine Frage an dich!"

„Frag, Bruder Hannes, frag den Gebieter!", schnaufte Petrow, noch immer ein wenig außer Atem.

Es mag sein, dass Derartiges nur in der Psychiatrie möglich ist, dass ein Patient zum Chefarzt „Bruder Hannes" sagt. Andere, höher gestellte Persönlichkeiten wären wohl entsetzt gewesen und hätten sich das verbeten. Doch Fleischmann kannte das Krankheitsbild des Mannes und war selbstbewusst genug, dies nicht als Respektlosigkeit gegenüber seinem Stand zu werten. Er ließ ihn gewähren und stand schlicht darüber. Hinzu kam noch, dass sie sich über zwanzig Jahre kannten.

„Weißt du, wo die Rosi abgeblieben ist?"

„Nein, Bruder, das weiß der Gebieter nicht", log Petrow. Dabei war nicht durch die kleinste Mimik oder Geste zu erkennen, dass er die Unwahrheit von sich gab.

„Und eine Idee, wo sie sein könnte, hast du die denn?", bohrte Fleischmann nach. „Du kennst doch in unserer Klinik alles und jeden."

„Die sündige Schwester geht ihrem unkeuschen Wandel nach, würde der Gebieter vermuten."

„Du meinst", dabei machte Fleischmann eine eindeutige Handbewegung, „sie macht das? Und wüsstest du auch mit wem und wo sie das machen könnte?"

„Bruder Hannes", entgegnete Petrow beinahe vorwurfsvoll und mit schiefem Mundwinkel, „du weißt doch, dass sie das mit jedem tut. Sie ist die bekannteste Bläserin der Klinik, ohne irgendein Instrument zu beherrschen!"

„Okay, okay", verteidigte sich der Chefarzt schmunzelnd, „aber hat sie gerade einen Spezi, mit dem sie es besonders häufig treibt?"

„Nein. Doch sie wird es so lange treiben, bis sie eine Vagina pectoris haben wird!" Dabei trat eines der sehr seltenen Phänomene auf: Petrow lächelte.

Fleischmann stutzte: „Vagina pectoris? Was ist das denn?"

„Die Behandlung erfolgt dann mit einer Peniscillin-Spritze, Bruder Hannes!", grinste Petrow nun über das ganze Gesicht.

Hinter Fleischmann lachte Pfleger Sigfrid herzhaft los. Das waren wieder einmal jene sonderbaren Momente, in denen von Petrow etwas richtig Witziges kam. Und zwar diesmal derart witzig, dass sich Sailer vor Lachen nicht mehr einkriegen konnte.

„Hoffentlich kommt es bei dem Betreffenden nicht zum Vorhautflimmern!", prustete der Pfleger in einer Pause seiner Lachattacke.

Auch Fleischmann stimmte, wenn auch etwas verhaltener, in das Gelächter ein. Selten hatte er einen Patienten wie Petrow erlebt, der so sparsam mit seinem Humor war und dabei trotzdem den Vogel abschießen konnte wie kein zweiter.

„Was ist denn hier los?" Schwester Diana kam gerade herein und war über diese unübliche Heiterkeit, vor allem bei Fleischmann, überrascht. Und einen derart herzhaft lachenden Petrow hatte sie erst recht noch nie erlebt.

Sailer wischte sich die Tränen aus den Augen und schnaufte: „Vladi hat gerade einen Witz gerissen, Diana."

„Und weiter? Ich möchte gern mitlachen, kann ich den auch mal hören?"

Nun lachten die Männer, bis auf Petrow, der nur noch schmunzelte, erst so richtig los. Das machte die Schwester umso neugieriger.

„Nun erzählt schon!", forderte sie nachdrücklich.

„Ich denke, das lassen wir lieber", grinste Fleischmann und wandte sich dabei an Petrow. „Nicht wahr, Vladi?"

Petrow nickte nur vergnügt.

„Ihr seid gemein!", protestierte Diana. Dabei wirkte sie sogar etwas verärgert.

Dies wiederum bewirkte, dass Fleischmann und Sailer einen neuen Lachschub bekamen.

Petrow hatte ein Einsehen mit der Stationsschwester: „Das sind Männerwitze, Schwester Diana, Männerwitze. Es wäre nicht gut für die ehrwürdige Schwester, wenn man ihr diese Witze erzählte!"

„Ach so!", seufzte die Frau auf. „Ihr Kerle mit eurem Schweins-Kram ..."

***

Es war gegen Mitternacht, was hieß, dass Vladimir Petrows Zeit gekommen war. Wie jeden Abend verharrte er wartend in seinem Zimmer im Keller, bis er sich sicher war, dass ihm keiner mehr in die Quere kommen konnte. Im Hause war es denkbar ruhig und jetzt würde mit Sicherheit niemand mehr an seine Tür klopfen. Doch eigentlich geschah das ohnehin nicht. Ursprünglich war das Warten eine Sicherheitsmaßnahme, die mittlerweile eine gewisse Eigendynamik angenommen hatte.

In der Regel war für Petrow schon am frühen Abend Schlafenszeit. Bis Mitternacht deckte er zumeist seinen gesamten Schlafbedarf der Nacht, um die restliche Zeit dann seinem geheimnisvollen Treiben nachzugehen.

Oben auf der Station war derweil jeder der Meinung, dass Petrow ein Mensch mit gesteigertem Schlafbedürfnis sei. Dass er praktisch jeden Abend mit den Hühnern ins Bett ging, wusste dort jeder. Doch niemand wäre deswegen stutzig geworden, denn bei den Mengen von Arznei, die die Patienten tagtäglich bekamen, war das frühe Schlafengehen ein allseits verbreitetes Phänomen.

Und somit begab sich Vladimir zur genannten Zeit in die Katakomben. Diesmal jedoch war er aufgeregt wie noch nie, denn das, was er beabsichtigte, war die Erfüllung seiner abartigen Phantasie. Endlich konnte er das in die Tat umsetzen, was ihm sowohl sein Drang als auch die Stimmen, die er hörte, befahlen. Und schließlich wurde das in die Tat umgesetzt, was eines Gebieters würdig war.

Flink wie ein Wiesel schritt Petrow die Gänge entlang. Voller Aufregung strebte er seinem Domizil in den Katakomben entgegen. Hinter sich her zog er ein wohl anderthalb Meter langes Rundholz von beinahe Armdicke ...

***

Rosemarie Otto geriet in Panik. Erst nachdem Petrow sie allein gelassen hatte, setzte bei ihr das reale Denken ein. Aus Zorn und Hass wurden Entsetzen und Todesangst. Auf dem Bauch liegend lag sie da, breitbeinig und entblößt, festgebunden in absoluter Dunkelheit. Diese Szene war derart unwirklich, dass es seine Zeit dauerte, bis ihr ihre bedrohliche Lage bewusst wurde. Doch dann ging ihr umso heftiger auf, dass es sich hier um bitteren Ernst handelte.

Besonders entsetzlich empfand sie die undefinierbaren Geräusche, die die Krabbeltiere der Katakomben verursachten. Durchweg handelte es sich hierbei um Ratten oder Mäuse. Dieses leichte Getapse der kleinen Pfötchen, das Rascheln und Schaben ihrer Krallen, das war einfach abscheulich. Besonders schlimm war es, wenn das Tapsen unmittelbar neben ihrem Kopf vorbeihuschte und sie das Empfinden hatte, dass sie berührt wurde. Umso schlimmer dann die fixierten Hände, die sie nicht zu ihrem Schutz benutzen konnte.

Zu dieser Geräuschkulisse dazu kamen Klicken und Rauschen von Wasser in den Versorgungsleitungen, die durch die Kellerräume verliefen. Dies war mal intensiver, mal weniger laut zu hören. Alles wirkte geisterhaft und unheimlich. Zumal Rosemarie diese Geräusche überhaupt nicht zuordnen konnte und nicht wusste, um was es sich handelte.

Die Panik der Frau nahm heftig zu. Zuerst erhob sie nur zaghaft ihre Stimme, um nach Hilfe zu rufen. Doch mit jedem Ruf wurde die Verzweiflung größer und ihre Stimme zunehmend lauter. Bis letztendlich die Hilferufe in panikartiges Geschrei übergingen. Voller Furcht schrie und kreischte sie, bis ihre Stimmbänder, die zunehmend anschwollen, ihre Arbeit aufkündigten. Zuletzt war von Rosemarie Otto nur noch ein heiseres Wimmern zu hören.

Es war beinahe ein Glücksgefühl für sie, als sie den Schimmer eines Lichtes bemerkte, das immer heller an der Stelle der Wand aufleuchtete, an der Petrow den Eingang mit einem von außen vorgelegten Brett abgesichert hatte. In der völligen Dunkelheit konnte sie diese winzige Lichtquelle, die stetig intensiver wurde, wahrnehmen. Es war die Taschenlampe Petrows, der sich außen dem Eingang näherte. Mit einem schabenden Geräusch wurde das Brett am Eingang beiseite geschoben. Zuerst sah Rosemarie nur den blendenden Lichtschein der Taschenlampe, der in ihre Richtung leuchtete. Doch mit zunehmender Helligkeit wuchs in Rosemaries Bewusstsein auch die Hoffnung, dass dieser Alptraum endlich zu Ende sei.

„Mensch, Vladi", presste die Frau hervor, „was machst du denn mit mir?"

Es war ihr anzumerken, dass sie sich nicht schlüssig war, welchen Ton sie anschlagen sollte. Eigentlich war Rosemarie mehr danach, sofort loszuteufeln und wütend schimpfend über Petrow herzufallen. Doch ihr Instinkt empfahl ihr, sich zusammenzureißen, da eine Schimpftirade sicherlich das Falsche wäre.

Mit einem Klick ging das Licht in dem Kellerraum an. Hell genug, um alles erkennen zu können, dabei jedoch schummrig und in gewisser Weise unheimlich.

Stillschweigend ging Petrow zu seiner Rattenfalle, um sie zu mustern. Eigenartigerweise war sie heute leer. Es mochte sein, dass sich das Rattengetier diesmal durch den ungewöhnlichen Besuch gestört fühlte, denn Petrow war es gewohnt, fast immer Beute zu haben.

Im Grunde war das fast tägliche Beutemachen ein für Ratten ungewöhnlicher Vorgang. Die kleinen Nager sind bekanntermaßen außerordentlich intelligent. Dass sie trotzdem allabendlich immer wieder in die gleiche Falle tappten, mochte mit dem Lockstoff zu tun haben, den Vladimir verwendete. Viele Jahre Erfahrung als Rattenjäger hatten bewirkt, dass Petrow einen Lockstoff kreiert hatte, mit dem er wahrlich hätte steinreich werden können, sofern er sein Rezept an den richtigen Stellen preisgegeben hätte. Doch auf diese Idee war er anscheinend nie gekommen. Es reichte ihm vollkommen, dass er seine Ziele damit erreichen konnte. Und so blieb das sein bescheidenes Geheimnis, was ihn jedoch kein bisschen störte. Zumal solche Ambitionen nicht zu dem Krankheitsbild und der fehlenden Motivation eines schizophrenen Formenkreises gepasst hätten.

„Was ist los, Vladi, willst du mir nicht antworten?“, bettelte Rosemarie nun beinahe.

Petrow trat auf die Frau zu und musterte sie wie ein Stück Vieh, das er in seinem Stall hielt: „Was will die sündige Schwester von dem Gebieter?“

Ein Schwall von Zorn stieg in Rosi auf. Doch sie zwang sich, ruhig zu bleiben: „Ich möchte dich bitten, mich loszumachen, Vladimir“, ersuchte sie ihn in demütigem Ton. Dabei schmerzte ihr der Nacken, den sie überdehnen musste. Es fiel ihr schwer, ihren Kopf anzuheben und aufrecht zu halten, damit sie Petrow anschauen konnte.

Petrow schüttelte den Kopf: „Das ist unmöglich!“, sagte er knapp.

„Unmöglich, warum denn?“ Rosemarie wurde nun wieder lauter. Die Wut schien erneut die Oberhand zu gewinnen.

„Weil die Strafe erst vollzogen werden muss!“, kam die kalte Auskunft.

„Strafe?“, maulte Rosi nun los. „Welche Strafe denn?“

„Du wirst sie sogleich erfahren!“, lautete die feierliche Antwort, bei der man Petrow eine gewisse Vorfreude und Aufgeregtheit ansehen konnte.

„Aber du hast mich schon genug bestraft. Deine Rache hast du doch gehabt!“, schrie Rosemarie nun laut auf. „Stundenlang habe ich hier so gelegen. Es reicht jetzt!“

„Es reicht nicht, es fängt erst an!“

„Bist du denn jetzt total verrückt geworden?“, tobte die Frau. Sie konnte nicht fassen, dass Petrow mit seinen Rachegelüsten noch weiter machen wollte.

Wortlos wandte sich Petrow um und ging zu dem Rundholz, das er mit in den Keller gebracht hatte. Er nahm es bedächtig auf und schritt erneut auf Rosi zu. Mit dem Holz in der Hand baute er sich vor ihr auf und hielt es ihr demonstrativ entgegen.

„Was hast du vor?“, schrie Rosemarie Otto entsetzt auf. „Willst du mir das Ding über den Kopf ziehen?“

Petrow legte das Rundholz neben ihr ab und schwieg. Dabei musterte er sie wie ein Statiker, der Berechnungen anstellt. Als hätte er einen Plan, über den er nachdachte und den er im Geiste systematisch durchging.

„Sag doch was!“, brüllte die Mitpatientin außer sich vor Angst.

Die Art, wie Petrow sie prüfend ansah, verstärkte ihre Todesangst. Hinzu kam noch, dass ihr Nacken nun so richtig schmerzte.

Doch Petrow war erbarmungslos. Langsam machte er einen weiten Schritt, um dann breitbeinig über Rosi zu stehen. Mit kaltem Blick musterte er die Frau, die vor ihm lag und ihm den Rücken zuwandte. Er nickte zufrieden. Schweigend und mit versteinerter Miene ließ er sich nieder und hockte sich auf den Rücken der Patientin. Mit einem unerbittlichen Gesichtsausdruck legte Petrow seine Hände um ihren Hals.

„Vlaaadii“, röchelte Rosemarie noch kurz, „lass da...“

Weiter kam sie nicht. Wie Schraubstöcke drückten die Hände Petrows nun zu. Wie ein Aal versuchte sich die Frau zu winden, der Falle irgendwie zu entkommen. Doch sie hatte keine Chance. Langsam verschwammen die Konturen vor ihren Augen und ihre Abwehrbewegungen wurden schwächer, bis sie schließlich völlig aufhörten. Rosemarie Otto hatte das Bewusstsein verloren. Nur noch ein paar letzte Zuckungen brachte der füllige Körper zustande. Dann war alles vorbei. Schlaff lag ihr Körper vor Petrow.

Doch damit nicht genug. Langsam erhob sich der Mann und schritt in eine Ecke des Raumes, wo einiges Werkzeug auf einer Anrichte lagerte. Dort holte er eine kurze Eisenstrange sowie einen Vorschlaghammer und ging zurück zu dem reglosen Körper. Er wusste, dass Rosis Bewusstlosigkeit nur von kurzer Dauer sein konnte, denn er hatte mit dem Druck sofort aufgehört, als ihr Körper erschlafft war. Doch das reichte für seine Zwecke nicht aus.

Petrow beugte sich über Rosi, holte kurz aus und schlug dann mit der Eisenstange zu. Ein dumpfer Schlag auf ihren Kopf, der jedoch wohldosiert nur zur Vertiefung der Bewusstlosigkeit beitrug, schien ihm ausreichend.

Petrow nickte zufrieden, als er den leblosen Körper vor sich liegen sah. Beinahe routiniert, als hätte er es schon oft getan, griff er sich das Rundholz und setzte es am After der Frau an, mit der Spitze zuerst. Bei diesem Vorgang wirkte der Mann ziemlich aufgeregt. Nicht, weil er etwas Grausames tat, sondern weil er bei seinem Treiben eine Lust empfand, wie er sie bisher noch nie erlebt hatte. Dieses Lustempfinden bezog sich vor allem auf die Ausführung seines Handelns, weniger auf die Grausamkeit, die damit verbunden war.

Mit einem kräftigen Ruck rammte er die Spitze des Pfahls in ihren Körper. Natürlich war die vom Schließmuskel verschlossene Öffnung nicht annähernd groß genug, um den Pfahl aufzunehmen. Es waren nur wenige Zentimeter, die er in den Körper hineingelangte. Dies reichte jedoch, um das Holz zu fixieren. Nun griff er sich den Vorschlaghammer und holte weit aus. Mit einem dumpfen Hieb trieb er das Rundholz zuerst nur ein kurzes Stück und mit jedem weiteren Schlag dann immer weiter in den Leib Rosemaries hinein.

Der schier unerträgliche Schmerz ließ die Frau jetzt laut aufseufzen. In ihrer Bewusstlosigkeit schien sie die Peinigung dennoch zu spüren. Doch völlig erbarmungslos schlug Petrow das Holz immer tiefer in sie hinein. Es mochten wohl 60–70 cm sein, als er schließlich aufhörte und den schweren Hammer zur Seite legte. Mit geübtem Griff überprüfte er daraufhin den Sitz des Holzes und die Festigkeit im Körper Rosemaries. Petrow schien zufrieden, denn er nickte anerkennend.

Jetzt löste er die Fixierstricke von den Gelenken der Frau und drehte sie auf den Rücken. In ihrer Bewusstlosigkeit stöhnte Rosemarie leise und bitterlich, erwachte jedoch nicht. In dieser Lage war es wohl das Beste, was ihr passieren konnte, denn sie war unwiederbringlich zum Sterben verurteilt und keiner hätte sie jetzt noch retten können. Innerlich war ihr Darm regelrecht zerrissen worden und sein Inhalt hatte sich in ihren Leib ergossen. Zudem war es zu heftigsten inneren Blutungen gekommen, wobei es nur noch eine Frage der Zeit war, bis der Mangel an Blutvolumen in ihrem Gefäßsystem ihr Lebenslicht für immer erlöschen ließ.

Brutal fasste Petrow Rosemarie unter den Achseln und zerrte sie zu einem Loch im Boden. Hier schien früher ein altes Abflussrohr verlegt gewesen sein. Das Rohr oberhalb des Bodens war entfernt worden, doch das alte, gusseiserne Rohr, das in den Boden eindrang, stand noch da, umhüllt vom Beton des Kellerbodens. Für Petrows Zwecke absolut ideal.

Damit kein Kanalgeruch in den Keller strömte, hatte Vladimir den Eingang des Rohres seinerzeit mit einem dicken Pfropf aus Zeitungspapier verschlossen. Den entfernte er jetzt und setzte das untere Ende des Pfahls, auf dem Rosemarie Otto aufgespießt war, an dem Loch an. Dann packte er die Frau und hob sie hoch, so, dass der Endpunkt des Holzes in das Loch glitt. Mit einem leichten Ruck rutschte das Teil mit der gepfählten Frau nun etwa einen halben Meter in den Boden hinein und stand dann genau so, wie es sich Petrow vorgestellt hatte.

Knapp einen halben Meter über den Boden baumelten ihre Beine schlaff am Körper. Der Torso selbst stand nicht gerade, sondern war etwas zur Seite geneigt, genauso wie ihr Kopf. Dies lag daran, dass das Kanalrohr, in dem der Pfahl stand, etwas größer war als die Dicke des Rundholzes. Somit fußte die gesamte Konstruktion leicht schräg. Doch das störte Petrow zuerst überhaupt nicht. Erst nachdem er seine Arbeit aus einigen Metern Entfernung betrachtet hatte, kamen ihm Zweifel. Deshalb schritt er nun in eine Ecke des Raumes, wo einige Holzreste lagerten.

Hier nahm er ein paar dünne Hölzchen und schlug diese zwischen dem Pfahl, an dem die Gepfählte hing, und dem Abflussrohr ein. So gelang es ihm, die Konstruktion so zu fixieren, dass sie aufrecht stand.

„Das war Maßarbeit!“, sagte er begeistert und voller Stolz zu sich selbst.

Seine perfide Tat, die er so sehr herbeigewünscht hatte, war schließlich vollbracht. Für ihn war jetzt ein Traum in Erfüllung gegangen. Der Gebieter hatte endlich jemanden dermaßen strafen können wie es eines Gebieters würdig war!

Nur noch einmal ganz kurz öffnete Rosemarie Otto ihre Augen. Doch der Blick war völlig leer und sie schien gar nicht zu begreifen, was da geschehen war. Der Schmerz war derart unerträglich, dass die Bewusstlosigkeit schnell wieder einsetzte. Für sie war das jetzt eine einzige Gnade.

Das Sterben vollzog sich für Rosemarie relativ schnell. Zuerst kam über ihre Lippen ein leises Winseln. Ein Winseln, dass eher weinerlich klang als schmerzerfüllt und das nur kurz andauerte. Danach kam von ihr nichts mehr. Ohne wieder zu erwachen war ihr geschundener Körper bereits nach einer Viertelstunde verendet. Rosemarie Otto war tot, ihr Kopf und die Gliedmaßen verloren auch die letzten Anspannungen und hingen jetzt schlaff herunter.

Die restlichen Stunden verbrachte Vladimir Petrow neben seiner verstorbenen Mitpatientin. Er hatte sich einen Stuhl neben sein Mahnmal gestellt und Platz genommen. Mit sich selbst und der Welt zufrieden betrachtete Petrow nahezu ununterbrochen sein vollbrachtes Werk und konnte sich daran gar nicht satt sehen. Sein Wahn suggerierte ihm eine gewisse Vollkommenheit und den Drang, diese Vollkommenheit noch übertreffen zu müssen. Er hatte praktisch Blut geleckt und eine unbändige Lust erfüllte ihn dabei. Lust nach mehr und zwar in Form von gepfählten Menschenleibern.

Die bisher aufgespießten Rattenkadaver empfand er nun als seiner unwürdig. Er konnte sich nur noch schwerlich vorstellen, dass ihm diese primitive Form der Bestrafungszeremonien jemals Befriedigung gegeben hatte. Nein, damit wollte er sich nicht mehr abgeben. Das war von nun an unter seinem Niveau!

In den frühen Morgenstunden machte sich Petrow auf den Weg zurück in sein Zimmer. Zwar ungern, aber gezwungenermaßen. Noch nie war es seitens des Pflegepersonals nötig gewesen, ihn wekken zu müssen. Stets war er immer ab 7 Uhr bereit für seine Aufgaben. Diese Verlässlichkeit beizubehalten war ihm wichtig, da es ansonsten eines Gebieters unwürdig wäre ...

***

„Du siehst aber kaputt aus, Vladi“, meinte Sigfrid Sailer, als er Petrow zu sich ins Pflegerzimmer, auch Büro genannt, hereinspazieren sah. „Hast du schlecht geschlafen?“

„Wie meinst du das?“, fragte Petrow verdutzt. Dabei war eine gewisse Gereiztheit nicht zu überhören. Die Frage empfand er beinahe als Bedrohung, als hätte Sailer gewusst, was er vergangene Nacht getrieben hatte.

„Was ist denn mit dir los?“, entgegnete Sailer erstaunt. „Ich habe doch nur anständig gefragt. Ich wollte einfach nur feststellen, dass du nicht ganz frisch ausschaust!“

Petrow dachte einen kurzen Moment nach. Ihm wurde klar, dass seine Empfindlichkeit überzogen war: „Mögest du mir nachsehen, Bruder Sigfrid“, sagte er jetzt in versöhnlichem Ton. „Auch ein Gebieter hat das Recht, mal schlecht schlafen zu dürfen. Vergib dem Gebieter!“

„Okay, okay“, grinste Sailer, „dir sei vergeben!“ Dabei verbeugte sich der Pfleger ehrfurchtsvoll. ‚Woanders muss man für so einen Blödsinn Eintritt bezahlen‘, ging es Sailer vergnügt durch den Kopf. ‚In der Klapse gibt es das nicht nur kostenlos, man bekommt sogar noch Geld dafür!‘

„Somit ist der Friede wieder gegeben, Bruder Sigfrid.“

„Aber jetzt mal eine andere Frage“, wechselte Sailer das Thema. „Du hast doch deine eigenen Drähte und Verknüpfungen unter den Patienten, Vladi. Es gibt praktisch nichts, worüber du nicht informiert bist. Das wissen wir doch alle hier!“

Petrow nickte schmunzelnd: „So wird es sein, Bruder, so wird es sein. Stell deine Frage!“

„Hast du noch etwas von Rosemarie gehört oder von jemand anderem, der sie vielleicht hier oder sonst irgendwo gesehen hat?“

Petrow nickte geheimnisvoll. In seiner Gerissenheit spürte der Mann, dass sich jetzt die Gelegenheit bot, sämtliche Gedanken, die sich möglicherweise gegen ihn wenden könnten, abzulenken und in eine andere Richtung zu kanalisieren.

„Waaas, du hast ...?", horchte Sailer erstaunt auf. „Was hast du gehört?"

„Man erzählt, dass sie zu einem Mann in das Auto gestiegen ist", log Petrow.

Sailer fasste Vladimir kräftig an den Schultern, als wollte er ihn durchschütteln: „Mensch, Vladi, und das sagst du erst jetzt? *Wer* hat das gesehen und in welches Auto ist sie eingestiegen?"

Petrow blickte Sailer entsetzt an, als würde er das deftige Anfassen überhaupt nicht gutheißen. Dieses Entsetzen war jedoch gespielt, da er etwas Zeit brauchte, um nachzudenken. Denn er musste jetzt gut überlegen, was er sagte und wie er weiter vorgehen wollte.

„Ist schon gut, Vladi", meint Sailer und löste seinen festen Griff. Dabei verneigte sich erneut. „Nimm mein Verhalten jetzt nicht persönlich, ich wollte den Gebieter nicht herabwürdigen."

„Dann sei dir verziehen."

Sailer nickte: „Aber jetzt Butter bei die Fische: Was hast du gehört?"

„Ein Mann erzählte gestern am Nachmittag in der Cafeteria, dass er die sündige Schwester gesehen hat, wie sie in das Auto eines Übeltäters stieg."

„Wer hat das erzählt?", kam die gebannte Frage.

„Ich kenne den Patienten nicht. Er sagte, er sei hier zu Besuch, um bei einem Freund vorzusprechen", log Petrow weiter. Dabei setzte er seinen klassischen Dackelblick auf.

„Und wie kamst du mit ihm ins Gespräch, wenn ihr euch nicht kanntet?", bohrte Sailer nach. „Man fängt doch nicht an, mit einem Wildfremden über Rosi zu reden, wenn dazu kein Anlass besteht!"

Nun antwortete Petrow hochkonzentriert, das sah man ihm an: „Er hatte sich mit einem anderen Patienten, der sie kannte, über die sündige Schwester unterhalten. Ich saß nur am Nebentisch und habe das Gespräch mitbekommen. Die Männer unterhielten sich ziemlich laut und deshalb habe ich jedes Wort bestens vernehmen können."

„Und hatten sie über irgendwelche Details gesprochen, etwa in was für ein Auto Rosi gestiegen ist oder wie die Person aussah, die den Wagen lenkte? Denk nach, Vladi, es kann sehr wichtig sein!"

Petrow tat so, als überlege er intensiv. Schließlich meinte er: „Ein Benz, sagte der Mann. Sie soll in einen Benz gestiegen sein!"

„Und über den Mann, zu dem sie eingestiegen ist, hast du darüber was gehört?"

Petrow hob beide Hände abwehrend hoch: „Mehr konnte ich nicht mitbekommen, Bruder Sigfrid. Der Gebieter konnte zudem nicht wissen, dass das Gespräch derart wichtig sei. Danach hatte der Gebieter die Cafeteria verlassen, weil er noch dringende Besorgungen machen musste, die dieser Station hier ihren Ablauf garantieren."

Sailer klopfte Petrow auf die Schulter: „Ist schon gut, Vladi. Ich werde Dr. Fleischmann sogleich berichten, was du gehört hast. Ich denke, dass er die Kripo einschalten wird. Halte dich zur Verfügung, falls man noch irgendwelche Fragen an dich hat."

Petrow nickte. Er war mit dem, was seine Lüge bewirkt hatte, denkbar zufrieden ...

***

„Wieso hast du nicht schon gestern erzählt, dass du gehört hast, dass Rosi bei einem Fremden ins Auto gestiegen ist, Vladi?", tadelte Dr. Fleischmann. „Du hättest eigentlich wissen müssen, dass das sehr wichtig ist!"

„Mein übergeordnetes Ich hat es mir untersagt, Bruder Hannes", log Petrow. „Du weißt, dass es ein Teil von mir ist und es drohte mit fürchterlicher Strafe, wenn der Gebieter nicht schweigt!"

„Du meinst, die Stimmen haben es dir verboten?"

Natürlich wusste der Chefarzt, dass Petrow diese Symptomatik aufwies und ihm deshalb kein Vorwurf gemacht werden konnte. Insofern war für ihn Petrows Handlung nachvollziehbar.

„Es ist das Bewusstsein, das meine Gedanken ordnet!", entgegnet Petrow beinahe empört. „Die sündige Schwester hat Strafe verdient, sie hat sich an mir vergriffen. Darum ist der Gebieter auch mit dem übergeordneten Ich konform!"

Zum Teil verstand Fleischmann sogar, dass der Patient seinen Spaß daran hatte, wenn Rosemarie nun in Schwierigkeiten geraten war. Die Kratzspuren in seinem und in Sailers Gesicht waren noch allzu gut sichtbar.

Der Arzt schüttelte demonstrativ den Kopf: „Trotzdem hättest du davon berichten sollen. Stell dir doch einmal vor, der Fremde hat der Rosi etwas angetan? Wolltest du als Gebieter das verantworten?"

„Die steht doch darauf, wenn sie durchgeknallt wird, Bruder Hannes. Je heftiger, umso besser für sie!", wehrte sich Petrow. Und so ganz unrecht hatte er dabei noch nicht einmal.

Fleischmann musste sich auf die Unterlippe beißen, um jetzt nicht zu grinsen. Auch Sailer war im Begriff, sich etwas zur Seite zu drehen, und blickte dabei schnurstracks in das Gesicht Dianas. Diese schien als einzige darüber wirklich entsetzt zu sein.

„Trotzdem, Vladi", meinte der Chefarzt mit gespielter Strenge in der Stimme. „Das nächste Mal sagst du uns aber sofort Bescheid, verstanden?"

Petrow schloss zustimmend kurz seine Augen: „Es soll so sein, wie du wünschst, Bruder Hannes!"

Dann drehte er sich um und verließ das Büro.

„Nun", wandte sich Fleischmann zu seinem Personal, „was meinen Sie beide dazu?"

„Ich weiß nicht, Herr Doktor", entgegnete Sailer, „ich habe ein denkbar schlechtes Gefühl. Warum das so ist, kann ich noch nicht einmal sagen!"

„Ich auch", schloss sich Diana an. „Natürlich ist es eher möglich oder sogar wahrscheinlich, dass sich Rosemarie jetzt gerade köstlich amüsiert, als dass es ihr schlecht erginge. Doch auch in meiner Gefühlskiste ist etwas, was wie eine rote Warnlampe aufleuchtet!"

Grübelnd starrte der Chefarzt vor sich hin und fing nach einer kurzen Zeit an zu nicken. Zuerst ganz leicht und dann immer schneller. Bis er schließlich zum Telefon ging und den Hörer ergriff.

„Sie haben beide recht", meinte er bestimmt. „Lieber einmal zuviel die Pferde scheu machen als einmal zu wenig. Ich rufe die Kripo an und lass nach dem Mädchen fahnden!"

In diesem Moment kam Dr. Lindner nonchalant in das Büro geschlendert. Die stechenden Blicke, insbesondere die des Chefarztes, ließen ihn stutzen. Sofort merkte er, dass seine Lässigkeit wohl gerade nicht angebracht war.

„Ist was Besonderes?", fragte er arglos in die Runde.

Fleischmann schnaufte laut durch. Seit dem Vorfall mit Sabrina Nußpickel und seinem unprofessionellen Verhalten hatte der Chefarzt seinen Assistenten so ziemlich gefressen.

Auch Lindner müsste eigentlich merken, dass mittlerweile eine unsichtbare Barriere errichtet war. Im Grunde hätte es für ihn deutlich erkennbar sein müssen, dass er auf dieser Abteilung wahrlich keine Chance mehr hatte.

Fleischmann stand seufzend auf und wandte sich an Diana, indem er mit einer Kopfbewegung in Lindners Richtung deutete: „Klären Sie ihn auf. Ich rufe derweil von meinem Arztzimmer aus die Kripo an!"

***

Das Telefonat Fleischmanns bewirkte, dass Rosemarie Otto zur Fahndung ausgeschrieben wurde, wie bei jeder herkömmlichen Ermittlung auch. Da weder eine Straftat noch eine Entführung zur Debatte stand und Frau Otto bei der Kripo keine Unbekannte war, wurde sie wie jedes Mal in die Listen aufgenommen und dann der ganze Vorgang unter „ferner liefen" abgelegt. Auch die Bitte Fleischmanns, ausnahmsweise die Sache etwas nachdrücklicher zu verfolgen, bewirkte so gut wie nichts. Dass diesmal der Auftraggeber „ein denkbar schlechtes Gefühl hatte" interessierte die Kripo herzlich wenig. Ein schlechtes Gefühl hat schließlich jeder,

der jemanden vermisst. Und somit ging erstmal Zeit verloren. Ob diese verlorene Zeit Auswirkungen auf den weiteren Ablauf hatte, sei dahingestellt.

***

„Mensch, Harry", sagte Petrow überrascht, „dich habe ich aber eine Ewigkeit nicht mehr gesehen!"

Vladi war in die Cafeteria der Klinik gegangen, um seinen obligatorischen, alltäglichen Kaffee dort zu trinken. Diese gastronomische Einrichtung war so ziemlich der einzige Treffpunkt im Krankenhaus, wo man alle und jeden treffen konnte, die insbesondere die Langzeitpatienten lange nicht gesehen hatten. Neben dem Ausschank nichtalkoholischer Getränke für kleines Geld gab es dort auch einen Kiosk, der Ware für den alltäglichen Bedarf der Patienten anbot, vor allem Rauchwaren und Süßigkeiten. Und natürlich auch Lektüre. Speziell solche, die sich im Grenzbereich des Erlaubten befand und auf der Vorstufe zur Pornografie die niederen Gelüste ansprach, war bei den Langzeitpatienten sehr begehrt. Eine Zeitlang hatte der Kioskbetreiber sogar knallharte Pornografie, mehr oder weniger unterm Ladentisch, angeboten. Und das Geschäft florierte prächtig. Doch nachdem die Klinikleitung hiervon erfahren hatte, wurde dieses Treiben umgehend unterbunden und der Betreiber bekam eine ganz massive Abmahnung. Natürlich sehr zum Unmut jener Patienten, die auf diese harte Lektüre standen. Doch es wäre paradox gewesen, in einer Einrichtung, in der Triebtäter therapiert wurden, derartiges zu dulden.

Bei allen Patienten beliebt war die Spielothek. Billardtische, Kikker, Tischtennis sowie andere Kleingeräte - hier war alles zum Nulltarif zu nutzen. Hinzu kam dann noch eine Bücherei, in der sich jeder seine Lektüre kostenlos ausleihen konnte. Alles im Grunde eine wunderbare Sache, wenn da nicht jener mutwillige Vandalismus wäre, der dann und wann getrieben wurde. Wenn dadurch ein Kickerautomat kaputt war, dauerte es oft Ewigkeiten, bis er wieder repariert wurde. Natürlich geschah dies seitens der Einrichtung bewusst, denn diese hoffte, dass sich die Patienten über die Verzögerung ärgerten und von sich aus auf mutwillige Zerstörung verzichteten und intervenierten, wenn sie diese beobachteten. Leider mussten so ebenfalls jene auf ihr geliebtes Spiel verzichten, die überhaupt nichts dafür konnten!

Und unter der Hand war dort auch ein illegaler Umschlagplatz für allerlei Drogen. Haschisch, Marihuana oder Kokain waren schwerpunktmäßig gefragt, seltener Extasy, LSD oder Heroin. Und dann natürlich der Alkohol. Viele Patienten saßen hier an den Tischen und tranken ihre Cola oder Fanta, deren Farbe auffällig hell war. Dabei konnte praktisch jeder, der auch nur ein halbwegs intaktes Geruchsempfinden hatte, sogleich feststellen, was Sache war.

Besonders die Patienten aus der Suchtabteilung und der Forensik machten hier ihre Geschäfte. Zwar wusste die Klinikleitung von den Machenschaften, doch sie musste beinahe ohnmächtig zusehen, wie der Handel dort vollzogen wurde. Versuche, das Treiben zu beaufsichtigen oder Kontrollen vorzunehmen, schlugen fehl, weil sie schlicht zu kostenintensiv waren. Und eine Überwachung durch Videoaufzeichnungen scheiterte daran, dass der Patientenbeirat sowie der Personalrat dagegen interveniert hatten. So begnügte man sich damit, eine Planstelle im Stellenplan bereitzustellen, um zumindest tagsüber die Anwesenheit einer Pflegekraft sicherzustellen. Viel zu wenig für diese Einrichtung, aber mehr war nicht drin!

Und diese Aufsichtspersonen wurden schließlich im Laufe der Zeit müde und mürbe. Wollten sie nicht jeden Tag so richtig Stress haben und sich mit jedem und allem anlegen, dann waren sie klug beraten, nur bei wirklich groben Verstößen einzuschreiten. Ansonsten hätten sie sich selbst mehr geschadet. Einen nicht unerheblichen Anteil daran hatte sicherlich auch die Klinikleitung, die dem Personal leider wenig Rückendeckung und Handlungssicherheit gab. So kam es immer wieder vor, dass sich Mitarbeitende in der Aufsicht für ihre Handlungen rechtfertigen mussten, als hätten sie eine Straftat begangen, wenn sie die Patienten maßregelten und diese sich anschließend darüber beschwerten. Somit ergab sich schließlich eine Eigendynamik, in der die Pfleger lieber wegschauten als einzuschreiten. Auch nicht richtig, aber leider hausgemacht!

„Wo warst du denn so lange? Verschiedene vermuteten schon, du seiest entlassen", meinte Petrow.

„Entlassen?", kam die bittere Frage.

„Na, durch den Schornstein", grinste Petrow augenzwinkernd. „Du weißt schon, wie ich das meine."

„Nee, so schnell geht das bei mir nicht. Noch bin ich unter den Lebenden!"

„Dann erzähl schon, wo du abgeblieben warst."

„Wo war ich schon?", knurrte Harry Hondong. „Die Drecksäcke hatten mir Ausgangssperre verpasst. Und diesmal so richtig, über drei Monate betreutes Wohnen in der Zelle!"

„Wie", schmunzelte Petrow, „hast du im Suff wieder Scheiße gebaut? Wäre ja nicht das erste Mal!"

„Man wird doch mal einen über den Durst trinken können!", schimpfte Hondong außer sich. „Die Pfleger tun das doch auch bei jeder Gelegenheit!"

Petrow schnupperte in Richtung des Mannes und grinste: „Du hast jetzt ja schon wieder eine Fahne."

„Na und?", lachte Hondong bitter und deutete auf einen kleinen, vollbärtigen Mann am Billardtisch, der sich lauthals amüsierte: „Und der da, was macht der da denn gerade? Etwa was anderes?"

Petrow verstand nicht, was Hondong meinte.

„Was soll mit ihm sein?", fragte er schulterzuckend.

„Das ist Paul Krämer, meine Begleitung."

„Und weiter?" Vladi verstand noch immer nicht.

„Na, der ist Pfleger. Ich darf nur noch in Begleitung eines Pflegers die Station verlassen. Allein lassen die mich nicht mehr hinaus!"

„Ich denke, das hast du dir selbst zuzuschreiben", grinste Petrow. „Aber was hat das eine mit dem anderen zu tun?"

Auffallend war, dass er jetzt überhaupt nicht so geschwollen sprach wie auf der Station, wenn Personal oder Ärzte in der Nähe waren. Kein Gebieter-Gehabe des sonstigen, gekünstelten Vokabulars.

„Na, schau dir doch mal seine Cola an", meinte Hondong gehässig. „Wenn du einmal richtig hinschauen würdest, würde dir was auffallen!"

Petrow kam der Aufforderung nach und blickte in die von Harry gewiesene Richtung. Schließlich nickte er zustimmend: „Die ist genauso hell wie deine. Vielleicht sogar noch etwas heller."

„Na, siehst du?", triumphierte Hondong. „Der darf saufen und ich nicht!"

Petrow schüttelte mitleidig den Kopf: „Wieso, du säufst doch gerade auch Pflegercola oder etwa nicht? So habt ihr doch beide, was ihr wollt!"

„Aber mich sperren sie wieder ein, wenn es herauskommt!"

Jener Pfleger Paul Krämer und sein Suchtproblem war Petrow bekannt. Zwar war das traurig, doch unter der Hand hatte sich das Verhalten einiger Pflegekräfte sogar bis zu den Patienten herumgesprochen. Manche waren diesbezüglich beinahe eine Berühmtheit. Darum beugte er sich etwas vor, als er antwortete.

„Hör mal gut zu, Harry", sagte er mit freundschaftlicher Stimme. „Ich glaube nicht, dass der Pfleger dort saufen darf. Er wird sicherlich mächtig Ärger bekommen, wenn die auf der Station davon wüssten. Ich denke eher, dass er das Zeug braucht, ähnlich wie du. Und dass er dir auch ein Glas davon vorsetzt heißt einzig und allein, dass du deine Schnauze halten sollst. Das müsstest du eigentlich verstehen können! Oder hast du ein Problem damit?"

Der etwas unterbelichtete Kopf von Harry Hondong schien jetzt so richtig zu arbeiten, das konnte man ihm ansehen. Ansehen konnte man dem Mann auch, dass er mehr oder weniger fertig war.

Vom Alkohol gezeichnet zeigte sein Antlitz erhebliche Spuren seines Missbrauchs. Neben einem aufgedunsenen Gesicht, das tiefe Tränensäcke aufwies, hatten seine Augen eine leichte Gelbfärbung. Auch die Haut wirkte blass und grau und sein gesamtes Auftreten war geprägt von einer inneren Unruhe. Zudem zitterten seine Hände auffallend, besser gesagt, sogar erheblich. Würde man ihm ein Gefäß in die Hand drücken, auf dem draufstünde „vor Gebrauch kräftig schütteln“, dann müsste er gar nichts machen, der Inhalt vermischte sich ganz von allein.

Ein weiteres sichtbares Merkmal bei dem Mann waren die Folgen einer chronischen Nervenentzündung in den Beinen, auch Polyneuropathie genannt. Das Ergebnis dieser Erkrankung war ein unsicherer Gang, der sich in roboterhaften Bewegungsabläufen äußerte. Wäre man gehässig, könnte man Hondongs Bewegungen beschreiben, als sei er eine Marionette der Augsburger Puppenkiste, was ihm Hohn und Spott seiner Mitpatienten einbrachte.

Harry Hondongs Leben war bereits sehr früh geprägt vom Alkohol. Schon in der Kindheit wurden ihm die Exzesse von seinen Eltern vorgelebt. Somit war es nur eine Frage der Zeit, bis er in deren Fußstapfen trat. Mittlerweile war sein Saufen zur Besessenheit geworden. Er schreckte vor keiner Untat zurück, wenn es um die Organisation seines Nervengiftes ging. Unbelehrbar trank er, was er bekommen konnte, in Ausnahmefällen sogar alkoholhaltiges Rasierwasser. Hauptsache, er konnte eine Wirkung spüren.

Seine Jugend war geprägt von Straftaten im Alkoholrausch und aufsässigen Eskapaden, die schließlich derartige Formen annahmen, dass er eine Gefahr für sich und seine Mitbürger darstellte. Nach Paragraph 61 StGB wurde er letztlich dauerhaft in der Psychiatrie untergebracht, weil sein Drang, Straftaten zu verüben sowie seine sexuellen Ausschweifungen vorzugsweise an Kindern auszuüben, nicht mehr unter Kontrolle zu halten war. Es war praktisch nur noch eine Frage der Zeit, bis Hondongs Körper diesem Missbrauch nicht mehr standhalten konnte und aufgeben würde. Frei übersetzt hieß dies, dass das Ende seines letzten Lebensabschnittes absehbar war. Doch Harry war das inzwischen völlig gleichgültig. Einzig die Befriedigung seiner Sucht um jeden Preis interessierte ihn, dafür tat er alles!

„Und was soll ich jetzt tun?“, fragte Harry schließlich.

„Überhaupt nichts!“, lachte Petrow. „Wie ich schon sagte: Saufen und die Klappe halten. Sei doch froh, dass er dich mitnimmt. So habt ihr beide eure Vorteile.“

Hondong blickte nachdenklich ins Leere. Irgendwie musste er seinem flüchtigen Bekannten recht geben. Flüchtiger Bekannter deshalb, weil sich die beiden eigentlich nie so richtig grün waren. Hondong mochte Petrow nicht, weil er ihn für einen schizophrenen Spinner hielt, und Petrow hegte eine gewisse Animosität gegenüber Hondong, weil er ihn als einen versoffenen Spinner abtat, der absolut unter seinem Niveau war. Also so richtig dicke Kumpels konnten die beiden wahrlich nie werden.

In diesem Moment kam der Pfleger Krämer vom Billardtisch zurück. Er hatte eine „dienstliche" Partie Billard gegen einen Kollegen einer anderen Station gespielt. Im Grunde war es dem Pflegepersonal nur erlaubt, zusammen mit Patienten zu spielen. Doch wen kümmerte das schon, wenn sich von der Führungsebene ohnehin niemand hierher traute.

„So, Jim Knopf", sagte Krämer im Befehlston zu Hondong, „wir müssen wieder los!"

Jim Knopf war der geläufige Spitzname Hondongs in der Klinik, der sich – wie erwähnt - wie ein Darsteller jener Puppenkiste fortbewegte.

Bei den Worten des Pflegers nahm Petrow deutlich die Alkoholfahne wahr, die dem Mann vorauseilte. Auch seine Bewegungsabläufe muteten außergewöhnlich lebhaft und nicht so richtig koordiniert an. Er schien bereits einen kleinen im Schühchen zu haben.

„Jetzt schon?", meinte Hondong erstaunt und eher widerwillig. „Ich hätte aber gern *noch* eine Cola getrunken!"

Krämer rüttelte Hondong, der auf einem Stuhl saß, an der Schulter: „Zu viel Cola ist ungesund, los jetzt!", kam der Befehl in einem verächtlichen, abwertenden Tonfall.

„Und wenn ich nicht will?", provozierte Hondong. Ihm schien gar nicht klar zu sein, dass das Konsequenzen für ihn haben könnte, wenn er jetzt Theater machte.

„Mach jetzt keinen Blödsinn, Harry", schaltete sich Petrow ein. „Das nächste Mal wird dich der Pfleger bestimmt nicht mehr mitnehmen, wenn du jetzt Zicken machst!"

Eigentlich passte die Einmischung eines Patienten dem Pfleger überhaupt nicht, doch in diesem Fall nahm Krämer sie dankbar an.

„Hörst du, was dein Kumpel da sagt?", pflichtete Krämer bei. „Besser du kommst seinem Rat nach, wenn du heute nicht noch in die Fixierung willst!"

Das wirkte. „Fixierung" war eines jener Zauberworte, auf die sogar der widerspenstigste Patient reagierte.

Laut schnaufend erhob sich Harry Hondong.

„Hier, nimm das!", meinte Krämer und reichte dem Patienten einen in Alupapier verpackten Streifen.

Hondong nahm das Teil und schaute es an.

„Was ist das?", kam die Frage.

Paul Krämer antwortete schmunzelnd: „Kaugummi. Du hast fürchterlichen Mundgeruch, als hättest du an einem Scheißhaufen geleckt. So nehme ich dich nicht mit zur Station!"

Dabei zwinkerte er seinem Kollegen zu, mit dem er Billard gespielt hatte und der gerade an ihnen vorbeilief. Wahrscheinlich sollte das witzig klingen und der Kollege lachte auch laut auf. Was jedoch witzig klingen sollte, zeigte allerdings nur seine Grundeinstellung gegenüber den Patienten, die er eigentlich betreuen sollte: Er ließ ihnen keine Würte und verachtete sie!

Vladimir Petrow hielt sich besser mit dem zurück, was er jetzt auf der Zunge hatte ...

***

„Kuschke ist mein Name", sagte die Frau zu Dr. Fleischmann, „Hauptkommissarin Irmgard Kuschke."

„Sehr erfreut", entgegnete der Arzt seinem angekündigten Besuch.

Ein bisschen überrascht war Fleischmann schon darüber, dass die Kripo wegen Rosemarie Otto gleich höchstpersönlich erschien. Dies mochte damit zusammenhängen, dass es in den letzten Wochen allgemein vermehrt zu Vermisstenanzeigen kam. Dass das eine mit dem anderen nichts zu tun hatte, konnte jedoch zu diesem Zeitpunkt keiner wissen.

„Und das hier“, dabei deutete die Frau auf den Mann neben sich, „ist Kommissar Zoppke. Er ist einer der Mitarbeiter meines Dezernats.“

„Carsten Zoppke“, fügte der junge Mann hinzu und reichte dem Chefarzt die Hand.

Die Leute nahmen im Chefarztzimmer Platz und Hauptkommissarin Kuschke eröffnete das Gespräch: „Eigentlich ist das eher ein Informationsbesuch und weniger ein Gastspiel wegen der von Ihnen als vermisst gemeldeten Patientin.“

Fleischmann nickte verstehend: „Aha, ich hatte mich schon gewundert, wieso der große Aufwand wegen eines alltäglichen Vorgangs.“

Die schlanke Kriminalbeamtin, sie mochte Anfang 50 sein, strich sich über ihr ungewöhnlich langes, pechschwarzes Haar. Dabei fielen ihre extrem langen Fingernägel auf, die aufwendig manikürt waren. Doch das Auffälligste an ihr war ihre außergewöhnliche Attraktivität, man sah ihr ihre fünf Jahrzehnte wahrlich nicht an.

„Wir wollen eigentlich nur ausschließen“, meinte sie, „dass zwischen der vermissten Frau Otto und den anderen als vermisst gemeldeten Frauen ein Zusammenhang besteht.“

„Und wie kommen Sie darauf, dass das sein könnte?“, wunderte sich der Chefarzt.

„Die Frauen kamen allesamt aus dem Rotlicht-Milieu“, schaltete sich Kommissar Zoppke ein. „Und bei ihnen trat bei ihrem Verschwinden das gleiche Phänomen auf wie bei jener von Ihnen als vermisst gemeldeten Frau Otto: Sie alle sind vor ihrem letzten Lebenszeichen dabei beobachtet worden, wie sie in einen weißen Mercedes einstiegen.“

Der junge Kommissar mochte Ende 20, Anfang 30 sein. Dass er regelmäßig Muckibude und Sonnenbank aufsuchte, war offensichtlich. Er schien ein Schönling und Frauenheld zu sein. Jedenfalls machte er diesen Eindruck, was bei anderen schon mal Unmut und Neid auslösen konnte.

„Und die Tatsache mit dem Mercedes macht Sie nun stutzig“, nickte Dr. Fleischmann.

„Richtig", entgegnete Kuschke. „Zwar ist uns Ihre Patientin und ihre Ausflüge ausgiebig bekannt, wie Sie wissen, doch warum war der Ablauf ihres Verschwindens diesmal ähnlich wie bei den Fällen der verschwundenen Prostituierten? Zumal sich Frau Otto ebenfalls prostituierte, wie wir erfahren haben."

Fleischmann winkte schmunzelnd ab: „Ich denke, dass das eine etwas andere Form des Horizontalgewerbes ist. Frau Otto betrieb das weniger aus kommerziellen Gründen, sondern eher aus Triebhaftigkeit und spontanem Eigennutz. Eine Zigarette reichte da schon aus, um bei ihr die Bereitschaft für Geschlechtsverkehr zu wecken."

Die beiden Kommissare schauten sich gegenseitig an und nickten sich zu. Nichts anderes hatten sie erwartet.

„Woher haben Sie eigentlich die Information mit dem Mercedes?", fragte die Hauptkommissarin.

„Ein Patient hatte das mitbekommen, als sich zwei andere Patienten darüber unterhielten."

„Aha, interessant", nickte Kuschke. „Dann hätten wir gern die beiden Patienten gesprochen, die darüber sprachen."

Der Chefarzt zuckte mit den Schultern: „Das wird leider nicht möglich sein, fürchte ich. Unser Patient Petrow hatte die beiden in der Cafeteria plaudern gehört, als sie am Nebentisch saßen und darüber debattierten. Selbst kannte er die Leute nicht, wie er mir sagte."

Frau Kuschke runzelte die Stirn: „Das ist natürlich dumm. Und ihr Patient, ist der glaubwürdig?"

„Ich wüsste nicht, warum er uns Märchen erzählen sollte. Vladimir Petrow ist seit 30 Jahre hier als Patient in der Klinik und als offizieller Hausarbeiter bei uns deshalb beschäftigt, weil er absolut harmlos und verlässlich ist. Schon längst hätten wir ihn in ein Heim entlassen können, doch die Lösung mit der hiesigen Beschäftigung ist für alle Seiten das beste Ergebnis. Die Klinik ist sein Zuhause und an jedem anderen Ort hätte er seine Probleme, zurechtzukommen."

„Und welches Krankheitsbild zeigt der Mann?", kam die interessierte Frage.

„Defektschizophren", entgegnete Fleischmann. „Das hört sich

furchtbar schlimm und abwertend an, doch glauben Sie mir, der Mann ist absolut glaubwürdig. Für ihn würde ich das tun, was ich für keinen anderen riskieren würde: Die Hand ins Feuer legen!"

Die Kriminalbeamtin nickte zurückhaltend: „Ich denke, dass keiner seine Leute so gut kennen wird wie Sie, Herr Doktor. Wenn *kein* Zusammenhang von unseren Fällen mit dem von Frau Otto besteht: Könnten Sie sich vorstellen, dass das Verschwinden der Frau Otto interne Ursachen haben könnte, wir also mit unseren Ermittlungen in Ihrer Klinik anfangen müssten?"

Fleischmann seufzte laut auf: „Das glaube ich, ehrlich gesagt, weniger. Zwar hat Rosemarie hier mehr Feinde als Freunde, doch so richtige Feinde sind das auch wieder nicht. Jedenfalls nicht in dem Umfang, dass man Angst um ihre Gesundheit haben müsste. Frau Otto ist schlichtweg abgehauen, wie immer. Wenn ihr etwas passiert ist, dann mit Sicherheit nicht hier in der Klinik. Sie ist aller Wahrscheinlichkeit nach andernorts unter die Räder geraten."

„Womit wir wieder bei dem Mercedes wären!", warf Kommissar Zoppke ein.

„Wenn Sie es so wollen", meinte Fleischmann, „ja. Doch ich würde eher drauf tippen, dass es da zwei Geschichten und zwei Fahrzeuge gibt."

„Wobei bei der Aufklärung wahrscheinlich die Klinik keine Rolle spielt", seufzte die Hauptkommissarin.

Fleischmann nickte. Für ihn war es einfach undenkbar, dass sich in *seiner* Klinik derartiges abspielen sollte.

Hauptkommissarin Kuschke nickte verstehend und erhob sich von ihrem Sitzplatz: „Ich glaube, das dürfte fürs Erste reichen, Herr Doktor. Falls sich noch etwas in dem Fall tut oder Ihnen neue Informationen zu Ohren kommen, die für uns interessant wären, können wir telefonieren."

Man verabschiedete sich freundlich und die Kriminalbeamten verließen das Arztzimmer. Von der Tür aus blickte Fleischmann ihnen nach, bis sie um die Ecke waren. Doch das hatte seinen besonderen Grund. Und dieser hatte mit dem Fall so gar nichts zu tun.

‚Die Frau ist nicht nur wunderschön', ging es Fleischmann durch den Kopf, als er der Kommissarin hinterher schaute, ‚sie ist beinahe unanständig schön!'

***

„Können Sie sich vorstellen, dass sich unsere Rosemarie im Rotlicht-Milieu herumtreibt, Schwester Diana?", fragte Dr. Fleischmann, als er das Stationszimmer betrat. Er hatte sich sogleich nach dem Kripo-Besuch dorthin begeben. Auch wenn er von seiner Ansicht überzeugt war, so hatte die schöne Kommissarin ihm einen Stachel eingepflanzt, der ihn verunsicherte, obwohl er sich dagegen wehrte.

Diana schaute von dem Desktop auf. Sie war gerade damit beschäftigt, die alltäglichen Dokumentationen einzutragen. Zwar hielt auch sie diese Tätigkeit für notwendig, jedoch störte sie sich erheblich daran, dass dort so viele unsinnige Eintragungen verlangt wurden, die später ohnehin von niemandem gelesen wurden und schlicht nur Zeit kosteten.

„Wie kommen Sie darauf?", meinte die Schwester. Sie konnte mit der Frage nichts anfangen.

„Verzeihung", entschuldigte sich der Chefarzt. Ihm wurde klar, dass die Schwester nicht wissen konnte, worum es ging. „Die Kripo war gerade bei mir und berichtete, dass in der letzten Zeit mehrere Prostituierte verschwunden sind. Sie alle hatte man dabei beobachtet, wie sie in einen Mercedes gestiegen sind kurz bevor sie vermisst wurden. Genauso wie unsere Rosemarie Otto. Deshalb meine Frage."

„Niemals, Herr Doktor!", rief Sigfrid Sailer aus der anderen Ecke des Raumes. „Unsere Rosi vögelt zwar mit jedem und alles, was sie kriegen kann, aber aus kommerziellen Gründen bestimmt nicht!"

Sailer stand vor dem Arzneischrank und bereitete gerade die Medikation für die Patienten vor, die später während der Mahlzeiten verteilt wurde. Hierzu hatte er ein kleines Tablett mit einer Vielzahl kleiner Becherchen vor sich aufgebaut, die er nach den ärztlichen

Vorgaben befüllte. Dabei konnte er sich so manches Mal nur schwerlich vorstellen, dass einige Patienten bei diesen Mengen Arznei, die sie schlucken mussten, überhaupt noch aufrecht laufen konnten.

„Derart detailliert wollte ich das eigentlich nicht wissen!", tadelte Fleischmann das rustikale Vokabular des Krankenpflegers.

Sailer konnte sich ein Grinsen nicht verkneifen: „Sorry, Herr Doktor, doch ich sage es, wie es ist."

„Und Ihre Meinung, Schwester Diana?", wandte sich Fleischmann nun demonstrativ der Stationsschwester zu. Ein wenig störte er sich schon daran, dass Sailer sich so distanzlos in seinen Dialog mit Diana eingemischt hatte.

Die Stationsschwester zog eine nachdenkliche Schnute: „Eigentlich kann ich mich der Meinung von Herrn Sailer nur anschließen, Herr Doktor. Das würde zu Rosi gar nicht passen, sich unter solchen Leuten zu bewegen."

Fleischmann nickte bei Dianas Worten. In Grunde fühlte er sich in seiner Meinung bestätigt.

„Des Weiteren, Herr Doktor", fuhr die Stationsleiterin schmunzelnd fort, „fällt es mir schwer zu glauben, dass sich ein Mädchenhändler mit Rosemarie abgeben würde. Die würde sich lieber totprügeln lassen, als dass sie Anweisungen eines fremden Mannes befolgen würde."

„Und machen wir uns doch nichts vor, Herr Doktor", schaltete sich Pfleger Sailer, zum Unmut Fleischmanns, erneut in das Gespräch ein. „Wenn wir uns Rosemarie mal ganz genau anschauen: Ziemlich unterbelichtet, ungepflegt und aufgetakelt wie ein angemaltes Barbie-Püppchen. Wenn die ihren Schlüpfer auszieht, dann müffelt es wie auf einem Fischkutter im Hamburger Hafen. Wer wollte denn auf dieses Nachtschattengewächs drauf steigen, Sie etwa?"

Das war nun doch etwas zu viel für den Chefarzt. Vom Hals her stieg ihm die Röte ins Gesicht. Dabei schnaufte er laut durch, bevor er antwortete.

„Herr Sailer!", sagte er gefährlich leise. „Sie sollten sich mit Ihren Äußerungen und Wertungen zurücknehmen!"

Sailer wusste sofort, dass er leicht überzogen hatte. Doch dies geschah mehr oder weniger bewusst. Es mochte wohl daran liegen, dass er vor Diana besonders cool wirken wollte.

„Okay, sorry, tut mir leid", stammelte er gekünstelt. Im Grunde hatte er Mühe, sein Grinsen zu unterdrücken. „Ich wollte das doch nur möglichst anschaulich rüberbringen, Herr Doktor."

„Auf Ihre Form der Anschaulichkeit kann ich locker verzichten, Herr Sailer!", sagte der Arzt knapp und verließ empört den Raum.

Diana hatte derweil ihren Kopf weggedreht. Zwar fand sie als Frau den Vorgang ziemlich peinlich, doch an Sailers derbe Sprüche hatte sie sich längst gewöhnt. Es war etwas anderes, was sie zufrieden stellte. Denn sie gönnte es ihrem Kollegen innigst, dass der Chef ihm eine Zigarre verpasst hatte. Die allzu große Klappe Sailers brauchte dann und wann halt einen Dämpfer. Jedenfalls glaubte sie das.

Denn Sailer selbst ging das Ganze locker am Gesäß vorbei. Er wusste, dass ihn Fleischmann mit seiner Erfahrung viel zu sehr schätzte, als dass das Konsequenzen für ihn nach sich ziehen würde …

IV.

Es sah einfach grausam aus. Jeder Mensch würde bei diesem Anblick vor Grauen erschaudern und sich wegdrehen. Die Spitze des Pfahls, der sich nach und nach immer tiefer durch den Körper Rosemarie Ottos gebohrt hatte, war im Begriff, seitlich am Hals auszutreten. Eine starke Wölbung, die von außen sichtbar war, hatte ihre Ursache darin, dass das Holz des Pfahls von innen gegen ihren Unterkiefer drückte. Dieser Knochen mochte es sein, der das Austreten des Holzes bisher verhindert hatte. Der Kiefer wirkte wie eine Sperre, sodass ihr Gesicht inzwischen zu einer abscheulichen Fratze entstellt worden war.

Der Leichnam selbst sah aus wie eine Mumie aus dem Gruselkabinett. Bläulich-blasse Haut und halbgeöffnete, leere Augen, bei denen man trotzdem das Gefühl hatte, sie schauten einen mit stechendem Blick an. Zudem war Blut aus Augen, Mund und Nase ausgetreten, das längst geronnen war und eine dicke Kruste hinterlassen hatte.

Andächtig stand Vladimir Petrow vor dem Leichnam. Ein Schwall von Glückshormonen durchflutete dabei seinen Körper. Er faltete seine Hände wie zum Gebet und schnaufte tief durch. Dann schloss der Mann seine Augen und genoss diese bizarre Situation, wie sie nur ein bestialisches Monster genießen kann, das gerade die höchste Form der Befriedigung erlangte.

„Das ist die Vollendung dessen, was eines Herrschers über alles würdig ist!", sagte er leise zu sich. „Endlich ist die Zeit gekommen, dass die Offenbarung beginnen kann, wie es vom Übergeordneten angekündigt wurde!"

Dann trat er auf Rosemarie Otto zu und lauschte andächtig. Jeder Außenstehende, der diese Szene beobachtet hätte, hätte nun geglaubt, dass er den Worten der gepfählten Leiche lauschte, als hielten sie ein Zwiegespräch.

„Du hast es dir selbst zuzuschreiben, oh sündige Schwester", tadelte er nach einem kurzen Verweilen den toten Körper. „Wer sich an Jülrinaldi vergreift, muss die Konsequenzen ertragen. Und du wolltest das nicht wahrhaben und hast den Gebieter verhöhnt und verspottet!"

Und je länger Vladimir Petrow vor der Gepfählten stand, umso mehr leuchteten seine Augen auf. Es bildete sich ein Glanz in seinen Augen, wie ihn nur der Wahnsinn verursachen konnte. Ein Glanz, der überaus unwirklich schien und der einen Spiegel des schizophrenen Irrsinns darstellte.

Gepfählte Ratten interessierten den Mann längst nicht mehr. Seit der Grausamkeit an Rosi hatte er seine Ecke mit den aufgespießten Nagern überhaupt nicht mehr in Augenschein genommen. Er hätte jetzt beinahe über seine einstige Primitivität lachen können, so als sei das bisherige Treiben nun weit unter seinem Niveau.

Man konnte Petrow ansehen, dass er nach mehr Menschenopfern lechzte. Es war die Gier nach Blut und Grausamkeit, wie sie nur bei Bestien vorkommt, die ihre Erfüllung und Befriedigung in ihren unmenschlichen Taten finden. Zumeist waren dies Mörder, Monster, deren Wirken über die Jahrhunderte hinweg Eingang in die Geschichtsbücher fand. Doch Vladimir Petrow stand noch nirgendwo verzeichnet, oder etwa doch ...?

***

Anders als in den somatischen Krankenhäusern ist die Verweildauer in den psychiatrischen Kliniken zumeist erheblich länger. Dies liegt vor allem daran, dass die Behandlung einer Geisteserkrankung wesentlich zeitintensiver ist. Ein Blinddarm oder ein paar Gallensteine sind schnell entfernt, jedoch bei einer schweren Depression oder gar einem schizophrenen Schub dauert es seine Zeit, bis die Arznei anschlägt und für das individuelle Krankheitsbild die richtige Dosis zur Einstellung als Dauermedikation ermittelt ist. Zumal sich gewisse Wirkstoffe in den Medikamenten unterschiedlich auswirken können. Bei dem einen Patienten ist ein bestimmtes Medikament genau das Richtige, während es beim anderen schädlich sein kann oder die Symptome verschlimmert. So kann es vorkommen, dass die Ärzte sehr lange experimentieren müssen, bis sie das rechte Medikament und dessen Dosis gefunden haben. Und bei manchen Patienten – etwa Sabrina Nußpickel - findet man es praktisch nie oder vielleicht irgendwann durch Zufall.

Hinzu kommt dann zumeist auch das gesamte soziale Umfeld des Patienten, einschließlich der Angehörigen, die mit ihm zusammenleben. Diese müssen ebenfalls in irgendeiner Form in die Behandlung miteinbezogen werden. Als besonders schwer therapierbar zeigen sich hier sämtliche Formen der Suchterkrankungen, da hier meist noch Gesetzeskonflikte hinzukommen, die Auswirkungen auf das gesamte Krankheitsbild haben. Mit dem Schlucken einiger Tablettchen ist das also in der Regel nicht getan, um den bedürftigen Patienten Hilfe zukommen zu lassen. Es muss die gesamte Familie einschließlich des Umfeldes therapiert werden, wobei sich der Kostenfaktor als natürliche Grenze erweist. Doch der gesamte Aufwand ist schlicht für die Katz, wenn keine Bereitschaft seitens des Patienten besteht, sondern die Therapie von ihm nur geduldet wird. Wenn jemand im Innersten nicht wirklich will, dann entpuppen sich alle Maßnahmen als Totgeburt.

Freitag war auf der Station der Tag, an dem alle Betten, sofern sie nicht gerade tags zuvor belegt worden waren, frisch bezogen werden mussten. Folglich hatte Diana Thorn dienstplanmäßig den Freitag als den Wochentag vorgesehen, der personell immer am stärksten besetzt war. Nur wenn es vorher abzusehen war, dass an diesem Tag die geplanten Arbeitsabläufe nicht möglich waren – etwa wenn außergewöhnliche Aufnahmen angekündigt waren - plante die Stationsschwester kurzfristig um und zog den Betten-Tag auf den Donnerstag vor. Dies geschah jedoch recht selten. Und wenn der Betten-Tag durch nicht vorab angekündigte Aufnahmen am Freitag nicht durchzuführen war, dann musste die Arbeit irgendwie an den Wochenenden gemacht werden. Dann war schlichtweg Improvisation gefragt und Stress pur war angesagt!

An diesem Freitag waren es Stephanie Maldessa und Dirk Schmidtchen, die dieser ungeliebten Aufgabe zugeteilt wurden. Es waren ohnehin die „Frischlinge“, die dafür ausgewählt wurden. Alte Hasen, wie etwa Sigfrid Sailer, kamen dafür erst gar nicht in Betracht. „Lass das mal die Jungen machen!“, hatte Sailer einst gesagt. „Ich habe in meinen 35 Dienstjahren genug Betten gemacht. Soll sich das junge Gemüse erstmal bewähren, bevor sie den Staffelstab später weiterreichen können!“

Und somit waren es die beiden jungen Leute, die sich mit dem fahrbaren Sammelbehälter für die Schmutzwäsche sowie dem Wagen mit der gestapelten Frischwäsche an die Arbeit machten. Sofern es möglich war und sie keine anderen Aufgaben zu verrichten hatte, beteiligte sich auch die Hausangestellte, Marita Hinz, an dem Geschehen. Doch die Frau war natürlich nicht dumm. An solchen Tagen dauerte es bei ihr besonders lange, bis sie mit der Arbeit in der Stationsküche fertig war und helfend beim Bettenbeziehen einsteigen konnte.

Dass sich Steffi und Dirk außerordentlich gut verstanden, hatte sich bereits bis zu den Patienten herumgesprochen. So lange es nur *dabei* blieb, hatte die Stationsschwester nichts dagegen einzuwenden. Sofern sich in solchen Fällen jedoch feste Beziehungen entwickelten, war es nicht gewünscht, dass die Partner auf der gleichen Dienststelle weiterhin zusammenarbeiteten. Die Erfahrung hatte gezeigt, dass dies zu oft zu Komplikationen führte. Etwa, wenn Konflikte oder gar Ehestreitigkeiten, die zu Hause begannen, später im Dienst weitergeführt wurden.

Auch Eifersüchteleien, wenn der Partner beispielsweise mit anderen Kollegen gut klarkam, führten dann zu unnötigem Stress, den letztendlich alle Kollegen und Patienten zu spüren bekamen. Doch soweit war es bei Stephanie und Dirk noch lange nicht. Jedenfalls bis jetzt.

Der 22jährige Dirk musste sich eingestehen, dass seine außerordentlich hübsche Kollegin ihn zunehmend nervös machte. Ihre langen blonden Haare, die sie zu einem Zopf geflochten hatte, das bildschöne, ebenmäßige Gesicht und der makellose Körper - alles das entsprach seinen Vorstellungen von einer absoluten Traumfrau. Außerdem hatte sie Humor und eine liebenswerte Art.

Und so kam es während ihrer Arbeit immer häufiger zu unbeabsichtigten Berührungen, die sie beide provozierten. Immer dann, wenn die persönliche Distanzzone, die jeder Mensch hat, durchbrochen wurde, spürten beide das gewisse Kribbeln, das die Natur zur Arterhaltung eingeführt hatte. Ein Kribbeln, das durch Mark und Bein ging und das beide empfanden.

Daher fanden es dann beide unangenehm und störend, als die Hausangestellte, Marita Hinz, sich zu ihnen gesellte, um beim Bettenbeziehen behilflich zu sein. Frau Hinz konnte natürlich nicht verstehen, wieso die beiden plötzlich so kurz angebunden wirkten, statt sich über die Hilfe zu freuen. Deshalb schnappte sie sich wortlos einige Garnituren Bettwäsche vom Vorratswagen und ging in das Krankenzimmer nebenan, um schon mal dort zu beginnen. ‚Hier störe ich ohnehin nur', ging es ihr durch den Kopf.

„Steffi, wie hast du denn dieses Wochenende Dienst?", fragte Dirk, wobei seine Stimme eher beiläufig klang, obwohl er an der Antwort sehr interessiert war. Er hatte da so eine Idee. Außerdem kannte er ihren Dienstplan in- und auswendig und fast besser als seinen eigenen.

„Samstag Spätdienst", kam die Antwort.

„Ehrlich?"

„Ja, spät. Warum?"

„Mist. Ich habe früh, auf 42.1."

„Schade", entgegnete das Mädchen. Dabei lächelte sie ihn derart enttäuscht und gleichzeitig verlockend an, dass bei dem jungen Mann die Sirenen losgingen, und zwar in allen Regionen seines Körpers.

„Dann müsstest du den Sonntag ja frei haben!", fragte Dirk, obwohl er es natürlich genauestens wusste.

Zweifelsohne konnte sich Steffi denken, worauf Dirk aus war. Doch es schien eine jener weiblichen Verhaltensweisen zu sein, dass sie sich unwissend stellte.

„Richtig, mein freier Tag!", antwortete die junge Frau, insgeheim erwartungsvoll.

Dirk Schmidtchen nahm seinen ganzen Mut zusammen, wobei er ein denkbar gutes Gefühl hatte, was die Antwort betraf: „Mein Papa hat da so ein kleines, niedliches Boot im Jachthafen liegen. Gleich hinter der Grenze in Holland. Bisher hatte er noch nie etwas dagegen, wenn ich es bei ihm ausgeliehen habe. Soweit ich weiß, benötigt er den Kahn am Wochenende ohnehin nicht. Hättest du vielleicht Lust, mit mir am Sonntag einen kleinen Törn zu machen?"

Mit so etwas Tollem hatte Steffi überhaupt nicht gerechnet. Eher damit, dass man Eis essen oder ins Kino ging. Aber mit dem Boot übers Wasser zu schippern? Einfach klasse!

„Kannst du denn mit so einem Boot fahren?", kam die zaghafte Frage. Natürlich war das nur eine weitere typisch weibliche Verhaltensweise, da die Freude nicht zu offensichtlich gezeigt werden durfte.

„Ja, klar!", war die beinahe entrüstete Antwort. „Was glaubst du denn?"

Was nun geschah, damit hatte Schmidtchen überhaupt nicht gerechnet. Unvermittelt trat Stephanie auf ihn zu, legte ihre Arme um seinen Hals und gab ihm ein Küsschen auf die Wange. Dabei war es vor allem die Feuchtigkeit ihrer Lippen, die den jungen Mann erregte.

„Ich freu mich auf Sonntag, Dirk", hauchte sie leise ...

***

Wohl über eine Stunde harrte Vladimir Petrow schon in der Cafeteria aus. Doch noch immer kreuzte jener nicht auf, auf den er gestern schon gewartet hatte: Harry Hondong, der allgemein als „Jim Knopf" in der Klinik bekannt war. Petrow hoffte inständig, dass dieser Mann endlich erschien und er ihn für seine grausamen Pläne benutzen konnte.

Doch Hondongs „Zicken" beim letzten Mal, als er nur widerwillig die Anweisungen des Pflegers befolgte, schienen nicht ohne Folgen geblieben zu sein. Pfleger Paul Krämer hatte sicherlich dafür gesorgt, dass der Patient daraufhin ein wenig eingeschüchtert und sanktioniert wurde. Allerdings musste Krämer aufpassen, dass ihn Hondong nicht verriet, was seinen dienstlichen Alkoholkonsum betraf. Hier zeigte sich erneut, welche Probleme sich bei Suchterkrankungen auftun, wenn sich der Betroffene versteckt halten muss. Neben logistischen Problemen muss der Süchtige in der Sorge des Entdecktwerdens leben und gegebenenfalls Zugeständnisse machen, die ihm selbst zuwider sind!

So langsam erfasste Vladimir Petrow eine leichte Unruhe. Er konnte hier nicht ewig sitzen und auf Harry Hondong warten! Zumal auf der Station noch einiges zu erledigen war. Und dass an seinem Status der Zuverlässigkeit gerüttelt wurde, das wollte er nun auch wieder nicht. Notfalls musste er seine Absichten neu überdenken und sich einen anderen Plan zurechtlegen.

Die Geduld Petrows schien sich schließlich doch zu lohnen. Er saß mit seiner Tasse Kaffee an einem Platz am Fenster der Cafeteria und sah von weitem Harry Hondong mit seinem auffälligen Gang, natürlich in Begleitung des Pflegers Krämer, auf das Gebäude zustreben. So traurig es auch war: Es war einzig die Sucht, die die beiden hierher trieb. Jeder für sich und mit seinem eigenen Vorwand, wobei bei dem einen das Ausleben seiner Abhängigkeit von der Gnade des anderen abhing. Ein denkbar trauriges Schauspiel, das nur auf den Konsum eines Nervengiftes zurückzuführen war.

Als die beiden das Kaffeehaus betraten, hielt sich Petrow erstmal bewusst zurück. Da er wusste, was nun folgen würde, wollte er nicht gleich von allen gesehen werden, wenn er sich an Hondong heranmachte. Vladimir wollte warten, bis ein geeigneter Zeitpunkt gekommen war, sich Hondong zu zeigen. Für einen Moment vergaß Petrow sogar seinen Zeitdruck, der ihm noch vor wenigen Momenten so sehr zu schaffen machte.

Aus sicherem Abstand beobachtete er die Begrüßungsrituale, die Hondong mit seinen Mitpatienten austauschte. Zum Unmut von Krämer, den es eher an den Billardtisch trieb und der gebieterisch die Rituale abkürzte. Mit einer barschen Handbewegung deutete er auf einen Platz gleich in der Nähe Petrows, die als eine Platzzuweisung aufgefasst werden konnte. Vladimir hatte sich derweil ein wenig abgewendet, um erstmal unerkannt zu bleiben.

Paul Krämer schritt indessen zum Billardraum, wo ihn zwei seiner Kollegen kumpelhaft begrüßten. Danach ging der Mann rasch zum Tresen des Cafés und bestellte augenzwinkernd zwei Gläser Cola. Es mochte sich auch bei ihm ein gewisser Alkoholentzug bemerkbar gemacht haben.

„Mit was drin?", fragte die Frau dort schmunzelnd.

„Aber natürlich, mein Schatz", entgegnete Krämer und formte dabei seine Lippen zu einem Küsschen. „In ein Glas tu bitte nicht zu viel von dem Zeug rein, mein Begleiter muss nachher noch fahren!"

„Und wohin?", spottete ein Kollege von der Seite her. „Etwa in seine Zelle?"

Krämer lachte laut auf: „So ähnlich, Lothar. Einen fahren lassen wird er auf jeden Fall!"

Dann nahm der Pfleger die beiden Gläser und trug das weniger verdünnte hinaus zu Hondong und setzte es augenzwinkernd vor ihm ab.

Hondong blickte enttäuscht in das Gesöff: „Da ist aber nicht viel drin!"

„Halt die Klappe und trink", kam die abweisende Antwort. „Du kannst das Zeug ja wegschütten!"

Barsch drehte sich Krämer um. Sein eigenes Glas trug er schließlich mit zum Poolbillardtisch und beobachtete das laufende Spiel seiner Kollegen. Dabei nahm er erstmal ein paar kräftige Schlucke aus seinem Glas. Als er sich davon überzeugt hatte, dass sein Begleiter nebenan mit einem anderen Mann ins Gespräch vertieft war, trank Krämer sein Glas gierig aus. Danach eilte er flugs erneut zum Tresen und holte sich rasch eine neue „Cola". Der Mann war offensichtlich bemüht, schleunigst einen gewissen Alkoholpegel zu erreichen.

Petrow blickte zu Hondong hinüber. Beinahe gierig hatte er das Glas „Cola" in die Hand genommen und leerte es, sobald Krämer ihm den Rücken zuwandte, in einem Zug. Dann lehnte er sich zurück und wartete, dass jene Wirkung einsetzte, die ihn ruhiger machte.

„Hallo, Harry!", grüßte Petrow seinen Mitpatienten und setzte sich zu ihm. „Wie geht's denn so?"

„Beschissen, wie immer!", knurrte Hondong.

„Ach, wie kann's denn?"

„Scheiß trockene Luft hier!"

Petrow stutzte: „Aber wieso denn? Du hast deine Pfleger-Cola doch bekommen?"

„Von wegen!", schimpfte Hondong. „Dieses Schwein Krämer lässt sich selbst einen Zehnfachen eingießen und mir gibt er nur einen Halben!"

Vladimir grinste schmierig. Das Gespräch lief exakt so, wie er es beabsichtigte. Petrow beugte sich etwas vor: „Und du meinst, dir stünde mehr zu?"

Nun wurde Hondong so richtig erregt: „Natürlich steht mir mehr zu! Er ist doch genauso ein Säufer wie ich. Nur weil er Pfleger ist, darf er mehr saufen?"

Petrow beugte sich noch ein Stück weiter vor und meinte geheimnisvoll: „Wenn du mehr zu saufen haben willst: Ich glaube, ich kann dir da helfen!"

Nun wurde Hondong hellhörig. Sein gesenkter Blick richtete sich aufwärts und konzentrierte sich auf Petrow.

„Du? Wie denn?", zweifelte er.

Vladimir schnalzte demonstrativ laut mit der Zunge: „Weil ich Sprit ohne Ende habe!"

Die Augen von Harry weiteten sich: „Ehrlich? Wo willst du ihn denn haben?"

Petrow lächelte mit schiefem Mund: „Na, in meinem Zimmer. Wo sonst?"

Hondong wurde jetzt richtig aufgeregt. Er kam Petrow etwas entgegen und flüsterte: „Kannst du was davon mitbringen?"

„Ich bin doch nicht verrückt!", Petrow tippte seinen Finger gegen die Stirn. „Was glaubst du, welchen Ärger ich bekomme, wenn ich dir hier eine Buddel übergebe!"

„Dann gibst du mir sie einfach heimlich!", bettelte Hondong jetzt geradezu.

Petrow winkte ab: „Nee, lass mal, Harry. So geht das ganz und gar nicht. Das müssen wir uns schon etwas anderes einfallen lassen!"

„Wie soll das denn sonst gehen? Du weißt doch, dass ich nur Ausgang in Begleitung habe."

„Ganz einfach", griente Petrow geheimnisvoll. „Du kommst einfach zu mir und kannst dann Schnaps mitnehmen, soviel du tragen kannst!"

Nun nahm das Gesicht Hondongs einen hämischen Ausdruck an: „Ha, ha, sehr witzig! Ich sage einfach auf der Station, ich will Vladi besuchen und die lassen mich raus?"

„Natürlich nicht so", winkte Petrow ab. „Aber ich hätte da einen Plan!"

„Hör auf, mich zu verarschen!", knurrte Hondong verärgert.

Petrow zupfte am Ärmel seiner Jacke: „Glaub mir, Harry, das ist *kein* Witz!"

„Nicht? Was soll es denn sonst sein?", spottete Hondong.

Vladimirs Stimme ging nun in ein Flüstern über: „In welchem Haus bist du denn untergebracht, Harry?"

„Haus 28, Forensik. Das weißt du doch, Vladi!"

„Und ihr habt doch hinter eurem Haus einen ziemlich großen Stationsgarten, wenn ich richtig orientiert bin. Nicht wahr?"

„Richtig", seufzte Hondong. „Mit einem riesengroßen Zaun drumherum und Stacheldraht obendrauf!"

„Der Stationsgarten, bis wann dürft ihr ihn benutzen, bevor die Tür abgeschlossen wird?"

„Bis die Nachtwache kommt. Kurz vorher werden die Türen dicht gemacht", nickte Hondong. Gleichzeitig glaubte er zu wissen, was Petrow vorhatte. „Eine Flasche durch den Zaun reichen, Vladi, kannst du vergessen", winkte er ab. „Die Maschen sind so fein, da passt gerade mal eine Zigarette durch. Und über den hohen Zaun werfen geht gar nicht. Der Hof ist nämlich gepflastert. Das überlebt keine Glasflasche!"

Petrow legte ihm den Arm auf die Schulter: „Weiß ich doch, Harry, weiß ich doch alles!"

„Ja, wenn du es weißt ..." Hondong wirkte enttäuscht. Die aufgeregte Anspannung war von ihm gewichen.

„Ist mir klar, dass das nicht funktioniert mit dem Zaun", entgegnete Petrow.

„Aber", sinnierte Hondong und richtete sich erneut lebhaft auf. Ihm schien gerade eine Idee gekommen zu sein. „Wenn du den Schnaps in eine Plastikflasche umfüllen würdest, könnte das klappen!"

Petrow winke ab: „Ist alles Pillepalle und Kuddelmuddel. Auch Plastik reißt ein, wenn es auf Beton aufschlägt. Wenn man aber einen Plan hat, dann kann man auch diese Hürde überwinden, glaub es!"

„Und wie?"

„Sei heute Abend, eine halbe Stunde, bevor eure Tür abgeschlossen wird, in eurem Stationsgarten!", tuschelte Petrow. „Ganz hinten rechts, wo die Außentreppe zum Keller hinunter geht!"

„Du scheinst dich ja gut in unserem Garten auszukennen", meinte Hondong überrascht. „Die Ecke kenn ja noch nicht einmal ich richtig!"

„Kannste mal sehen", schmunzelte Vladimir.

„Und was soll ich denn da?"

Petrow erhob sich von seinem Stuhl: „Lass dich einfach überraschen, Harry."

„Du verarschst mich doch wieder!", entgegnete Hondong misstrauisch.

„Ich verarsche dich nicht, glaube mir!"

Petrow beobachtete durch die große Glasscheibe, dass nebenan im Billardraum Bewegung aufkam. Er war guter Dinge, dass er bisher niemandem so richtig aufgefallen war. Und das sollte auch so bleiben, bevor der Pfleger Krämer hier auftauchte, um Hondong zu kontrollieren.

„Ich muss jetzt wieder los, Harry", sagte er nun etwas getrieben. „Denk dran: Heute Abend so gegen halb zehn in eurem Garten. Lass dich einfach überraschen. Ich verspreche dir Schnaps, soviel du haben willst!"

„Wer's glaubt!", spottete Hondong.

„Und zu niemandem ein Wort davon!", mahnte Petrow noch, bevor er ging.

„Dann wäre ich ja bekloppt!" rief ihm Harry noch im Flüsterton nach ...

***

Keiner kannte sich im Labyrinth der Katakomben so gut aus wie Vladimir Petrow. Er wusste praktisch bei jedem Quergang, wo dieser hinführte und vermochte auch zu sagen, an welcher Stelle man bei jeder Möglichkeit des Ausstieges landete. Daher war ihm desgleichen bekannt, dass in Haus 28, mitten im Gebüsch rechts neben der Kelleraußentreppe, sich ein Gullydeckel befand, der einen Ausgang aus dem unterirdischen Irrgarten verbarg. Man musste ihn nur etwas kräftiger anheben und beiseite schieben und schon konnte man das Tunnelsystem verlassen.

Der Gullydeckel im Garten des Hauses 28 lag derart versteckt, dass davon kaum einer wusste. Sicherlich hätte man ihn ansonsten längst entfernt oder festgeschraubt. Schon allein deshalb, weil sich in diesem Hause Gerichtspatienten befanden, die sich liebend gern aus dem Staub gemacht hätten, statt sich hier in dieser geschlossenen Abteilung, teilweise sogar in Einzelzellen, zu tummeln!

Zwar war Harry Hondong davon überzeugt, dass er von Petrow vergackeiert wurde, trotzdem begab er sich kurz nach 21 Uhr in den Stationsgarten zu dem Bereich der beschriebenen Kellertreppe. Er hatte vorher darauf geachtet, unauffällig in den Garten zu spazieren, damit es keiner der Pfleger oder Mitpatienten mitbekam. Sollte Petrow ihm doch was zum Saufen bringen, dann wäre es verdammt ärgerlich gewesen, wenn ihm das Personal seinen Schatz sogleich wieder wegnehmen würde. Auch jenen Mitpatienten, die nicht weniger durstig nach Alkohol waren, wollte er die Flaschen nicht präsentieren. Denn in dem Fall hätte er nur kurze Freude an den Getränken gehabt. In seiner Weitsicht hatte Hondong auf jeden Fall einen Stoffbeutel mitgenommen.

‚Wer weiß, wer weiß', ging es Harry Hondong durch den Kopf, ‚vielleicht ist ja doch was dran an dem Versprechen Petrows!'

Da der Spätsommer bereits im Begriff war, in den Herbst hinüber zu gleiten, fing es draußen längst an, sich zu verfinstern. Im Dämmerlicht zündete sich Hondong ein Zigarettchen an und blies den Rauch weit vor sich her. Und so stand er dann da und versank in seine hoffnungsvollen Gedanken. Die Hoffnung, seiner Sucht Befriedigung geben zu können. Auch wenn man dem Mann mehrmals klargemacht hatte, dass sich seine Lebenserwartung durch den fortlaufenden Alkoholgenuss extrem verkürzte, so fehlten ihm doch die intellektuellen Fähigkeiten, über diese Konsequenz sachlich nachzudenken.

„Guten Abend, Jim Knopf!", hörte er plötzlich eine Stimme neben sich.

Hondong fuhr vor Schreck fürchterlich zusammen. Dabei war ihm glatt der Zigarettenstummel aus den Fingern entglitten und zu Boden gefallen.

„Wo kommst du denn jetzt her?", stammelte Hondong, noch immer vom Schrecken gezeichnet.

„Da staunst du, was?", sagte die mittlerweile nur schemenhaft wahrnehmbare Gestalt vor ihm. Die Dunkelheit nahm jetzt immer mehr zu.

„Das kann man wohl sagen!", stimmte Hondong zu. Dabei war sein Puls noch immer hochfrequent. Doch langsam beruhigte er sich: „Das mit dem Jim Knopf solltest du lassen. Das mag ich gar nicht!"

„Sorry, war doch nur Spaß!", entschuldigte sich Petrow.

„Hast du den Schnaps", fuhr Hondong nach einer kurzen Weile fort. „Ich muss mich jetzt sputen, denn die Pfleger schließen gleich die Türe ab!"

„Schnaps, soviel du willst!", meinte Petrow verlockend. „Aber nicht hier."

„Nicht hier?", schimpfte Hondong enttäuscht. „Du wolltest mich also doch verarschen, was?"

„Nein", beteuerte Vladi eindringlich, „wirklich nicht! Du brauchst nur mit mir mitkommen, dann kannst du saufen und mitnehmen, soviel du willst!"

Hondong schien immer noch erbost: „Und warum hast du nicht einfach welchen mitgebracht?"

„Weil ich nachgedacht habe, was *dir* anscheinend schwer fällt!", provozierte Petrow. Er wusste, dass Hondong nicht gerade der Intelligenteste war und sich leicht an seiner Ehre packen ließ.

In der Tat fühlte sich Harry nun angegriffen: „Was soll *das* denn heißen?"

„Na, überleg mal: Wenn du jetzt mit einer oder mehreren Pullen in der Hand hineingehst, nehmen sie sie dir doch sofort weg. Oder etwa nicht?"

„Nun ja", druckste Hondong, „ich habe hier einen Beutel mitgebracht. Da wollte ich die Pullen hineintun." Dabei hielt er im Schummerlicht das Säckchen hoch.

„Und wenn du gleich mit der prallgefüllten Tüte durch den Tagesraum gehst, glaubst du denn wirklich, da will keiner hineinschauen?"

Jetzt herrschte eine Zeitlang absolute Stille im Garten. Hondong schien zu grübeln. Wäre Hirntätigkeit hörbar gewesen, man hätte es jetzt laut knistern gehört.

Deshalb konnte sich Petrow eine spitze Bemerkung nicht verkneifen: „Das dürfte doch auch deinem Schwachstromgehirn plausibel sein, Harry!"

„Ja, also ..., ich glaube, da wirst du recht haben", stammelte Hondong schließlich.

„Siehst du!", jubelte Petrow beinahe. Er merkte, dass sein Plan aufging. „Und deshalb kommst du jetzt mit mir mit und wir machen Party!"

„Aber die merken doch nachher, dass ich nicht da bin!", wandte Hondong ein.

„Ja und?", höhnte Petrow. „Sollen sie doch! Was kann dir denn schon passieren? Ausgangssperre? Hast du doch sowieso! Herummeckern? Machen die doch ohnehin jeden Tag mit dir! Nee, Harry, verschlechtern kannst du deine Lage allemal nicht mehr. Aber eine tolle Party, die würde ich an deiner Stelle auf jeden Fall mitnehmen. So eine Party mit saufen bis zum Abwinken!"

Zuerst nickte Hondong nur ganz zaghaft. Doch je mehr er darüber nachdachte, umso kräftiger wurden seine zustimmenden Nickbewegungen.

„Recht hast du, Vladi!", meinte er schließlich. „Ist doch wirklich scheißegal, was die Wichser dort drinnen veranstalten. Die meckern doch ohnehin mit mir, egal, was ich mache. Ich komme mit dir!"

Kumpelhaft schlug Petrow seinem Pseudo-Weggenossen auf die Schulter: „Na, dann lass uns mal durchstarten, mein lieber Freund. Wir müssen nur ein paar Schritte laufen, und das Bier hab ich schon kaltgestellt!"

„Okay", sagte Hondong nun bestens gelaunt. „Und wohin gehen wir jetzt?"

„Dazu werde ich dir jetzt ein Geheimnis verraten", entgegnete Petrow in geheimnisvollem Ton. „Folge mir!"

Etwas verwundert nahm Hondong nun wahr, wie Petrow im dichten Gebüsch verschwand. Deshalb stutzte er.

„Nun komm schon!", forderte ihn Vladi auf. „Das Bier wird sonst warm!"

Letzteres wirkte. Etwas skeptisch begab sich Hondong zu dem Gebüsch und folgte seinem Kumpel zaghaft. Er machte ein paar Schritte in gebückter Haltung durch das dichte Astwerk. Dabei schlugen ihm die Äste ins Gesicht.

„Scheiße!", hörte Petrow Hondong fluchen.

„Komm schon!", spornte ihn Vladi erneut an.

Es ging noch ein paar Schritte, bevor Petrow vor einem Gullydeckel stehen blieb, der durch den dichten Bewuchs kaum zu erkennen war. Und für denjenigen, der genau davor gestanden hätte, wäre es schwer gewesen zu erkennen, was darunter wohl sei. Auf den Eingang in das Versorgungslabyrinth wären die allerwenigsten gekommen.

Der Betondeckel war halb zur Seite geschoben, so dass ein Mann gerade durchpasste, um in das dunkle Loch darunter einzusteigen. Für den fülligen Hondong musste Vladi ihn noch ein wenig weiter öffnen. Doch diese mühevolle Arbeit verrichtete er gern. Mit einer Handbewegung forderte Petrow den Mann schließlich auf, einzusteigen.

„Da hinein?", fragte Hondong skeptisch.

„Na, was denn sonst?", lachte Petrow. „Das ist der wunderschöne Eingang in die Freiheit, die du dir doch so sehr gewünscht hattest. Das ist das kleine Geheimnis, was ich vorhin meinte!"

„Und da hinunter geht es nach draußen?", meinte Hondong, als könne er es nicht fassen. „Das sieht eher nach Hölle aus!"

„Ja, was glaubst du denn, wie ich hier in euren Garten hereingekommen bin?"

„Da durch?"

„Richtig!"

„Mensch, du bist mir einer!", staunte Hondong und fing dabei an, sich durch die enge Öffnung zu quetschen. „Wenn das auf der Station einer wüsste ..."

„Dann wäre der Deckel spätestens morgen zugeschraubt!", führte Petrow den Satz fort. „Oder glaubst du etwa, die würden diesen Eingang so lassen?"

„Wahrscheinlich nicht", keuchte Hondong beim Hinabsteigen. Sein vom Alkohol gebeutelter Körper geriet schon bei der kleinsten Anstrengung in den Grenzbereich. Besonders der dicke Kugelbauch störte beim Einsteigen erheblich. „Wenn sich das hier auf der Station herumsprechen würde, wäre die gesamte Abteilung morgen wohl leer!"

Gleich nach ihm stieg Petrow in das Loch ein.

„Deshalb solltest du niemandem davon erzählen, wenn du zurück bist!", warnte er Hondong dabei.

Petrow kletterte Hondong gleich hinterher. Doch bevor er begann, nach unten zu steigen, zog er den Deckel über sich wieder zu.

Der Hintergedanke für Petrows vertrauliche Warnung war, den

Mann in Sicherheit zu wiegen. Ihm den Glauben zu lassen, dass er auch wieder zurückkäme. Dabei stand für Petrow felsenfest, dass Hondong diesen Gullyeingang bestimmt nicht mehr benutzen würde. Das ließ sein Plan nicht zu.

Mittlerweile waren die Männer unten auf dem Boden des Ganges angekommen. Fasziniert blickte sich Harry um. Dass es hier unten eine derart geheimnisvolle Welt gab, hätte er nie gedacht. Da Petrow vorher die Beleuchtung in dem Abschnitt eingeschaltet hatte, erschien das Labyrinth im Schummerlicht. In die Dunkelheit hinein wäre Hondong mit Sicherheit nicht abgestiegen. Und Vladimir kannte hier jeden Lichtschalter und wusste von jedem Kabel, wohin es führte.

„Meinst du etwa, ich bin blöd und erzähle hiervon?“, erwiderte Hondong mit gespielter Empörung. „Natürlich will ich diesen Geheimgang später weiterhin benutzen. Es ist doch toll, dass ich demnächst Ausgang habe, so oft ich will!“, triumphierte der Mann voll Freude.

„Und Schnaps kannst du dir dann bei mir abholen, wann immer es dir beliebt! Ist doch einfach nur geil, was?“, verstärkte Petrow nun auch noch Hondongs Euphorie.

„Und wohin jetzt, du scheinst dich hier ja bestens auszukennen?“, fragte Harry nach dem weiteren Weg.

Petrow deutete voraus: „Dort entlang. Warte, ich geh vor!“

So begaben sich die beiden durch das Tunnelsystem kreuz und quer in Richtung Vladis geheimnisvoller Kammer. Später dann musste die Strecke in gebückter Haltung durchlaufen werden. Eigentlich ein nicht sehr anstrengender Akt. Doch Hondong schnaufte dabei wie eine Dampfmaschine und dicke Schweißperlen rannen seine Stirn herunter. Zumal es im Bereich der Versorgungsleitungen teilweise recht warm war. Obwohl sie eine dicke Isolierung umgab, strahlten sie noch erhebliche Wärme ab.

Außerdem bewegte sich Hondong aufgrund seiner zurückliegenden Nervenentzündung mit einem marionettenhaften Robotergang, der das Fortkommen zusätzlich erschwerte.

Endlich erreichten sie jene Abzweigung, die zu Vladimirs Domizil führte. Petrow musste jetzt aufpassen, dass Hondong nicht zu früh einen Blick in sein Reich werfen konnte. Der Anblick der gepfählten Rosemarie hätte mit Sicherheit große Probleme bereitet, was das freiwillige Mitkommen betraf. Also musste er schon vorher die Angelegenheit lösen.

In weiterhin gebückter Haltung erreichten sie schließlich das Brett, das den Zugang zum Raum verdeckte. Natürlich wusste das Hondong nicht.

„Was nun?", fragte er, weil Petrow stehen blieb.

„Wir müssen dieses Brett hier zur Seite schieben."

„Und wozu?", schnaufte Hondong in seiner gekrümmten Haltung. Dabei setzte er sich auf den Boden. Für ihn war es mächtig anstrengend.

Petrow nahm eine kurze Eisenstange in die Hand, die er vorausschauend schon vorher an die Wand gestellt hatte: „Weil hier der Eingang ist. Du drückst jetzt mit aller Kraft das Brett zur Seite und ich benutze diese Stange hier zusätzlich als Hebel! Verstehst du?"

„Was ist denn hinter dem Brett?", erkundigte sich Hondong argwöhnisch.

„Da ist das Versteck, in dem Schnaps, unser Schnaps, gebunkert wird! Kannst du dir das nicht denken?"

„Und wieso ist es so beschwerlich, an den Stoff zu kommen? Man bricht sich ja fast die Knochen dabei!", begehrte Hondong auf.

„Glaubst du, er würde hier lange stehen, wenn er mitten im Gang stünde?", frotzelte Petrow. „Von sich aus käme jedenfalls keiner darauf, das Brett mühsam zur Seite zu schieben!"

Das leuchtete Hondong ein. Doch bevor er nun antworten konnte, musste er erstmal mehrfach tief Luft holen. Sein geschundener Körper war kurz davor zu rebellieren.

„Verstehe!", entgegnete er schließlich knapp.

Natürlich sagte Petrow nicht, dass das Wegschieben des Brettes im Grunde ganz einfach war. Stattdessen spornte er den anderen an: „Du drückst dort unten und ich mit der Stange oben. Und jetzt los!"

Hondong erhob sich mühsam vom Boden und war im Begriff, sich mit aller Kraft gegen das Ende des Brettes zu stemmen. Doch im gleichen Moment verdunkelte sich die Welt um ihn herum völlig. Wie auf dem Präsentierteller und praktisch in Arbeitshöhe hatte er Petrow seinen Kopf dargeboten. Mit einem kräftigen Schlag sauste die Eisenstange auf Hondongs Schädel nieder ...

***

Paul Krämer kam gerade von seinem Spind zurück und lutschte dabei einen Pfefferminzbonbon. Bei ihm war eine gewisse Unruhe offensichtlich gewesen, die nach seiner Rückkehr zusehends verschwand. Der Mann ging ungewöhnlich oft zu seinem Spind, der im Umkleidebereich abseits des Stationsflurs stand.

Hier konnte sich das Personal entsprechend seines Dienstes ankleiden. Früher trugen die Männer weiße Pflegerjacken, doch nach der großen Psychiatrie-Reform in den 1980er Jahren machte das keiner mehr. Kaum jemand trug im Dienst die gleichen Sachen wie dann später zu Hause. Allein aus hygienischen Gründen wollten die wenigsten die Keime der Station mit nach Hause tragen. Zwar mussten alle die im Dienst getragene Wäsche trotzdem in ihren Maschinen im eigenen Heim waschen, doch eine allgemeine Trennung von Dienst- und Privatkleidung war anzuraten. Nur wenige kamen dieser Praxis nicht nach und liefen in ihren eigenen vier Wänden in den gleichen Klamotten herum, die sie vorher im Dienst getragen hatten.

Die Frequenz, in der Krämer seinen Spind aufsuchte, mochte stündlich sein. Natürlich war das schon längst auch den anderen Kollegen aufgefallen, doch daraufhin angesprochen hatte ihn bisher keiner. Ein klassischer Fall, wo praktisch jeder Bescheid wusste und keiner es wagte, etwas zu sagen. Und Krämer in seiner Blauäugigkeit war wirklich der Meinung, dass dieser Vorgang bisher noch von niemandem bemerkt wurde.

Im Grunde war der gesamte Vorgang ein Versteckspiel, in dem es einzig darum ging, die Alkoholsucht Krämers zu befriedigen. Mit dem stündlichen Schluck beugte er dem Entzug vor und hielt sich so über Wasser, um den Arbeitstag bestmöglich herumzubekommen. Krämer war es gar nicht bewusst, wie sehr er abhängig war und in welchem Ausmaß er die Dosis des Suchtmittels stetig steigern musste. Der Grad seiner Abhängigkeit zeigte sich zusehends dadurch, wie sehr er sich bemühen musste, um seinen Pegel zu erhalten, den er brauchte, um noch halbwegs klarzukommen. Die Intervalle des Spindbesuches wurden immer kürzer und die Schlucke aus der Pulle umso massiver.

Doch anstatt sich Hilfe zu holen und über sein Problem zu reden, machte er das, was eigentlich alle Alkoholkranken tun: Sie machen sich selbst vor, dass sie ihr Problem locker im Griff haben und jederzeit mit dem Trinken aufhören können, wenn sie es wollten. Dabei werden die Problematiken schließlich bagatellisiert und psychische Veränderungen mit Stresssymptomatik erklärt.

Doch in der letzten Zeit hatte das schwere Formen angenommen. Formen, die den Kollegen, die ihn näher kannten, klar werden ließ, dass es so nicht weitergehen konnte. Mittlerweile war die Problematik bis zum Stationspfleger des Hauses 28, Alfred Schleuter, durchgedrungen. Zwar hatte er sich schon länger Derartiges gedacht, doch der Umstand, dass Krämer immer öfter eine Alkoholfahne, die etwas mit Pfefferminzaroma unterlegt war, um sich herum ausdünstete, brachte ihm die Gewissheit. Deshalb blieb dem Mann gar nichts anderes übrig, als sich Paul Krämer vorzuknöpfen, wollte er sich nicht mitschuldig am Niedergang dieses Kollegen machen.

„Du wolltest mich sprechen, Alfred?“, fragte Krämer, als er das Stationszimmer betrat.

„Richtig, Paul“, nickte Schleuter. „Aber mach erstmal die Tür hinter dir zu, das braucht nicht jeder mitbekommen!“

„Da machst du mich aber neugierig!“, lachte Krämer aufgesetzt. Doch im Grunde hatte er da eine Befürchtung.

Jedem Alkoholkranken ist seine tatsächliche Lage bestens bekannt. So paradox es klingt: Er streitet alles ab und bagatellisiert, doch im Innersten sieht es ganz anders aus. Verdrängung und

Selbstbetrug in Perfektion! Und so auch hier in diesem Fall, als Krämer gezwungen herzhaft lachte und gleichzeitig fieberhaft in seinem Kopf nach Strategien des Bestreitens suchte.

„Hand aufs Herz, Paul", begann Schleuter das Gespräch diplomatisch. „Wir kennen uns schon so lange und wir sollten alle ehrlich zueinander sein."

„Ist doch Ehrensache, Alfred!", lächelte Krämer und gleichzeitig nahmen seine Befürchtungen stark zu.

„Du säufst im Dienst", sagte Schleuter knallhart. „Da kannst du mir erzählen, was du willst!"

„Iich?", entsetzte sich Krämer. Und sein Gesichtsausdruck war dabei von wirklicher Fassungslosigkeit erfüllt. „Wer sagt denn so was?"

„Alle sagen das, Paul", erwiderte Schleuter ernst. „Und auch für mich bist du denkbar auffällig geworden. Und das geht gar nicht!"

Krämer schüttelte voller Nachdruck den Kopf: „Das stimmt nicht, Alfred. Das ist eine Intrige!"

Schleuter winkte ab: „Alle hier wissen doch, dass du fortwährend zu deinem Spind läufst und mit Alkoholfahne zurückkommst. Hör auf mit dem Versteckspiel, Paul. Es führt zu nichts!"

„Das mit der Fahne liegt wohl an den Bonbons, die ich lutsche. Ich glaube, die sind alkoholhaltig. Genau!", bekräftigte Krämer. „Das wird es sein. Warte, ich gehe gleich die Tüte holen, dann kannst du dich selbst davon überzeugen!"

„Paaauuul", dehnte Schleuter den Namen seines Mitarbeiters. „Denkst du wirklich, wir sind alle blöd hier?"

„Aber das stimmt doch alles nicht!"

Nun wurde Paul Krämer wirklich zornig. Ein völlig normales Verhalten für Alkoholkranke, wenn sie sich durchschaut fühlen. Teilweise können sie dann ausgesprochen aggressiv werden, insbesondere gegenüber Familienangehörigen. Doch da die Rollenverteilung jetzt, in dieser Situation, eine andere war, riss sich Krämer zusammen.

„Ich glaube", meinte Schleuter in gutmütigem Ton, „du merkst gar nicht die Ernsthaftigkeit deines Problems. Auch deine Billardausflüge zur Cafeteria mit Harry und den Genuss der dortigen „Pflegercola" pfeifen die Spatzen von den Dächern. Bisher hatte ich mich gewehrt, das zu glauben. Doch jetzt bin ich mir dessen gewiss. Zumal ich dort nachgefragt habe!"

„Unsinn, alles Lüge!", schimpfte Krämer, wobei dies eher ein Ausdruck seiner Hilflosigkeit war.

Schleuter beugte sich etwas vor. Einzig aus Kollegialität versuchte er es erstmal im Guten. Dabei sprach er ganz langsam und eindringlich: „Du gehst jetzt aus dem Dienst und begibst dich umgehend zu deinem Hausarzt. Dort besprichst du das Problem mit ihm und lässt dich für ein paar Tage krankschreiben. In dieser Zeit suchst du dir einen Therapieplatz, wo man dir helfen wird. Und ich empfehle dir, meinem Rat nachzukommen, denn ohne Hilfe gehst du vor die Hunde!"

Krämer japste nach Luft, wie ein Fisch, der unter Sauerstoffmangel leidet. Entsetzt über diese Offenheit hatte er das Gefühl, man täte ihm fürchterlich unrecht. Auf diese Gradlinigkeit seines Vorgesetzten war er überhaupt nicht vorbereitet. Er keuchte mehrmals tief auf, bevor er schließlich die Stimme wieder fand.

„Seid ihr hier alle verrückt geworden?", schrie er außer sich vor Empörung. „Einen Scheißdreck werde ich tun!! Nur damit ihr euren Spaß daran habt gehe ich doch nicht in eine Trinkerheilanstalt. Wo sind wir denn hier!"

Schleuter blieb ruhig. Er wusste, dass diese Reaktion typisch war. Dafür war er schon zu lange im Geschäft. Doch er wusste auch, dass Konsequenz das einzige Mittel ist, den betroffenen Menschen zu helfen. Er wartete, bis Krämer wieder etwas heruntergekommen war, bevor er eindringlich weitersprach. Dass Krämer nun vor lauter Anspannung zitterte, hielt ihn nicht davon ab.

„Du hast ein Dienstvergehen begangen, Paul. Eigentlich müsste ich dich jetzt melden."

„Tu es doch!", fauchte Krämer in seiner Machtlosigkeit frech dazwischen.

„Wir kennen uns schon über 20 Jahre, Paul", fuhr Schleuter unbeirrt fort. „Und ich möchte das Ganze ohne viel Aufsehen erledigen. Ich glaube, das wird auch dir lieber sein."

„Ich wüsste nicht, was du meinst!"

„Allein schon, dass du Harry Alkohol gegeben hast, reicht aus, dir einen Strick zu drehen. Dass du dann auch noch selbst im Dienst zur Flasche greifst, bringt das Fass schlichtweg zum Überlaufen."

„Was willst du von mir?", zickte Krämer immer noch. „Ich habe überhaupt nichts gemacht!"

„Ich warte noch eine Stunde, mehr nicht", sagte Schleuter nun nicht mehr in freundschaftlichem Ton, sondern in einem solchen, dass Krämer merkte, es handelte sich jetzt um bitteren Ernst. „Solltest du dich dann noch immer hier auf der Station befinden und nicht beim Arzt, dann rufe ich Morgalla und von Hammel an!"

Zum ersten Mal wirkte Krämer nun nachdenklich.

In diesem Moment kam ein Kollege in das Pflegerzimmer gestürmt. Ohne dass er vorher angeklopft hatte und völlig außer Atem polterte er einfach los: „Unser Harry scheint abgehauen zu sein, Alfred!"

Dass hier gerade ein sehr wichtiges und elementares Gespräch stattfand, konnte er natürlich nicht wissen. Daher schreckte er verständnislos zurück, als ihn Schleuter anfuhr.

„Schon mal was von Anklopfen gehört, Wolfgang?"

„Upps ..., was ist denn jetzt los?", fragte er ungläubig. „Harry ist weg, ist das überhaupt angekommen?"

„Habt ihr denn auch überall nachgeschaut?", versicherte sich Schleuter.

Die Unterbrechung war zwar ärgerlich für den Stationspfleger, weil er glaubte, gerade an Krämer herangekommen zu sein, doch die neue Situation hatte absolute Priorität. Schließlich war Hondong ein Gerichtspatient und er, Schleuter, hatte die Verantwortung.

„Natürlich!", entgegnete der Mann ziemlich erregt. „Wir haben das ganze Haus durchsucht. Der Bursche ist wie vom Erdboden verschluckt!"

„Und im Garten?“

„Keller, Dachboden, Garten ..., glaub mir, wir haben alles auf den Kopf gestellt!“

„Dann müssen wir umgehend die Klinikleitung verständigen, damit die Fahndung eingeleitet wird“, murmelte Schleuter mehr zu sich selbst.

Krämer sah in dem Zwischenfall seine Chance, das zuvor Besprochene schnell beiseite drängen zu können, genauso wie sein Alkoholproblem.

„Ich mache mich am Besten sofort auf die Socken und suche im Klinikgelände nach ihm. Weit kann er noch nicht sein!“, rief er und war gleichzeitig im Begriff, auf dem Sprung zu sein.

„Nix da!“, holte ihn Schleuter sofort wieder runter. „Du machst jetzt ausschließlich das, was wir soeben besprochen haben, basta!“

„Was habt ihr denn besprochen?“, schaltete sich der Kollege prompt ein. „Darf man wissen, worum es geht?“

„Nein!“, sagte der Stationsleiter knapp. Und zu Krämer gewandt: „Eine Stunde, Paul. Und du kannst dich darauf verlassen, dass es so kommen wird, wie ich es gesagt hatte!“

***

Widerwillig ging Krämer zu seinem Spind, abseits im Flur und holte seine Jacke hervor. Zwar wehrte er sich noch gegen die nackten Tatsachen, doch innerlich war er irgendwie erleichtert. Nun geschah endlich etwas, was unabwendbar erschien. Wenn da nicht jener Stolz wäre, der verletzt war. Hier waren in seinem Bewusstsein zwei Urgründe im Zweikampf: Das wahre Wissen um seinen Zustand und der Suchtteufel, der sich dagegen wehrte. In Sucht-Fachkreisen wird jener Satan als „Der innere, dunkle Bruder“ bezeichnet.

Eher zufällig kam gerade jener Kollege hinzu, der noch vorher mit ihm im Stationszimmer gewesen und ziemlich unwirsch von Schleuter abgefertigt worden war. Er wollte nur ein paar Zigaretten für sich holen, da seine mitgeführte Schachtel leer war.

„Was machst *du* denn?“, fragte dieser erstaunt.

„Ich ziehe meine Jacke an“, knurrte Krämer. „Das siehst du doch!“

„Musst du weg?“

„So quasi“, war die eher abweisende Antwort. Ihm war das Ganze denkbar unangenehm.

Der Mann zog seine Stirn in Falten: „Hat das etwas mit dem zu tun, was mir Alfred nicht sagen wollte?“

„Ich mach für heute Schluss!“, entgegnete Krämer nun nachdenklich. Dabei war seiner Stimme zu entnehmen, dass der Kollege endlich aufhören möge, nachzubohren.

„Geht es dir nicht gut, bist du krank?“

„Nimm es mir nicht übel, Wolfgang“, meinte Krämer seufzend. „aber dass ich euch jetzt allein lassen muss, ist nicht auf meinem Mist gewachsen!“

Der Kollege ging auf Krämer zu und seine Stimme hatte nun einen eigenartig verständnisvollen Ton: „Es wird so besser sein, Paul. Tu, was Alfred dir gesagt hat!“

Darauf war Krämer jetzt gar nicht gefasst.

„Du auch?“, stammelte er erstaunt.

„Ja, meinst du, wir alle hier sind blind?“, erwiderte Wolfgang fast liebevoll. „Meinst du, nicht jeder weiß, was du laufend an deinem Spind machst?“

Krämers Gesicht versteinerte sich. Stillschweigend starrte er vor sich hin und schaute praktisch durch seinen Kollegen hindurch. Dass sein Versteckspiel derart plump gewesen war, schien ihn jetzt erst richtig wachzurütteln.

Der Kollege stupste ihn leicht an der Schulter: „Sieh zu, dass du wieder fit wirst, Paul. Wenn du zurück bist, machst du einfach einen Reset. Wir alle wissen doch, was wir an dir haben. Doch ***so*** bist du nichts wert, weder für uns noch für unsere Patienten!“

Krämer blickte Wolfgang eine längere Zeit an und nickte schließlich. Und jetzt geschah etwas, was keiner für möglich gehalten hätte, denn die Realität schien sich gegen jenen „dunklen Bruder“ durchgesetzt zu haben: Eine dicke Träne lief seine Wange hinunter.

Wahrscheinlich war die Begegnung mit dem Kollegen der letzte Kick, der noch gefehlt hatte. Noch am gleichen Tag suchte Paul Krämer seinen Hausarzt auf und offenbarte sich. Zumal der Arzt längst Bescheid wusste. Die Blut-, insbesondere die Leberwerte sprachen schon lange davon, was in seinem Körper vor sich ging. Auch die psychischen Veränderungen sprachen Bände. Paul Krämer hatte endlich jenen überfälligen Schritt unternommen, der ihm die Perspektive eröffnete, sein weiteres Leben lebenswert zu gestalten und als solches wahrzunehmen. Ein Schritt, der sein Leben erheblich verlängern dürfte, sofern jener Kick Bestand haben sollte ...

***

Gott sei Dank waren es nur die letzten paar Meter, die Petrow mit dem Gewicht, das er in gebückter Haltung hinter sich herzerrte, zurücklegen musste. Doch Hondong war ein Schwergewicht und trotz seiner Bewusstlosigkeit schien er sich willentlich schwer zu machen. Natürlich tat der Mann das nicht. Der Transport war deshalb so mühsam, weil keinerlei Körperspannung das Paket stabil machte, sondern alles an ihm schlaff herunterhing.

Völlig außer Puste zog Petrow ihn an die gleiche Stelle, wo er schon Rosemarie fixiert hatte. Und mit der gleichen Methode machte er jetzt auch Hondong fest. Auf dem Bauch liegend und mit entkleidetem Unterleib. Dabei immer bereit, erneut mit der Eisenstange zuzuschlagen, sollte der Mann eher erwachen als von ihm gewollt.

Petrow ging die paar Schritte zu Rosemarie hinüber. Als er vor der geisterhaften Leiche stand, lächelte er zufrieden. Ihm bot sich genau das Bild, das er sich immer erträumt hatte. Und die Aussicht, dass in Kürze hier gleich zwei dieser unterwürfigen Diener, nebeneinander aufgespießt, vor ihm stehen würden, steigerte seine Erregung immens.

Diese Erregung war keinesfalls geprägt von irgendwelchen sexuellen Phantasien, sondern einzig im Bereich des Lustempfindens, den Untergebenen zu quälen und zu demütigen. Der Gedanke, dass ihm die Macht gegeben war, den Tod zu bestimmen und der Welt dadurch überlegen zu sein, brachte ihm jenes Zufriedenheitsgefühl, was andere sich nach der Sexualität in der späteren Entspannungsphase holen. Und die Phase der höchsten Erregung war bei Petrow die Ausführung der perversen Tat und der Anblick, wie grausam die Gescholtenen leiden müssen und um ihr Leben betteln. Wie sie, wenn ihnen bewusst wurde, was ihnen bevorstand, winselten und um Gnade flehten und sich vor ihm ängstigten. Gerade das war es, was ihn das Dasein eines Gebieters erleben ließ, wie er es sich vorstellte und das er zur Realität werden ließ.

Hondong schien jetzt in den Bereich zu gleiten, in dem sich sein Bewusstsein zurückmeldete. Zuerst spannten sich zunehmend seine Muskeln wieder an. Gleichzeitig nahm die Atemfrequenz zu. Er stöhnte laut auf und wand sich, auf dem Bauch liegend, hin und her.

Petrow ging auf Hondong zu und wartete. Sein Blick hatte so etwas an sich wie der des Metzgers, der sein Schlachtvieh begutachtete. Er wusste, dass Harry jeden Moment seine Augen öffnen musste.

Und so war es auch. Kaum hatten sich die Lider Hondongs erhoben, schaute er suchend umher. Wie ein Blitz durchfuhr es ihn und die Körperspannung ließ seine Gliedmaßen zucken. Dabei versuchte er ruckartig hochzuschnellen, doch das ging natürlich nicht, irgendwas schien ihn daran zu hindern. Dann erst schien ihm bewusst zu werden, dass seine vier Extremitäten fixiert waren.

„Was soll denn der Quatsch?“, schrie er außer sich. „Verdammt, was soll dieser Blödsinn! Seid ihr alle irrsinnig geworden?“

Dabei zerrte er wie wild an den Riemen, die ihn fesselten und sich tief in die Haut hineinschnitten. Dass sein Schädel fürchterlich brummte, schien er noch gar nicht so richtig wahrzunehmen.

Petrow trat seitlich auf ihn zu. Dadurch konnte ihn Hondong nicht sehen, als er sagte: „Du bist dazu bestimmt, mein Diener zu sein!“, sagte er mit verächtlicher Stimme.

Hondong zuckte bei den ersten Worten zusammen. Zumal er nur die Stimme erkannte, jedoch niemanden erblicken konnte. Er musste sich erstmal sortieren und begreifen, was überhaupt passiert war.

Der Geschundene drehte seinen Kopf zur Seite und blickte zu Petrow auf: „Was machst du mit mir, Vladi?“, keuchte er schwer atmend. „Bist du irre?“

Mit triumphierender Stimme antworte Petrow: „Jülrinaldi wird dich richten! Jeder, der ihm nicht zu Diensten ist, wird seiner Strafe nicht entkommen. Wenn die Nacht hereinbricht, wirst du den Pfahl in dir spüren!“

Hondong verstand noch immer nicht: „Wir wollten doch zusammen saufen? Warum hast du mich festgebunden, du Blödmann?“

„Weil du mir untertan sein wirst!“

„Einen Scheißdreck werde ich!“, schimpfte Hondong völlig außer sich. „Du machst mich jetzt sofort wieder los, du Vollidiot!“

„Hüte deine Zunge vor dem, was du da sagst, du Wicht!“, warnte Petrow.

Jetzt erst erspähte Hondong das, was sich hinter Vladimir Petrow befand. Und der grausame Anblick verschlug ihm für einen Moment die Sprache: Es war die gepfählte Rosemarie, deren weißgrauer Leichnam wie ein Gespenst hinter Petrow aufragte. Der entsetzte Blick des Mannes ging über in blanke Panik. Ihm wurde offensichtlich erst jetzt richtig bewusst, worauf dies alles hier hinauslaufen sollte.

„Vladi“, stammelte er voller Angst. „Du hast doch nicht etwa vor ...“

Petrow nickte dem Mann, der auf dem Bauch liegend mühsam seinen Kopf hochhielt, kalt lächelnd zu: „So wie diese Frau dort wirst auch du am Pfahle enden, wenn sich der Tag zum Ende neigt!“

„Neiiin, hör auf damit!“ Wie wild zerrte Hondong jetzt an den Fesseln. Mit aller Kraft versuchte er, sich irgendwie loszureißen, doch es nützte nichts. Die Stricke waren viel zu kräftig gezurrt, als dass das Zerren sie lockern konnte. Sie schnitten sich immer tiefer in seine Haut ein.

Immer und immer wieder schrie und zerrte Hondong nun unaufhörlich an den Stricken. Wie ein Tier, das nichts mehr zu verlieren hatte, brüllte er seine Todesangst hinaus. Mittlerweile hatten sich an seinen Gelenken regelrechte Scheuerwunden gebildet, die nun anfingen zu bluten. Doch Hondong beruhigte sich nicht. Als sei er außer Kontrolle, schrie, brüllte und dröhnte er in einem fort.

Und dann war er plötzlich ruhig. Hondongs Kopf hatte sich zur Seite gelegt und sein Körper jedwede Spannung verloren. Petrow hatte mit der Eisenstange zugeschlagen. Weniger deshalb, weil ihn das Geschrei Hondongs nervte, sondern eher darum, weil er Sorge hatte, dass man den Mann oben hören konnte. Doch diese Sorge war unbegründet. Aus dieser Tiefe der Unterwelt konnte kein Laut nach draußen dringen. Dafür war das Domizil des Schlächters von der Außenwelt viel zu abgelegen. Weit unter der Oberfläche wurde jeder Ton von den Erdmassen verschluckt!

Wohin Petrow später den Pfahl mit Hondong platzieren würde, stand jetzt schon fest: In etwa einem Meter Entfernung neben Rosi befand sich ein weiteres Abflussrohr, dessen Ende aus dem Boden ragte. Da in diesem Bereich des Kellers sechs solcher Rohre, praktisch in einer Linie, aus dem Boden kamen, war anzunehmen, dass an jener Stelle einstmals eine Toilettenanlage installiert war. Wenn man genau darauf achtete, konnte man noch am Boden in gleichen Abständen die Bohrungen erkennen, womit die Kabinenwände an den Fliesen festgeschraubt waren. Petrow hatte zuerst gar nicht wahrgenommen, dass hier noch Vorrichtungen vorhanden waren, wie sie für seine Zwecke nicht besser sein konnten! Am Anfang hatte er nur das eine Rohr entdeckt, in das er das Holz mit der gepfählten Rosemarie geschoben hatte. Erst später gewahrte er dann die weiteren Bodenöffnungen, die mit Papierpfropfen verschlossen und dick verstaubt waren.

Bevor Petrow schließlich sein Kellerdomizil verließ, schaute er noch zur Sicherheit nach den Fesseln Hondongs. Sie waren bombenfest, der Mann hatte keine Chance, sie lösen zu können. Dass Hondong bereits erhebliche Verletzungen an den Handgelenken aufwies, berührte ihn wenig.

Dann blickte Vladimir kurz in die Ecke, in der er einst die Ratten aufgepfählt hatte. Beinahe mitleidig über sich selbst musste Vladimir nun lächeln. Er konnte sich nur noch schwerlich vorstellen, dass ihm diese Form seines Triebes einstmals Befriedigung gegeben hatte.

In seinem Zimmer angekommen, legte sich Petrow genügsam auf sein Bett. Zufrieden mit sich und der Welt genoss er die Situation geradezu, wobei ihn eine gewisse Spannung erfüllte. Die Vorfreude darauf, Hondong den Pfahl in den Leib zu treiben und den Auftrag des Übergeordneten erfüllt zu haben ...

***

„Mensch, Vladi", blickte Sigfrid Sailer überrascht auf, denn Petrows Gesicht drückte die reine Hochstimmung aus, als er zum Büro hereinkam. „Wenn man dich jetzt anschaut, sollte man meinen, du hättest im Lotto gewonnen!"

Petrows Mimik zeigte in der Tat einen für ihn ungewohnten Ausdruck von Zufriedenheit und ein angedeutetes Grinsen, wie man es bei dem Mann sonst nicht sah.

„Jülrinaldi hat jemanden kennengelernt, Bruder. Und wenn er jemanden kennenlernt, dann wird man es auch einem Gebieter ansehen können!", entgegnete Petrow geheimnisvoll. Selbstverständlich war das gelogen, doch den wahren Grund durfte er natürlich nicht nennen.

„*Du* hast dich mit jemandem getroffen?", rief Sailer ungläubig aus. „Doch nicht etwa mit einer Frau?"

Vladimir lächelte gespielt süffisant: „Auch ein Gebieter hat seine Gefühle, Bruder Sigfrid!"

„Die Dame müsste dann aber recht hart im Nehmen sein", grinste der Pfleger, im Hinblick auf Petrows allgemeine Schmuddeligkeit.

Der Patient schien die Zwielichtigkeit des Kommentars nicht begriffen zu haben.

„Vor einem Gebieter braucht keine Dame Angst zu haben", kam die treuherzige Antwort.

„Und dann seid ihr beide gemeinsam durch den Dreck gekrochen?" Dabei deutete Sailer auf Petrows Knie. Die Hose war in dem Bereich der Beinbeugen voller Staub. Ein Überbleibsel davon, als er Hondong durch den Gang gezogen hatte. Es sprach für Petrows Schmuddeligkeit, dass er überhaupt nicht auf die Idee gekommen war, den Schmutz von der Hose zu entfernen.

Es war erstaunlich, wie schlagfertig Petrow auf die Situation reagierte: „Auch ein Gebieter kann vor seiner Angebeteten niederknien. Solltest du bei deiner Angebeteten auch praktizieren, Bruder Sigfrid!"

Sailer wollte noch immer nicht glauben, was er da hörte: „*Du* willst dich vor einer Frau niedergekniet haben? Vielleicht sollten wir mit Fleischmann mal darüber reden", lachte der Pfleger. „Wie heißt das Herzblatt denn?"

„Lisa", kam die knappe Antwort.

„Lisa, und weiter?"

„Du solltest dem Gebieter sein Geheimnis lassen, Bruder Sigfrid!", gab Petrow zu verstehen. Ein deutliches Zeichen dafür, dass er nicht näher darauf eingehen wollte.

„Und von welcher Station sie kommt, willst du mir nicht *das* wenigstens sagen, Gebieter Jülrinaldi?", verneigte sich Sailer unterwürfig.

„Du solltest mich nicht drängen, Bruder Sigfrid, du solltest den Gebieter nicht drängen!"

„Wirklich nicht?"

„Wirklich nicht!"

„Mensch, Vladi", meinte Sailer nun tatsächlich neugierig geworden. „Für ein Päckchen Tabak kannst du´s mir doch sagen. Ich erzähle es auch nicht weiter, versprochen!"

„Nein!"

Sailer gab auf. Er musste sich damit zufrieden geben. Er kannte Petrow einfach schon zu lange, als dass er nicht wüsste, dass er ohnehin nicht mehr erfahren würde.

***

Es war bereits später Nachmittag. Voller Vorfreude fieberte Petrow der Nacht entgegen. Eine Nacht, die ihn der Vollendung ein weiteres Stück näher bringen würde, um ihm die Herrschaft über alles zu ermöglichen.

Der Wahn hatte den Mann zusehends verändert. Zwar nicht nach außen hin – dort konnte er den Schein bisher wahren - sondern nach innen gekehrt. Waren im zwiegespaltenen Bewusstsein noch jene Elemente vorhanden gewesen, die ihm die Realität nahe brachten, so nahmen zusehends die des Wahnsinns deutlich überhand. Das Traurige hierbei war der Umstand, dass dies unnötig gewesen wäre, hätte Fleischmann den Wandel rechtzeitig erkannt. Möglicherweise wäre das Dilemma medikamentös abzufangen gewesen. So jedoch nahmen die Dinge ungebremst ihren Lauf.

Vladimir plagte ein Problem: Er hatte keine Pfähle parat. Und da er diese für seine teuflischen Absichten benötigte, hatte er sich bei seinen Botengängen bereits umgeschaut. So ziemlich am Ende des Klinikgeländes befand sich eine Baustelle, wo ein neues Gebäude hochgezogen wurde. Im Vorbeigehen waren ihm die Unmengen Hölzer aller Größen und Längen ins Auge gestochen, die dort entweder lose herumlagen oder seitlich fein säuberlich aufgestapelt waren. Für ihn und seine Zwecke geradezu eine Fundgrube!

Petrow wartete noch ab, bis er seinen Dienst beendet hatte und meldete sich danach auf der Station ab, um sein Zimmer aufzusuchen.

„Och, Vladi", fragte ihn Schwester Diana in bettelndem Ton.

Petrow kannte diese Stimmlage der Frau nur zu gut. In der Regel kam dann noch etwas Arbeit auf ihn zu.

„Was muss noch abgeholt werden, Schwester Diana?", kam er deshalb der Frage zuvor.

Die Stationsschwester musste über den Geistesblitz des Patienten lachen: „Gerade hat die Gärtnerei angerufen: Wann wir denn endlich unsere bestellten Topfblumen dort abholen! Könntest du nicht noch kurz dorthi..."

„Überhaupt kein Problem, Schwester Diana", unterbrach sie Petrow eher überfreundlich. „Der Gebieter wird wie der Blitz dorthin eilen, bevor die Hüter der Pflanzen ihren Feierabend antreten!"

Ein bisschen baff war Diana schon über diese unerwartete Bereitschaft Petrows, jetzt noch loszulaufen. Sie hatte eher damit gerechnet, dass er sich sträuben würde.

„Ehrlich, machst du das jetzt noch?“, fragte sie erfreut und gleichzeitig ungläubig.

„Aber natürlich wird der Gebieter diese Aufgabe noch durchführen, Schwester Diana!“, Petrow lachte derart freundlich, dass die Frau nun stutzig wurde.

„Alles in Ordnung mit dir, Vladi?“, erkundigte sie sich jetzt eher besorgt.

„Mit dem Gebieter ist alles in Ordnung, Schwester Diana!“

Und das war es wirklich. Hatte sich Petrow vorher den Kopf zerbrochen, wie er denn die Pfähle quer durch das Klinikgelände transportieren könne, ohne aufzufallen, so bekam er die Lösung nun unverhofft von der Stationsleiterin serviert. Um die Topfpflanzen von der Gärtnerei abzuholen benötigte er eine Transportmöglichkeit. In diesem Fall einen stationseigenen Bollerwagen, den er hinter sich herziehen konnte und den er für größere Teile immer benutzte. Und wenn dann neben den Pflanzen auf dem Wagen noch ein oder zwei Hölzer lagen, das fiele sicherlich niemandem auf!

Die klinikeigene Gärtnerei war ein Bestandteil des Arbeits-Therapieangebotes für die Patienten. Hier konnten sich die Menschen gegen geringes Entgelt auf eine Wiedereingliederung in den Arbeitsmarkt vorbereiten. Insofern wurden die Stellen der dort tätigen Mitarbeiter vornehmlich mit solchen Kräften besetzt, die zuvor in irgendeiner Form mit Botanik zu tun hatten. Fachkräfte, die den Betrieb führten und die Therapieangebote umsetzten, gab es nur wenige, denn sie mussten Gärtnereikenntnisse haben und examinierte Krankenpfleger oder -schwestern sein. Um dem Ganzen noch einen kommerziellen Nutzen zu geben, wurden die Pflanzen dann später auf den Stationen verteilt oder konnten gegen relativ kleines Geld käuflich erworben werden.

Unverzüglich machte sich Petrow auf den Weg zur Gärtnerei.

„Na, kommt ihr auch noch mal, um euer Zeug abzuholen?“, maulte der Mitarbeiter dort unfreundlich.

Zwar waren es keine Überstunden, die er machen musste, aber er hätte bereits vor wenigen Minuten Feierabend gehabt. Man müsste das jetzt als „Überminuten“ bezeichnen, was im öffentlichen Dienst natürlich untragbar war!

„Schimpfe nicht, Bruder Johann, schimpfe nicht!“, beschwichtigte Petrow. Man kannte sich, da Vladimir hier regelmäßig Pflanzen abholte. Daher wusste er auch, dass jener Johann leicht reizbar war.

„Dann sag deinem Gebieter, dass ich längst Dienstschluss habe!“, meckerte der Mann und knallte erbost das Dutzend Pflanzen nacheinander auf die Ausgabetheke.

Schweigend trug Petrow die Pflanzen der Reihe nach hinaus zu seinem Bollerwagen. Hierbei ließ er sich auffallend viel Zeit. Dem Angestellten schien das nicht schnell genug zu gehen. Doch anstatt kurz mitzuhelfen grollte er nur in gereizter Grundstimmung und schaute dem Ganzen ungeduldig zu. Als Vladi schließlich die letzte Pflanze zur Tür hinaustrug, hörte er laut die Tür hinter sich zuknallen.

Doch das ging Vladi locker am Gesäß vorbei. Den Wagen hinter sich herziehend machte er sich auf den Rückweg. Er schlug jedoch nicht den direkten Kurs ein, sondern machte einen Umweg zur beschriebenen Baustelle. Dieser Platz war nur wenige Minuten von der Gärtnerei entfernt.

Die Uhr zeigte mittlerweile nach 17 Uhr an. Insofern war auch nicht damit zu rechnen, dass sich noch jemand auf dem Bauplatz befand. Schnell hatte Petrow zwei Rundhölzer aus dem Haufen gezogen, die seinen Ansprüchen genügten: Unterarmdicke und cirka anderthalb Meter lange Hölzer. Zudem an einem Ende angespitzt. Einfach genial! Petrow nahm die Balken und legte sie auf seinen Bollerwagen. Voller Schreck zuckte er unerwartet zusammen.

„Halt, was machst du da?“, rief die Stimme hinter ihm. Und diese Stimme hörte sich denkbar streng an.

Es dauerte einen Moment, bis sich Vladimir aus seiner Starre lösen konnte.

„Hölzer holen, Bruder, zwei Hölzer für die Station“, sagte er wie ein Prediger.

Dem Mann ihm gegenüber war sofort klar, dass er einen Patienten aus der Klinik vor sich hatte, der anscheinend nicht mehr alle Tassen im Schrank hatte. Solche Gestalten traf man hier des Öfteren an und man hatte schon seine diversen Erfahrungen damit. So mancher von ihnen nahm einfach alles mit, was nicht niet- und nagelfest war. Was diese Gestalten dann mit den Baustoffen machten gab so manches Rätsel auf.

„Wer bist du überhaupt?", fragte der Mann, der sich offensichtlich abgeregt hatte.

Petrow hob den Arm wie zu einem Vortrag: „Ich bin der Gebieter über Himmel und Erde!"

„Ach so", grinste der Bauarbeiter. „So etwas Ähnliches hatte ich mir schon gedacht." Der Mann schien plötzlich köstlich amüsiert.

„Na siehst du, Bruder!", nickte Petrow.

„Und so ein Gebieter braucht also Rundhölzer?"

„Die Hölzer dienen mir zur Erzeugung von Nahrung!", schauspielerte Petrow weiter. Er spürte, dass er den Mann in den Griff bekam.

Dieser musste sich nun bemühen, ernst zu bleiben: „Mit den beiden Knüppeln willst du Essbares herstellen? Natürlich, was auch sonst!"

„Tomaten, Bruder", fuhr Petrow fort, „ich werde dort meine Tomatenpflanzen festbinden!"

„So dicke Hölzer für Tomatenpflanzen?", meinte der Mann nun ernster. „Sind die nicht ein bisschen dick dafür? Die wären eher für Medizinbälle geeignet!"

„Es sind große Tomaten, Bruder."

Der Mann nickte verständnisvoll: „Ach so, dicke Tomaten! Na dann ...!"

Petrow faltete die Hände wie zu einem Gebet: „Ich hoffe, dass du mir nachsiehst, wenn ich die Hölzer jetzt mitnehme. Der Herrscher wird es dir danken!"

Der Mann faltete ebenfalls seine Hände und verbeugte sich leicht: „Natürlich gebe ich dem Herrscher gern zwei Stücke des Abfallholzes!"

„Hab Dank, hab Dank!", meinte Petrow, verbeugte sich ebenfalls und machte sich würdevoll schreitend davon. Nach ein paar Schritten drehte er sich nochmals kurz um und verbeugte sich hoheitsvoll.

„So etwas erlebst du nur in der Klapsmühle", lachte der Mann leise in sich hinein und blickte Petrow hinterher. Er ließ ihn mit den Hölzern ziehen und hatte dabei das Gefühl, dem Kranken etwas Gutes getan zu haben …

***

So ziemlich alle Phasen, die ein Mensch emotional durchleben konnte, hatte Harry Hondong hinter sich. Immerhin war er schon eine endlose Nacht und einen ganzen Tag allein. Zu der Ungewissheit, was mit ihm passieren sollte, gesellten sich dann auch noch Hunger und quälender Durst. In der langen Zeit in völliger Dunkelheit, gefesselt und entblößt, wechselten Zorn, Geflehe und Apathie einander ab. Vom Gezerre an den Fesseln waren seine Gelenke, insbesondere die an den Händen, beinahe bis zu den Knochen durchgescheuert. Den Schmerz dort nahm er besonders heftig in den Phasen der Erschöpfung wahr, wenn er nicht mehr konnte und in sich zusammenfiel. Und je länger er sich in dieser misslichen Lage befand, umso mehr schwand ihm die Kraft. Nicht zuletzt deshalb, weil sein durch Alkoholeskapaden ohnehin geschwächter Körper nicht mehr viel zuzusetzen hatte. Er war fertig.

Hondong fand sich schließlich damit ab, dass er sich seinem Schicksal ergeben musste. Er rechnete nicht mehr damit, dass ihn jemand hier unten noch auffinden würde. Jedenfalls nicht in absehbarer Zeit. Deshalb ließ er sich abgleiten in Apathie und hoffte, dass es bald vorbei sein würde. Warum Petrow dies alles hier mit ihm machte, darauf konnte er sich noch immer keinen Reim machen. Seine einzige Erklärung war der Wahnsinn. Und in gewisser Weise hatte er sogar recht damit.

Der Mann schreckte furchtbar zusammen, als in dem Kellerraum plötzlich das Licht anging. Schemenhaft nahm er in der Ferne wahr, wie Petrow in gebückter Haltung hereinkam und zwei Hölzer hinter sich herzog. Als Hondong seinen Blick etwas nach rechts wandte, erblickte er erneut die gepfählte Rosemarie, die wie eine Statue mitten im Raum stand. Ein furchtbarer Anblick!

Sofort war Hondong hellwach, seine Lethargie war von ihm abgefallen.

„Vladi, was soll das alles, was hast du mit mir vor!", rief er dem auf ihn zuschreitenden Petrow entgegen.

Bettelnd, jammernd, flehend - alle diese Gefühlslagen waren seiner Stimme zu entnehmen. Dabei kroch die Todesangst in seinem Körper empor. Trotz seiner begrenzten intellektuellen Fähigkeiten konnte er eins und eins zusammenzählen, und er ahnte, dass ihm Ähnliches blühte wie der Frau, die rechts abseits am Pfahl verweste. Deren Körper bereits nach verfaultem Fleisch roch, ein Geruch, der sich zunehmend im Keller ausbreitete. Alles erschien ihm schrecklich unwirklich und war doch bitterste Realität.

Mit unbewegter Miene trat Petrow an ihn heran: „Auch du wirst einer meiner Bausteine sein, der mir zur Vollkommenheit verhelfen wird!"

„Nein", stammelte Hondong, „das kannst du nicht machen! Du kannst mich doch nicht so zurichten wie diese Frau dort!"

„Oh, doch!", kam die knallharte Antwort. Dabei holte Petrow jene Eisenstange hervor, mit der er Harry schon vorher betäubt hatte und die er hinter seinem Rücken hielt.

Hondongs Augen weiteten sich und Todesangst war in ihnen zu lesen: „Nein, Vladi nein!", flehte er entsetzt.

Doch Petrow kannte keine Gnade. Erbarmungslos holte er aus und schlug zu. Diesmal erheblich fester als beim vorherigen Mal. Man konnte regelrecht hören, wie die Schädeldecke des Mannes zerbarst und wie die Stange auf die weiche Oberfläche des Hirngewebes traf. Vladimir wollte auf Nummer sicher gehen und auf keinen Fall riskieren, dass Hondong beim Pfählungsakt erwachte und sich möglicherweise wehren konnte. Dafür nahm er auch in Kauf, dass er ihn jetzt schon tötete. Doch der arme Kerl hatte Pech, denn ein wenig Leben verblieb in seinem geschundenen Körper.

Was nun folgte waren die gleichen Abläufe wie schon bei Rosemarie Otto. Auch hier setzte Petrow den Pfahl am After an und schlug mit dem Hammer zu. Und nachdem er den Pfahl in Hondong getrieben hatte, zerrte er den Leib in Position und richtete seinen Körper genauso in dem alten Abflussrohr auf, wie seinerzeit den von Frau Otto. Während der Vorgänge stöhnte Harry Hondong in seiner Bewusstlosigkeit mehrmals leise auf. Die letzten Funken des Lebens waren hier zu hören. Doch dies nur ganz kurz, bevor sein Lebenslicht für immer erlosch. Schon nach wenigen Momenten verlor der Torso auch seine letzte Spannung und der Leib hing völlig schlaff am Pfahl. Dabei waren Hondongs Augen halb geöffnet, jedoch völlig glanzlos.

Nun standen sie da, die beiden gepfählten Körper nebeneinander. Petrow trat ein paar Schritte zurück und betrachtete mit sinnlichem Blick sein Werk. Stolz und zufrieden mit sich selbst und der Welt holte er nun einen Stuhl und setzte sich, in einigen Metern entfernt, vor seine Trophäensammlung. Vladimir Petrow schloss die Augen und genoss. Er genoss das Gefühl, zum wiederholten Male die Befriedigung erhalten zu haben, die einem Gebieter zusteht …

V.

Ein wunderschöner Spätsommertag. Nachdem sich der Dunst auf den Wiesen verzogen hatte, erstrahlte die Sonne in ihrer ganzen Pracht vom Himmel. Und die Temperaturen dürften an diesem Tag sicherlich noch badetauglich werden. Ideal also für den geplanten Segeltörn, den Dirk Schmidtchen und seine Stephanie geplant hatten.

Wohlwollend schmunzelnd hatte Dirks Papa zur Kenntnis genommen, dass sein Sohn unbedingt das Segelboot am Wochenende nutzen wollte.

„Wie heißt sie denn?", fragte er daraufhin nur knapp.

„Äh, Steffi. Warum?", kam die verwunderte Antwort.

Der Papa lachte laut auf: „Warum nur! Weil du das Boot wahrscheinlich nicht nur zum Segeln nutzen wirst. Ich kenne doch meinen Sohn! Warum solltest du anders sein als ich es in deinem Alter war?"

„Ich will ja auch nur die Familientradition fortsetzen, Papa", grinste Dirk.

„Was Festes?"

„Ich will es hoffen, Papa. Tolles Mädchen, du wirst begeistert sein, wenn du sie kennenlernst!", schwärmte der Junge euphorisch.

„Sie ist eine Kollegin von dir?"

„Ja, aber mit der Ausbildung schon fertig. Sie hat erst vor kurzem in unserer Klinik angefangen. Sie ist einfach ein Traum von einer Frau!"

Dirks Vater zwinkerte seinem Sohn zu: „Dann sieh nur zu dass ihr nicht absauft. Und werfe den Anker rechtzeitig, wenn du dich nicht mehr aufs Schippern konzentrieren kannst!"

„Mach ich, Papa!" Schmidtchen war glücklich darüber, einen derart verständnisvollen und einfühlsamen Vater zu haben.

***

Schon seit Tagen hatte Stephanie Maldessa dem Sonntag entgegengefiebert. Auch in den Tagen davor war sie Dirk immer näher gekommen. Jede Gelegenheit nutzten die beiden aus, sich zu sehen oder zumindest miteinander zu sprechen. Der Handy- und SMS-Verkehr hatte schon üppige Formen angenommen.

Leider auch der Unmut von Schwester Diana. Schon kurz nach Steffis Erscheinen auf der Station hatte sie so ihre Befürchtungen gehabt. Allein die Blicke der beiden sprachen Bände. Zwar sind gegenseitige Sympathien und was sich daraus entwickelt absolute Privatsache, doch alles hat seine Grenzen. Lange konnte sie sich das Geturtel nicht mehr anschauen, bis sie dagegen intervenieren musste.

„Lass die beiden doch, so lange sie ihre Arbeit nicht vernachlässigen", hatte ihr Sigfrid Sailer geraten, als sich Diana bei ihm darüber beschwert hatte. „Es ist doch auch schön zu beobachten, wie sie den Balztanz aufführen. Das versetzt mich emotional selbst zurück in alte Zeiten. Und du müsstest doch auch wissen, wie schön es ist, wieder so richtig aufgeregt zu sein!"

„Aber nicht im Dienst", protestierte daraufhin die Stationsschwester empört. Eigentlich hatte sie so etwas wie Schützenhilfe erwartet. „Nee, Siggi, nach dem Dienst können sie machen, was sie wollen, aber nicht hier!"

Jetzt schien Sailer der Teufel zu reiten: „Solange sie sich auf der Station nicht abknutschen oder herumvögeln, stört mich das nicht. Meistens stören sich jene, die sich über so etwas aufregen, nur deshalb daran, weil sie selbst nicht ausgelastet sind. Ihnen scheint im sexuellen Bereich etwas zu fehlen", fügte er dann noch hinzu.

Das ging Diana nun doch zu weit. Empört blitzte sie ihn an, drehte sich um und ließ Sailer stehen.

„Auhauaha ...", sagte ein Patient, der etwas abseits stand, grinsend.

„Tja", meinte Sailer vergnügt, „so sind die Weiber nun mal, Egon, wenn man ihnen den Spiegel vorhält. Hoffentlich werde ich jetzt nicht versetzt ..."

***

„Dann wollen wir mal die Leinen losmachen!“, rief Dirk in Hochstimmung seiner Angebeteten zu.

Steffi hatte bereits voller Aufregung zu Hause gewartet, bis sie endlich abgeholt wurde. Als Badekleidung beabsichtigte sie ihren knappsten Tanga-Bikini zu präsentieren, den sie wohlweislich ihrer Ausrüstung hinzufügte. Sie war sich sicher, dass heute der Knoten aufgehen würde. Und sie sehnte sich nach der Nähe Dirks wie es bisher selten bei einem anderen jungen Mann der Fall gewesen war.

Der Hafen, in dem das Schiff lag, befand sich gleich hinter der Grenze in den Niederlanden und war nur wenige Kilometer von der Klinik entfernt. Da zum Führen eines Bootes in den Niederlanden kein Bootsführerschein benötigt wird, haben viele Deutsche hier ihren Kahn vor Anker liegen.

Mit dem kleinen Außenborder tuckerten sie langsam dem Hafenausgang zu. Hier herrschte ein absolutes Verbot schnell zu fahren, und Konsequenzen bei Nichtbeachtung folgten auf dem Fuß. So mancher Skipper konnte davon ein Liedchen singen. Natürlich hielt sich Dirk auch strikt daran. Schon allein deshalb, um keinen Ärger mit Papa zu bekommen.

Stephanie und Dirk saßen hinten am Heck des Bootes und genossen den Augenblick. Dabei wehte der warme Wind durch Steffis langes Haar und wirbelte es wie wild auf. Wie sie so dasaß, wirkte sie auf den jungen Mann wie eine Göttin. Der wunderschöne und ebenmäßige Körper des Mädchens setzte bei ihm den unabdingbaren Wunsch frei, diese junge Frau sein Eigen nennen zu dürfen. Mit Eigen war nicht der Besitz gemeint, sondern der Wunsch, von diesem wunderschönen Kleinod geliebt zu werden.

Fast sollte man meinen, dass jemand seinen Arm führte, als dieser sich plötzlich, wie ein Wunsch, der sich verselbstständigt, um Steffis Hüfte legte. Als hätte er eine nicht isolierte Stromleitung angefasst, so durchfuhr ihn dabei ein intensives Kribbeln.

Und das junge Mädchen wehrte sich kein bisschen dagegen, sondern kuschelte sich freudig dem Körper Dirks entgegen. Ein Glücksgefühl stieg in den beiden auf, das sie sich eng aneinanderpressen ließ. Und als sie sich zwischenzeitig anschauten, streichelten sie sich mit ihren Blicken, als könne man sie auf der Haut spüren.

Was dann geschah, erfolgte mit einer Selbstverständlichkeit, wie sie geradliniger nicht sein konnte. Zuerst wandten sich ihre Gesichter einander zu. Ein kurzer Blick und ein beidseitiges Lächeln, bevor sich schließlich ihre Lippen langsam annäherten. Und dann berührten und öffneten sie sich und gierig versuchte jeder in den anderen einzudringen. Der erste Kuss war von einer Leidenschaft geprägt, die nur sich wirklich Liebende empfinden. Als sich ihre Münder schließlich wieder trennten, waren beide fast erschöpft. Erschöpft von Begierde und Lustempfinden.

Der Tag wurde zum wunderschönen Traum. Später, als das Boot dann lautlos im Wind über das Wasser glitt, saßen sie eng umschlungen am Ende des Schiffes und küssten, streichelten und liebkosten sich. Nur immer kurz unterbrochen, wenn Dirk etwas am Kurs korrigieren musste. Letztendlich lenkte er das Schiff in eine kleine Bucht und ließ den Anker hinunter. Er ahnte, dass in dieser Bucht das Glück vollkommen werden würde.

Vergnügt entledigte sich Stephanie ihrer Kleidung, bis auf den aufreizenden Tanga-Bikini. Dirk blieb fast die Sprache weg bei ihrem Anblick und seine Erregung war kaum noch zu kontrollieren.

Natürlich merkte das die Frau, zumal es ihr nicht anders ging. Auch ihr Lustempfinden befand sich bereits fast auf dem Gipfel und nur ihrer weiblichen Disziplin war es zu verdanken, dass sie nicht selbst über ihren Angebeteten herfiel.

Wie die Kinder lachten und planschten sie, immer wieder unterbrochen von Küssen und Liebkosungen.

„Wollen wir nicht zurück zum Boot, mein Schatz?“, fragte Steffi schließlich als Erste. Sie wollte in ihrer Erregung einfach nicht mehr länger warten.

Liebevoll streichelte ihr Dirk über das nasse Haar: „Komm“, sagte er leise.

Es waren nur wenige Meter bis zum Boot zu schwimmen. Nachdem sie auf das Schiff geklettert waren, nahm der junge Mann seine Liebste auf die Arme und trug sie in höchster Aufgeregtheit die wenigen Stufen hinab in die Kajüte des Bootes. Behutsam legte er Steffi auf der Koje ab und kniete vor ihr nieder. Und dann fingen die nassen Körper an, sich aus der Badekleidung heraus zu streicheln. Voller Hingabe liebten sie sich bis zur völligen Erschöpfung. Immer und immer wieder gierten ihre Körper nacheinander.

Schließlich lagen sie entkräftet und ausgelaugt nebeneinander und genossen das Glück, das sie soeben erleben durften. Es war das vollkommene Glück, das man am liebsten hätte konservieren wollen.

„Ich liebe dich, Dirk", hauchte Steffi ihrem Schatz zu und kuschelte ihren noch immer feuchten Körper an den von Dirk, als wollte sie in ihn hineinkriechen.

Dirk drückte den ohnehin schon fest an ihn geschmiegten Leib noch fester an sich: „So, wie ich für dich empfinde, mein lieber Schatz, *so* habe ich noch nie für jemanden empfunden!"

Und irgendwie ergab es sich, dass die beiden jetzt fest einschliefen. Es war jene wundervolle Erschöpfung der Liebe, und das Glück schien derart vollkommen, dass sie sich jetzt in der Phase der Entspannung fallen ließen.

„Hallo, ist dort jemand zu Hause?", rief eine Stimme von draußen mit niederländischem Akzent.

Sofort schreckten die beiden furchtbar auf. So unsanft aus den süßesten Träumen geweckt zu werden war schon mächtig grausam! Wie vom Blitz getroffen schnellten sie hoch und streiften sich in aller Eile die erstbeste Kleidung über, die sie greifen konnten. So kam es, dass sich Stephanie eine Hose von Dirk überstreifte, was so richtig komisch ausschaute.

„Hallo!", kam die Stimme erneut. Doch diesmal bereits sehr nahe, als käme sie schon vom Schiff.

Und so war es auch. Nachdem Steffi und Dirk die Stufen hinaufgeeilt waren, sahen sie zwei holländische Polizisten an Bord. Sie hatten mit einem stabilen Polizei-Schlauchboot angelegt. Eine weitere Gestalt saß noch im Schlauchboot. Sie schien weiblichen Geschlechts zu sein, doch das war nicht so genau zu erkennen, und schon gar nicht in der Aufregung der beiden. Doch es war wirklich eine Frau. Der Zweck ihrer Anwesenheit beruhte auf der Notwendigkeit, weibliche Verdächtige durchsuchen zu können, falls erforderlich.

Bei ihrem Anblick durchfuhr die beiden ein wahrer Schrecken. Es ist schließlich nicht normal, dass mitten auf dem Wasser unerwartet zwei Polizisten vor einem stehen. So völlig aus dem Nichts!

„Niederländische Polizei", sagte einer der Herren in gut verständlichem Deutsch. Dass er Deutsch sprechen sollte, schloss der Beamte aus der Beflaggung des Schiffes. „Wir machen eine Kontrolle", fuhr der Mann fort.

Das mit der deutschen Sprache war überhaupt nicht ungewöhnlich, denn im Grenzgebiet sprechen so gut wie alle Holländer deutsch. Umso trauriger, dass dies umgekehrt nur selten der Fall ist.

„Jetzt, hier, mitten auf dem Wasser?", fragte Dirk ungläubig. Dabei war er ziemlich erregt, jetzt jedoch in anderer Form als zuvor.

„Wie haben Hinweise, dass hier über die Maas regelmäßig eine größere Menge Kokain transportiert wird", sagte der Polizist höflich, aber bestimmt.

„Aber doch nicht von uns!", schaltete sich Stephanie voller Entsetzen ein. „Wir haben hier nur gebadet, das machen Drogenschmuggler bestimmt nicht!"

Der freundliche Polizist hob abwehrend seine Hände. Sein Gespür und die Erfahrung sagten ihm, dass hier wohl wirklich nichts zu finden war. Trotzdem meinte er: „Das ist hier Routine, Mijnheer. Wir machen das heute bei jedem Schiff. Deshalb müssen wir uns hier omkijken."

Dirk zuckte nur mit den Schultern: „Dann tun Sie sich keinen Zwang an."

„Haben Sie beide heute Drogen konsumiert?", fragte der andere Polizist. Dieser war jedoch weniger freundlich, eher reserviert.

„Natürlich nicht!", riefen die beiden jungen Leute wie aus einem Mund. Besonders Steffi wirkte dabei fassungslos.

„Wären Sie mit einem Drogentest einverstanden?", kam sogleich die nächste Frage.

Dirk und Steffi schauten sich entgeistert an. Erneutes Schulterzucken.

„Wenn es denn sein muss", entgegnete Dirk schließlich. „Bekommen wir jetzt Blut abgenommen?"

„Nee, nee", sagte der Mann. „Wir streichen bloß mit einem Teststreifen über ihre Hände. Nur wenn diese positiv ist, kommt es zum Urin- und Bluttest."

„Na denn …" Dirk hielt bereitwillig dem Polizisten seine Handflächen entgegen. Stephanie folgte seinem Beispiel.

„Moment, Moment", winkte der Beamte ab, „ich muss den Test erst buiten zoeken!" Dabei öffnete er sein kleines Köfferchen und kramte das Gefäß mit den Teststreifen hervor.

Leicht strich er jetzt mit dem Streifen über die Handflächen der beiden und überträufelte die Kontaktflächen anschließend mit einer speziellen Lösung. Nun musste eine vorgegebene Zeit gewartet werden, um das Ergebnis dann auf einer Vergleichsskala ablesen zu können, die der Mann neben den Streifen hielt.

Den Vorgang beobachteten Dirk und Steffi guten Gewissens. Sie wussten, dass für sie keinerlei Grund zur Besorgnis bestand.

„Alles okay!", sagte der Polizist schließlich und lächelte dabei zum ersten Mal.

Dirk fragte: „Sind wir denn jetzt fertig?"

„Gleich, Mijnheer. Wir müssen noch kurz in das Boot hinein kijken."

Dirk trat einen Schritt zur Seite: „Schauen Sie ruhig alles durch!"

Das taten die Beamten dann auch. Schnell waren sie damit fertig. Sie waren sich sicher, dass sie hier keine Schmugglerbande vor sich hatten, sondern ein verliebtes Pärchen. Zumal die durchwühlte Koje Bände sprach.

„Wir möchten uns für die Störung entschuldigen", meinte der freundliche Beamte schließlich und wandte sich zum Gehen. „Hartelijk bedankt, tot ziens!"

Dirk und Stephanie atmeten sichtbar auf, als die Patrouille von Bord ablegte und, mit einem letzten Wink zum Abschied, sich vom Schiff entfernte. Auch wenn überhaupt nichts passiert war und sie beide völlig unversehrt nun wieder dastanden, so war es doch nicht mehr so unbeschwert wie zuvor. Der wunderschöne Tag schien praktisch gelaufen. Zu sehr hatte der Adrenalinausstoß dafür gesorgt, dass die Stimmung nicht mehr auf ihren Stand von vor einer Viertelstunde zurückgelangte.

Dirk umschlang seine Steffi, die dem Polizeiboot hinterher schaute, von hinten: „Schöner Mist, Liebes!"

Das Mädchen wandte sich zu ihm um und seufzte: „Da sagst du was! Ich war vorhin so unglaublich glücklich, und jetzt?"

„Jetzt fahren wir zurück zum Hafen und hauen uns eine dicke, fette Pizza in den Bauch", hauchte er seiner Liebsten ins Ohr. „Antonios Pizzeria ist die Beste weit und breit. Was sage ich da: Die beste auf dem Planeten!"

So setzte Dirk schon am frühen Nachmittag erneut die Segel mit Kurs auf den Jachthafen. Mittlerweile saßen die beiden wieder eng nebeneinander am Ende des Schiffes und genossen die gegenseitige Nähe. Leider wollte die Stimmung nach dem Erlebnis nicht mehr so recht aufkommen. Daher waren sie beide froh, als das Schiff, nun wieder langsam mit dem Außenborder, in den Hafen einlief.

Routiniert sicherte Dirk das Schiff am Anlegesteg, während Steffi mit den beiden Sporttaschen in den Händen vom Schiff kletterte.

„Komm", meinte Dirk und nahm ihr seine eigene Tasche ab. Mit dem Arm um sie gelegt schritten sie den Steg entlang zum Ufer. Antonios Pizzeria wartete schon und jetzt freuten sie sich auch beide darauf.

Unvermittelt blieb Stephanie stehen.

„Was ist?", fragte Dirk verwundert.

„Weißt du, wen ich gerade glaubte gesehen zu haben?", meinte Steffi ungläubig.

„Nun, wen?"

„Petrow. Vladi Petrow!", antwortete sie in einem Ton, als glaube sie selbst nicht dran.

„Vladi", lachte Dirk nun auf. „Wo?"

Steffi deutete auf das Gebäude am Ende des Steges: „Dort gleich neben dem Holzhaus. Und als er bemerkte, dass ich dorthin schaute, ist er sofort abgetaucht!"

Dirk drückte seine Stephanie an sich: „Ich denke, du hast schlichtweg jemanden erblickt, der zufällig so ähnlich wie Vladi ausschaut."

„So wird es wohl sein", nickte Steffi. „Was sollte er hier auch?"

***

Doch es war wirklich Vladimir Petrow gewesen, den Stephanie gesehen hatte. Woher er gewusst hatte, dass sie und Dirk an dem heutigen Tag jenen Segeltörn unternehmen wollten, das war sein Geheimnis. Er wusste es jedenfalls und war mit dem Fahrrad zu dem Jachthafen gleich hinter der Grenze zu Holland gefahren.

Wie schon erwähnt waren es von der Klinik zum Hafen nur wenige Kilometer und Vladi unternahm diesen Ausflug, um über seiner Auserwählten zu wachen oder sie zumindest kurz sehen zu können. Der Fahrrad-Ausflug war für ihn an einem Sonntag möglich, da er da seinen freien Tag hatte. Zumeist nutzte Petrow diesen Tag nicht für irgendwelche Aktivitäten. Oft war er trotzdem auf der Station anwesend, jedoch am heutigen Sonntag eben nicht.

Schon vom ersten Moment an, seitdem Stephanie zur Station kam, war Petrow von ihr denkbar beeindruckt gewesen. Er empfand hernach Gefühle für das Mädchen, die man weniger als Liebe oder sexuelle Begehrlichkeit erklären könnte, nein, diese Gefühle waren völlig anderer Art. Für Petrow war diese junge Frau sogleich jene Auserwählte, auf die er schon seit Jahrzehnten gewartet hatte. Und für ihn war ihr Erscheinen ein Zeichen des ihm Übergeordneten, der ihm in seinem Wahn suggerierte, dass die Göttin erschienen sei, die ihren Platz neben dem einzigen Herrscher über alles, nämlich ihm, einnehmen würde.

Insofern hatte Petrow auch gar nichts gegen die Liebe Stephanies zu Dirk Schmidtchen einzuwenden. Nein, sollten sie doch! Es war sogar ein wunderschönes Gefühl für ihn, dass seine Göttin glücklich war.

Nur aufpassen musste er auf sie! Petrow hatte den Zwang, ihre Schritte mehr und mehr zu überwachen, sofern es ihm möglich war. Und dieser Drang verstärkte sich mit zunehmender Zeit immer mehr, dominierte seine Gedanken. Er wollte sie lediglich sehen können, um sich davon zu überzeugen, dass es ihr gut ginge. Das reichte ihm völlig!

Demzufolge auch dieser Fahrradtrip in die Niederlande. Nachdem Petrow Stephanie kurz erblickt hatte, machte er sich auch sogleich auf den Rückweg. Er hatte seinen Zwang befriedigt und konnte nun entspannt zurück zur Klinik radeln. Dass Stephanie glaubte, ihn gesehen zu haben, wusste er dabei nicht.

***

Im Haus 28 „brannte der Baum“, wie man so schön sagt. Kein Mensch konnte sich den Verbleib Harry Hondongs erklären. Zwar war man Ausflüge und kurzzeitige Entweichungen von ihm gewohnt, jedoch blieb er niemals lange weg. Zumeist wurde er später volltrunken irgendwo aufgefunden und im verwahrlosten Zustand zur Station zurückgebracht. Diese Eskapaden dauerten nie länger als einen Tag oder gar nur wenige Stunden. Insofern war jetzt wirklich Besorgnis geboten.

Noch ungewöhnlicher war, dass der Mann wie vom Erdboden verschluckt war. Noch wenige Minuten zuvor hatten ihn sowohl Personal als auch Mitpatienten im Garten beobachtet. Doch der Garten wurde Grashalm für Grashalm durchsucht, sämtliche Büsche hatte man durchkämmt und auf den Kopf gestellt. Und trotz allem: Auch nicht die allerkleinste Spur war zu finden. Er musste sich in Luft aufgelöst haben!

Die einzige plausible Möglichkeit für den Stationspfleger Alfred Schleuter war die, dass Hondong über den hohen Zaun geklettert war. Ein Akt, der für den gewichtigen und denkbar ungelenken Hondong genauso unmöglich gewesen wäre wie eine Mondlandung für die Klienten eines Altenheimes. Zumal der rasierklingenscharfe Stacheldraht, der die über drei Meter hohe Umzäunung abschloss, erhebliche Schnittwunden verursachte, wenn man auch nur geringsten Kontakt mit ihm hatte. Man hätte sich dort oben schon einen Durchgang mit dem Bolzenschneider freischneiden müssen, um überhaupt unverletzt hinüber zu kommen! Und woher bekommt man plötzlich und ungesehen ein solches Werkzeug? Doch es half nichts: Dies war die einzige erklärbare Möglichkeit!

Natürlich hatten Schleuter und der Stationsarzt sofort die Fahndung eingeleitet. Eigentlich eine Routineangelegenheit, erst recht bei jemandem wie Harry Hondong. Doch diesmal verspürte der Stationsleiter ein sehr ungutes Gefühl bei der Sache. Ein Gefühl, das er nicht so richtig zuzuordnen wusste, doch es war vorhanden, ob er wollte oder nicht.

Was Schleuter ein wenig wunderte, war der Umstand, dass plötzlich zwei Vertreter der Kriminalbehörde auf der Station auftauchten. Eine Hauptkommissarin Kuschke und ein Kommissar Zoppke, die sich außergewöhnlich intensiv für das Verschwinden von Harry interessierten. Auch dieses bestärkte Schleuter noch zusätzlich in seinem unguten Gefühl. Hätte er nur gewusst, wie sehr er damit recht hatte ...

***

Vladimir Petrow kam der Aufgabe, die Papierhandtuchspender neben den Waschbecken in den Zimmern regelmäßig aufzufüllen, sehr gewissenhaft nach. Täglich machte er so seine Runde über die Station und entleerte dabei gleichzeitig die Müllbehälter. Auf Petrow war wirklich Verlass, dass dies ohne jeden Makel ausgeführt wurde.

Ein weiterer Grund, warum er das so gerne erledigte war, dass er sich in aller Ruhe in jedem Zimmer der Patienten ungestört umschauen konnte. Zwar hatte er noch nie etwas entwendet, aber die Vielzahl an Informationen, wer was besitzt und wem es an was mangelt, war auch nicht ohne Reize. So ergaben sich oftmals bei gewissen Geschäften der Patienten untereinander Gelegenheiten, zumindest durch Vermittlungen oder exakte Hinweise sich einen kleinen Obolus hinzu zu verdienen.

Dabei verhielt sich Petrow immer derart geschickt, dass sich nie ein Patient darüber beschwert hatte, übervorteilt worden zu sein. Deshalb ließ ihn das Personal gewähren, zumal Petrow sich hier eher als nützliches Element erwies, was Betrügereien gegenüber schwächeren Patienten verhinderte. Auch gab Petrow dem Personal häufig Hinweise, wenn Patienten unerlaubte oder gar gefährliche Gegenstände in ihren Zimmern hatten. Das Schlimmste, was jemals beschlagnahmt werden musste, war eine geladene Pistole, die Petrow beim Blick in die Schublade einer Nachtkonsole entdeckt hatte.

Und so war Vladimir auch an diesem Tag wieder unterwegs und ging von Zimmer zu Zimmer. Gutgelaunt und ein Liedchen flötend verrichtete er seine Aufgaben. Dabei schob er ein kleines Wägelchen vor sich her, auf dem sich der Karton mit Papierhandtüchern sowie ein großer Plastiksack befanden, in den er die Abfallkörbe entleerte.

Als Vladi das Zimmer von Sabrina Nußpickel betrat, zögerte er zuerst, denn er sah, dass die Frau in ihrem Bett lag. Da sie sich nicht rührte, ging er davon aus, dass er sie bei ihrem Schläfchen nicht geweckt hatte. Beinahe auf Zehenspitzen schritt er zum Handtuchspender und öffnete ihn mit einem speziellen Schlüssel. Behutsam ließ er die Klappe nun hinunter und füllte die fehlenden Papierstreifen auf. Genauso leise verschloss er das Gerät wieder und leerte danach noch schnell den Papierkorb, der unter dem Waschbecken stand.

Als Petrow sich wieder zurückziehen wollte, stutzte er doch ein wenig. Sabrina lag in ihrem Bett auffällig ruhig. Verdächtig ruhig sogar, wenn man Sabrina und ihre Vorgeschichte kannte. Deshalb ging er ein paar Schritte auf die Frau zu.

„Hallo, Sabrina!“, rief er leise. „Alles in Ordnung?“

Keine Antwort oder auch nur die kleinste Bewegung.

Das machte Vladi nun so richtig besorgt. Schnell trat er an ihr Bett und rüttelte sie an ihrer Schulter.

„Sabrina!“, rief er laut.

Immer noch keinerlei Reaktion.

Erschrocken schlug Petrow rasch das Oberbett zurück. Was er daraufhin sah, ließ ihm fast das Herz vor Schreck stehen bleiben: Das Oberbett hatte eine riesengroße Blutlache kaschiert, die jetzt, als es aufgedeckt wurde, sichtbar wurde. Und aus Sabrinas Unterarm, im Bereich des Pulses, quoll das Blut in rhythmischen Intervallen aus ihrem Körper. Sabrina musste Unmengen Blut verloren haben. Ihr Gesicht wies bereits eine kalkweiße Färbung auf.

Petrow wusste, dass er jetzt nicht eine Sekunde verlieren durfte, wollte er der Frau noch helfen. Nun noch loszulaufen und laut nach Hilfe zu rufen wäre womöglich genau das Falsche, was er im Moment tun konnte. Deshalb riss er sich kurz entschlossen seinen Schlips vom Hals, nahm ihn doppelt und legte ihn um den Oberarm von Sabrina. Durch die dadurch entstandene Schlaufe führte er eines der hinteren Enden und zog dann beide Enden so fest zu wie er konnte. Sofort hörte das Pulsieren des Blutstromes auf. Dann fixierte er die Abbindung noch mit einem Doppelknoten.

Petrow atmete erleichtert durch, als er den Erfolg seiner Maßnahme sah. Schnell eilte er zur Tür und rief laut um Hilfe. Sofort stürmten Schwester Diana und Pfleger Sigfrid heran. Sie brauchten einige Momente, um die Situation zu erfassen. Die leblose Sabrina, das viele Blut und den abgebundenen Arm, alles das musste in der Wahrnehmung erstmal geordnet werden.

Diana reagierte zuerst: „Ich rufe die 112!“, rief sie und eilte schnellstens zum Telefon im Büro.

Bei Sigfrid Sailer dauerte es etwas länger, bis es bei ihm klickte. Doch dann hastete er zu Sabrina und fühlte ihren Puls.

„Nichts!“, presste er mutlos hervor. „Ich fürchte, wir sind zu spät!“

„Aber Bruder Sigfrid“, meinte Petrow neben ihm. „Willst du etwa aufgeben?“

Etwas erstaunt blickte Sailer zu Petrow hinüber. Es war reichlich abstrus, wenn die Patienten jetzt das Personal motivieren mussten.

Dennoch begann Sailer umgehend mit der Herzmassage und Diana, die zurückgeeilt kam, mit der Beatmung.

Kurz darauf erschien auch Dr. Lindner. Beinahe hilflos betrachtete er das Bemühen der Pflegekräfte, Sabrina Nußpickels Leben zu retten.

„Soll ich Ihnen einen Stuhl holen, auf dem Sie es sich gemütlich machen können oder wollen Sie nicht doch besser einen venösen Zugang legen?", fragte Diana ihn gereizt.

Zwar wusste sie, dass ein Assistenzarzt für Psychiatrie notfalltechnisch nicht gerade übermäßig geschult ist, doch dass in diesem Fall hier schnellstmöglich gefäßauffüllend reagiert werden musste, das sollte man schon von einem Arzt verlangen dürfen!

„Äh, ja, natürlich", stammelte der Mann.

„Na, dann los endlich, fangen Sie schon an!", schimpfte Diana ungeduldig.

Lindner verspürte den Drang, schnell davonzulaufen. Zu peinlich war ihm diese Angelegenheit, bei der jeder erkennen konnte, dass er mehr oder weniger eine absolute Null darstellte.

„Wo, äh, finde ich die Sachen denn?", fragte er zaghaft.

Diana, die ohnehin durch ihre Atemspende schon Pünktchen vor ihren Augen wahrnahm, wurde jetzt so richtig zornig: „Im Büro im Arzneischrank natürlich, wo sonst? Oder wollten Sie die Utensilien etwa in der Küche suchen?"

Doch zum wiederholten Male hatte Lindner Glück. Draußen war das laute tatütata des Rettungswagens zu hören, wobei er dieses Gedudel wie ein Zeichen der Erlösung empfand.

„Ich gehe hinaus, den Notarzt einweisen!", sagte er knapp und verzog sich schnell.

Schwester Diana und Sailer blickten sich kurz an.

„Das ist nicht nur eine Null", keuchte der Pfleger mit dicken Schweißperlen auf der Stirn, „der liegt schon weit im Minus-Bereich!"

Und dann ging alles sehr schnell. Das eingespielte Notarzt-Team löste Thorn und Sailer ab und agierte denkbar professionell. Jeder

Handgriff saß dabei und schon nach wenigen Momenten lag eine Infusion mit Blutersatzmittel, welches das Blutgefäßsystem auffüllte. Mit dem Schock des Defibrillators gelang es schließlich, die Herztätigkeit der Frau wieder in Gang zu setzen. Es war also doch nicht schon zu spät für Sabrina Nußpickel, wie Sigfrid Sailer angenommen hatte. Sie wurde wieder zurückgeholt ins Leben.

Nachdem sich der Kreislauf der Frau stabilisiert hatte, wurde sie vorsichtig auf die Krankentrage umgebettet. Danach fixierte die Krankenwagenbesatzung ihren Körper durch entsprechende Haltegurte, um sie ins Hospital zu überführen.

Mittlerweile war auch Dr. Fleischmann eingetroffen und erkundigte sich über das Geschehene. Lindner, der daneben stand, beachtete der Chefarzt gar nicht.

„Das war kurz vor knapp, Herr Kollege!“, sagte der Notarzt zu ihm. Man kannte sich.

„Ich denke, dass sich unser Personal wieder einmal richtig verhalten hat“, meinte der Chefarzt mit nicht zu übersehendem Stolz.

Der Notarzt nickte: „Insbesondere derjenige, der mit seiner Krawatte den Oberarm der Frau abgebunden hatte. Einzig dieser Vorgang wird ihr das Leben gerettet haben. Ohnedem wäre sie ausgeblutet wie ein Stück Schlachtvieh. Sie stand jedenfalls unmittelbar davor!“

Fleischmann betrachtete Sabrina, die just in diesem Moment an ihm vorbei geschoben wurde und nahm erst jetzt den abgebundenen Arm mit dem Schlips drum herum wahr. Da die Blutung hierdurch völlig gestoppt war und es deshalb seinen Zweck erfüllte, hatte man dies Teil so belassen, wie man es vorgefunden hatte.

„Von wem ist eigentlich diese Krawatte hier?“, meinte der Chefarzt. „Herr Sailer, ist das Ihre?“

Erst jetzt fiel auch Sailer der Schlips auf: „Nee, Herr Doktor, bestimmt nicht. Eigentlich trage ich nie Krawatten, außer auf Beerdigungen und Hochzeiten!“

„Nicht von Ihnen?“, stutzte Fleischmann. „Von wem denn sonst?“

Alle blickten sich fragend an.

Etwas abseits im Flur stand Petrow und beobachtete die Szene aus einiger Entfernung. Innerlich schmunzelte er jetzt schon über die erstaunten Gesichter.

„Soweit ich weiß", sinnierte Sailer laut, „hatte Vladi so einen Schlips heute Morgen umgebunden."

Nun richteten sich alle Blicke auf Petrow. Dieser grinste der staunenden Gruppe entgegen. Es war ein erwartungsvolles Grinsen, das zudem von mächtigem Stolz geprägt war.

Dr. Fleischmann trat auf ihn zu: „Vladi", sagte er ungläubig, „hast *du* etwa den Arm von Sabrina ab-ge-bun-den?" Das letzte Wort skandierte er dabei noch immer erstaunt. Er mochte dies nicht glauben.

„Das Blut schoss aus ihrem Arm, Bruder Hannes", entgegnete Petrow in exzentrischem Ton. „Das konnte Jülrinaldi nicht dulden, denn ihr Leben war bedroht!"

Ohne lange zu zögern nahm der Chefarzt die Hand Petrows und drückte sie fest: „Du hast unserer Sabrina das Leben gerettet, weißt du das?"

Mit Überschwang in der Stimmer lehnte Petrow ab: „Du weißt doch, Bruder Hannes: Der Gebieter tat nur die Pflicht des Übergeordneten!"

„Dann bestell dem Übergeordneten, dass wir alle stolz auf dich sind!", sagte Fleischmann mit ehrlicher Stimme. Und das stimmte wirklich, denn selten war er von einem Patienten derart beeindruckt wie hier und jetzt.

Auch Sailer kam hinzu: „Mensch, altes Haus", meinte er kopfschüttelnd. „Das ist ja wirklich so ein richtiges Ding, was du da herausgelassen hast. Meine Hochachtung!"

Dabei klopfte er Petrow anerkennend auf die Schulter.

Auch Diana und der Notarzt beglückwünschten Petrow für sein entschlossenes Handeln. Besonders der Notarzt hätte diese umsichtige Handlungsweise einem Psychiatrie-Patienten nie und nimmer zugetraut.

Sabrina Nußpickel hatte erneut Riesenglück gehabt. Zum wiederholten Mal gelang es, sie vor dem vorzeitigen Ableben zu bewahren. Ob man ihr damit wirklich einen Gefallen getan hatte, sei dahingestellt. Doch die gesetzlichen Vorgaben ließen nichts anderes zu. Und das war auch gut so ...

***

Wie ein Lauffeuer breitete sich Vladis Tat in der Klinik aus. Von vielen Stationen riefen Personalkräfte oder vereinzelt Patienten an, die Petrow in irgendeiner Weise glaubten zu kennen oder gar gut mit ihm bekannt zu sein. Hatte am Anfang Petrow noch genossen, geradezu ein Star zu sein, so wurde ihm das Theater recht schnell zuviel, was auch seinem Krankheitsbild geschuldet war.

In Bezug auf seinen Auftrag vom Übergeordneten wurde er durch diesen Aufstand um seine Person viel zu sehr abgelenkt. Und abends war der arme Kerl dann viel zu erschöpft, um seinem gewohnten Tagesablauf nachzukommen. So kam es sogar vor, dass er seinen nächtlichen Einsatz im Labyrinth regelrecht verschlief. Er erwachte in den frühen Morgenstunden derart spät, dass sich ein Besuch in seinem Domizil schlicht nicht mehr lohnte. So blieben die sterblichen Hüllen von Rosemarie Otto und Harry Hondong schließlich allein in der Nacht, was sich Petrow wiederum vorwarf und Schuldgefühle in ihm und seinem Wahn aufkommen ließ.

Doch alles das war erst der Anfang der Torturen. Nachdem die Nachricht von Petrows Bravourstück über die Klinikgrenzen geschwappt war, interessierten sich plötzlich auch die Medien für den Mann. „Patient rettet Patientin vor dem sicheren Tod!“, hieß es in den regionalen Zeitungen und auch im TV war ein Interview mit Dr. Fleischmann zu sehen, der Vladimir in allerhöchsten Tönen für seinen Einsatz lobte.

Petrow selbst lehnte es mittlerweile ab, sich irgendwelchen Befragungen auszusetzen. Ihm ging der ganze Rummel schon nach kurzer Zeit auf den Keks. Er hatte keinerlei Ambitionen, allgemein bekannt zu werden und schon gar nicht in Bild und Ton. Seine eigene, kleine (Wahn-)Welt reichte ihm völlig aus zur eigenen Zufriedenheit. Alles, was darüber hinausging, empfand er als lästig. Und Fleischmann wusste das und schirmte ihn deshalb so gut er konnte von dem Trubel um ihn ab. Lieber übernahm er die Rolle selbst, sich und seine Klinik in der Öffentlichkeit zu vertreten. Niemand von den Vertretern der Presse ließ er zu Petrow durch, was Vladi insgeheim zu schätzen wusste.

Doch es wäre unfair gewesen, würde man die positiven Dinge verschweigen, die Petrow gern entgegennahm und die ihm zu einem Besitzstand verhalfen, den er bis dahin nicht gekannt hatte. Von überall her wurden Sachspenden geschickt, von Leuten, die sich von Petrows Handeln beeindruckt zeigten. Tabakwaren, Süßigkeiten, allerlei Spielzeuge wie Plüschtiere, Bücher und was die Phantasie der Leute sonst so hergab, um ihre Anerkennung kundzutun. Doch die von Vladi besonders gern empfangenen Zuwendungen waren Geldbeträge, die die Leute ihm zumeist mit der Post in Umschlägen zukommen ließen.

Eigentlich wäre jetzt der Zeitpunkt gewesen, den gesetzlichen Betreuer Petrows, August Kortländer, zwecks Vermögensverwaltung mit einzubeziehen. Doch Dr. Fleischmann und Kortländer waren sich einig, dass man Vladimir gewähren lassen sollte. Zum einen, weil er von seiner Anerkennung etwas haben sollte und zum anderen, weil Petrow clever genug war, sich das Geld nicht von Mitpatienten – die natürlich wussten, dass Vladi plötzlich recht vermögend war - abschwatzen zu lassen.

Somit hatte nach kurzer Zeit alles Aufgewühlte endlich seine Ordnung. Und trotzdem gelang es einem Pressevertreter, an Petrow heranzukommen. Es war reiner Zufall, dass die beiden aufeinander trafen. Vladimir war gerade mit seinem Bollerwagen unterwegs, um Besorgungen zu machen, als er unvermittelt angesprochen wurde.

„He, du!“, rief ein recht junger Mann mit langen, strähnigen Haaren Petrow zu und näherte sich ihm ziemlich aufdringlich. Dabei hielt der Mann eine Kamera in der Hand, die sicherlich nicht gerade billig war.

„Hast du ein Problem, Bruder?“, fragte Petrow reserviert.

„Ich suche den Patienten, der seine Mitpatientin gerettet hatte, die sich die Pulsadern aufgeschnitten hatte! Nirgendwo war ein Bild von ihm aufzutreiben. Kennst du ihn?"

Petrow rümpfte ein wenig die Nase: „Was willst du denn von ihm, sündiger Mann?"

„Ihn fotografieren natürlich, was sonst? Ich bin von der Presse! Wenn du mir sagst, wo ich ihn finde, bekommst du einen Zehner von mir!"

Dabei hielt der Mann Vladi einen Geldschein entgegen.

Petrow nickte schmunzelnd, nahm das Geld dem Mann aus der Hand und deutete ein Stück voraus: „Du hast Glück, sündiger Mann: Dort ist er!"

Der Pressemann blickte sich um und deutete auf den Mann, den Petrow ihm gezeigt hatte: „Der da?"

Es war der gerade zufällig vorbeilaufende Verwaltungsdirektor, Dr. jur. Anton von Hammel, auf den Vladi gedeutet hatte. Da von Hammel zumeist recht fadenscheinige Anzüge trug, mit seiner greisenhaften und knöchernen Art nicht gerade dem normalen Abbild eines Mannes entsprach, konnte dieser Hinweis als durchaus glaubhaft durchgehen. Die dicke Panzerglas-Hornbrille und der Haarkranz um die Glatze unterstrichen dieses Bild nur noch.

Petrow nickte: „Richtig, genau der!"

„Na", freute sich der Journalist, „das ist ja wunderbar. Wenn das kein Glück ist! Da gehe ich jetzt sofort hin und bitte ihn um ein Interview."

„Das sollte der sündige Mann besser lassen!", warnte Petrow eindringlich.

„Ach, wirklich?", entgegnete der Pressemann verunsichert. „Und warum nicht?"

„Weil er sehr aggressiv sein kann, Bruder. Wenn du Pech hast, schlägt er unvermittelt zu!"

„Der? Aber der hat doch jemand anderem das Leben gerettet!" Nun war der Reporter völlig verunsichert.

Petrow hielt seinen Handrücken gegen den Mund und flüsterte: „Aber nur, weil er mit der Patientin zwei uneheliche Kinder hat. Sonst hätte er sie doch niemals gerettet!"

„Ach, ist nicht wahr!", staunte der Mann. „Das wusste ich gar nicht!"

Petrow winkte aufgeregt ab: „Das ist noch längst nicht alles, Bruder!"

„Noch mehr? Was denn?" Unwillkürlich hatte der Pressemann nun das Gefühl, eine tolle Story zu wittern.

Petrow seufzte laut auf: „Weißt du eigentlich, Bruder, wie teuer der Tabak geworden ist?"

„Wie ...?" Der Pressemann verstand nun gar nichts.

„Na, rauchen. Ist verdammt teuer geworden!"

„Na und?", kam die schulterzuckende Frage.

Petrow machte mit den Fingern eine eindeutige Geste. Das schien bei dem Mann den Groschen fallen zu lassen.

„Okay, verstehe!" Der Pressevertreter holte einen Fünfer aus der Tasche und reichte ihn Vladi.

Nun flüsterte Petrow derart leise, dass der Mann sich ganz nahe zu seinen Lippen beugte: „Das bleibt jetzt aber unter uns, versprochen?"

„Sicher, sicher!", nickte der Mann eifrig.

„An kleine Jungs hat er sich auch herangemacht!"

„Waaas?", war die ungläubige Anmerkung.

Petrow nickte nur und hielt dabei demonstrativ seinen Zeigefinger gegen die Lippen.

Der Mann gab durch eine Geste seine Zustimmung und deutete voraus, in Richtung Hammel, der sich zusehends entfernte: „Ich muss los, sonst entgeht er mir!"

„Mögen deine Schritte behütet sein, sündiger Mann!", lächelte Petrow dem Pressevertreter hinterher. Dann schüttelte er den Kopf. „Wie können die Leute nur so dämlich sein!", sagte er dabei leise.

Der Pressevertreter machte einen weiten Bogen um von Hammel, bis er ihn, hinter einem Strauch stehend, frontal vor der Kamera hatte. Dann schoss er ein Bild nach dem anderen. Die Glaubwürdigkeit von Petrows Worten verstärkte sich noch dadurch, dass der Verwaltungsdirektor Dr. jur. Anton von Hammel zufällig auf einen Patienten traf, den er gut kannte und von dem er in ein Gespräch verwickelt wurde.

„Das wird *die* Story!“, schoss es dem Pressemann durch den Kopf, während er munter drauflos knipste.

Seine fristlose Kündigung bekam der Mann am übernächsten Tag, nachdem tags zuvor der Beitrag „Über das wahre Gesicht des Lebensretters“ in der Zeitung gestanden hatte. Mit Fotos des Verwaltungsleiters der Klinik, der mit einer Patientin zwei uneheliche Kinder hatte und sich insgeheim an kleine Jungs heranmachte ...

***

Alle Ermittlungen verliefen im Sand. Das beinahe gleichzeitige Verschwinden zweier Menschen aus der gleichen Einrichtung ließ eigentlich den Schluss zu, dass hier Zusammenhänge bestanden. Doch Hauptkommissarin Irmgard Kuschke konnte sich den Kopf zerbrechen wie sie wollte, in den beiden Fällen war auch nicht *eine* Gemeinsamkeit zu erkennen, bis auf eben die, dass beide aus der hiesigen Klinik kamen.

Nun waren die Gesuchten Otto und Hondong keine Unbekannten für die Fahndung. Eigentlich in schöner Regelmäßigkeit musste die Polizei die beiden wieder zur Klinik zurückgeleiten. Doch in beiden Fällen war die Fahndung spätestens am übernächsten Tag erfolgreich gewesen. Aber diesmal waren schon mehrere Tage vergangen ohne die geringste Spur, und das war sowohl für Rosemarie Otto als auch für Harry Hondong völlig atypisch. Keinerlei Hinweise darüber, dass man sie irgendwo gesehen hätte und schon gar nicht, dass sich einer von ihnen selbst gemeldet hatte.

„Was geradezu beängstigend ist“, meinte die Hauptkommissarin zu ihrem Kollegen, „dass nicht eine dieser Entweichungen irgendwelche Vorgeschichten hat. Kein Streit oder Sanktionen gegen einen der beiden seitens der Stationen, auf denen sie untergebracht sind, wogegen sie sich durch ihr Verschwinden wehren wollten!“

„Richtig", nickte Kommissar Zoppke. „Sonst bestand zumeist immer ein Anlass dafür, dass sie sich vom Acker machten. Doch diesmal war für beide die Welt mehr oder weniger in Ordnung gewesen. Allenfalls bei diesem Hondong müsste nicht unbedingt ein Grund vorliegen, um zu verschwinden. Bei ihm war es der Suff, der ihn leitete."

Kuschke hob belehrend den Zeigefinger: „Und deshalb, Herr Zoppke, bin ich mir fast sicher, dass mehr dahinter steckt als wir annehmen!"

„Mehr?"

Auffallend war, dass die Kommissare sich siezten. Zum einen mochte es daran liegen, dass Carsten Zoppke erst vor zwei Monaten zu dieser Dienststelle versetzt wurde und zum anderen, weil die Hauptkommissarin erstmal abwarten wollte, wie gut sich die Zusammenarbeit entwickelte. Sie war seine Vorgesetzte und wollte eine gewisse Distanz bewahren. Sobald diese Distanz durch eine allzu innige Vertrautheit aufgeweicht würde, konnte es sehr schnell zu fehlendem Respekt kommen. Nein, Irmgard Kuschke wollte hiermit noch warten. Und außerdem widerstrebte es ihr, sich diesem Schönling allzu früh zu öffnen. Es ist ein bekanntes Phänomen, dass es schwer fällt, jemandem zu zeigen, dass man ihn nett und attraktiv findet. Vor allem dann, wenn man sich selbst im fortgeschrittenen Alter befindet und dies im Innersten nicht so richtig akzeptieren will.

„Sehen Sie", fuhr die Hauptkommissarin fort, „gerade dass wir auf den ersten Blick keine Zusammenhänge erkennen können macht das Ganze so mysteriös. Und wahrscheinlich ist es das, was mich stutzig macht. Ich fürchte, diesmal steckt mehr dahinter als eine einfache Entweichung von zwei Patienten."

„Ein Kapitalverbrechen?"

„Auf etwas in der Richtung würde ich tippen", nickte Kuschke. „Und je mehr Tage vergehen, ohne dass man etwas von ihnen hört, umso wahrscheinlicher wird diese Annahme."

Zoppke schnaufte tief durch: „Und was schlagen Sie vor, Frau Kuschke, sollten wir tun? Dasitzen und warten, bis wieder etwas passiert, vielleicht der nächste Patient vermisst gemeldet wird?"

„So ähnlich, fürchte ich", seufzte die Hauptkommissarin. „Was könnten wir denn sonst machen? Mit dem Rotlicht-Milieu sind diese Fälle keinesfalls in Verbindung zu bringen, dessen bin ich mir sicher!"

„Also eine klinikinterne Geschichte", ergänzte Zoppke Kuschkes Gedankengänge.

„Richtig", nickte die Frau. „Da ist etwas im Busch, was für uns Neuland ist, fürchte ich."

„Wie soll ich das verstehen?"

„Nun", entgegnete Kuschke nachdenklich, „ich denke da speziell an die Forensiker. Jene Gerichtspatienten, die aufgrund gewisser Abartigkeiten zum Schutz der Gesellschaft dort verwahrt werden. Das wird der Bereich sein, wo wir unseren Hebel ansetzen müssen."

„Also diesen Stationspfleger von der Forensik-Station noch mal interviewen", pflichtete Zoppke bei.

„Genau. Wir müssen uns das Umfeld von diesem Hondong gründlich anschauen. Zum Beispiel, mit wem er nähere Kontakte unterhielt, welche Feinde er dort hatte und welche Verbindungen nach draußen bestanden. Gleiches machen wir auch bei dieser Frau Otto. Und sobald wir genügend Daten gesammelt haben, schauen wir mal, welche Verknüpfungen sich dadurch ergeben. Mehr können wir im Moment nicht tun!"

Carsten Zoppke erhob sich von seinem Stuhl am Schreibtisch: „Dann fang ich gleich mal mit dem Stationsleiter von der Forensik an, den wir beide vor ein paar Tagen besuchten. Schleuter heißt er, glaube ich, Alfred Schleuter."

Die Hauptkommissarin winkte beschwichtigend: „Nicht so schnell, Herr Kollege. Ich komme mit!"

***

„Wie halten Sie es für möglich, dass der Patient Hondong noch Minuten vorher von Personal und Mitpatienten gesehen wurde und sich anschließend in Luft auflöste?", meinte die Hauptkommissarin.

Alfred Schleuter zuckte mit den Schultern: „Ich kann Ihnen nur das Gleiche sagen wie vor ein paar Tagen: Ich weiß es nicht. Allenfalls weiß das Allah!“ Dabei grinste Schleuter über seinen eigenen Witz.

„Allah“, meinte Kuschke zynisch. „Mir wäre es lieber, wenn Sie es wüssten.“

„Er *kann* nur über den Zaun geklettert sein“, fuhr Schleuter fort, „eine andere Möglichkeit den Garten zu verlassen gibt es nicht!“

„Und durch den Keller, mittels eines Seiteneinganges etwa?“, wandte Zoppke ein.

„Alles verrammelt und vergittert! Für die Tür des Außeneingangs gibt es einen Sicherheitsschlüssel und der ist unter Verschluss. Nee, Frau Kommissarin, der ist über den Zaun, so unglaublich das auch klingen mag!“

„Wenn man sieht, wie der Zaun gesichert ist, klingt das wirklich unglaublich“, stimmte Kuschke zu. „Aber ich weiß aus Erfahrung, dass Straftäter des Öfteren unglaubliche Dinge tun, die wir für unmöglich hielten.“

„Könnte er denn vom Ast eines überhängenden Baumes den Zaun überwunden haben oder eines kräftigen Strauches neben dem Zaun?“, die Idee kam von Zoppke.

Schleuter schüttelte den Kopf: „Jedes Jahr kommt eine Kommission von der JVA und überprüft das Anwesen auf alle erdenklichen Fluchtmöglichkeiten. Die stellen den Garten auf den Kopf und spielen alle Möglichkeiten durch. Glauben Sie mir: Niemand kann den Stationsgarten verlassen, niemand!“

Irmgard Kuschke seufzte tief auf: „Das heißt, dass wir uns eine nähere Inspektion des Gartens ersparen können.“

„Auf jeden Fall“, bekräftigte der Stationspfleger. Er reichte den Beamten ein Blatt Papier: „Hier ist die letzte Dokumentation der Kontrollkommission!“

Die Hauptkommissarin musterte das Blatt und meinte schließlich: „Wenn das so ist wie es hier steht, können wir uns das wirklich schenken!“

„Hatte Hondong hier auf der Station irgendwelche Feinde, die ihm an den Kragen wollten?", fragte Zoppke.

„Eigentlich weniger", sinnierte Schleuter. „Sicher, regelmäßig gezankt hat er sich mit vielen. Meist ging es dann um die ‚kleinen Geschäftchen'. Doch so richtige Feinde hatte er eher nicht."

„Keiner der Patienten, der ihn bedrohte, ihm Schläge in Aussicht stellte oder etwas in der Art?"

„Nein", Schleuter schüttelte den Kopf. „Er ist schwerst alkoholkrank. Internistisch gesehen ist sein Körper, insbesondere die Leber, so ziemlich am Ende. Und mental ist mit ihm auch nicht mehr viel los. Unser Stationsarzt hat bei ihm ein beginnendes Korsakow-Syndrom diagnostiziert. Ich weiß nicht, ob Ihnen das etwas sagt?"

„Verblödung oder so ähnlich?", fragte Zoppke.

„Genau! Brutal gesagt: Verstand versoffen!", nickte Schleuter. „So traurig das auch ist."

Kuschke und Zoppke schauten sich ein wenig ratlos an. Beiden war die Enttäuschung anzusehen, nicht mehr erreicht zu haben.

„Puhh", schnaufte die Hauptkommissarin, „irgendwie fühle ich mich unzufrieden, um ehrlich zu sein."

„Das kann man wohl sagen!", schloss sich ihr Kollege an. „Dass wir mit völlig leeren Händen zum Revier zurückfahren werden, hätte ich nicht gedacht."

Kuschke wandte sich wieder an Schleuter: „Könnten wir denn noch ein paar Patienten befragen? Etwa welche, zu denen Hondong ein wenig näheren Bezug hatte?"

„Die gibt es nicht", verneinte der Stationspfleger. „Harry war absoluter Einzelgänger, der immer mit sich selbst beschäftigt war. Keinerlei gesellige Verhaltensweisen, also dass er mal mit anderen gemütlich zusammensaß."

Die Kriminalbeamtin blickte Schleuter ungläubig von der Seite an: „Er muss sich doch ab und zu mit jemandem unterhalten haben?"

„Wenn er was gebraucht hat, dann ja", sagte Schleuter. „Doch dann auch nur das Allernötigste. Diese Deals gingen ausschließlich um Rauchwaren."

„Na immerhin", meinte Kuschke. „Dann wird es sicherlich jemanden geben, mit dem diese Deals vorzugsweise stattfanden!"

Schleuter überlegte kurz: „Wenn Sie mich *so* fragen, dann fällt mir der Johann ein. Johann Forum, einer der wenigen Patienten hier, die begrenzten Ausgang haben."

„Und der hat ihm dann Alkohol besorgen können?"

„Wo denken Sie hin?", entgegnete Schleuter entsetzt. „Der Johann weiß ganz genau, dass er seinen Ausgang sofort knicken kann, wenn er auch nur einmal derartiges tut!"

„Dann hätten wir diesen Herrn Forum gern gesprochen."

„Kommen Sie", bat Schleuter, „der sitzt im Tagesraum. Jedenfalls habe ich ihn noch vorhin dort gesehen."

Im Tagesraum der Station 28 ging es ziemlich lebhaft und geräuschvoll zu. Wohl über ein Dutzend Patienten hielten sich dort auf und unterhielten sich teilweise lautstark. Zumeist in kleinen Gruppen saßen sie auf den Stühlen oder in den kleinen Sesseln und tauschten sich aus.

Es gab aber auch deren zwei, die liefen zügig auf und ab und redeten mit sich selbst. Manchmal sehr laut und mit ausgiebiger Mimik und Gestik, doch ohne Gesprächspartner. Jedenfalls keinem sichtbaren. Für sie selbst schien es ihn jedoch zu geben, jenen Konversationsteilnehmer, was für den Außenstehenden recht suspekt ausschaute.

Kaum hatte die kleine Gruppe den Raum betreten, verstummte der Stimmenwirrwarr abrupt. Für einen kurzen Moment war es mucksmäuschenstill und man hätte sicherlich eine Stecknadel fallen hören.

Dann erschallte es aus einer Ecke ziemlich unfreundlich: „He, Kuschke, du alte Nutte!"

Die Hauptkommissarin zuckte zusammen. Die Stimme kannte sie irgendwoher.

Ein Mann kam auf sie zu: „Kennst du mich noch, du blödes Weib?", sagte er mit verbissener Stimme. „Dir hab ich es doch zu verdanken, dass ich hier in der Klapsmühle gelandet bin!"

„Rudolf Nöther!", rief die Hauptkommissarin sichtbar erschrokken, nachdem sie sich dem Mann zugewandt hatte.

„Richtig, der Psychopath!", kam die verbitterte Antwort.

„Rudi!", rief Schleuter mit warnender Stimme und stellte sich sofort vor die Hauptkommissarin.

Auch Carsten Zoppke nahm so etwas wie eine Kampfhaltung gegenüber dem Patienten ein.

„Sei froh, dass du jetzt hier so behütet wirst, du elende Hure!", schrie der Mann über die beiden Männer hinweg, die die Frau jetzt schützten. „Kalt würde ich dich augenblicklich machen, das kannst du mir glauben!"

„Du verschwindest sofort!", polterte Schleuter dem erregten Patienten warnend entgegen. „Die letzte Misch, die du in den Arsch bekommen hast, ist erst wenige Tage her. Denke daran!"

Das wirkte sofort. Grollend zog sich der Mann in die Ecke des Raumes zurück, aus der er gekommen war.

„Ich denke, wir gehen besser wieder in das Pflegerzimmer zurück", schlug Schleuter vor. „Den Johann Forum schicke ich Ihnen dann dorthin!"

Man konnte der Hauptkommissarin ansehen, dass sie mit diesem Vorschlag zutiefst einverstanden war.

Der Stationspfleger wies den Kollegen, der Aufsicht im Tagesraum hatte, kurz an, den gesuchten Mann ausfindig zu machen. Dann zog sich die Gruppe unverrichteter Dinge wieder ins Büro zurück.

Irmgard Kuschke schlotterten regelrecht die Knie nach diesem Vorfall. Einen Moment lang hatte sie richtig Angst gehabt.

„Was ist denn eine ‚Misch', die man in den Arsch bekommt?", fragte Carsten Zoppke auf dem Weg ins Büro.

Schleuter schmunzelte: „Das ist eine Mischinjektion von mehreren Beruhigungsmitteln in einer Spritze. Tranquilizer und Sedativa mit unterschiedlichen Wirkungsschwerpunkten. Wenn wir unseren Patienten das Wort ‚Misch' sagen, verstehen sie sofort, dass sie für eine längere Zeit schlafen geschickt werden. Ich denke, unsere ‚Misch' würde sogar einen Elefanten umhauen."

„Kann man das denn so einfach mir nichts – dir nichts spritzen?“, fragte Zoppke erstaunt.

„Natürlich nicht! Das bedarf ärztlicher Genehmigungen, die wirklich nur in Ausnahmefällen erteilt werden. Doch das wissen unsere Patienten nicht. Allein damit zu drohen reicht zumeist. Und das ist nicht verboten!“, grinste Schleuter.

Kurz darauf erschien Johann Forum im Büro. Doch auch er konnte dem Kriminal-Duo keinerlei hilfreiche Angaben machen. Dass er wirklich von nichts wusste, merkten Kuschke und Zoppke sehr schnell. Deshalb wurde das Gespräch auch schnell beendet. Zumal die beiden eilig zurück zum Präsidium mussten. Sie wurden dort wegen einer anderen Sache gebraucht.

***

Das Turteln von Stephanie und Dirk nahm so langsam ernste Formen an. Sehr zum Unmut von Schwester Diana, die befürchtete, dass die Arbeit der beiden darunter litt. Auch die Beschwichtigungen der anderen Kollegen brachten sie nicht davon ab, ihr Missbehagen darüber zu äußern.

Doch Steffi und Dirk waren junge Leute, die ihre Gefühle so intensiv erlebten wie andere in dieser Altersklasse auch. Sie turtelten umher, ohne an die Reaktionen ihrer Mitarbeiter zu denken. Und dies wurde ihnen schließlich zum Verhängnis.

Während des Dienstes kokettierten die beiden mit so einer Art Spiel, das man etwa bezeichnen könnte als: „Such mich doch, wo bin ich?“ Und jedes Mal, wenn Dirk seine Liebste an irgendeinem Punkt der Station aufgespürt hatte, gab es einen innigen Kuss, nachdem sie sich vorher davon überzeugt hatten, dass sie niemand beobachtete.

Doch einmal war ihre Begierde so groß, dass sie sich nur flüchtig nach Beobachtern umschauten. Es war im Wäschemagazin, in dem das Weißzeug für die Station in den Schränken gestapelt war. Steffi war damit beschäftigt, den Wäschewagen mit den Utensilien aufzufüllen, als sie von hinten von zwei lüsternen Armen umfasst wurde. Die eigene Lust war einfach zu groß, als dass sie sich gegen den Trieb ihres Auserwählten wehren konnte. Sie öffnete sogleich ihren Mund zu einem Kuss und ließ es geschehen, dass Dirk in höchster Erregung die Knöpfe ihres Schwesternkleides soweit öffnete, dass er ihre Brüste freilegen konnte, um diese zu streicheln und zu liebkosen.

Erschrocken ließen sie dann voneinander ab, als hinter ihnen eine Stimme erschallte: „So geht das aber nicht!“

Es war Schwester Diana, die mit hochrotem Kopf und abnorm geweiteten Augen die Szene beobachtet hatte. Zuerst hatte es ihr die Sprache verschlagen, doch dann war es aus ihr herausgebrochen. Völlig fassungslos gifteten ihre Augen dabei die beiden an.

Mit gesenkten Häuptern standen Dirk und Stephanie dann da und wussten, dass dies nicht ohne Folgen bleiben konnte.

„Dass das Konsequenzen nach sich zieht ist euch hoffentlich bewusst?“, sagte Diana streng.

„Tut uns wirklich leid, Schwester Diana“, stammelte das Mädchen schuldbewusst.

Verärgert winkte die Stationsleiterin ab: „Hört bloß auf mit diesen dummen Ausreden! Ihr wisst schon lange, dass ihr den Arbeitsablauf auf der Station durch eure Balztänze erheblich stört. Ich habe euch schon mehrmals deswegen ermahnt und trotzdem setzt ihr noch einen drauf!“

„Schwester Diana“, setzte Dirk an, „es war wirklich ein Versehen und ...“

„Ist gut!“, unterbrach Diana abrupt. „Schluss und aus jetzt! Du, Dirk, machst nun sofort Feierabend. Auf diese Station zurückzukommen kannst du dir aus dem Kopf schlagen. Ich hoffe, du hast verstanden!“

Der junge Mann nickte nur schweigend.

„Und wohin du morgen versetzt bist“, fuhr Diana fort, „das wird dir dann Frau Morgalla sagen. Bei ihr meldest du dich morgen früh, klar?“

Dirk schluckte ein paar Mal kräftig. Es war besser für ihn, wenn er jetzt nichts mehr zu seiner Verteidigung sagte, das spürte er. Was sollte er auch sagen?

Bevor er sich zum Gehen umwandte streichelte er seiner Liebsten noch kurz über die Schulter. Mit ihr zu reden traute er sich nicht mehr. Dann schritt er davon und Stephanie blickte ihm voller Sorge nach.

„Und nun zu dir", wandte sich die Stationsschwester zu dem Mädchen. „Ich bin maßlos enttäuscht von dir, weißt du das?"

„Ich …", versuchte die junge Frau loszustammeln.

„Nichts: Ich!", schimpfte die Stationsleiterin nun richtig los. „Wisst ihr überhaupt, dass ihr mich mit eurem undisziplinierten Verhalten zum Kasper gemacht habt? Wenn es nach mir gegangen wäre, hätte ich das Affentheater mit euch schon längst unterbunden! Einzig wegen der Kollegen, die mich regelrecht bearbeitet haben, habe ich mich breitschlagen lassen, euch bisher noch nicht zu sanktionieren. Doch damit ist jetzt endgültig Schluss! Deshalb werde ich euch der Pflegedienstleitung melden müssen. Ich hoffe, dass du das wenigstens verstehen wirst!"

Steffi nickte demütig: „Ja, Schwester Diana."

„Dann geh jetzt wieder an deine Arbeit! Was die Pflegedienstleitung in deinem Fall entscheiden wird, weiß ich nicht. Da du dich noch in der Probezeit befindest, musst du mit dem Schlimmsten rechnen, so leid das mir auch tut!"

Stephanie Maldessa nickte nur traurig und entfernte sich. Dabei liefen ihr dicke Tränen die Wangen hinunter …

***

„Was hatten Sie sich nur dabei gedacht, Herr Schmidtchen?", fragte Marit Morgalla fassungslos.

„Es war einzig und allein meine Schuld, Frau Pflegedienstleiterin", entgegnete Dirk entschlossen.

Er hatte, nach einem stundenlangen Telefongespräch mit seiner Steffi, fast die gesamte Nacht wach gelegen. Gleich nach ihrem Dienstschluss hatte er seinen Schatz abgeholt und nach Hause geleitet. Da dies wahrlich nicht der rechte Tag dafür war, ihren Eltern den neuen Freund vorzustellen, hatte sich der junge Mann gleich wieder entfernt, ohne dass ihn Steffis Eltern zu Gesicht bekamen. Und das war in dem Fall wohl auch besser so.

Steffis Eltern merkten sofort, dass mit ihrer Tochter etwas nicht stimmte. Sie ließen sie jedoch in Ruhe. Aus Erfahrung wussten sie, dass sich ihre Tochter mit ihren Problemen bei ihnen meldete, wenn *sie* es für richtig hielt. Dies hatte sich bisher immer bestens bewährt.

Und so kam es dann, dass die halbe Nacht drauflos telefoniert wurde. Die junge Frau hatte unglaubliche Angst vor den Folgen ihres Handelns und ein Grausen davor, ihren geliebten Job zu verlieren. Dirk war deshalb sehr bemüht gewesen, ihr diese Angst zu nehmen. Er war fest entschlossen, alle Schuld auf seine Kappe zu nehmen, und wenn es ihn seinerseits den Arbeitsplatz kosten sollte. Sich dumm herauszureden, das kam für ihn gar nicht infrage. Und sich lächerlich machen, das wollte er erst recht nicht!

„Einzig Ihre Schuld?", fragte die Pflegedienstleiterin beinahe spöttisch. „Dann haben Sie bei Frau Maldessa etwa Gewalt angewendet?"

„Gewalt zwar nicht", druckste Schmidtchen, „aber wo ..."

„Schluss jetzt!", unterbrach Morgalla nun lautstark. „Zu so etwas gehören immer zwei, insbesondere dann, wenn die Freundin still hält und sogar mitmacht!"

Dirk gingen nun sämtliche Optionen aus. Ihm fielen jetzt keinerlei Argumente mehr zu seiner Verteidigung ein.

Marit Morgalla merkte, dass ihre Worte angekommen waren. Deshalb setzte sie zügig nach: „Dass Sie nach Haus 42 nicht mehr zurückkommen werden ist Ihnen wohl klar?"

Dirk nickte. Gleichzeitig keimte in ihm die Hoffnung auf, dass Steffi dort bleiben könne. Was wiederum hieß, dass seine Liebste nicht hinausfliegen würde. Ansonsten wäre diese Maßnahme unlogisch.

„Es ist vor kurzem, durch eine längere Erkrankung eines Kollegen, eine Vollzeitstelle in Haus 28 freigeworden", fuhr Morgalla fort.

Dirks Gesicht hellte sich auf: „Das heißt, ich werde nicht entlassen?"

Die Pflegedienstleiterin war dabei bemüht, ein strenges Gesicht zu zeigen, als sie jetzt sagte: „Sie und Ihre Freundin werden von mir offiziell ermahnt, das ist doch wohl klar!“

Der junge Mann konnte es nicht fassen: „Nicht offiziell abgemahnt mit Eintrag in die Personalakte?“, fragte er unglaublich erleichtert und überglücklich.

Marit Morgalla antwortete nun in einem Ton, dem zu entnehmen war, dass es besser wäre, nicht weiter nachzufragen. Er war streng, freundschaftlich und warnend zugleich: „Sie begeben sich jetzt umgehend nach Haus 28, Herr Schmidtchen. Dort melden Sie sich bei dem Stationsleiter, Herrn Alfred Schleuter!“

Schmidtchen verstand. Trotzdem konnte er es nicht lassen, die Hand der Pflegedienstleiterin zu nehmen und dankbar zu drücken, bevor er sich entfernte, um der Anweisung nachzukommen.

Marit Morgalla blickte dem jungen Mann lächelnd hinterher. Sie war schließlich auch mal jung gewesen und kannte dieses Gefühl der flatternden Schmetterlinge im Bauch nur zu gut. Im Grunde fand sie es eher schade, diese Zeit nicht mehr zurückholen zu können. Deshalb wäre ihr eine Entlassung oder Abmahnung aus solchen Gründen erst gar nicht in den Sinn gekommen. Für so etwas gibt es wahrlich andere Anlässe. Zudem waren die beiden jungen Menschen denkbar gute Pflegekräfte. Sie vor die Tür zu setzen, nur weil sie sich liebten, wäre genau das gewesen, was man in der Psychiatrie leider allzu oft antrifft: Schwachsinn ...

***

„Und Sie haben mitbekommen, wie sich zwei Leute darüber unterhielten, dass Frau Otto in einen Mercedes eingestiegen ist?“, fragte Hauptkommissarin Kusch.

„In der Cafeteria, Schwester, in der Cafeteria war das“, antwortete Petrow mit unschuldigem Gesicht.

„Kannten Sie diese Leute?“

Vladi schüttelte den Kopf: „Es waren Fremde, Schwester, es waren Fremde. Sie waren nicht aus der Klinik, Schwester, das wüsste der Gebieter.“

Kuschke schaute fragend zu Sailer auf, der neben dem Tisch stand und das Gespräch mit schiefem Grinsen verfolgte. Es war eher das Anliegen der Kommissarin gewesen, dass jemand vom Personal der Station anwesend war, als das der Klinik, die ihre Patienten schützen wollte.

„Der Herr Petrow ist der Gebieter, der über alles und jeden herrscht", lächelte Sailer augenzwinkernd.

„Ach so, natürlich!", nickte Frau Kuschke, und tat so, als hätte sie dies wissen müssen. Und wieder zu Petrow gewandt: „Können Sie die Leute denn beschreiben?"

„Es ging alles so schnell, Schwester, es ging alles so furchtbar schnell."

„Wenigstens ein bisschen! Waren sie groß oder klein, dick oder dünn?"

Petrow nickte: „Groß waren sie, Schwester, groß waren sie."

„Und weiter? Blond, dunkelhaarig, Glatze?"

„Blond waren sie, Schwester, blond waren sie."

„Beide?"

„Beide waren sie blond, Schwester, beide waren blond."

Die Hauptkommissarin seufzte tief durch. Ihr wurde allzu anschaulich klar, dass sie hier nicht weiter kam.

Gleichzeitig wurde Sigfrid Sailer klar, dass Vladi sich gewaltig aufspielte. Er präsentierte sich gegenwärtig von der denkbar dämlichen Seite, die wahrlich nicht zu seinem Intellekt passte. Doch der Pfleger kannte den Patienten nun schon viel zu lange, um nicht zu wissen, dass dies ein Schutzverhalten von ihm war. Deswegen griff er nicht ein, sondern ließ die Sache einfach laufen. Zumal er des Weiteren wusste, dass sich wohl kaum jemand besser verteidigen konnte als Petrow.

„Okay, ich denke, wir können an dieser Stelle die Befragung beenden, Herr Petrow", meinte die Kommissarin resignierend.

„Dann kann sich der Gebieter jetzt entfernen?", fragte Vladimir scheinbar unterwürfig.

„Aber natürlich. Danke für Ihre Mithilfe!"

Petrow stand auf und ging zum Büro hinaus. Erst als er sich unbeobachtet fühlte fing er an zu grinsen.

Auch Hauptkommissarin Kuschke erhob sich von ihrem Stuhl: „Das war wesentlich dünner als ich erhoffte", sagte sie mit enttäuschter Stimme.

„Das tut mir wirklich leid für Sie", meinte Sailer. Auch er war natürlich daran interessiert, dass das spurlose Verschwinden Rosemaries aufgeklärt wurde.

„Ist der Patient vertrauenswürdig?", fragte Kuschke.

„Voll und ganz, Frau Kommissarin", beteuerte der Pfleger nachdrücklich. „Das ist unser Allerbester, das können Sie mir unbesehen glauben!"

Ein wenig erstaunt war die Frau schon über diesen Lobgesang des recht eigenartigen Patienten.

„So, wirklich?", sagte sie mit nicht zu überhörendem Zweifel in der Stimme.

„Wenn *Sie* wüssten, wen Sie da gerade vor sich hatten!"

„Nun, wen denn?"

„Er ist geradezu eine Berühmtheit", beteuerte Sailer beschwörend. „Vor kurzem hat er einer Patientin in allerletzter Minute das Leben gerettet!"

„Waaas?", fragte die Hauptkommissarin gedehnt. Sie mochte es nicht glauben, was sie da hörte.

Sailer wurde jetzt richtig rot im Gesicht vor Eifer: „Die Mitpatientin hatte sich die Pulsadern aufgeschnitten und Vladi hatte ihr den Arm abgebunden und erstaunlich professionell die erforderlichen Notfallmaßnahmen eingeleitet!"

Kuschkes Augen weiteten sich: „Davon habe ich gelesen. Und der soll das sein?"

„So ist es", schmunzelte Sailer. Er kam sich so richtig wichtig vor.

„Das hätte ich nun wirklich nicht von ihm gedacht", gab die Frau ehrlich zu.

„Sehen Sie? Und deshalb wird sich Ihre Frage über die Vertrauenswürdigkeit des Patienten erübrigt haben."

„Wahrscheinlich haben Sie damit recht. Vielleicht hätte ich mir besser ein Autogramm von ihm geben lassen, als ihn zu befragen!", lachte die Hauptkommissarin.

***

Mittlerweile müffelten die Leichname von Rosemarie Otto und Harry Hondong schon ziemlich stark. Es sah grausam aus, wie die sterblichen Hüllen der beiden anfingen auszutrocknen. Mit weiten, leeren Augen stierten sie ins Nichts und ihre Haut, die einen gräulich-blauen Schimmer aufwies, machte einen pergamentartigen Eindruck.

Der Pfahl, auf dem Rosemarie aufgespießt hing, hatte bereits ihren Hals durchdrungen, wodurch der tote Körper etwas nach unten abgesackt war. Dadurch schwebten ihre Beine nur noch kurz über dem Boden des Kellers und es war absehbar, bis sie dort aufsetzten.

Andächtig stand Petrow vor seinen Untergebenen und musterte sein Werk. Doch aus Zufriedenheit wurde mehr und mehr Unzufriedenheit. War er noch vor einigen Tagen glückserfüllt und selbstgenügsam, so kippte das Hochgefühl jetzt. Es war das ähnliche Empfinden, das ein unermesslich Reicher verspüren wird, wenn sich in ihm der Trieb regt, noch immer reicher werden zu müssen.

Und Petrow war sich dabei nicht bewusst, dass eine derartige Zufriedenheit stets nur von kurzer Dauer sein konnte, auch wenn vor ihm Dutzende Gepfählter in Reih und Glied stehen würden. In der Menschheitsgeschichte gab es immer wieder Herrscher, die auf grausamste Art Millionen Menschen töten ließen und dabei nie zur Ruhe kamen. Je mehr sie mordeten oder morden ließen, umso blutrünstiger wurden sie.

Genau dieses Gefühl beherrschte Petrow jetzt. Gepaart mit seinem Wahnsinn hatte ihn diese Konstellation zur Bestie heranreifen lassen. Eine Bestie, die innerlich nach Befriedigung schrie und in deren Kopf weitere Pläne hierfür heranreiften. Pläne, deren Ausgang und Ende nicht abzusehen waren und die niemals den Grad einer endgültigen Befriedigung erreichen konnten.

„Ihr werdet nicht lange hier allein sein müssen, das gelobe ich!“, sagte er leise und feierlich, als würde es den gepfählten Kreaturen Trost bereiten.

Dann schritt er auf die beiden zu und breitete seine Arme aus: „Wahrlich, ich sage euch, dass ich alle meine Kraft aufwenden werde, um mein Gelöbnis zu erfüllen!“

Abschließend verbeugte sich der geisteskranke Petrow tief und ehrfürchtig vor den Leichnamen, wandte sich um und strebte dem Ausgang entgegen ...

***

Feuchte Hände sind ein eindeutiges Zeichen von Nervosität. So an diesem Tag auch bei Dirk, dem die Einführung in die Familie Maldessa bevorstand. Es ging zwar nur um eine erstmalige Vorstellung, doch dieser Umstand war ausreichend, das vegetative Nervensystem des jungen Mannes bis in den Grenzbereich zu strapazieren.

Stephanie wartete bereits im Vorgarten des Hauses auf ihren Schatz, der mit denkbar weichen Knien zum Gartentürchen hereinkam. In seiner Hand prangte ein ansehnlicher Blumenstrauß, der für Mutter Maldessa vorgesehen war.

„Du bist ja nervös“, spottete das Mädchen liebevoll. Natürlich war ihr die Anspannung ihres Liebsten sofort aufgefallen. Sie fand das rührend.

„Stimmt doch gar nicht!“, stritt Dirk plump ab.

Steffi musste laut auflachen: „So, so, völlig cool und gelöst. Man sieht es.“

„So etwas kann mich gar nicht nervös machen!“, schüttelte der Junge energisch den Kopf. Dabei war gleichzeitig ein leichtes Zittern des Blumenstraußes zu beobachten.

„So, so“, schmunzelte die junge Frau, „dann scheinst du ja Erfahrung bei derartigem zu haben!“

Auf diese Anspielung konnte Dirk nun wirklich nicht antworten. Ein wenig verdattert blieb er stehen.

Stephanie stellte sich hinter den Jungen und schob ihn bestens gelaunt Richtung Haustüre.

Mutter Marit Maldessa hatte derweil den Kaffeetisch gedeckt und für den Besuch extra einen Tortenboden mit frischen Erdbeeren belegt. Da das der Lieblingskuchen ihrer Tochter war, ging sie davon aus, das richtige Kaffeegebäck ausgewählt zu haben. Zumal dieses eine Überraschung sein sollte, von der selbst Steffi nichts wusste.

Sie freute sich darüber, dass ihre Tochter derart offen gegenüber ihren Eltern war. Schon immer hatte sie sich ihnen anvertraut und Mutter und Vater stets in ihr junges Leben miteinbezogen. Das hatte sich fortwährend ausgezahlt und dabei eine Vertrauensbasis geschaffen, um die man diese Familie beneiden konnte. Marit und Heinrich Maldessa hatten das wunderschöne Gefühl, bei der Erziehung ihrer Tochter alles richtig gemacht zu haben.

„Komm schon!“, forderte Stephanie ihren Freund auf, der schüchtern in der Wohnzimmertüre stehen blieb.

Herr und Frau Maldessa standen strahlend und erwartungsvoll neben dem gedeckten Tisch und musterten kritisch, wer da auf sie zuschritt.

„Treten Sie ruhig näher“, forderte Heinrich Maldessa den Jungen auf.

Voller Bescheidenheit reichte Dirk Stephanies Eltern die Hand. Er empfand es dabei als angenehm zu spüren, wie sehr er willkommen war.

„Erdbeerkuchen mit Sahne!“, jubelte Stephanie voller Freude, als sie die Leckereien auf dem Tisch sah.

„Ich weiß doch, was unsere Tochter am liebsten isst“, meinte Marit Maldessa stolz. Und zu Dirk gewandt: „Natürlich hoffe ich, dass es auch Ihren Geschmack trifft.“

Etwas verlegen blickte Dirk kurz zu Boden. Dann entgegnete er entschuldigend: „So leid es mir tut, Frau Maldessa, aber ich habe eine Erdbeerallergie …“

***

Wie soll man das nennen? „Die unendliche Geschichte“ oder „Täglich grüßt das Murmeltier“? Immer wieder gleich verlaufende Intervalle, die sich stetig wiederholen und wobei eine Änderung mehr als unwahrscheinlich ist? Jedenfalls bei Sabrina Nußpickel waren die Verläufe ähnlich. Zum soundsovielten Male ein Suizidversuch, der dann im allerletzten Moment noch glimpflich endete. Für ihr Umfeld jedenfalls war diese Geschichte unendlich, doch wahrscheinlich nicht für diese Frau, die sich ihrem Lebensende entgegensehnte.

Die Leute vom Krankentransport geleiteten die depressive Frau auf die Station. Bei einem der Männer hatte sie sich untergehakt, während der andere ihre Reisetasche trug.

„Hallo Sabrina“, meinte Stephanie mit gezwungenem Lächeln, als sie die Patientin empfing. „Hatten Sie mir nicht etwas versprochen?“

Betreten blickte die Frau zu Boden. Irgendwie war sie gar nicht richtig zugegen, sondern wirkte eher benommen. Dies lag sicherlich an ihrer Stimmungslage, jedoch auch an der Medikation, die sie im Krankenhaus bekommen hatte. Depressive Patienten wurden zumeist schnellstmöglich zur Klinik zurückverlegt, wenn sie außer Lebensgefahr waren. Man weiß nie, ob sie nicht gleich einen erneuten Suizidversuch begehen, wenn sie wieder zu sich kommen.

Man konnte den Männern anmerken, dass sie in Eile waren. War sonst noch ein kurzes Schwätzchen gang und gäbe, so wirkten sie am heutigen Tag ziemlich getrieben.

„Wir sind dann wieder weg!“, sagte einer der Begleiter, als sie ihren Transport übergeben und Stephanie die Papiere in die Hand gedrückt hatten.

„Okay, danke“, entgegnete Steffi und blickte den Männern noch kurz hinterher, als sie ziemlich rasch wieder zur Tür strebten.

Dann wandte sich die Krankenschwester wieder Sabrina zu. Sanft rüttelte sie an der Schulter der Frau: „Sabrina, ich hatte Sie gerade etwas gefragt. Wie war das mit dem Versprechen, das Sie mir gaben?“

Die leeren und kraftlosen Augen der Frau blickten empor: „Versprochen hatte ich nichts, Schwester Steffi. Ich hatte gesagt, dass ich mich bemühen werde."

Unendlich leid tat die Frau der Schwester. Sie nahm den zerbrechlichen Körper und drückte ihn behutsam an sich: „Und es hat nicht geklappt?"

„Warum habt ihr mich nicht einfach davongehen lassen? Ich hätte es doch fast geschafft!", weinte Sabrina los.

„Nein, vor allen Dingen werden wir Sie einfach so liegen lassen", tadelte Steffi.

„Aber warum denn nicht? Ich hätte jetzt alles hinter mir und Sie Ihre Ruhe!"

„Leben sollen Sie, Sabrina, leben!"

„Leben?", spottete die Frau. „Wofür denn?"

„Weil das Leben schön sein kann und es sich *immer* lohnt!", schimpfte Stephanie liebevoll.

„Für euch vielleicht. Für mich jedenfalls nicht mehr. Die Pfleger und Schwestern müssen doch akzeptieren, wenn einer nicht mehr will!"

Steffi legte den Arm um die Patientin: „Es war niemand vom Personal, der Sie gerettet hat, Sabrina."

Ziemlich irritiert blickte Sabrina auf: „Nicht vom Personal? Wer denn sonst?"

„Es war Vladi, der Sie fand und erste Hilfe leistete!"

Die leeren Augen Sabrinas füllten sich: „Vladi?", meinte sie ungläubig. „Unser Vladi?"

„Richtig", nickte Steffi.

„Der droht doch jedem mit dem jüngsten Gericht!"

„Sie wissen doch, Sabrina, dass unser Vladimir in seiner eigenen Welt lebt, die ihn manchmal etwas wahnhaft erscheinen lässt. Seine Sprüche sollte man nicht allzu ernst nehmen. Doch hinter seiner Fassade steckt eben ein völlig anderer Vladi!"

„Ihr Wort in Gottes Ohr, Schwester Stephanie, Ihr Wort in Gottes Ohr!", meinte Sabrina Nußpickel mit leiser Stimme.

Etwas stutzte Steffi schon bei dem, was Sabrina sagte. Dieser angedeutete Zweifel an Vladi ließ sie aufhorchen. Doch so richtig zuordnen konnte sie das eigenartige Gefühl, das sie dabei spürte, nicht. Dann führte sie die Patientin zu ihrem Zimmer. Ihr war bewusst, dass sie die Frau keine Sekunde aus den Augen lassen durfte.

Sabrina legte sich dort sofort auf ihr Bett und starrte gegen die Zimmerdecke.

„Was wohl in ihrem Kopf vor sich gehen mag?", dachte Stephanie, während sie derweil begann, die Reisetasche der Patientin auszuräumen. Diese Gedanken, die einem die Sehnsucht nach Sterben suggerieren, mussten einfach furchtbar sein!

Währenddessen erschien Petrow. Er war mal wieder mit seiner alltäglichen Aufgabe mit den Papierhandtüchern beschäftigt.

„Wenn man vom Teufel spricht ...", schäkerte die Schwester und lachte dabei.

Mit bösem Blick fuhr Petrow zu ihr herum.

Steffi fuhr vor Schreck zusammen: „Vladi", sagte sie beinahe kleinlaut. „Das war ein Scherz!"

„Der Gebieter ist ein Vollstrecker, aber nicht der Teufel!", entgegnete Petrow feierlich.

Die Schwester hob wie zur Abwehr beide Arme: „Schon gut, schon gut, war nicht so gemeint!"

„Die sündige Schwester sollte den Gebieter nie mehr Teufel nennen", meinte Petrow nun mit versöhnlicher Stimme. „Das hat er nicht verdient!"

„Mach ich Vladi, verspreche ich!", erwiderte Stephanie und strebte zur Tür hinaus. Sie war sehr erleichtert, aus dem Zimmer heraus zu sein.

Petrow trat derweil auf Sabrina Nußpickel zu: „Geht es meiner Schwester wieder besser?", fragte er mit sorgenvollem Ton. Natürlich war er sich bewusst, dass er sie gerettet hatte und erwartete jetzt gewissermaßen eine Reaktion.

„Warum hast du das gemacht?", sagte Sabrina knapp.

„Weil meine Schwester nicht dafür vorgesehen war, uns zu verlassen", kam die Antwort.

„Wieso willst du das beurteilen?", fragte die Patientin streng.

Petrow entgegnete mit einer festen Stimme, der zu entnehmen war, dass er davon absolut überzeugt war: „Weil ich der Gebieter bin!"

Sabrina wusste natürlich um den Größenwahn ihres Mitpatienten. Viele Jahre kannte man sich nun schon. Insofern war ihr eine gewisse Veränderung bei Petrow nicht entgangen.

„Du bist doch zumeist darauf erpicht, die Menschen zu bestrafen oder gar aufzuspießen, Vladi. Dazu passt es doch gar nicht, wenn du jetzt anfängst, ihnen das Leben zu retten?"

„Alles zu seiner Zeit, Sabrina, alles zu seiner Zeit! Wenn der Übergeordnete mich ruft, werde ich auch jene durch den Pfahl treiben!", antwortete Petrow mit einer derartigen Gewissheit, dass es jetzt sogar Sabrina Nußpickel angst und bange wurde.

***

Etwas unglücklich bei den regelmäßigen Schulungen, an denen Stephanie Maldessa teilnehmen musste, war die Tatsache, dass die Schüler der Klasse unterschiedliche Grundkenntnisse hatten. So waren jene, die examinierte Krankenpfleger oder Schwestern waren, medizinisch bereits bestens geschult und vom Wissensstand schon erheblich weiter als der Inhalt des Lehrstoffes, den Dr. Scholz vermittelte. Im Gegensatz dazu waren jene Schüler psychiatrisch besser ausgebildet, die bereits länger in dieser Klinik beschäftigt waren, jedoch keinerlei medizinische Grundkenntnisse hatten. Demzufolge waren diese Lehrinhalte für die einen eine kleine Auffrischung, während sie für die anderen praktisch Neuland waren. Folglich musste Dr. Scholz vermittelnd auftreten, damit sich die medizinisch erfahrene Gruppe nicht langweilte.

Thema der heutigen Unterrichtsstunden war das Blut. Dr. Scholz erläuterte die Zusammensetzung des Blutes, seine Aufgabe und die physiologischen Abläufe des Lebenssaftes sowohl beim Transport von Nährstoffen sowie Sauerstoff als auch beim Abtransport von Elementen, die der Körper nicht mehr benötigt und die über verschiedene Wege aus dem Körper ausgeschieden werden.

„Unser Blut regelt praktisch alles“, lehrte Scholz. Wie immer war die gesamte Klasse, wie schon bei jeder bisherigen Stunde, fasziniert von der Lehrkunst des Mannes. Er schaffte es immer wieder, dass nicht einer seiner Schüler döste oder unkonzentriert war. „Grob unterteilen wir das Blut in flüssige und feste Bestandteile“, fuhr der Pädagoge fort. „Die flüssigen Anteile nennt man Blutplasma und die festen Anteile die Blutkörperchen. Nun will ich nicht in das kleinste Detail gehen und die Krankenschwestern und Pfleger unter Ihnen wissen ohnehin mehr darüber, als ich erzählen werde. Doch soviel sollten auch die weniger medizinisch Gebildeten unter Ihnen wissen: Die roten Blutkörperchen dienen dem Transport von Sauerstoff, mit dem jede Körperzelle versorgt werden muss und dem Abtransport von Kohlendioxyd. Die weißen Blutkörperchen sind für die Infektabwehr verantwortlich. Es sind praktisch Fresszellen, die Eindringlinge in unserem Körper schlichtweg verschlingen. Und dann gibt es noch eine weitere Gruppe von Blutkörperchen, das sind die Thrombozyten. Es sind im Grunde gar keine Blutkörperchen im eigentlichen Sinne, sondern eher Bruchstücke von den Mutterzellen, die sie produzieren und eine Stufe der Blutgerinnung einleiten. Sobald Sie eine Wunde aufweisen, ballen sich diese Thrombozyten im Wundbereich zusammen und leiten einen Verschluss der Wunde und im Zusammenspiel mit anderen Gerinnungsfaktoren die Blutgerinnung ein.“

„Sie sagten Bruchstücke, Herr Doktor?“, kam ein Einwand.

„Richtig. Im Gegensatz zu den roten und weißen Blutkörperchen, die komplette Zelleinheiten darstellen, sind die Thrombozyten nur Fragmente der eigentlichen Zellen.“

„Das verstehe ich nicht.“

Dr. Scholz lächelte. Ihm gefiel diese rege Beteiligung: „Stellen Sie sich den Nordpol als einen Thrombozyten vor. Wir wissen, dass von seinen Eismassen täglich Tausende von Eisbergen abbrechen und in den Ozean hinaustreiben. So ähnlich müssen Sie sich den Mechanismus und den Kreislauf der Thrombozyten vorstellen. Tausende von Nordpolen – also Thrombozyten - produzieren fortlaufend Milliarden von Bruchstücken, die dann im Blutkreislauf ihre Arbeit verrichten."

Dieses anschauliche Beispiel schien angekommen zu sein.

„Das für mich Faszinierende daran ist die Tatsache, wie viele voll funktionstüchtige Arbeitseinheiten sich auf einem Kubikzentimeter tummeln. Als Durchschnittswert sind es 4 – 5 Millionen rote Blutkörperchen, 5.000 – 8.000 weiße Blutkörperchen und 200.000 – 300.000 Thrombozyten, die in einem Raum von einem mal einem mal einem Zentimeter vorhanden sind! So unvorstellbar klein und trotzdem voll funktionsfähig. Einfach unglaublich!"

„Vielleicht sind diese Blutkörperchen gar nicht mal so klein, wie wir annehmen", wandte Stephanie ein. „Sie sind nur in unseren Maßstäben gemessen winzig."

Scholz nickte schmunzelnd: „Ich glaube, ein ähnliches Thema hatten wir schon mal, Schwester Stephanie. Natürlich haben Sie völlig recht. Es ist vermessen zu glauben, dass wir alle Wertmaßstäbe einzig von unserer Position her sehen dürfen. Auch die Thesen über die Existenz einer Welt, die mehrdimensionaler ist als die unsere, werden hier immer wieder zum Thema werden. Doch wir haben leider keine andere Möglichkeit als das zu werten, was wir sehen oder messen können. Im Moment jedenfalls. Dabei streite ich noch nicht einmal ab, dass insbesondere die von uns als ‚Schizophrenie' deklarierte Krankheit vielleicht einen Schlüssel zu anderen Dimensionen aufzeigt. Doch das ist – im Moment noch - spekulativ und somit für uns nicht relevant …"

VI.

Das alljährliche Sommerfest der Klinik fiel in diesem Jahr auf einen ungewöhnlich späten Zeitpunkt, kurz vor dem Ausklang des Sommers. Es war reines Glück, dass der Wettergott ein Einsehen hatte und dem Geschehen eine Witterung mit strahlendem Sonnenschein beschenkte.

Besonders die Patienten freuten sich auf das alljährliche Spektakel. So gab es doch Leckereien, Imbisse sowie Getränke in Hülle und Fülle. Hinzu kamen dann noch Gewinne in den Losbuden und Spielstätten im Überfluss. Es war für die Klinikinsassen ein Ausnahmezustand, bei dem sie mit der Nachsichtigkeit des Personals rechnen konnten. Zum Beispiel waren an diesem Tag Diätvorgaben, sofern sie sich bei Nichtbeachtung nicht gerade als lebensbedrohlich darstellten, null und nichtig!

Für das Personal galt eher das Gegenteil, denn für sie war dann Stress angesagt. Einige wichen den Aktionen und Vorbereitungen geradezu aus, indem sie sich in dieser Zeit krank meldeten oder Urlaub nahmen.

So mancher vom älteren Personalstamm trauerte beim Begriff „Sommerfest" den alten Zeiten nach. Damals, vor 20 oder 30 Jahren, war dieses Fest ein echter Jahreshöhepunkt, auf den sich viele deshalb freuten, weil da noch der Alkohol in Strömen floss. Seinerzeit gehörte es zur Normalität, dass sich in familiär-gemütlicher Atmosphäre „einer hinter der Binde gekippt" wurde. Dass es dabei leider auch zu Exzessen sowohl bei Patienten als auch beim Personal kam, blieb nicht aus, und so manches Nachspiel prägte dann die Zeit nach dem Sommerfest. Schwangerschaft beim weiblichen Personal war eines der Elemente. Doch diese Zeiten waren lange vorbei. Mit der Perspektive des absoluten Alkoholverbotes sank auch das feierliche Niveau dieses Festes. Ob das nun schade war oder gut so, blieb dem Standpunkt jedes Einzelnen überlassen.

Und so fand dieses Sommerfest an einem sonnigen Samstag im

September statt und das Gelände der Klinik war vom Trubel erfüllt. Fressbuden, Bierstände mit Alkoholfreiem, Losbuden und Karussells sowie diverse Bühnen waren allerorts aufgebaut. Alle Arten von Beköstigungen waren dabei für denkbar kleines Entgelt zu bekommen und den Patienten, denen der Umgang mit Bargeld nicht geläufig war, hatte man Wertmarken zukommen lassen, deren Verwendung zumeist vom Personal ein bisschen gelenkt werden musste. Alles in allem wurde das meiste Gebotene und Ausgeschenkte durch Spendengelder oder Zuschüsse finanziert, die geringen Einnahmen deckten nur einen kleinen Teil der Unkosten und hatten eher Symbolcharakter.

Den ganzen Tag gab es an wechselnden Plätzen verschiedene Arten von Remmidemmi, immer wieder unterbrochen von Vorträgen oder Ansprachen von gewissen wichtigen Leuten oder solchen, die sich dafür hielten.

Es war ein Tag, an dem die Patienten aus dem Vollen schöpfen konnten. Mit Limo, Cola oder anderen Getränken geradezu überflutet stopften viele dann noch Chips, Flips, Würstchen oder irgendwelches Grillgut in sich hinein. Bei einigen von ihnen bedurfte es hierbei unbedingt der Aufsicht, da bei den begrenzten intellektuellen Fähigkeiten die Unvernunft überhandnahm. So kam es auch schon mal vor, dass vereinzelt nachdrücklich interveniert werden musste, was natürlich den Unmut der Betroffenen hervorrief.

Barbara Großkämper war eine der Kandidaten, die mit solchen Tagen des Schlemmens und des Überflusses nicht so recht umzugehen wusste. Dies konnte man schon daran erkennen, dass sie auf einer Station für geistig behinderte Menschen untergebracht war. Zu früheren Zeiten hätte man diese Bereiche „Oligophrenie“ genannt. Zwar war sie in Begleitung auf dem Sommerfest unterwegs, doch bei diesem Trubel verloren sich Patienten und Personal schon mal leicht aus den Augen. So kam es, dass Barbara etwas abseits an einer Wurstbude stand und sich schon die dritte Krakauer reinschob.

Auch Vladimir Petrow war auf dem Sommerfest unterwegs. Am heutigen Tag brauchte er auf der Station keinerlei Arbeit verrichten,

Schwester Diana hatte ihm frei gegeben. Sie musste ihn zu diesem freien Tag energisch drängen, denn so richtig sein Ding war diese Veranstaltung wahrlich nicht. Der Rummel ging ihm eher auf den Keks als dass er darauf erpicht war.

Doch so machte er aus der Not eine Tugend und verbrauchte wenigstens einige seiner Verzehrmarken, die er von Schwester Diana geschenkt bekommen hatte. Nötig hatte er diese Zuwendungen nicht, denn seit seiner Rettung von Sabrina Nußpickel und seiner darauf folgenden Berühmtheit war er mit finanziellen und materiellen Mitteln reichlich gesegnet.

So kam es, dass Petrow am gleichen Stand verweilte wie Barbara Großkämper. Schon von weitem war ihm die Frau aufgefallen, die er vom Sehen aus der Cafeteria kannte. Er wusste, dass sie offensichtlich unterbelichtet war und schloss daraus, dass sie somit leicht beeinflussbar war. Daher kam er bei dieser unerwarteten Gelegenheit auf eine teuflische Idee, die ihm sein Übergeordneter suggerierte.

„Na, schmeckt es dir auch?“, fragte er die mollige Frau, als er in sein Würstchen biss.

„Ja, lecker!“, entgegnete Barbara Großkämper und nickte dabei lebhaft.

„Bist du allein hier auf dem Sommerfest?“, erkundigte sich Petrow beiläufig.

Die Frau deutete auf die Menschenmenge: „Schwester ist irgendwo. Sucht mich. Will nicht, dass sie mich sieht. Verbietet mir, viele Würste zu essen!“

Petrows Gesicht verzog sich zu einem schiefen Grinsen: „Aha, du willst nicht, dass sie dich finden?“

„Will nicht, verbieten mir!“, nickte Barbara eifrig.

Vladi beugte sich etwas vor: „Willst du denn noch mehr Würstchen haben?“, fragte er geheimnisvoll.

Barbara schob sich den letzten Wurstzipfel in den Mund und hob beide Hände empor. Den Pappstreifen, auf dem die Wurst lag, ließ sie einfach zu Boden fallen: „Hab keine Marke mehr, kann nicht mehr essen!“

Petrow konnte sich ein Lächeln nicht verkneifen. Wahrscheinlich hätte die völlig übergewichtige Frau Würstchen bis zum Erbrechen gegessen, wenn sie die Möglichkeit dazu gehabt hätte.

„Wenn du möchtest, kann ich dir Würstchen, Schokolade und Pommes geben, soviel du willst!", sagte er augenzwinkernd.

„Dann gib mir, los, gib!", forderte Barbara ihn mit aufgeregter Stimme auf.

„Jetzt nicht", winkte Petrow ab.

„Warum nicht?"

„Weil die Schwester schimpft, wenn sie das sieht!"

Das enttäuschte Gesicht Barbaras sprach jetzt Bände. Irgendwie konnte sie nicht verstehen, wieso Petrow sie überhaupt gefragt hatte.

Vladi erkannte das und setzte schnell nach: „Aber morgen, dann kann ich dir Würstchen und Schokolade geben."

„Will jetzt haben!", protestierte Barbara energisch.

„Hast du Ausgang?", fragte Petrow nun äußerst interessiert. Was nutzte es ihm, wenn die Frau nur in Begleitung ihre Station verlassen durfte.

Barbara Großkämper nickte eifrig: „Nach der Arbeit darf ich immer raus."

„Allein oder in Begleitung?"

„Darf allein gehen."

„Wie lange müsst ihr in der Werkstatt immer arbeiten?"

Barbara hielt ihre Hand hoch und zeigte vier Finger: „So lange immer arbeiten."

„Dann komm morgen nach der Arbeit zum Minigolfplatz", meinte Petrow, wobei er seiner Stimme einen vertraulichen Ton gab. „Dann bekommst du von mir Würstchen und Schokolade. Hörst du, morgen gleich nach der Arbeit!"

Nun nickte Barbara beinahe ehrfuchtsvoll: „Nach der Arbeit Minigolfplatz."

„Und das Wichtigste ist, dass du *nie-man-dem* davon erzählst", skandierte Petrow nun eindringlich das ihm wichtige Wort. „Hörst du, niemandem!"

„Nicht erzählen!“, nickte die Frau.

„Sonst gibt es keine Würstchen und keine Schokolade, verstanden?“, mahnte Petrow.

„Ja.“

Vladimir holte eine seiner Verzehrmarken aus der Jackentasche: „Hier, ein Würstchen kannst du dir jetzt noch holen, die anderen bekommst du dann morgen!“

Barbara nickte strahlend und nahm den kleinen Schnipsel entgegen: „Morgen mehr Würstchen!“

„Und ich muss jetzt wieder weg“, sagte Petrow freundlich lächelnd. „Morgen nach der Arbeit am Minigolfplatz, doch zu keinem ein Wort davon!“

Barbara hatte die letzten Worte Petrows nur vage mitbekommen. Den Blick starr auf die Wertmarke gerichtet strebte sie sogleich zu der Wurstausgabe.

Vladi blickte ihr kurz hinterher. Dann entfernte sich der Mann stillschweigend vom Geschehen. Dabei zeigte er einen denkbar zufriedenen Gesichtsausdruck. Ihn hatte eine freudige Erwartung erfasst, die er schon bei Harry Hondong gespürt hatte.

Was er nicht ahnte war die Tatsache, dass etwas abseits, wohl zwanzig Meter entfernt, Stephanie Maldessa an einer Losbude verweilte und ihn beobachtet hatte ...

***

„Morgen werdet ihr nicht mehr allein sein, meine Diener, das versprach ich euch!“, sagte Petrow laut, als er vor den Gepfählten stand.

Nachdem er vom Sommerfest zurückgekommen war, hatte er sich noch kurz auf der Station zurückgemeldet und sich dann umgehend in den Keller zu seinem Zimmer begeben. Es war bereits später Nachmittag und im Haus war es völlig ruhig, denn die meisten der Patienten waren noch auf dem Sommerfest.

Es war eine Mischung von Aufgeregtheit und Vorfreude, die Petrow erfasst hatte. Die Aussicht auf die alsbaldige Befriedigung seines perversen Triebes ließ ihn nicht zur Ruhe kommen. Und je mehr die Zeit fortschritt, umso unruhiger wurde er. So kam es dann, dass er sich entgegen seiner sonstigen Gewohnheit viel früher in die Katakomben begab als sonst.

In der Regel wartete Petrow geduldig bis nach Mitternacht, bis er sich auf den Weg ins Labyrinth machte. Zumeist schlief er bis dahin für ein paar Stunden. Doch am heutigen Abend kam er einfach nicht zur Ruhe, er war viel zu aufgeregt. Daher machte er sich bereits auf den Weg, nachdem draußen die Dämmerung eingesetzt hatte und Patienten und Personal alle zurück auf der Station waren.

Bevor er in das unterirdische Wegegeflecht eindrang, ließ sich Vladimir noch kurz auf der Station blicken, um sicher zu gehen, dass ihn danach keiner mehr ausfindig machen würde, um ihn mit irgendwas zu beauftragen.

Nun stand er vor den gepfählten Leichen von Rosemarie Otto und Harry Hondong und redete ihnen zu. In seinem Wahn war Petrow davon überzeugt, dass die geschundenen Leiber ihn wahrnehmen konnten, wenn er mit ihnen sprach.

„Ich gelobe euch hiermit, dass sich gleich morgen jemand zu euch gesellen wird!"

Petrow lauschte kurz, als würde er von den Gepfählten eine Antwort vernehmen. Dann verbeugte er sich mit einer ausschweifenden Armbewegung, als würde er einer aristokratischen Persönlichkeit gegenüberstehen, um sich dann ein paar Schritte zurückzuziehen. Vladimir Petrow verfiel immer mehr dem Wahnsinn. Umso erstaunlicher deshalb, weil er schon so lange in ärztlicher Obhut war.

Doch wie schon immer hatte auch dieser Umstand seine Ursache. Es mochte beinahe drei Monate zurückliegen, als Sigfrid Sailer zu der Einsicht kam, dass man bei Petrow die Arznei reduzieren könnte. Die Tatsache, dass Vladimir nun schon seit Ewigkeiten als Angestellter des Hauses tadellose Arbeit verrichtete und verlässlich war wie kein Zweiter, ließ bei ihm mit seiner langen Psychiatrieerfahrung den Schluss zu, dass die extrem hohe Dosierung der Psychopharmaka eigentlich zurückgefahren werden könnte.

Anfangs hatte sich Dr. Fleischmann noch dagegen gewehrt, denn er wusste aus eigener Erfahrung, dass man bei Patienten, die gut eingestellt sind und dadurch auch gut liefen, nie an der Arznei herumexperimentieren sollte. Schließlich gab er dann doch nach, da er die langjährige Menschenkenntnis des Pflegers schätzte, und halbierte die verordnete Dosis. Und nach der Rettungstat an Sabrina Nußpickel musste sich Fleischmann eingestehen, dass man bei Petrows Reduzierung, entgegen seiner Bedenken, alles richtig gemacht hatte. Ein fataler Fehler, von dem momentan jedoch keiner etwas ahnen konnte!

Petrow kannte sein Labyrinth wie kein zweiter. Punktgenau strebte er im Versorgungsirrgarten exakt zu der Stelle am Minigolfplatz, wo, ähnlich wie bei Haus 28, im tiefsten Gebüsch ein Ausgang lag. Auch hier war es ein Kanaldeckel, den Petrow nun mehrmals mit aller Kraft hochstemmte, bis er sich vom Untergrund etwas löste und dadurch gängiger wurde. Schließlich konnte Petrow ihn anheben und endlich auch öffnen. Als er seinen Kopf nach draußen streckte, stellte er beruhigt fest, dass er sich wirklich im tiefsten Gebüsch befand. Die Stelle, an der er sich aufhielt, war von außen völlig uneinsehbar. Petrow nickte zufrieden.

Bevor er den Deckel über sich wieder zurückzog, legte er noch jene Eisenstange draußen ab, mit der er schon Harry Hondong den Schädel eingeschlagen hatte. Dann verschloss Vladimir von innen den Deckel wieder und ließ ihn dabei etwas angeschrägt aufliegen. So konnte er später von draußen leicht mit den Fingern druntergreifen, um ihn anzuheben.

Selbstzufrieden stieg Petrow die in der Kanalwand einbetonierten Stufen hinab. In seiner organisatorischen Perfektion hatte er an alles gedacht. So hatte er zudem ein mit Rollen versehenes Transportbrett unten bereitgestellt. Er wusste, dass Barbara ein ordentliches Kaliber war, und diese füllige Frau über mehrere Hundert Meter durch das Labyrinth zu schleifen, war nun wirklich etwas, was man sich einfacher gestalten konnte, wenn man die Möglichkeit hierzu hatte. Aus seiner Erfahrung mit Rosemarie Otto konnte er ein Liedchen davon singen ...

***

Es war Barbara Großkämper tatsächlich gelungen, über ihr Vorhaben nach Feierabend mit keiner Menschenseele zu reden. Dies geschah natürlich nicht aus Angst davor, ein Geheimnis zu offenbaren, sondern eher deshalb, weil dann vielleicht jemand von ihren Kollegen mitwollte und ihr ihren Anteil an Würstchen und Schokolade streitig machen könnte. Voller Vorfreude fieberte sie in der Werkstatt für Behinderte dem Feierabend entgegen. Der Feierabend, an dem es von dem Mann, der sie gestern angesprochen hatte, Leckereien geben sollte.

Ihre intellektuellen Fähigkeiten ließen zu, dass sie daran dachte, sich nach dem Arbeitsende nicht einer Gruppe anzuschließen und mit dieser gemeinsam zurück zur Station zu gehen, sondern sich allein auf den Rückweg machte. Ein wenig zum Unmut einiger Kolleginnen, die in der Werkstatt auf sie gewartet hatten, obwohl sie längst weg war. Da sie derartiges von Barbara nicht gewohnt waren, warteten die Frauen recht lange und ihr Ärger wandelte sich schließlich in Zorn.

„Zum Minigolfplatz!“, war auf der Festplatte in Barbaras Kopf gespeichert und somit strebte sie gezielt in diese Richtung. Es war nicht sehr weit bis dorthin und schon nach wenigen Minuten war sie vor Ort.

Dort angekommen, blickte die Frau sich suchend nach dem besagten Mann um. Doch so sehr sie sich auch umschaute, nirgendwo war er zu sehen. Sollte er sie etwa vergessen haben? Besorgt wartete Barbara nun eine Weile. Sie stand gleich neben einer dichten Buschreihe und hoffte inständig, dass jener Mann endlich auftauchte. Unvermittelt zuckte sie erschrocken zusammen.

„Na, Barbara?“, kam eine Stimme von hinten.

Als die Frau sich umwandte, stand Petrow in seiner ganzen Größe vor ihr. Für sie war er aus dem Nichts aufgetaucht, wobei tatsächlich das Geheimnis darin bestand, dass er aus dem dichten Strauchwerk herausgetreten war.

„Hast du Würstchen, Schokolade?“, dies war für Barbara die logische Begrüßung.

„Vielleicht“, lächelte Petrow geheimnisvoll, jedoch noch etwas angespannt.

„Dann gib!“

Petrow vergewisserte sich mit einem kurzen Rundumblick, dass die Luft rein war und sie niemand beobachtete. Dann streckte er ihr die Hand entgegen: „Aber natürlich habe ich Würstchen und Schokolade“, lachte er jetzt freundlich. „Jede Menge davon. Komm, wir müssen in die Büsche!“

„Da rein?“, fragte die Frau ungläubig. Man konnte ihr ansehen, dass es ihr widerstrebte, in das Gehölz zu treten.

„Na glaubst du etwa, ich lasse das Zeug hier herumliegen?“, antwortete Petrow tadelnd. „Ich habe das hier in den Büschen versteckt. Nun komm schon!“ Dabei hielt er ihr seine Hand noch immer entgegen.

Ohne weiter nachzufragen ergriff Barbara jetzt die Hand Petrows und ließ sich in das Gehölz hineinziehen. Zwar war ihr das nicht ganz geheuer, aber die ersten Schritte machte sie noch freiwillig mit. Doch nachdem sie wenige Meter gegangen waren, fing sie an, sich mehr und mehr zu widersetzen. Zuerst noch verhalten, aber dann immer heftiger. Die vielen kleinen Äste, die ihr ins Gesicht schlugen, behagten ihr ganz und gar nicht.

„Nur noch ein paar Schritte“, spornte Petrow sie an. „Dann sind wir da!“

Die letzten Meter zog Petrow sie nur noch. Endlich waren sie am Ziel, vor ihnen war der schräg aufliegende Deckel des Labyrinths zu sehen. Schnell bückte sich Vladimir und kippte ihn zur Seite. Gleichzeitig nahm er jene Eisenstange auf, die neben dem Deckel lag und verbarg sie rasch hinter sich.

Barbara Großkämper erfasste nun dumpfes Unbehagen. Trotz ihrer geistigen Behinderung hatte sie das Gefühl, dass hier etwas nicht stimmte. Fragend blickte sie auf den geöffneten Kanaldeckel.

„Da unten sind Würstchen und Schokolade“, nickte ihr Petrow aufmunternd zu.

Sie schüttelte den Kopf: „Will nicht da runter!“

„Schau doch nur mal dort hinein“, deutete Petrow auf die Bodenöffnung. „Dann siehst du die vielen Würstchen und die Schokolade!“

Skeptisch trat Barbara an die Öffnung heran und bückte sich, um hinunterzuschauen. In diesem Moment verdunkelte sich alles um sie. Petrow hatte mit der Eisenstange derart heftig zugeschlagen, dass die Schädeldecke zerbarst, das Krachen war deutlich zu hören gewesen. Wie ein Stein fiel die Frau in das wohl drei Meter tiefe Loch. Beim Aufschlag auf dem harten Betonboden brach auch noch das Genick von Barbara Großkämper. Sie war auf der Stelle tot.

Schnell stieg Petrow in das Labyrinth hinab, dem Torso hinterher, der mit verdrehten Gliedmaßen dort unten lag. Vorher hatte er noch den Deckel hinter sich zugezogen. Unten angelangt zerrte er flugs die Leiche auf die Transportpritsche und schob das rollende Gestell vor sich her, in Richtung seines geheimen Domizils.

Völlig außer Atem erreichte er es schließlich und schleppte den Torso durch die Eingangsöffnung. Nachdem er den Eingang hinter sich wie immer mit dem Brett wieder verschlossen hatte, atmete er erstmal tief durch und verharrte eine Zeitlang. Er musste erst wieder zu Kräften kommen, denn die Transportaktion war ein richtiger Kraftakt gewesen, der ihn bis an seine Grenzen brachte.

Die gesamte bisherige Aktion hatte Petrow schnellstmöglich unternommen, getrieben, als seien Verfolger hinter ihm. Warum das so war wusste er wohl selbst nicht. Eigentlich hätte er sich Zeit ohne Ende nehmen können, denn es war kaum damit zu rechnen, dass sich jemals jemand Fremdes hier unten in den Katakomben tummelte. Es mochte an jenem Urtrieb liegen, dass sich der Mensch erst sicher fühlt, wenn er seine Beute in seinem Versteck verborgen hat!

Schließlich zog er Barbara Großkämper hinüber zu den beiden bereits Gepfählten.

Wie ein wahrer Gebieter baute er sich vor den toten Leibern auf: „Hier bringe ich euch die versprochene Gesellschaft“, sagte er erhaben zu Hondong und Otto, wobei er auf Barbara deutete.

Dann verrichtete Petrow sein perverses Werk. Auf die gleiche Art wie schon zuvor trieb er den Pfahl in den Körper der Frau. Der einzige Unterschied bestand darin, dass sie beim Akt bereits tot war. Doch dieser dumme Betriebsunfall hatte keinerlei Auswirkungen auf das Lustempfinden Petrows, schmälerte sein Zufriedenheitsgefühl nicht im Geringsten. Bei Petrow war weniger das Ritual selbst der Antrieb seiner Lust, sondern eher das Erreichte. Das Ergebnis, das schließlich vor ihm sichtbar war, brachte ihm das beglückende Hochgefühl.

Mittlerweile vollzogen sich die Abläufe des Pfählens schon mit einer gewissen Erfahrung. Die anfänglich unsicheren Handgriffe, die er noch bei Rosemarie Otto üben musste, hatten inzwischen eine routinierte Sicherheit, wie man sie nur nach mehrmaliger Anwendung erwerben kann. Auch das Aufrichten des Pfahles erfolgte mit wesentlich weniger Anstrengung als beim ersten Vorgang.

Dann standen sie vor ihm. Drei gepfählte Leiber, die Petrow mit Glück erfüllten, wie es sonst nichts vermochte. Hatten ihm noch vor einiger Zeit die aufgespießten Ratten genügt, so empfand er nun den Eintritt in eine Phase der Vollkommenheit, die jedoch weiterhin der Steigerung bedurfte. Letzteres empfand er jetzt zwar noch nicht, aber das war nur eine Frage der Zeit.

„Es ist erneut vollbracht!“, sagte Petrow leise.

Er kniete jetzt andächtig nieder und faltete seine Hände wie zu einem Gebet.

„Der Gebieter hat vollzogen, was der Übergeordnete ihm auftrug. Möge euch alle Zufriedenheit umgeben und der Seelenfrieden euren Geist erfassen.“

Noch längere Zeit verharrte Vladimir Petrow in dieser andächtigen Stellung und betrachtete voller Stolz das, was er soeben geleistet hatte. Er hatte dabei das Gefühl, er könne die Gedanken der Gepfählten spüren, als würde er ihren Seelenfrieden in sich und seine eigenen Gedanken aufnehmen können. Er hörte ihre Stimmen und vernahm ihren Dank. Den Dank dafür, dass er sie befreit hatte. Befreit von der Gefangenschaft in ihren unvollkommenen Körpern und ihren eingeschränkten geistigen Horizonten …

***

In Haus 12 herrschte Aufregung. Mittlerweile neigte sich der Tag seinem Ende zu und man vermisste Barbara Großkämper. Die junge Frau war noch in der Werkstatt für Behinderte gesehen worden, danach jedoch nicht mehr. Ihre Freundin, Elsbeth Schreyer, hatte nach der Arbeit noch lange auf sie gewartet, um mit ihr gemeinsam zurück zur Station zu gehen, so wie jeden Tag. Doch Barbara war einfach verschwunden. Ohne jeden Hinweis, was sie denn vorhatte, verließ sie die Werkstatt und war seither wie vom Erdboden verschluckt.

„Da muss was passiert sein", meinte die Stationsschwester vom Haus 12, Elisabeth van den Hurk. „Das macht unsere Babsi doch sonst nicht, einfach so abzuhauen!"

„Vielleicht hat sie auf dem Sommerfest ja jemanden kennengelernt, mit dem sie sich getroffen hat?", wandte ihre Kollegin ein. „Bei diesem Trubel wird sich dort wohl auch Gesindel getummelt haben!"

„Hör auf, Anne", rief die Stationsschwester entsetzt aus. „Du machst mir Angst!"

„Ich sage es nur so, wie es ist", entgegnete Anne mit bewusstem Unbehagen in der Stimme.

Dabei war es nicht nur ihre Besorgnis, die sie anspornte, sondern auch der Umstand, dass ihre üble Prognose ihre Vorgesetzte in Angst und Schrecken versetzte. Dieses Phänomen ist in derart hierarchischen Systemen, wie etwa im Krankenhauswesen, sehr oft zu finden: Der Mensch will sich wichtig machen und kann das Ergebnis seines Verhaltens unmittelbar danach beobachten.

So auch hier, denn Elisabeth van den Hurk geriet jetzt außer sich vor Sorge. Voller Anspannung sprang sie auf und lief zum wiederholten Male unruhig durch das gesamte Gebäude. Akribisch suchte sie Zimmer für Zimmer ab, ob sich Babsi nicht doch irgendwo im Hause aufhielt. Aber nein, es war nichts von ihr zu sehen!

Schließlich meinte sie zu ihrer Kollegin: „Ich denke, ich werde besser Dr. Daubenberger anrufen!"

Ihre Kollegin nickte eifrig: „Mach das Lisa", stimmte Anne zu. „Es wird angebracht sein, ihn davon zu unterrichten. Vor allen Dingen hast du dich abgesichert, wenn wirklich etwas passiert ist!"

Zwar hatte Schwester Anne durch ihre Wichtigtuerei ihre Stationsschwester ganz schön in Unruhe versetzt, doch in diesem Fall kam genau das Richtige, dabei heraus ...

***

Das spurlose Verschwinden von Barbara Großkämper gab allen die letzte Gewissheit: Es war eine klinikinterne Angelegenheit, die alle Verschwundenen im Zusammenhang erscheinen ließen. Ob Otto, Hondong oder Großkämper, sie alle dürften den gleichen Entführer gehabt haben. Und was das Verbleiben dieser drei betraf, so musste man durchaus befürchten, dass ihnen Schlimmeres widerfahren war als nur die Entführung.

Nachdem die zuletzt Verschwundene bei der Kripo vermisst gemeldet wurde, richtete diese in der Klinik sofort ein Sondereinsatzkommando ein, dessen Leitung Hauptkommissarin Kuschke übertragen wurde. Natürlich wurden die ersten Ansatzpunkte der Ermittlungen in den Häusern 12, 28 und 42 gesucht.

„So lange wir keinen der Vermissten in irgendeiner Form ausfindig machen, können wir noch nicht einmal sagen, ob sie entführt wurden und ob ihnen was passiert ist oder sie einfach nur abgehauen sind“, sagte Hauptkommissarin Kuschke seufzend.

„Alle drei unabhängig voneinander kommen auf die Idee abzuhauen?“, lächelte Zoppke ungläubig.

Kuschke winkte ab: „Natürlich nicht! Da ist sicherlich ein Verbrechen passiert, das ist mir klar. Doch ohne eine Leiche können wir keine Spuren aufnehmen. Und sollten sie irgendwo gefangen gehalten werden, dann wüsste ich nicht, wo wir sie suchen sollten.“

„Wir könnten die gesamte Klinik systematisch durchstöbern“, wandte Zoppke ein.

„Ich hatte bereits an Hundestaffeln gedacht“, sinnierte Kuschke mehr für sich selbst. „Doch dafür müssten wir wenigstens ungefähr wissen, wo sich die Gesuchten zuletzt aufgehalten hatten, damit die Tiere Witterung aufnehmen können. Doch sie sind ja wie vom Erdboden verschluckt, also geht das auch nicht.“

„Aber Suchtrupps, die könnte man doch einsetzen!"

„Wissen Sie, welchen Aufwand das bedeutet und was das kostet?", protestierte die Hauptkommissarin. „Die Klinik ist riesengroß und wir bräuchten Hunderte von Einsatzkräften dafür. Die Vermissten könnten sonst wo sein. Und wer sagt denn, dass sie hier in der Klinik aufzufinden sind?"

„Aber die berechtigte Annahme besteht auf jeden Fall, Frau Kollegin."

„Und mit einer ‚berechtigten Annahme' soll ich beim Polizeipräsidenten einen derartigen Personalaufwand rechtfertigen?", höhnte Kuschke. „Stellen Sie sich mal vor, Zoppke, wir mobilisieren Hundertschaften von Beamten als Suchtrupps und später stellt sich heraus, dass unsere Gesuchten wirklich nur abgehauen sind! Können Sie sich ausmalen, was man daraufhin mit uns machen wird? Nee, das lassen wir erstmal besser. Bevor wir zu solchen massiven und aufsehenerregenden Maßnahmen greifen, sollten wir erstmal die klassische Schule der kriminalistischen Ermittlungen anwenden!"

„Dann lassen Sie uns damit jetzt anfangen", appellierte der junge Kommissar. Und dabei war eine gewisse Stichelei in seiner Stimme unverkennbar. „Ich bin jedenfalls bereit!", fügte er noch hinzu.

Irmgard Kuschke musste tief durchatmen. Ihr passte diese arrogante und hochmütige Art ihres Kollegen überhaupt nicht. Trotzdem riss sie sich zusammen.

„So sehr ich mich auch bemühe", sagte sie zu ihrem Kollegen, „ich sehe nirgendwo Gemeinsamkeiten, aus denen man Rückschlüsse ziehen könnte."

„Wie meinen Sie das?"

„Na, zum Beispiel einen gemeinsamen Bekannten, mit dem alle drei Vermissten regelmäßig Kontakt hatten. Oder gemeinsame Treffpunkte, außer der Cafeteria natürlich, wo sich praktisch jeder Patient der Klinik tummelt."

„Sofern es sich überhaupt um einen Patienten der Klinik handeln sollte, was den oder die Täter betrifft!", wandte der Kommissar ein.

Hauptkommissarin Kuschke schüttelte den Kopf: „Natürlich wäre es auch möglich, dass es jemand von den Beschäftigten oder gar von außerhalb der Klinik ist. Doch von der Logik her spricht eigentlich wenig dafür."

„Die Logik ist in der Kriminalistik oftmals ein schlechter Ratgeber!", entgegnete Zoppke besserwisserisch.

Diese arrogante Belehrung von diesem Grünschnabel war genau das, was die Hauptkommissarin jetzt gebraucht hatte und das Fass zum Überlaufen brachte. Sie atmete erneut tief durch und nahm mit ihrem stechenden Blick den jungen Kommissar ins Visier. Dieser spürte sofort ein unbehagliches Gefühl in sich hochsteigen.

„Ich denke, diese Weisheiten haben Sie sich in Ihrer langjährigen Berufserfahrung angeeignet", hörte er die gefährlich leise Stimme der Frau.

„So war das nicht gemeint, Chefin!", verteidigte sich der junge Mann stammelnd. „Ich dachte ja nur mal ..."

„Hören Sie besser auf zu denken!", entgegnete Kuschke sichtlich verärgert. „Zumindest nicht so laut. Machen Sie lieber klare Ermittlungen und zwar genau in die Richtungen, die ich Ihnen gerade aufzählte: Gemeinsame Bekanntschaften oder Treffpunkte der Opfer und jene Personen, mit denen sie Gemeinsamkeiten hatten!"

„Wir hatten die Stationsleiter der Häuser doch schon befragt!", wandte Zoppke ein.

„Die betreffenden Stationsleiter und das weitere Personal ja", feixte Kuschke jetzt süffisant. „Jedoch noch nicht die vielen Patienten dieser Häuser!"

Kommissar Zoppke schluckte mehrmals, bevor er ungläubig fragte: „Alle Patienten dieser Häuser?"

„Selbstverständlich alle!", nickte die Frau. „Sofern sie intellektuell dazu in der Lage sind, natürlich!"

„Ich?", fragte Zoppke entsetzt.

„Nicht Sie", winkte Kuschke ab. „Die Patienten natürlich!" Gleichzeitig musste sie innerlich schmunzeln, hauptsächlich über das schöne Gefühl, es diesem Schnösel so richtig gezeigt zu haben.

Der Kommissar atmete mehrmals tief durch und seine Stimme klang beinahe beleidigt, als er gepresst hervorstieß: „Dann werde ich mal gehen!“

„Bitte ...“, nickte Kuschke freundlich Richtung Türe. „Sie melden sich dann, wenn Sie damit durch sind?“

Sie blickte ihrem Kollegen noch nach, bis er zur Tür hinaus war. „Du kleiner Gernegroß wirst mir keine Nachhilfe in Kriminalgeschichte geben!“, fuhr es ihr dabei durch den Kopf. Dabei war sie erneut froh darüber, dass sie seinerzeit auf ihre innere Stimme gehört und Zoppke das „Du“ bisher *nicht* angeboten hatte. Dieser sollte sich erstmal bewähren, bevor sie ihn näher an sich heran ließ!

***

Und so klapperte Carsten Zoppke die Stationen Haus 12, 28 und 42 ab. Fast bis zum Abend war er damit beschäftigt, Bedienstete und Patienten nach Rosemarie Otto, Harry Hondong und Barbara Großkämper zu befragen. Dabei erstellte er Listen von Freunden der Vermissten und mögliche Feindschaften, die eventuell bestanden. Insbesondere bei Harry Hondong war die Aufstellung der Widersacher erheblich größer als die der Vertrauten. Doch bei keinem der Aufgelisteten war etwas Auffälligeres zu entdecken als die herkömmlichen Animositäten. Von niemandem war bekannt, dass er mal zu irgendeiner Zeit eine Drohung ausgestoßen hätte, die ernstzunehmen gewesen wäre.

Auffällig bei allen erstellten Listen war einzig, dass sie keinerlei Deckungsgleichheit bei den Vermissten erbrachten. Es gab keine gemeinsamen Freunde oder Feinde unter den Patienten. Insofern waren im Raster keinerlei Ansätze zu erkennen, wo Kuschke und Zoppke hätten nachhaken können.

„Er wird seine Opfer kurzfristig ausgewählt haben“, meinte die Hauptkommissarin zu ihrem Kollegen. „Er wird sie aufgegriffen haben, wie sie ihm gerade in den Weg kamen.“

„Genauso sehe ich das auch, Frau Kollegin!“, nickte Zoppke zustimmend.

„Wenn überhaupt, dann hat der Täter die Abläufe sporadisch eingefädelt", fuhr Kuschke fort. „Auf keinen Fall längere, organisatorische Planungsvorgänge. Er hat seine Opfer genommen, wie sie sich ihm in dem Moment anboten."

„Und er hatte auch kein bestimmtes Schema bei den Personen, die er sich aussuchte", ergänzte Zoppke. „Bis auf die Übereinstimmung, dass alle drei Opfer nicht die Schlausten waren, wenn man das so sagen darf."

Die Hauptkommissarin konnte sich ein Lächeln nicht verkneifen: „Warum sollte man das nicht sagen dürfen, Herr Kollege?"

„Na, hier in der Klapsmühle fühlen die sich doch sofort angegriffen, wenn man etwas gegen ihre Patienten sagt!"

„Finden Sie?", tat Kuschke erstaunt.

„Etwa nicht?" Carsten Zoppke wirkte nun leicht verunsichert.

„Wird es nicht eher so sein, dass *Ihnen* die geistig Kranken und Behinderten nicht ganz geheuer sind?", fragte die Hauptkommissarin, wobei sie auf die Antwort gespannt war.

„Nun ja", druckste Zoppke herum, „so richtig wohl fühle ich mich wahrlich nicht, wenn eine Horde von denen um einen herum steht, wie heute praktisch den ganzen Tag."

„Haben Sie irgendwelche Schäden oder Nachteile dadurch erfahren müssen?"

Jetzt war es Zoppke, der ein bisschen ärgerlich wurde. Verärgert über das Oberlehrergetue seiner Vorgesetzten.

„Natürlich nicht!", knurrte er. „Aber gewissermaßen komisch ist das schon, auch wenn Sie das nicht unbedingt hören wollen. Jedenfalls für mich!"

Irmgard Kuschke beugte sich ein wenig zu ihrem Kollegen vor und meinte eindringlich: „Seien Sie froh, dass es Menschen unter uns gibt, die sich um diese Kranken hier kümmern. Und beten Sie zu Gott, dass er Ihnen Ihre Gesundheit belässt. Sie mit Ihren gerade mal knapp 30 Jahren haben noch das ganze Leben vor sich, und Sie wären wahrlich nicht der erste, den auch mal eine Depression oder ein Burn-Out eingeholt hat. Mit Sicherheit werden Sie dann dankbar dafür sein, dass es solche Einrichtungen wie diese hier gibt ..."

***

Natürlich hatte Kommissar Zoppke bei seinen Ermittlungen auch Bilder von den Vermissten umhergezeigt. So hatte das Bild von Barbara Großkämper Schwester Stephanie stutzig gemacht.

„War das nicht die Frau, mit der ich unseren Vladi auf dem Sommerfest an der Wurstbude gesehen habe?", fragte sie sich später, nachdem der Kommissar die Station wieder verlassen hatte, irritiert. Jedenfalls war eine gewisse Ähnlichkeit mit der Vermissten wahrhaftig unverkennbar. Oder vielleicht doch nicht? Sah sie der Vermissten nur etwas ähnlich oder war sie es leibhaftig?

Stephanie wurde immer unsicherer. Dem Kommissar jedenfalls hatte sie von ihrer Beobachtung nichts mitgeteilt. Zum einen, weil sie noch nicht einmal ansatzweise auf die Idee kam, dass jener verlässliche Vladimir Petrow mit der Angelegenheit etwas zu tun haben könnte, und zum anderen, weil es nicht verwerflich gewesen wäre, hätte Vladi am Wurststand sich mit jemandem unterhalten, der gerade dort zufällig eine Wurst aß. Dass Petrow später wegen einer solchen Nichtigkeit von der Kripo in die Mangel genommen würde, das wollte sie dem Mann nun wirklich nicht antun. Das waren die Gründe, warum sich Stephanie Maldessa zurückhielt.

Sie selbst hatte sich mittlerweile in Haus 42 eine Position erarbeitet, die ihr die Achtung von Patienten, Kollegen und Ärzten eingebracht hatte. Allseits beliebt verrichtete sie ihre Arbeit und hatte jenen erstrebenswerten Punkt erreicht, an dem man gern zur Arbeit kommt statt sich dort hinzuquälen und zu hoffen, dass man die Zeit irgendwie herumkriegt. Und mit jedem Tag und jeder Woche, die verrann, übernahm sie auch Verantwortung auf der Station, die ihre Position zunehmend festigte. Stephanie war rundum zufrieden mit dem momentanen Ist-Zustand und insofern widerstrebte es ihr auch, jetzt für gewisse Unruhe zu sorgen, indem sie die Kripo auf

Vladimir Petrow hetzte. Mit Sicherheit wäre ihr das, auf jeden Fall von Sigfrid Sailer, übel genommen worden.

Zu dem Gesamtzustand der Zufriedenheit trug zusätzlich bei, dass es auch Dirk in Haus 28 relativ gut ging. Ihr Schatz war einfach zu souverän, als dass er dort nicht klarkommen könnte. Natürlich war es schade, dass man sie beide durch Dirks Versetzung räumlich getrennt hatte, doch vernünftig betrachtet war diese Maßnahme das Beste für alle Seiten. Das sahen jetzt auch Stephanie und Dirk ein.

***

Ursprünglich war es nur der wahnhafte Gedanke, dass es sich um seine Prinzessin handelte, die ihm der Übergeordnete gesandt hatte. Sie sollte den Platz neben ihm einnehmen, um mit ihm zusammen die Herrschaft über die Welt und das ganze Universum zu übernehmen. Er war dazu berufen, auf sie zu achten, dass ihr keinesfalls ein Leid widerfahren konnte und ihr Dasein von Glück erfüllt sei. Insofern war Petrows Aufgabenbereich für ihn klar definiert, wenn da nicht ...

Vladimir Petrow lag, wie jeden Abend, auf seinem Bett und wartete darauf, dass es endlich Mitternacht wurde. Sein Gefühlsleben hatte eine Wandlung erfahren, wobei für ihn das Problem auftrat, diese Empfindungen ordnen zu müssen.

Es war Stephanie, die diese Unordnung verursachte. Und Petrow musste sich eingestehen, dass es mehr war als die Verehrung für eine Gesandte des Übergeordneten. Nein, Vladimir Petrow empfand Verlangen nach dieser Frau. Er hatte sich unsterblich in dieses junge Geschöpf verliebt, so sehr er das auch abzutun versuchte und es nicht wahrhaben wollte.

Zumal dem Mann das Gefühl der Liebe zu einer Frau, wie wir es kennen, relativ unbekannt war. Zeitlebens in dem Wahn der Schizophrenie gefangen, waren ihm derartige Erlebnisse nie gegönnt gewesen. Deswegen konnte er nun mit dieser Gefühlskiste nicht so recht etwas anfangen und musste erstmal gründlich darüber nachdenken, was das überhaupt war, was ihn derart aus der Bahn warf. Fest stand jedenfalls, dass er in der letzten Zeit fortlaufend an diese junge Frau denken musste und, wenn er sich ihren Körper in seiner Phantasie vorstellte, sexuell erregt wurde. Auch dieses Phänomen des sexuellen Begehrens war für Petrow eine völlig neue Empfindung.

Hinzu kam, dass ihm ihre Nähe zu Dirk Schmidtchen plötzlich überhaupt nicht mehr passte. In Vladimir Petrow keimten gewisse Besitzansprüche an Stephanie auf, wobei es ihm denkbar schwer fiel, diese nicht zeigen zu dürfen.

Endlich wurde es Mitternacht und er war froh, dass er sich für einige Zeit von der quälenden Grübelei befreien konnte. Wie immer schlich er flink durch die Gänge der Katakomben zu seinem Domizil, um sich an dem Anblick seines Schaffens zu ergötzen. In seinem Irrsinn malte Petrow sich aus, wie stolz seine Prinzessin auf ihn wohl sein würde, könnte sie jetzt bei ihm sein. Für ihn war es völlig real, dass die Frau sich in ihrer Welt verstellen musste, um nicht aufzufallen. Erst nach ihrer Befreiung durch ihn würde sie ihr wahres Gesicht zeigen können.

So richtig weiden konnte er sich in der heutigen Nacht nicht an dem Anblick der von ihm gepfählten Kreaturen. Zu sehr waren seine Gedanken ins Ungleichgewicht geraten und er war im Moment schlicht nicht fähig, den Augenblick zu genießen. So machte er sich in dieser Nacht schon recht früh auf den Rückweg zu seinem Quartier. Auch auf die sonst übliche Zeremonie vor den ermordeten Menschen, die er als seine Dienerschaft betrachtete, verzichtete Petrow.

***

Recht schnell hatte sich Dirk Schmidtchen in Haus 28 eingelebt. Zumal der junge Mann eine gewisse Diensterfahrung mitbrachte und sehr flexibel war, was die Anpassung an neue Rahmenbedingungen betraf.

Der dortige Stationsleiter, Alfred Schleuter, merkte sehr rasch, wen er da vor sich hatte und inwieweit der neue Kollege belastbar war. Und das war der junge Mann. Deshalb war Schleuter schon nach kurzer

Zeit von Dirk sehr angetan und stellte voller Zufriedenheit fest, dass Schmidtchen eine Bereicherung für die Station darstellte. Sehr schnell war er darum dazu bereit, dem jungen Kollegen das „Du" anzubieten, was wiederum Dirk Schmidtchen ungemein erfreute.

Das Verhältnis von Stephanie und Dirk war mittlerweile zu einer stabilen Partnerschaft herangereift. Es mochte zwar ungewöhnlich schnell im Verhältnis zu den heutigen Gepflogenheiten gegangen sein, aber bei einem nachmittäglichen Stadtbummel ergab sich spontan der Beschluss, auch den weiteren Lebensweg gemeinsam zu gehen. Die beiden waren bei einem Juwelier eingekehrt. Der Verschluss eines Ohrsteckers von Stephanie war nicht mehr stabil, und bevor sie Gefahr lief, ihn zu verlieren, wollte sie in jenem Fachgeschäft Abhilfe schaffen lassen. Nachdem die nette Bedienung den Reparaturauftrag entgegen genommen hatte, schauten sie sich – einfach nur mal so - noch ein paar Ringe an. Dafür ist insbesondere das weibliche Geschlecht eigentlich immer zu haben. Und dann geschah etwas, was überhaupt nicht eingeplant und einzig der Spontaneität von Dirk zuzuschreiben war.

„Welcher Ring gefällt dir denn am besten?", fragte er seinen Schatz.

„Natürlich dieser hier!", entgegnete Steffi und griff nach dem, der ihr in höchstem Maße zugesagt hatte.

„Genau dieser ist mir auch gleich ins Auge gefallen", sinnierte Dirk mehr für sich.

„Aber der Preis, der sprengt einfach mein Budget", fügte das Mädchen noch schnell hinzu.

Es war ein in Weißgold gehaltener Ring, mit einem goldenen Streifen im mittleren Bereich, eine Kombination von einfacher Schlichtheit, und trotzdem mit einer gewissen, künstlerischen Eleganz.

Dirk nahm ihr den Ring aus der Hand und hielt ihn der Verkäuferin entgegen: „Haben Sie den gleichen Ring auch in einer Größe, die für meine dicken Finger geeignet ist?"

Dabei blickte er seinen Schatz herausfordernd an.

Stephanies Augen weiteten sich und ein Adrenalinstoß durchflutete ihren hübschen Körper: „Dirk!“, rief sie ungläubig.

„Ja, bitte?“, schmunzelte Schmidtchen. Dabei stellte sich der junge Mann bewusst dumm. Denn gleichzeitig mit dem Mädchen wurde auch bei ihm jenes Hormon aktiv, welches das vegetative Nervensystem in Schwung bringt.

„Aber du wirst doch nicht ...“

„Doch, will ich!“

Entschlossen nahm er den passenden Ring, den ihm die Verkäuferin reichte, und streifte ihn über. Dann ergriff er mit aufgeregtem Lächeln Steffis Hand und stülpte ihr den kleineren Reif über den Ringfinger. Dabei trafen sich ihre Blicke und sie streichelten sich mit den Augen, wie es zärtlicher nicht sein könnte.

„Ich liebe dich, mein Schatz“, hauchte er dabei.

Und dann küssten sie sich innig. Die Verkäuferin wendete sich derweil für einen kurzen Moment ab. Es war nicht nur eine Form der Diskretion, sondern auch deshalb, weil ihr vor Rührung zwei dicke Tränen die Wangen hinunter liefen.

Hinter der Geschäftsfrau befand sich ein riesiger Spiegel an der Wand des Juweliergeschäftes. Durch ihn wirkte der Laden erheblich größer, als er in Wirklichkeit war. Strahlend hielt Steffi ihre Hand mit dem Ring am Finger hoch und betrachtete sich und ihren Schatz in dem Spiegel. Doch plötzlich zuckte sie zusammen. Im Hintergrund, draußen vor dem Fenster des Geschäftes, glaubte sie etwas zu erkennen, was ihr sehr bekannt vorkam.

„Was ist los mit dir, mein Schatz?“, meinte Dirk irritiert. Ihm war die ungewöhnliche Reaktion seiner frisch Verlobten nicht entgangen.

Steffi schüttelte ungläubig den Kopf und winkte ab. Dabei atmete sie hörbar durch: „Ich denke, ich habe wieder mal Gespenster gesehen.“

„Gespenster?“

„Ja“, lachte sie nun. „Ich hatte das Gefühl, als hätte uns Vladi von draußen beobachtet!“

„Vladi, Vladimir Petrow? Was sollte der denn hier mitten in der Stadt?“

Stephanie legte ihre Arme um den Hals ihres Schatzes und drückte ihn an sich: „Ich sagte bereits: Ich hatte wohl wieder mal Gespenster gesehen!“

„Dann sollten wir aufpassen, dass diese Viecher bei dir nicht zum Dauergast werden“, scherzte nun auch Dirk und erwiderte den Körperkontakt nur zu gern.

Trotzdem schaute sich Stephanie ausgiebig um, als sie das Ladenlokal des Juweliers verließen. Natürlich war es nicht Petrow, den sie glaubte gesehen zu haben, redete sie sich ein. Und je mehr sie sich das einredete, umso mehr verschwanden Petrows Konturen in ihrer Vorstellung. Schließlich war sie wirklich überzeugt davon, dass sie sich geirrt hatte. Trotzdem überkam sie eine gewisse Nachdenklichkeit.

Und es war *doch* Vladimir Petrow gewesen, den Stephanie Maldessa im Spiegel wahrgenommen hatte. In seinem Drang, seine Prinzessin überwachen zu müssen, war er dem Pärchen unbemerkt in die Stadt gefolgt. Von der Klinik gelangte man nach einem Fußmarsch von nur 10 Minuten in die Ortsmitte. Er achtete darauf, immer in ausreichendem Abstand zu verweilen, damit man ihn bloß nicht entdecken konnte …

***

Die Ermittlungen von Kuschke und Zoppke hingen fest. Tage vergingen, ohne dass etwas Neues zu vermelden war. Insbesondere Kommissar Zoppke zeigte sich unzufrieden. Aufgrund seiner eigenen Überheblichkeit betrachtete er es beinahe als Majestätsbeleidigung, dass ihn seine Vorgesetzte immer wieder zu unnötigen Befragungen losschickte, bei denen man vorher schon wusste, dass im Kreis ermittelt wurde.

Das SEK wurde zudem von Polizeipräsident Kämmerer um zwei weitere Kollegen aufgestockt: Thomas Marks und Tobias Pimpel. Es waren beide ebenfalls diensterfahrene Kommissare, deren Anwesenheit den Kollegen Zoppke zudem zum Benjamin dieser Truppe im negativen Sinne degradierte. Und das wurmte diesen ehrgeizigen, jungen Mann so richtig. Doch da musste er leider durch, ob er wollte oder nicht.

Eine weitere Hintergrundgeschichte war die Tatsache, dass Thomas Marks ein zurückliegendes Techtelmechtel mit Irmgard Kuschke gehabt hatte. Zwar nur ein kurzes, dafür aber intensives Abenteuer, was wohl fünf Jahre zurückliegen mochte und von dem niemand etwas wusste, außer den Betroffenen natürlich. Insofern hatte die hübsche Hauptkommissarin erstmal ihre eigene Kröte zu schlucken, als sie von der Zuweisung ihres Kollegen durch den Polizeipräsidenten erfuhr. Und dagegen wehren konnte sie sich nicht, wollte sie diese alte Geschichte nicht hochkochen lassen.

Thomas Marks hingegen war denkbar erfreut über die neue Situation. Die alten Gefühle zu seiner attraktiven Kollegin waren nie erloschen, und seinerzeit hatte er wahrlich schwer daran zu knacken gehabt, dass die Hauptkommissarin die Beziehung beendet hatte. Es war damals weniger der mäßige Altersunterschied, was ihr bewusst machte, dass da wenig zusammenpasste, sondern eher die Einstellung des Mannes zum Begriff Partnerschaft. Marks hatte das mit Besitztum verwechselt und war damit bei Irmgard Kuschke ganz und gar an der falschen Adresse gelandet. Auch das Geloben von Besserung hielt die Frau nicht davon ab, Konsequenzen aus seinem Verhalten zu ziehen. Sie wusste aus eigener Lebenserfahrung, dass sich gewachsenes Verhalten niemals ändern lässt. Was einmal im Wesen des Menschen fest gespeichert ist, lässt sich allenfalls nur kurzzeitig unterdrücken, jedoch nicht neu ordnen. Dies mag bei Kindern oder unreifen Jugendlichen funktionieren, jedoch nie und nimmer bei erwachsenen Charakteren!

Das SEK hatte von der Klinikleitung einen freien Raum in der Verwaltung zur Verfügung gestellt bekommen, worin es seine Maßnahmen koordinieren konnte und der entsprechend technisch ausgerüstet wurde.

An diesem Tag hatte Vladimir Petrow eine Vorladung zu einer Befragung bekommen. Diese Anweisung erfolgte nicht aufgrund verdächtiger Hintergründe, sondern war Routine in der Ermittlungsarbeit. Hauptkommissarin Kuschke erhoffte sich, durch das Zusammentragen von vielen Aussagen in irgendeiner Form eine Übereinstimmung erkennen zu können, die schließlich zu einer Spur führte.

Somit kam Vladi der Aufforderung selbstverständlich nach und begab sich am frühen Vormittag zu jenem Büro in der Klinikverwaltung. Dr. Fleischmann begleitete dabei seinen geliebten Schützling, da er Sorge hatte, dass Petrows vom Wahn geprägte Kommentare von den psychiatrisch unerfahrenen Kriminalern missverstanden werden könnten. Zudem hatte er Petrow gegenüber eine Art übersteigertes Fürsorgegefühl, das er sonst bei keinem anderen Patienten empfand.

„Ah, da kommt ja unser prominenter Mann!", sagte Irmgard Kuschke erfreut, als Petrow zusammen mit Dr. Fleischmann das Büro in der Klinikverwaltung betrat.

Vladi wirkte etwas unsicher und angespannt. Dies ist im Grunde nichts Außergewöhnliches, wenn man von der Polizei vorgeladen wird. Doch der überaus intelligente Mann merkte trotz seines Wahns, dass ihn die Realität in seiner Selbstüberschätzung, in der er sich unangreifbar glaubte, schlicht einholte.

Petrow nickte artig zur Begrüßung und nahm zusammen mit Fleischmann den zugewiesenen Platz am Tisch ein, der mit vier Sitzplätzen bestuhlt war. Zu ihnen gesellten sich schließlich die Kriminalbeamten Kuschke und Zoppke. Marks und Pimpel waren zwecks Ermittlungen unterwegs.

„Sie müssen keine Sorge haben, Herr Petrow", meinte die Hauptkommissarin, der die Unsicherheit des Mannes nicht entgangen war. „Dies ist nur eine Routinebefragung, wie wir sie mit praktisch allen Patienten der Stationen durchführen, von denen die vermissten Personen kommen."

„Es ist keine angenehme Angelegenheit, Schwester, wenn man mit der Polizei zu tun hat", entgegnete Petrow trocken.

Irmgard Kuschke konnte sich wegen der Worte des Patienten ein Lächeln nicht verkneifen. Ihr war sein charakteristisches Verhalten nur vom Hörensagen bekannt. So richtig live erlebt hatte sie es noch nicht, die kurze Begegnung vor längerer Zeit einmal ausgenommen.

„Aber es dürfte doch auch in Ihrem Interesse sein, wenn wir erfahren, was aus Ihrer guten Bekannten, Rosemarie Otto, geworden ist, oder?"

Bei Petrow schrillten die Alarmsirenen. Nicht, weil er sich sorgte, dass man ihn verdächtigte, sondern eher deshalb, weil er sich vorsehen musste, sich nicht zu verplappern. Er zwang sich also zur allerhöchsten Konzentration, als er langsam antwortete.

„Die sündige Schwester wird den Platz eingenommen haben, den sie sich selbst bereitete."

Ein wenig erstaunt schauten sich Kuschke und Marks an. Sie verstanden beide nichts von dem, was Petrow da sagte.

„Darf man erfahren, was Sie uns damit sagen wollen?", hakte die Hauptkommissarin nach.

„Die sündige Schwester wird mit ihrem Tun und Handeln andere in Zorn versetzt haben."

Kuschke horchte auf: „In Zorn?", tat sie verwundert.

Petrow winkte müde ab: „Weiß meine Schwester etwa nicht, welch sündigen Lebenswandel Rosi hatte?", Vladi schien nun seinerseits erstaunt.

„Doch, doch", nickte die Hauptkommissarin. „Das haben wir bereits erfahren. Doch was meinten Sie speziell mit Ihrem Ausspruch: ‚Sie wird den Platz eingenommen haben, den sie sich selbst bereitete?'"

„Dass es Brüder und Schwestern gibt, die ihr das übel genommen haben", entgegnete Petrow nun cool. Ihn fing dieses Gespräch zu belustigen an, vor allem da offensichtlich war, dass die Kommissare orientierungslos herumeierten und absolut nichts Greifbares aufweisen konnten.

Kuschke merkte, dass das Gespräch drohte, ins Leere zu laufen. Deshalb wurde sie nun konkreter: „Auch Sie selbst hatten doch mit ihr Stress."

Schmunzelnd deutete Petrow auf die Wunde in seinem Gesicht, die ihm Rosemarie zugefügt hatte und die bereits anfing zu vernarben: „Auch Bruder Sigfrid hatte mit ihr Stress. Bei der sündigen Schwester gehörte es zum Alltag, dass man mit ihr Stress hatte."

„Frau Otto hatte sich praktisch mit jedem angelegt, der nicht nach ihrer Pfeife tanzte!", schaltete sich Dr. Fleischmann, der sich bisher zurückgehalten hatte, in das Gespräch ein. „Das hatte ich Ihnen aber bereits gesagt."

„Ich weiß das, Herr Doktor", erwiderte die Kriminalhauptkommissarin etwas gereizt über das Dazwischenfunken des Chefarztes. „Doch ich wollte das nun mal gern von Herrn Petrow hören!"

Fleischmann fühlte sich von dieser Zurechtweisung etwas auf den Schlips getreten: „Vergessen Sie bitte nicht, dass ich für meine Patienten verantwortlich bin!", sagte er darum mit nicht zu überhörender Warnung in seiner Stimme.

Irmgard Kuschke atmete tief durch. Natürlich wollte sie es sich mit dem Chefarzt nicht verderben, doch bezüglich der Ermittlungen musste sie schon ein klares Zeichen setzen.

„Herr Doktor", meinte sie höflich, aber bestimmt. „Selbstverständlich sind Sie verantwortlich und ich halte mich gerne an gewisse Vorgaben. Doch wir haben hier möglicherweise drei Morde aufzuklären und sollten uns deshalb nicht in persönliche Eitelkeiten verstricken."

Das saß. Die Dinge *so* direkt und exakt auf den Punkt gebracht hatte gegenüber dem Klinikchefarzt schon lange keiner mehr. Doch Fleischmann war intellektuell so gut bestückt, dass er nicht auf seinem Status beharren musste.

„Sie haben recht", sagte er nach kurzem Überlegen. „Wir sollten uns nicht wie die zickenden Kinder verhalten!"

Die beiden lächelten sich an und man merkte sofort, dass jedwede Hürde zwischen den beiden, sofern es sie je gegeben hatte, damit beseitigt war.

Die Hauptkommissarin wandte sich erneut Petrow zu: „Wie war denn ihr persönliches Verhältnis zu Frau Otto?"

„Blasen wollte sie mir immer einen, Schwester, blasen", entgegnete Vladimir bitter ernst. Innerlich jedoch amüsierte er sich köstlich.

Irmgard Kuschke lief unvermittelt tiefrot an. Fleischmann und Zoppke hingegen mussten ihr Gesicht etwas zur Seite drehen, damit sie ihr Grinsen nicht mitbekam.

„Tja, äh, ich meine, das allgemeine Verhältnis", äußerte die Frau nach einem kurzen Moment.

„Mal so, mal so, Schwester."

„Und was heißt: Mal so, mal so?"

„Mal gut, mal schlecht, Schwester."

Kuschke seufzte hörbar auf. Das Gespräch fing an, anstrengend zu werden, denn sie glaubte zu spüren, dass der Patient, der da vor ihr saß, sich mehr verstellte als dass er sich natürlich verhielt. Sie konnte es nicht so richtig zuordnen, aber sie hatte ein komisches Gefühl bei dem Mann, das sie schwerlich hätte beschreiben können. Ein unerklärliches Empfinden, das sie in ihrem Inneren vor diesem Mann zu warnen schien.

„Wo waren Sie eigentlich an jenem Tag, als Frau Otto verschwand?", versuchte die Hauptkommissarin erneut anzusetzen.

„Wo der Gebieter Jülrinaldi immer ist, wenn er nicht seiner Arbeitspflicht nachkommen muss", entgegnete Vladi trocken.

Dass sich Petrow für den Gebieter hielt, war Kuschke bekannt. Auch dass er sich als Pseudonym einen eigenartigen Namen zugelegt hatte. Deshalb fragte sie unbeeindruckt weiter.

„Und wo ist der Gebieter, wenn er nicht seiner Arbeitspflicht nachkommt, Herr Jünaldi?"

„Jülrinaldi!", verbesserte Petrow.

„Okay, Jülrinaldi", nickte Kusche. „Und wo...?"

„In seinem Domizil."

„Domizil, aha", wiederholte die Frau fragend.

„Herr Petrow hat sein Zimmer schon seit Ewigkeiten im Keller des Hauses", wandte Fleischmann ein. „Woanders zu wohnen lehnt er ab."

„Und warum?“, die Frage war an Vladi gerichtet.

„Der Gebieter mag es nicht, wenn ihn Unruhe umgibt, Schwester. Mein Domizil gibt mir die Ruhe, die ich für meinen Geist brauche“, antwortete Petrow.

„Wieso haben Sie denn kein Zimmer dort, wo es schön hell und freundlich ist?“, schaltete sich nun erstmals Kommissar Zoppke in den Dialog ein. Er war in den vergangenen Tagen etwas vorsichtiger geworden, was Einwände und Vorschläge betraf. Und er wusste selbst nur zu gut, warum er es war.

„Weil sich der Gebieter lieber in Räumen aufhält, die weniger hell sind, Bruder“, entgegnete Petrow, wobei er dem Kommissar fest in die Augen schaute. Man konnte Vladi ansehen, dass er den jungen Mann nicht sonderlich mochte.

Kommissar Zoppke schüttelte ungläubig den Kopf: „Aber das ist doch völliger Quatsch. Jeder von uns hat es gerne hell und freundlich!“

Petrow beugte sich etwas zu dem Kommissar vor: „Du machst etwas falsch, Bruder.“

„Wie bitte?“

Der Kommissar war von der unerwarteten Reaktion des Patienten völlig überrascht und wusste überhaupt nicht, worauf dieser hinaus war.

„Du unterliegst einem elementaren Denkfehler, Bruder, der dir noch viel Ärger bereiten wird“, fuhr Petrow mit leiser Stimme fort.

„Äh, ja?“ Das Gesicht des jungen Kommissars hatte dabei einen Ausdruck, den man nur als dämlich bezeichnen konnte.

„Du solltest dich nicht für etwas Besonderes halten, Bruder. Du bist es wahrlich nicht ...“

***

„Was sind das denn hier für Unmengen an Kartons?“, fragte Hauptkommissarin Kuschke, als sie in ihr Büro kam, das vorübergehend in der Klinikverwaltung aufgeschlagen war. Wohl ein gutes Dutzend Umzugsbehälter aus Pappe waren in einer Ecke aufgestapelt.

„Es war vorhin ein Mann hier“, grinste Kommissar Zoppke schmierig. „Der war richtig erregt und hat einen nach dem anderen dieser Dinger hier hereingeschleppt. Er sagte, Sie wüssten angeblich Bescheid!“

„Waaas?“, kam die ungläubige Frage.

„Hat er!“

Der Kommissarin schoss ein Gedanke durch den Kopf: „War es etwa ein Großer, Schwarzhaariger mit Schnauzer?“, fragte sie entsetzt.

„Genau. Er sagte, er sei Ihr Ex.“

Zoppke musste sich zusammenreißen, um nicht laut loszuprusten.

„Hat er sonst noch was gesagt?“, fragte Kuschke vorsichtig. Ihr war die ganze Angelegenheit mehr als peinlich.

„Nur, dass noch mehr kommt, wenn Sie Ihren Mist nicht bald abholen. Übrigens: Einer der Kartons war beim Transport wohl aufgerissen. Der dort hinten“, dabei deutete Zoppke auf einen abseits stehenden Behälter. „Dort sind lauter Radkappen herausgekullert. Ich habe sie wieder hineingestopft.“

„Aha, aha“, nickte Kuschke.

Nun konnte der junge Kommissar nicht mehr anders. Er musste sich zur Seite drehen und loslachen.

„Ich hoffe, Sie amüsieren sich jetzt köstlich!“, geiferte die Hauptkommissarin. Dabei stieg ihr die Zornesröte ins Gesicht.

Zoppke winkte ab und wischte sich mit dem Handrücken die Tränen von der Wange: „Tut mir leid, Chefin. Aber es ist wahrlich nicht alltäglich, dass bei uns Kartons mit Radkappen angeliefert werden.“

„Das ist nun mal eine Leidenschaft von mir. Na und?“ kam die trotzige Antwort.

„Radkappen sammeln, was soll das denn?“, schüttelte Zoppke ungläubig den Kopf.

„Andere sammeln Briefmarken oder Puppenkleider und ich sammle halt Radkappen, die andere verloren haben“, zickte Irmgard Kuschke.

„Und was sagt denn Ihr Arzt dazu?", prustete Zoppke erneut lachend los.

Das reichte der Hauptkommissarin. Empört drehte sie sich um und verließ eilends das Büro. Draußen auf dem Flur schnappte sie sich ihr Handy. Mit zittrigen Fingern tippte sie die Nummer von ihrem Ex, Knut Kuschke, ein.

„Bist du wahnsinnig geworden?", fauchte die Frau in das Handy. „Du hast mich hier zur Lachnummer gemacht, weißt du das überhaupt?"

„Und wie viele Jahre sollte der Mist denn noch in meiner Garage stehen?", entgegnete Knut Kuschke am anderen Ende nicht weniger gereizt. „Ich habe dir schon Tausende Male gesagt, dass das Zeug mir den Platz wegnimmt und genauso oft hattest du mir zugesichert, dass du es abholen lässt!"

„Ein paar Tage hättest du doch warten können!"

„Tage? Ich warte Jahre darauf!", schimpfte Knut Kuschke.

Irgendwann am Anfang ihrer Ehe kam seine Frau eines Tages vom Dienst nach Hause und präsentierte ihm die verlorene Radkappe eines seltenen Fahrzeuges. Sie hatte sie während eines Einsatzes an der Bundesstraße gefunden. Wenige Tage später brachte sie dann die nächste Radabdeckung mit. Und je mehr solcher Teile sie mitbrachte, umso mehr Spaß bekam sie schließlich an dem, was sie später als Hobby betrachtete. Für Knut Kuschke war das eher eine Verhaltensauffälligkeit, die immer größere Ausmaße annahm. Bis sich letztendlich in der Garage wohl hunderte dieser Abdeckungen stapelten und Knut Kuschke mehr und mehr den Kopf schüttelte. Doch seine Frau ließ sich nicht beirren und sammelte und sammelte.

Insgeheim hatte der Mann darauf gehofft, dass er und seine Ex nach der Scheidung wieder zueinander finden würden. Er konnte es nicht bestreiten: Es war noch immer Rauch vorhanden. Und wo Rauch war, war auch Feuer. Doch als er über tausend Ecken von einer neuen Beziehung Irmgards hörte, war ihm der Kragen geplatzt, was auch noch durch eine satte Portion Eifersucht verstärkt wurde, was er sich jedoch niemals eingestehen würde. Deshalb auch die

Aktion mit den vielen Kartons, die er in ihrem Büro voller Zorn aufgestapelt hatte.

„Dass du mich so vor den Kollegen lächerlich gemacht hast, hat mich sehr gekränkt!", Irmgard Kuschkes Stimme war nun wesentlich friedlicher.

„Du kannst dich ja von deiner neuen Beziehung trösten lassen!", höhnte ihr Ex.

Die Hauptkommissarin stutzte: „Neue Beziehung, wie kommst du denn auf diesen Unsinn?"

„Na, glaubst du, ich weiß nicht, was da bei euch los ist?", schimpfte Knut Kuschke. „Mit so einem jungen Milchbubi, einem 30jährigen gibst du dich jetzt ab. Einem Kollegen von dir!"

„Wer hat dir denn das erzählt?", rief die Frau entsetzt.

„Thomas Marks habe ich letzten Tage getroffen", kam die spöttische Stimme durch das Handy. „Mit dem hattest du nach unserer Scheidung doch auch ein Techtelmechtel. Der hat mir alles brühwarm gesteckt!"

Irmgard Kuschke verschlug es die Sprache. Ihr fehlten die Worte, um auf diese offensichtliche Hinterhältigkeit ihres Kollegen Marks einzugehen. Mit Bestürzung in den Augen drückte sie das Gespräch einfach weg.

***

Das allnächtliche Ritual vor den geschändeten Leichnamen verlor langsam an Schwung. Petrows Hochgefühl wurde schwächer, und er spürte allzu sehr, dass alsbald etwas geschehen musste, wollte er seine herbeigesehnte Zufriedenheit beibehalten. Sein innerster Wunsch wäre es gewesen, dass der gesamte Kellerraum voller Gepfählter stünde. Eine Allee voller aufgespießter Leichname, durch die er dann als Gebieter hindurch schreiten konnte!

Petrow wusste aber auch, dass erhöhte Vorsicht geboten war und er neue Aktivitäten jetzt besser unterlassen sollte. Zumindest innerhalb des Klinikgeländes. Denn sollten jetzt wiederholt weitere Patienten spurlos verschwinden, dann war damit zu rechnen, dass wirklich jeder Bereich der Klinik auf den Kopf gestellt würde, egal, welcher Aufwand das wäre und was es kostete. Jetzt, wo diese Phase noch nicht erreicht war, konnte sich Petrow relativ sicher fühlen. Und das wusste er nur zu gut!

Also konnte die Lösung des Problems nur darin bestehen, dass er sich neue Opfer außerhalb der Klinik suchte. Doch diese müsste er in das Gelände locken und dabei so vorgehen, dass niemand die Vorgänge beobachten konnte. Und das war das Kernproblem, woran das Unterfangen wohl scheitern würde. Vladimir Petrow war viel zu intelligent, als dass er deswegen leichtsinnig würde. Dennoch grübelte er über Mittel und Wege, wie er sein Vorhaben trotz allem bewerkstelligen konnte, aber es fiel ihm spontan nichts ein.

Daher betrachtete Vladimir die Gepfählten seufzend und fand sich damit ab, vorerst keinen Nachschub für den Gebieter organisieren zu können.

Doch unvermittelt stutzte er. Was war das denn? Petrow trat einen Schritt an Rosemarie Otto heran und bückte sich, um die Stelle, die ihm ins Auge gefallen war, näher zu betrachten. Waren das Bissspuren? Tatsächlich, die Wade der Frau war an einer Stelle angeknabbert. Ein tiefes Loch klaffte im Fleisch, dessen Gewebe mittlerweile recht streng roch und sich im Zersetzungsprozess befand. Als er nun die Leiber der anderen Geschöpfe ebenfalls betrachtete, fielen ihm an verschiedenen Stellen die gleichen Wunden auf, die offensichtlich von den hungrigen Mäulern der Ratten stammten, die es hier unten zu Tausenden gab.

Das wurmte Petrow erheblich. Er betrachtete es als Missachtung seiner Autorität, wenn sich dieses Rattengesindel an seinen Trophäen vergriff! Auch in der Ecke, wo er zuvor seine Beute in Form von Rattenkadavern aufgereiht ausstellte, hatten die Nager und anderes Getier erheblich gewütet. Da dies zuvor nicht der Fall gewesen war, musste Petrow annehmen, dass es die sterblichen Hüllen der Menschen waren, die das Ungeziefer durch ihren Geruch anlockten.

Über die Ausdünstungen der Toten machte sich Vladimir weiterhin wenig Sorge. In dem Labyrinth stank es teilweise erbärmlich.

Zum einem aufgrund verwesenden Getiers, das in den Gängen verendet war, zum anderem, da an den Decken hängend die gesamte Kanalisation der Klinik mit einer Vielzahl an Abzweigungen verlief. Und an mehreren Stellen kam es immer wieder zu Undichtigkeiten, so dass die stinkende Brühe an den Rohren heruntertropfte. Schon des Gestankes wegen war das Betreten des Labyrinthes eine kleine Mutprobe. Demzufolge war auch das ein Faktum, das Petrow in Sicherheit wiegen konnte.

Nach der obligatorischen Verbeugung vor den Gepfählten zog sich der Mann wieder zurück in sein Zimmerchen. Aber seine Stimmung war gedämpft, was ihn dazu bewog, immer intensiver darüber nachzudenken, wie er es bewerkstelligen konnte, seiner Galerie doch noch eine weitere Person hinzuzufügen.

***

„Kann ich dich mal sprechen, Thomas?“, forderte Irmgard Kuschke Kommissar Marks barsch auf. Sie hatte sich dabei breitbeinig und in Kampfhaltung vor seinem Schreibtisch aufgebaut.

Sofort kam es bei dem Kommissar zu einer massiven Adrenalinausschüttung. Er kannte die Frau nur zu gut, als dass er nicht wüsste, was jetzt auf ihn zukommen würde. Er hätte doch im Traum nicht daran gedacht, dass ihr Ex derart durchknallte und die Kartons mit den Radkappen in dem SEK-Büro aufstapeln würde. Mittlerweile hatte die Hauptkommissarin die Pappbehälter abholen lassen. Eine Freundin hatte sich angeboten, sie befristet in ihrer Garage zu verwahren.

Marks schluckte mehrmals: „Worum geht's denn?“, antwortete er heiser.

„Worum es geht? Kannst du dir das nicht denken?“

Die Frau musste sich geradezu zusammenreißen, um nicht laut zu werden. Doch sie wusste jetzt schon, dass ihr das wohl nicht gelingen würde. Am liebsten wäre sie diesem Kerl an die Gurgel gegangen, so sauer war sie auf ihn.

„Hat das mit unserem Fall zu tun?“, fragte Marks gespielt beiläufig. Im Grunde war diese Verstellung nichts anderes als Hilflosigkeit und die Feigheit, sich dem Konflikt zu stellen.

„Jetzt reicht es aber!“, schrie die Hauptkommissarin außer sich vor Zorn und schlug mit der flachen Hand auf den Schreibtisch. Und zwar so, dass Marks voller Schreck zusammenzuckte. Mit einem derartigen Ausbruch hatte er bei ihr wahrlich nicht gerechnet.

Er brachte kein Wort heraus. Mit geweiteten Augen schaute er dieses weibliche Geschöpf nur entgeistert an. Und auch wenn er es sich wohl niemals eingestehen würde, so hatte er jetzt doch richtig Bammel vor ihr.

„Du bist wohl von allen guten Geistern verlassen, du Drecksack!“, fauchte Kuschke den Kommissar an. „Wie konntest du die Unverschämtheit besitzen, meinem Ex zu erzählen, dass ich etwas mit Zoppke am Laufen habe?“

„Wo, wo hast du denn das her?“, stammelte Marks furchtsam.

Kuschke beugte sich so weit über den Schreibtisch, dass der Kommissar ihren Atem spüren konnte. Dass er ihr dabei ziemlich tief in den Ausschnitt schauen konnte, daran dachte sie überhaupt nicht.

„Anzeigen werde ich dich, du Schweinehund, anzeigen!“, zischte sie ihn an.

„Aber ...“

„Halt bloß die Klappe!“, schrie Kuschke den völlig konsternierten Mann an.

„Aber Irmi!“

Kuschke hob warnend den Finger: „Sag bloß nicht mehr Irmi zu mir! Ich bin deine Vorgesetzte und verbitte mir derartige Benennungen!“

In diesem Moment öffnete sich die Bürotüre und der junge Kommissar Zoppke stürmte ins Zimmer.

„Was ist denn hier los?“, meinte er bestürzt. „Man hört das Geschrei ja kilometerweit!“

Die Hauptkommissarin richtete sich aus der gebeugten Haltung auf und atmete tief durch. Sie musste sich erstmal wieder sammeln, denn sie war kurzzeitig ziemlich außer Kontrolle geraten, das wurde ihr jetzt bewusst. Doch leid tat ihr der Vorfall kein bisschen. Sollten sie sich doch die Mäuler zerreißen. Hauptsache, sie hatte Dampf abgelassen!

„Ihr Kollege Marks wollte gerade los, um in Haus 28 nochmals das Personal nach Harry Hondong befragen!“, sagte Kuschke mit gefährlich leiser Stimme.

„Genau!“, rief Marks aus und sprang beflissen auf.

Zum einen, weil er heilfroh war, wenn er aus diesem Büro hinaus war und zum anderen, weil er den gefährlich leisen Ton von Irmgard Kuschke nur zu gut kannte. In dem Fall war es wirklich anzuraten, das Weite zu suchen!

„Aber das ist doch völliger Unsinn!“, schüttelte Zoppke ungläubig den Kopf. „In Haus 28 haben wir doch nun wirklich alle vorwärts, rückwärts und seitwärts befragt. Wenn man dafür jetzt auch noch Zeit vergeudet, dann muss man absolut einen an der Kappe haben! Oder an der Radkappe“, fügte der junge Kommissar noch grinsend hinzu.

***

Der Drang zum Morden ging Petrow nicht aus dem Kopf. Für seine schizophrenen Gedankengänge waren das völlig natürliche Begehrlichkeiten, die der Übergeordnete von ihm verlangte. Es stellte für den Mann lediglich eine Korrektur des Ist-Zustandes auf dieser Welt dar, die längst überfällig war. Als Herrscher und Gebieter war es im Grunde seiner nicht würdig, diese Richtigstellung selbst ausüben zu müssen. Auch die Tatsache, dass er sich vorsehen musste, passte nicht so recht in das Schema eines Gebieters. Doch früher oder später, nach der Korrektur, würden ihm jene Unwürdigen zu Füßen liegen, vor denen er sich momentan noch in Acht nehmen musste!

Der Wahnsinn umklammerte Vladimir Petrow immer fester. Dabei war die elementare Ursache schlicht eine Umstellung der Medikation gewesen, die vor längerer Zeit stattgefunden hatte und die sich nun mehr und mehr auswirkte! Doch das konnte der schizophrene Patient nicht wissen, und so gierte er nach neuen Opfern.

Wohl einen halben Kilometer von der Klinik entfernt befand sich eine kleine Parkanlage, an deren anderem Ende sich ein stark frequentiertes Tanzlokal befand, in dem, vor allem an den Wochenenden, der Bär tobte.

Petrow hatte entdeckt, dass von der Parkanlage her ein kleiner, befestigter Weg auf die Klinik zuführte. Und neben diesem Pfad verlief ein kleiner Bach. Bach war eigentlich übertrieben, denn es handelte sich eher um eine Rinne, in der überschüssiges Regenwasser ablaufen konnte, wenn es einmal allzu heftige Niederschläge gegeben hatte.

Da in diesem Bereich die klinikeigene Gärtnerei ihre Flächen bestellte, war der Feldweg asphaltiert. So kam Vladimir die Idee, dass er mit seinem Bollerwagen ohne weiteres von der Parkanlage her eine Person transportieren konnte. Und am Rande der Klinik, gleich neben der Gärtnerei, befand sich im Verlauf des Weges auch einer jener Kanaldeckel, die den Eingang zum Labyrinth darstellten. Das war es!

Zwei Nächte lang beobachtete Petrow in tiefster Finsternis die Parkanlage mit dem angrenzenden Tanzlokal und dem Gebiet, das von dorther zur Klinik verlief. Es kam sogar recht häufig vor, dass nach Mitternacht Personen aus dem Lokal durch den unbeleuchteten Park ihren Nachhauseweg nahmen. Zumeist waren sie in kleinen Gruppen oder zumindest zu zweit. Allein durchstreifte eigentlich selten jemand dieses unheimliche Areal. Und wenn es sich trotz allem jemand traute, dann war er in der Regel volltrunken.

Doch dies musste der Schlüssel sein, den Drang Petrows nach Nachschub zu befriedigen. Er sagte sich, dass er nur genügend Geduld aufbringen musste, bis sich die Gelegenheit bieten würde, einen dieser Unwürdigen abzufangen und in sein Domizil zu befördern.

Und somit lauerte Petrow in der dritten Nacht im Gebüsch der kleinen Parkanlage. In seinem Blickfeld lag jenes Tanzlokal, aus dem er seine Beute erwartete. Es war Samstagabend und das Lokal war zum Bersten gefüllt. Musik und Gelächter trug der Wind zu Petrows Ohren und immer wieder sah er dann auch Leute aus dem Lokal streben, die entweder ihre Autos für den Heimweg nutzten oder sich ein Taxi rufen ließen. Diejenigen, die zu Fuß heimgingen, nutzten zumeist die beleuchtete Straße. Wenn welche durch den Park kamen, dann in einer Gruppe, an die sich Vlad nicht herantraute.

Mittlerweile war es weit nach Mitternacht und Petrow begab sich etwas tiefer in den Park hinein, denn er beobachtete, wie sich zwei Leute in Richtung der stockdunklen Grünanlage bewegten. Ob Mann oder Frau war dabei nicht zu erkennen. Er suchte sich eine geeignete Stelle für sein Vorhaben. Seinen Handkarren hatte er im Dickicht des Klinikgeländes verborgen. Sobald er seine Beute erlegt hatte, konnte er ihn binnen weniger Minuten herbeiholen.

Wilfried und Anette Jansen hatten einen wunderschönen Abend gehabt. Mit Freunden zusammen feierten sie ausgiebig Anettes Geburtstag und schwangen dabei das Tanzbein fast bis zur Erschöpfung. Dass der Alkohol dabei in Strömen floss, war in der Clique schon so etwas wie Kult.

Es war Anette, die zur vorgerückten Stunde ihren Mann drängte, jetzt endlich nach Hause zu gehen. Zu gehen, da sie es nicht sehr weit hatten. Ihr Häuschen stand nur wenige hundert Meter hinter dem Park. Und zu gehen vor allem auch deshalb, weil sich Wilfried bereits im Grenzbereich der Alkoholtoleranz befand.

Wie immer, wenn er zuviel getrunken hatte, schlug seine Grundstimmung um in Gereiztheit und Aggression. Dies missfiel der Frau jedes Mal, wenn er wieder zu tief ins Glas geschaut hatte und führte dann wiederholt zu Spannungen in der Ehe. Natürlich wurde am nächsten Tag erneut Besserung gelobt, aber mittlerweile war das eine unendliche Geschichte. Daher war es in der letzten Zeit eher so, dass es ihr vor Feiern und Festen mehr graute als dass sie sich darauf freute. Wenn sie nicht im Grunde einen der liebsten Männer gehabt hätte, dann würde sie die Beziehung schon längst beendet haben.

Jetzt torkelte das Pärchen durch die Parkanlage. Wobei das Torkeln daher rührte, dass sich Wilfried bei seiner Anette eingehakt hatte. Ohne ihren Halt hätte er richtig Schwierigkeiten gehabt, auf den Beinen zu bleiben.

„Ich muss pinkeln, Maus“, nuschelte Jansen urplötzlich.

„Du warst doch noch gerade auf der Toilette, bevor wir aufgebrochen sind!“, entgegnete seine Frau genervt.

Sie war wirklich froh, wenn sie endlich zu Hause angelangt waren. Wie jedes Mal hatte ihr Mann einmal mehr den rechtzeitigen Absprung verpasst. Sie verstand einfach nicht, dass man immer so lange warten musste, bis die Situation in Peinlichkeit endete.

„Muss trotzdem pinkeln!“, knurrte der Mann.

Trotz tiefster Finsternis deutete die Frau mit ihrem Arm, den ohnehin niemand sehen konnte, zur Seite: „Dann geh dort in die Büsche. Ich lauf schon mal ein paar Schritte vor!“

Sie löste sich von dem Haltegriff ihres Wilfrieds, der sofort anfing, unsicher zu torkeln.

„Ich sehe nichts!“, kam sein Hilferuf.

„Dann pinkle halt da wo du stehst“, meinte Anette Jansen schmunzelnd. Und so ein bisschen Schadenfreude war dabei unüberhörbar. „Ich laufe derweil ein Stück voraus.“

Jansen torkelte ein paar Schritte zur Seite, wobei er annahm, dass da so etwas wie ein Gebüsch sein könnte. Schnaufend fummelte er an seinem Hosenbund herum, um seinem kleinen Freund freie Bahn zu schaffen. Doch im Zappendusteren war das gar nicht so einfach. Hinzu kam, dass er sich kaum auf den Beinen halten konnte.

Doch dann atmete der Mann tief durch und es plätscherte vor ihm. Dass dabei die Hälfte über seine Schuhe lief merkte er nicht im Geringsten. Auch dass beim Verstauen des Freundes das Abtröpfeln noch in vollem Gange war, bekam er nicht mit. Wäre es nicht so dunkel gewesen, dann hätte ihn ein Außensteher bei diesem Anblick für jemanden gehalten, der eingenässt hatte.

Plötzlich leuchtete unweit von ihm der Schein einer Taschenlampe auf und ein markerschütternder Schrei erschütterte die Finsternis. Es war erstaunlich, wie schnell der Mensch wieder nüchtern werden konnte. In Sekundenbruchteilen war der Körper von

Wilfried Jansen von Spannung erfüllt. Da es die Stimme seiner Gattin war, die die Dunkelheit durchdrang, war ihm sofort klar, dass etwas Schlimmes passiert sein musste. Der Schein der Taschenlampe war nur kurz zu sehen und längst wieder erloschen, doch so schnell es ihm möglich war, eilte er zu dieser Stelle, wo er ihn bemerkt hatte …

Gebannt wartete Petrow auf das, was sich dem Park näherte. Gegen das Licht der Außenbeleuchtung des Lokals, die auch die PKW-Abstellplätze erhellte, konnte er schemenhaft wahrnehmen, wie sich Personen in den Park hineinbewegten. Durch die Anspannung verspürte der Mann den eigenen Pulsschlag als rhythmisches Pochen in seinem Hals. Immer näher kamen die Stimmen der Menschen, die er als eine männliche und eine weibliche identifizierte. Das könnte zum Problem werden, denn es gleich mit zwei Personen aufzunehmen war doch schon ein gewagtes Unterfangen.

Umso überraschter war Petrow, als er wahrnahm, dass das Pärchen sich getrennt haben musste, denn es bewegte sich nur noch *ein* Schatten auf ihn zu. Ob sie sich vielleicht gezankt hatten? Er konnte die zweite Person jedenfalls nirgendwo erkennen. Fest umklammerte Vladimir die Eisenstange, die schon Hondong und Großkämper zum Verhängnis geworden war.

Als der Schatten nur noch wenige Schritte von ihm entfernt war, trat er wieselflink aus dem Gebüsch hinaus und leuchtete der Person mit seiner Taschenlampe mitten ins Gesicht. Gleichzeitig hatte er zum Schlag ausgeholt und ließ die Eisenstange niederschnellen.

Womit Petrow nicht gerechnet hatte, war die schnelle Reaktion der Frau. Reflexartig hob sie ihre Arme hoch, um sich zu schützen und wandte dabei ihren Kopf zur Seite, so dass der mächtige Schlag nur ihren Unterarm traf. Man hörte den Knochen mit einem hässlichen Geräusch brechen und die Frau stürzte zu Boden. Dabei stieß sie jenen markerschütternden Schrei aus, der sowohl vom Schmerz als auch von der Panik ausgelöst wurde.

Petrow holte erneut zum Schlag aus, um der Frau den tödlichen Hieb zu versetzen. Doch mitten im Schlag hielt er inne und richtete den Strahl der Taschenlampe in die Richtung, woher er ein wütendes Schnaufen vernahm. Entsetzt sah er einen Mann auf sich zustürmen.

Wilfried Jansen war sofort stocknüchtern. So schnell er konnte hetzte er zu der Stelle, wo er das Drama vermutete. Es war absolut finster und das dunkle Etwas vor seinen Füßen nahm er nur schemenhaft wahr. Mit zittrigen Händen holte er sein Handy aus der Hosentasche und aktivierte es. Im spärlichen Schein des Mobiltelefons sah Jansen seine Frau vor sich liegen. Jetzt erst fing sie vor Schmerz an zu wimmern.

„Dieses Schwein!", zischte er wutentbrannt und stürmte zu der Stelle im Gebüsch, wo sich die Äste noch bewegten. Dann hielt er den Lichtschein des Gerätes in die Büsche hinein und versuchte, etwas zu erkennen. Doch er war chancenlos. Zu spärlich war der Lichtkegel. Hätte er dieses Schwein jetzt zu fassen bekommen, er hätte ihn wahrscheinlich umgebracht. Doch so umgab ihn eher Hilflosigkeit.

Jansen hörte hinter sich seine Anette aufstöhnen. Sofort eilte er zu ihr zurück und kniete sich vor ihr nieder.

„Bist du schwer verletzt?", fragte Jansen besorgt.

„Mein Arm!", weinte seine Frau bitterlich. „Er tut so weh!"

„Ich rufe sofort den Notarzt!"

Schnell wählte Jansen die 110 und gab seinen Standort durch. Dann setzte er sich auf den Boden und legte den Kopf seiner Anette behutsam in seinen Schoß, um auf den Notarzt zu warten. Er wollte seiner von Schmerzen geplagten und vom Schock erfassten Frau nicht zumuten aufzustehen. Sein leuchtendes Handy stellte er aufrecht neben sich, damit sein Schimmer von weitem gesehen werden konnte.

So schnell er konnte hetzte Vladimir Petrow durch das Gebüsch. Ohne auch nur halbwegs etwas sehen zu können, stürmte er im völlig Düsteren in die ungefähre Richtung des Parkausgangs. Einen Verfolger hinter sich vermutend, nahm er gar nicht wahr, wie die vielen kleinen und auch größeren Äste ihm ins Gesicht schlugen und so manchen Kratzer verursachten. Doch die richtige Katastrophe erfolgte kurz vor dem Ende der Parkanlage. Es war ein freiliegendes Stück Geäst eines Strauches, das durch seine Hose tief in seinen Oberschenkel eindrang. Mit einem unterdrückten Schrei stoppte er den Lauf ab und hielt sich den schmerzenden Oberschenkel.

„Verdammte Scheiße!", presste Petrow hervor, als er bemerkte, wie das warme Blut an seinem Bein hinunterlief.

Doch er musste unbedingt weiter. Wenn er jetzt stehen blieb, würde er sogleich in den Fängen des Verfolgers landen. So dachte er jedenfalls. Dass der Hetzer seine Hatz abgebrochen hatte, konnte Petrow nicht wissen.

Bevor Petrow wieder losstürmte, schaltete er für einen ganz kurzen Augenblick die Taschenlampe ein und betrachtete das spitze Aststück, das in sein Bein eingedrungen war. Die Spitze des Holzes war von seinem Blut rot gefärbt. Deshalb brach er sie ab und steckte sie in seine Hosentasche. Es war erneut seine Weitsicht, die ihm sagte, dass es unklug wäre, das Holz so zu belassen. Das daran haftende Blut wäre eine Spur zu ihm gewesen.

Deshalb musste er auch verhindern, dass er eine Blutspur hinterließ. Also presste er beim Laufen seine Hand gegen den Oberschenkel, damit das Blut nicht mehr sein Bein hinunterlief, und humpelte weiter aus der Parkanlage hinaus. Ein wenig Sternenschimmer half ihm dabei, sich zu orientieren.

Um möglichst keine Spuren für die empfindlichen Nasen etwaiger Spürhunde zu hinterlassen, lief er, anstatt auf dem Asphaltweg, mitten im Bachlauf Richtung Klinik zurück. Dort angekommen, suchte er die erste Straßenlaterne auf, um sich seine Wunde anschauen zu können. Hinter einem Busch, jedoch noch von Teilen des Lichtkegels der Laterne erfasst, streifte er seine Hose hinunter und musterte die Verletzung.

Es war eine wirklich tiefe Wunde, die jedoch nicht mehr so stark blutete, wie er zuerst annahm. Petrow holte ein großes Stofftaschentuch aus seiner Hosentasche und legte es auf die Wunde. Dass es voller getrocknetem Rotz war, störte ihn jetzt wenig. Dann zog er seinen Hosengürtel aus den Schlaufen und wickelte ihn zweimal um den Oberschenkel. Es passte sogar! Als er die Gürtelschnalle schloss, bekam die Angelegenheit einen gewissen Halt, so dass er die Hose wieder hochziehen konnte.

Dann lief Petrow wieder zu der Stelle, an der er seinen Handkarren versteckt hatte. Ein Bein nach sich ziehend brachte er den Bollerwagen eilends zur Gärtnerei, die sich in unmittelbarer Nähe befand und stellte ihn dort ab. Dies war nichts Ungewöhnliches, da viele Stationen Behälter oder Transportmöglichkeiten schon gern einen Tag vorher dort hinbringen, wenn die Ausgabe von Grünpflanzen ansteht. Und morgen wäre so ein Tag. Insofern war das sogar eine praktische Handlung.

Vladi horchte auf. Über ihm am Himmel grummelte es. Es schien sich etwas anzukündigen. Dass es für ihn eine Botschaft des Himmels werden sollte konnte er da noch nicht wissen.

Gleich an der Gärtnerei befand sich glücklicherweise ein Kanaldeckel-Eingang zu den Katakomben. Erst nachdem er in das Labyrinth eingestiegen und den Deckel hinter sich verschlossen hatte, wähnte er sich in Sicherheit. Petrow konnte sich lebhaft vorstellen, dass dort oben im Park einiges los war.

In seinem Zimmerchen im Keller des Hauses 42 angekommen, legte sich Petrow erstmal für einen kurzen Moment auf seinem Bett nieder und atmete tief durch. Es war denkbar schlecht für ihn gelaufen und insbesondere seine Verletzung bereitete ihm Sorgen. Was sollte er nur erzählen, wenn er darauf angesprochen wurde? Und dass das geschehen würde, da konnte man ganz sicher sein.

Petrow stand auf und kramte das abgebrochene Holzstück aus seiner Tasche.

„Scheiß Ast!“, zischte er bitter und pfefferte das Holz in den Mülleimer unter dem Waschbecken.

Dann blickte Petrow in den Spiegel. Auch sein Gesicht war von mehreren, wenn auch nur oberflächlichen, Kratzern durchzogen. Auch dafür musste er sich etwas einfallen lassen. Und während er nachdachte, versorgte er erstmal sein Bein. Die Wunde und das Bein wusch er mit warmem Wasser ab und legte ein sauberes Tuch drauf. Dann erinnerte er sich, dass er noch irgendwo eine elastische Binde haben musste. Und trotz der chaotischen Unordnung in seinem Domizil fand er sie sofort. Nachdem er seinen Oberschenkel damit umwickelt hatte, sah das Ganze sogar recht manierlich aus.

Petrow legte sich wieder auf sein Bett nieder und grübelte nach. Er sorgte sich ...

***

Es mochte fast eine Viertelstunde gedauert haben, bis der Notarzt endlich vor Ort war. Von weitem hörten sie die Martinshörner der beiden Fahrzeuge, die zuerst Schwierigkeiten hatten, die Stelle zu finden, wo die Verletzte lag. Das leuchtende Handy Jansens stellte sich dabei als eine überaus gute Idee heraus.

Anette Jansen hatte ihr Haupt in den Schoß ihres Gatten gelegt und weinte bitterlich. Es war eher der Schock über das Erlebte und weniger die nicht unerheblichen Schmerzen, die sie plagten. Beiden war klar, dass die Frau soeben dem Tode entronnen war. Dabei war es ein Riesenglück gewesen, dass dieser fürchterliche Schlag nicht ihren Kopf getroffen hatte. Somit war „nur" der Arm zerschmettert und nicht der Schädel.

„Sind sie endlich da?", schluchzte Anette.

„In wenigen Augenblicken werden sie hier sein!", tröstete sie ihr Mann, der jetzt selbst mit den Tränen kämpfte. Seine Frau tat ihm unendlich leid, wie sie dalag und die ganze Situation nicht verstehen konnte.

Mit ziemlicher Geschwindigkeit näherten sich die beiden Fahrzeuge. Eines war der Krankentransportwagen und das andere das des Notarztes. Die Scheinwerfer der Wagen erleuchteten den Tatort taghell, das Umfeld mit den schemenhaften Bäumen und Sträuchern wirkte dadurch fast gespenstisch. Der Krankenwagen war zudem mit zusätzlichen Scheinwerfern ausgerüstet, die speziell für Unfallstellen und ärztliche Versorgungen besser geeignet waren als die Scheinwerfer der Fahrzeuge, die die Helfer eher blendeten.

Es war wirklich erstaunlich, wie schnell ein Mensch wieder nüchtern werden konnte. Dass ein volltrunkener Mensch binnen Sekunden wieder derart klare Gedanken fassen konnte, war fast schon ein physiologisches Wunder. Hätte Jansen nicht jene Alkoholfahne gehabt, mit dem er sein Gegenüber fast hätte betäuben können, dann wäre es niemandem in den Sinn gekommen, einem völlig Betrunkenen gegenüberzustehen. Aber die Fahne hatte er nun mal und auf Grund dessen zeigten sich sowohl der Arzt als auch die Sanitäter recht reserviert. Irgendwie neigt der Mensch dazu, gegenüber Alkoholisierten demonstrativ eine gewisse Abneigung zu zeigen.

Doch die medizinische Versorgung Anettes erfolgte korrekt. Sofort erhielt sie ein Mittel zur Kreislaufstabilisierung und eines zur Beruhigung. Zudem wurde eine Tropfinfusion mit einfacher Kochsalzlösung angelegt, um einen venösen Zugang parat zu haben. Zuletzt wurde ihr Arm in eine Schiene gelegt, die mit Klettbändern verschlossen wurde.

Wilfried Jansen stand eher hilflos etwas abseits und beobachtete das Treiben. Dabei saugte er hastig an einer Zigarette. Schon nach wenigen Zügen war der Stummel aufgeraucht und er griff sich den nächsten Glimmstängel. Auch er war noch immer ziemlich aufgeregt und konnte nicht so recht glauben, was da soeben passiert war.

Die Sanitäter waren gerade dabei, die Trage mit Anette darauf in den Transportwagen hineinzuschieben, als nun auch ein Einsatzwagen der Polizei eintraf. Es war ein Routinevorgang der Rettungsorganisationen. Gleichzeitig mit dem Notarzt wird immer auch die Polizei informiert. Und auf jeden Fall erst recht, wenn es sich um so etwas Gravierendes wie einen Überfall handelt.

„Können Sie den Mann beschreiben?“, kam die Standardfrage eines der beiden Polizisten. „Ich denke mal, es ist unwahrscheinlich, dass es sich um eine Frau handelte“, fügte er noch hinzu.

Jansen schüttelte den Kopf: „Nein, gar nichts. Ich habe nur einen Schatten in den Büschen verschwinden sehen. Alles ging so verdammt schnell!“

„Das ist ziemlich wenig“, seufzte der Beamte enttäuscht. „Möglich, dass hier ein Zusammenhang mit den vermissten Patienten aus der Klinik besteht.“

„Aber der vergreift sich doch nur an den Bekloppten aus der Klapse, dachte ich."

Der Polizist atmete tief durch. Eigentlich hätte er jetzt Lust gehabt, sich mit Jansen anzulegen, was die Bezeichnung jener kranken Menschen betraf. Doch er hielt sich zurück angesichts dessen, was dem Mann und vor allem seiner Frau gerade widerfahren war.

„Sie scheinen völlig unverletzt?", meinte der Ordnungshüter schließlich, nachdem er Jansen gemustert hatte.

„Ja, mir fehlt nichts, bis auf den Schrecken vielleicht." Dabei nahm Jansen erneut einen tiefen Zug aus dem wohl zehnten Glimmstängel, den er hintereinander rauchte.

Mittlerweile war Anette Jansen auf die Bahre gebettet, in den Krankenwagen eingeladen und alle Sicherheitsmaßnahmen für den Transport vollzogen.

Der Notarzt trat an die Leute heran: „Herr Jansen, Ihre Frau wird jetzt umgehend in das Krankenhaus gebracht. Ich schlage vor, dass Sie mitfahren, damit wir auch Sie kurz untersuchen können."

„Mir fehlt wirklich nichts, Herr Doktor. Ich hatte gar keinen Kontakt mit diesem Dreckschwein", schüttelte Jansen mit dem Kopf.

Er bemerkte langsam, dass seine Nüchternheit zunehmend vom Promillepegel verdrängt wurde. Mit dem Abbau der Anspannung nahm der Alkohol wieder überhand.

„Aber Sie wollen doch sicherlich wissen, was mit Ihrer Frau ist?", meinte der Arzt ungläubig.

„Doch, doch!", bekräftigte Jansen. „Natürlich will ich das, Herr Doktor. Aber ich kann doch gleich mit dem Auto hinterherkommen!"

„Wie bitte?", rief der Polizist, der daneben stand, entsetzt aus. Dabei hatte es den Anschein, als setze bei ihm die Schnappatmung ein.

Erst jetzt schien Jansen bewusst zu werden, was für einen gefährlichen Unsinn er soeben von sich gegeben hatte. Sofort beschwichtigte er händeringend: „Äh, ich fahre natürlich nicht selbst."

Der Polizist hob mahnend den Finger: „Eigentlich dürfte das, was Sie heute erlebten, wohl reichen. Machen Sie sich nicht noch zusätzlich dadurch unglücklich, dass Ihr Führerschein in die Reinigung kommt!"

Jansen nickte artig: „Natürlich haben Sie recht."

Dann begab er sich in den Krankenwagen zu seiner Frau, um nun doch mitzufahren.

Was der Ordnungshüter nicht wissen konnte war, dass es Jansen nie sonderlich genau nahm, wenn bei ihm Autofahren und Alkohol aufeinander trafen. Dafür war er im Bekanntenkreis allseits bekannt. Bisher hatte er diesbezüglich einfach nur unverschämtes Glück gehabt. Deshalb der Gedanke für ihn normal, dem Krankenwagen mit seinem PKW folgen zu wollen.

Die beiden Polizisten verständigten umgehend ihre Kollegen von der Kripo. Danach sicherten sie den Schauplatz, bis die Spurensicherung eintraf. Zwar war es noch finstere Nacht, doch den Tatort bis zum Morgen unbeobachtet zu lassen kam nicht in Frage. Man hatte in diesem Fall ohnehin zu wenige Ansatzpunkte und wichtige Spuren auf den Täter hätten verloren gehen können. Jetzt ergab sich endlich die Chance, Näheres über den Unbekannten erfahren zu können. Jedenfalls glaubte man das.

Doch es kam für die Spezialisten der SPUSI großes Pech hinzu. Wohl eine halbe Stunde hatten der Krankenwagen und der Wagen des Notarztes den Schauplatz verlassen, da setzte auch schon Blitz und Donner ein. Wie aus Eimern schüttete es plötzlich ununterbrochen und die Polizisten retteten sich in ihren Streifenwagen, um nicht völlig durchnässt zu werden.

Auch die Leute der Kripo und der SPUSI trauen sich nicht aus ihren Autos heraus, als sie eintrafen. Mit langen Gesichtern schauten sie aus den Fenstern ihrer Fahrzeuge hinaus und sahen ihre Felle davonschwimmen. Und so geschah exakt das, was die Kriminalexperten am wenigsten brauchen konnten. Die sintflutartigen Regenfälle verwischten beinahe sämtliche Spuren, die ihnen vielleicht weitergeholfen hätten. Insofern wendete sich unverhofft das Blatt für Vladimir Petrow. Man konnte zwar später bei Tageslicht noch vage Spuren durch abgeknickte Äste vermuten, doch irgendwas, was konkrete Hinweise auf die Person geben konnte – etwa Blut- oder DNA-Spuren - war nicht mehr auszumachen.

***

Die Kommissare des SEK standen mit betretenen Mienen am Einsatzort und blickten sich gegenseitig beinahe hilflos an.

„Das war schlichtweg Pech, das es ausgerechnet dann anfangen musste zu regnen, bevor unsere Kollegen der SPUSI ihren Job verrichten konnten!“, seufzte Irmgard Kuschke. „Aber ein derart schweres Gewitter im Herbst kommt schon mal vor.“

Sie war bereits in der Morgendämmerung vor Ort. Zoppke und Pimpel begleiteten sie dabei, während der Kollege Marks ihr lieber auswich. Zwar wussten die beiden anderen Kommissare keine Einzelheiten über den Disput ihrer Chefin mit dem Kollegen Marks, doch dass es sich um die Form einer Beziehungskiste handelte konnten sie sich denken. Nur den Bezug zu den Radkappen wussten sie nicht so recht einzuschätzen. Beim Kollegen Marks hierüber etwas zu erfahren war zwecklos. Auf Versuche von Anfragen reagierte er nur mit Schweigen und versteinertem Gesicht.

Kommissar Zoppke hatte danach noch einige Ansätze unternommen, sich mit Witzchen über den Radkappenvorfall wichtig zu machen. Doch nachdem seine Chefin ihm die dunkelgelbe Karte gezeigt hatte, schalteten sich bei ihm gewisse Bereiche des Gehirns ein, die ihm klar sagten, dass es ratsamer sei, damit aufzuhören. Die Nachteile bei Nichtbeachtung dürften wesentlich gravierender sein als irgendwelche Vorteile. Zoppke hörte schließlich mit den Gehässigkeiten auf. Hätte er gewusst, dass er selbst eine tragende Rolle in dem Konflikt spielte, hätte er wohl erst gar nicht damit angefangen.

„Hier sind überall nur Pfützen auf den Wegen, und im Gebüsch ausschließlich Matschepampe, wenn man durchläuft“, entgegnete Pimpel. „Wenn wir hier noch etwas finden sollten, dann höchstens nur, wenn der Täter etwas verloren hat. Oder?“, wandte sich der Kommissar an den Kollegen der Spurensicherung, der bei ihnen stand.

„Leider ist das so wie Sie es sagen", bestätigte der Mann im weißen Einteiler. „Wir können hier und da ein abgeknicktes Ästchen entdecken, doch ob das der Täter war oder jemand anderes, der zum Pinkeln in die Sträucher abbog, das kann man nicht feststellen. Und Fußabdrücke sind überhaupt nicht auszumachen. Als der Täter durch die Sträucher lief, war der Boden noch trocken und hart. Doch jetzt ist er aufgequollen und weich. Einfach keine Chance!"

„Dann sind wir noch genauso schlau wie vorher", ächzte Kommissar Zoppke.

„Nicht ganz richtig", schüttelte Kuschke den Kopf. „Wir wissen, dass der Gesuchte höchstwahrscheinlich männlichen Geschlechts ist und allein vorgeht. Zudem verläuft seine Flucht Richtung Klinik, was uns zu dem Schluss kommen lässt, dass er von dorther kam."

Pimpel zog ein Gesicht, als hätte er in eine Zitrone gebissen: „Das ist aber trotzdem recht dünn, Chefin. Eigentlich hatten wir uns das doch schon vorher gedacht."

Die Hauptkommissarin hob die Hand: „Mal langsam!" Dann wandte sie sich an den Mann der SPUSI: „Hier ist wohl nichts mehr zu finden, richtig?"

Der Mann nickte: „Ich fürchte, da haben Sie recht. Ich wüsste jedenfalls nicht, wonach wir Ausschau halten könnten."

„Dann sollten wir von hier aus den geraden Weg zur Klinik zurückverfolgen. Und in der Klinik selbst dann das nähere Umfeld absuchen. Vielleicht haben wir ja Glück und finden trotz des Regens doch noch etwas!"

Die Männer nickten bereitwillig. Dann begab sich die Gruppe quer durch das Buschwerk in Richtung des vermuteten Fluchtweges zum Parkausgang. Dabei ließ es sich nicht vermeiden, dass der eine oder andere unterdrückte Fluch zu vernehmen war. Der tiefe und klebrige Morast verschmutzte Schuhe und die unteren Teile der Beinkleidungen erheblich. Doch es half nichts, da mussten die Leute durch, wollten sie noch irgendwelche Spuren finden.

Am Parkausgang deutete Kuschke auf den asphaltierten Weg, der zur Klinik führte: „Ich denke, dort ist unser Mann längs gelaufen."

„Sollten wir nicht eine Hundestaffel anfordern?“, schlug Zoppke vor. „Wenn er hier gelaufen ist, dann könnten die Viecher vielleicht noch was erschnuppern? Vielleicht führen sie uns ja direkt zu dem Gesuchten!“

Irmgard Kuschke musste auflachen: „Zoppke“, meinte sie tadelnd. „Sie wissen doch genau, dass so ein Tier erst die Witterung des Täters aufnehmen muss, um eine Spur zu verfolgen. Und wo sollte es die herbekommen?“

„Na, wenn er dort gelaufen ist, dann wird dort auch seine Spur sein“, entgegnete der junge Kommissar arglos.

„Hier laufen Hunderte von Menschen tagtäglich entlang, Zoppke! Woher soll der Hund denn wissen, welche Spur die des Gesuchten ist?“

„Ach so, ja, ich dachte ja nur mal.“ Dem Mann war diese berechtigte Zurechtweisung sichtlich peinlich.

Und so suchten schließlich zwei Dutzend der mittlerweile eingetroffenen Ordnungskräfte das Areal vom kleinen Park her bis hin zur Klinik und bis hinter den Zaun der Klinikabgrenzung nach irgendwelchen Spuren ab. Doch Besonderes war nicht ausfindig zu machen. Der heftige Starkregen hatte sämtliche möglichen Spuren völlig verwischt.

Bis auf eine Auffälligkeit, die man unter der Laterne fand, unter der sich Petrow sein blutendes Bein verbunden hatte. Es war einem Beamten ein eigenartiger Fleck, eine atypische Verfärbung des Asphalts, aufgefallen. Sofort wurde der Spezialist der SPUSI herbeigerufen.

„Das könnte der verwaschene Rest eines Blutfleckes sein“, meinte dieser nachdenklich. „Die Laterne hier steht unter einem großen Baum. Möglich, dass der Schlagregen hier nicht so richtig durchkam.“

„Der kann doch von weiß Gott wem sein!“, entgegnete ein Kollege, der ebenfalls in der weißen Einteiler-Kluft steckte. „Oder vielleicht hat gestern hier unter dem Baum auch nur jemand eine Currywurst gegessen und dem ist etwas Ketchup hinuntergetropft. Die

Pommesbude am Minigolf-Platz ist doch gleich dort hinten." Dabei deutete er in die Richtung der Freizeitstätte.

„Nehmen Sie trotzdem eine Probe davon!", schaltete sich Hauptkommissarin Kuschke, die hinzugetreten war, dazwischen. „Ich gehe mal davon aus, dass dies hier weder Ketchup noch Blut ist, doch man kann ja nie wissen."

Dass sie jetzt tatsächlich eine Probe von Vladimir Petrow, dem gesuchten Mörder, hatten, hätte wohl keiner der Leute auch nur im Traum gedacht. Doch dafür hätte das Gefundene richtig ausgewertet und zugeordnet werden müssen. So war es nur ein wertloses Beweisstück, auch, wenn das Labor später feststellte, dass es sich um Blut handelte.

Die Frau Kommissarin grübelte augenscheinlich. Das fiel sogar ihrem Kollegen Pimpel auf.

„Alles in Ordnung, Chefin?", meinte dieser.

„Ich weiß nicht, Pimpel", sinnierte die Kriminalbeamtin. „Ich bin mir immer noch nicht schlüssig, ob die Spur wirklich zur Klinik führt oder der Täter uns nur irreführen will."

Pimpels Augen weiteten sich: „Natürlich kommt der aus der Klinik!", beteuerte er nachdrücklich. „Woher soll er denn sonst kommen?"

„Ja, genau, das ist hier die Frage."

„Ich lass mich kastrieren, wenn der anderswo herkommt!" bekräftigte der Kommissar.

Die Hauptkommissarin stutzte. Zwar war der Witz ziemlich derb, trotzdem huschte ein leises Lächeln über ihr Gesicht: „Lehnen Sie sich nicht soweit vor. Es könnte sein, dass ich darauf zurückkommen werde ..."

***

Sigfrid Sailer blickte erstaunt auf: „Was ist denn mit dir los, Vladi?"

„Gefallen, Bruder Sigfrid, der Herrscher Jülrinaldi ist gefallen", entgegnete Petrow.

Petrow zog vor lauter Schmerz in seinem Oberschenkel das rechte Bein etwas nach. Viel auffälliger jedoch waren die vielen kleinen Kratzer in seinem Gesicht.

„Wann bist du gefallen?“

Vladimir hob entschuldigend seine Schultern an: „Gestern Abend, Bruder. Der Gebieter hatte den Karren zur Gärtnerei gebracht, um ihn heute Morgen wieder abholen zu können.“

„Und wieso fällst du dabei?“

„Ich musste pinkeln, Bruder Sigfrid. Der Gebieter ist in die Büsche hinein und dabei gestolpert.“

Dabei tat Petrow die Angelegenheit als belanglos ab, indem er abwinkte.

„Zeig mal her!“

Sailer trat einen Schritt an den Mann heran und musterte ihn. Die Kratzer im Gesicht waren wirklich nur oberflächlich. Davon war in ein paar Tagen sicherlich nichts mehr zu sehen. Doch das Bein?

„Komm mal mit ins Büro“, ordnete Sailer an, „ich will mir dein Bein anschauen!“

Petrow schüttelte den Kopf: „Ist nicht nötig, Bruder Sigfrid, ist wirklich nicht nötig!“

Sailer machte eine winkende Handbewegung Richtung Büro: „Das kannst du überhaupt nicht beurteilen. Erst wenn ***ich*** sage, dass das nicht nötig ist, dann ist es auch wirklich nicht nötig. Also mitkommen!“

Nur widerwillig folgte Petrow dem Pfleger in das Behandlungszimmer. Nach seinem Ermessen war die Erklärung für die Blessuren ausreichend gewesen.

Im Büro angekommen hieß die klare Ansage des Krankenpflegers, nachdem er die Tür hinter sich zugezogen hatte: „Also, Hose runter!“

Zögerlich kam Petrow der Anweisung nach.

Sailers Augen weiteten sich, als er die Wunde näher betrachtete. Hatte er doch eher eine Prellung vermutet als eine äußerst tiefe Fleischwunde, wie er sie hier zu sehen bekam. Der Oberschenkel zeigte dabei eine mächtige Schwellung und das Umfeld der Wunde hatte sich bereits entzündet.

„Uijuijui", staunte Sailer über die Verletzung. „Das sieht aber gar nicht gut aus!"

Petrow schnaufte tief durch. Ihm passte es überhaupt nicht, wenn jetzt um seine Person ein derartiger Aufstand gemacht wurde.

„Ein Pflaster, Bruder Sigfrid", meinte Petrow. „Tu einfach ein Pflaster drauf."

Sailer lachte laut auf: „Damit ist es wahrlich nicht getan, Vladi. Ich denke eher, dass das Bein ruhig gestellt werden muss. Zudem musst du Antibiotika haben, und zwar schnellstmöglich. Und es wird eine Tetanusauffrischung nötig sein!"

„Muss nicht sein, Bruder Sigfrid", versuchte Petrow zu bagatellisieren. „Ein Pflaster reicht."

Sailer tippte sich gegen die Stirn: „Von wegen! Wie ist das denn passiert?"

„Ich sagte bereits, gefallen ist der Gebieter Jülrinaldi."

Sailer spülte die Blessur mit desinfizierender Wundlösung und tupfte sie vorsichtig sauber. Das verzogene Gesicht des Patienten deutete eindeutig auf den Schmerz hin, den er nicht wahrhaben wollte.

„Und beim Fallen ist der Ast in das Bein eingedrungen?"

Petrow nickte: „So war es, Bruder Sigfrid."

„Warum hast du dich nicht gestern Abend bei uns gemeldet?", tadelte Sailer. „Hätten wir die Wunde eher behandelt, dann hätten wir die Entzündung abschwächen können und das Antibiotikum würde schon wirksam sein."

„Der Gebieter war der Meinung, dass es nicht so schlimm sei", gab sich Petrow nun bewusst kleinlaut. Zum einen, weil er nun selbst einsah, dass die Sache wesentlich gravierender war, als er selbst gedacht hatte und zum anderen wollte er so wenig Aufsehen wie möglich erregen. Untergründig hatte er Sorge, dass diese Verletzung ihm Ärger einbringen würde im Hinblick auf die polizeilichen Ermittlungen.

„Da kannst du mal sehen, wie sehr sich doch ein Gebieter irren kann", lachte Sailer. „Sag deinem Oberguru da oben mal, dass er dir mehr Augenmaß verpassen soll!"

Darüber konnte Petrow überhaupt nicht mitlachen. Er verzog sein Gesicht und schmollte augenscheinlich.

Und zu alledem kamen nun auch noch Dr. Fleischmann und der Assistenzarzt Lindner zum Behandlungszimmer hinein. Lindner trottete in der letzten Zeit eher hinterher als dass er mit dem Chefarzt lief. Die Animosität des Chefs ihm gegenüber war unverkennbar. Seit dem ersten Vorfall mit Sabrina Nußpickel und dem anfängerhaften Verhalten des jungen Mannes hatte er seinen Assi gefressen. Dieser war deshalb froh, wenn seine Zeit auf dieser Station endlich herum war und zählte nur noch die Tage.

Da Vladimir Petrow Fleischmanns Spezi war, zeigte sich dieser sehr betroffen, als er das Bein des Mannes erblickte. Die Augen des Chefarztes weiteten sich.

„Mensch, Vladi, was ist das denn?", meinte er entsetzt.

„Eine Kleinigkeit, Bruder Hannes", winkte Petrow ab. „Nur eine Kleinigkeit!"

„Von wegen Kleinigkeit!", rief der Chefarzt aus und schaute sich das Bein näher an.

„Wir sollten das besser dem Chirurgen zeigen", wandte Sailer ein.

Fleischmann nickte lebhaft: „Auf jeden Fall! Sehen Sie zu, Herr Sailer, dass Vladi noch heute in der chirurgischen Ambulanz vorgestellt wird!"

„Kein Thema, wird gemacht, Herr Doktor!"

Petrow verdrehte die Augen. Dass solch ein Zirkus um ihn gemacht wurde passte ihm überhaupt nicht.

Dr. Fleischmann bemerkte das sofort. Da er seinen Patienten nach so vielen Jahren derart gut einzuschätzen wusste, dass er sich seinen Unmut denken konnte, wandte er sich freundschaftlich an ihn: „Du hast jetzt erstmal – sagen wir mal - wenigstens eine Woche frei, Vladi. Keine Einkäufe für deine Mitpatienten und keine Besorgungen für die Station. Du bist hiermit krankgeschrieben!"

„Ist nicht nötig, Bruder Hannes", schüttelte Petrow ganz energisch den Kopf.

„Keine Widerrede! Dein Bein braucht jetzt unbedingt Ruhe, sonst entzündet es sich noch weiter. Du legst dich sofort auf dein Bett oder auf das Sofa im Tagesraum und lässt dir die Sachen bringen, die du brauchst. Du läufst so wenig wie möglich herum, verstanden?"

Petrow blickte nur schweigend vor sich, ohne auf die Worte des Chefarztes zu reagieren.

Fleischmann und Sailer grinsten sich gegenseitig an. So ein bisschen Spaß an dem Groll Petrows konnten sie nicht bestreiten. Aber es war wirklich nicht bösartig, sondern eher eine liebevolle emotionale Anteilnahme.

„Wir können das Bein auch schienen und fixiert hoch lagern!", fügte Fleischmann hinzu.

Petrow riss beide Augen vor Schreck weit auf. Schnell hob beide Arme hoch, als wollte er sich ergeben: „Schon gut, schon gut, Bruder Hannes!"

Und somit waren die Fronten ganz klar abgesteckt. Petrow ergab sich seinem Schicksal und akzeptierte sämtliche Behandlungsmaßnahmen. Schließlich fertigte Sailer um Vladis Oberschenkel einen dicken Verband an. Und zu seinem Unmut verpasste ihm der Pfleger noch zwei Gehstöcke ...

***

Hauptkommissarin Kuschke hatte gerade den Bericht vom Labor per Mail bekommen und las ihn aufmerksam durch.

„Es war wirklich Blut, woraus dieser Fleck unter der Laterne bestand", sagte sie zu ihrem Kollegen Marks. Dabei ließ sie ihre Stimme bewusst reserviert klingen, und warum das so war, wusste der Kommissar nur zu gut.

„Ach Irmchen", winkte Marks ab, „das Blut kann doch von jedem sein! Dass unser Gesuchter ausgerechnet dort geblutet haben sollte ist doch noch unwahrscheinlicher als ein Sechser im Lotto!"

Das Gesicht der Hauptkommissarin verzog sich unvermittelt voller Zorn: „Wenn du noch einmal Irmchen zu mir sagst, dann schmeiße ich dich hier aus dem Büro hinaus und melde dich dem Polizeipräsidenten", fauchte sie ihn an. „Darauf kannst du wahrlich Gift nehmen!"

Marks erhob abwehrend die Hände: „Ist ja gut, ist ja gut, kommt nicht wieder vor!"

„Darum möchte ich bitten!", kam die knappe Antwort.

„Trotzdem frage ich mich, warum der Mann geblutet haben sollte. Dafür müsste er sich doch irgendwo verletzt haben. Doch Spuren hiervon haben wir nirgends gefunden. Vom Park bis hin zum Gelände war nichts davon festzustellen. Und unter der Laterne soll er dann angefangen haben zu bluten?"

„Der Regen hat natürlich ganze Arbeit geleistet, ist doch klar. Doch wieso liegt dort unter der Laterne eine derart große Blutlache? Und dass sie relativ groß war, das ist völlig unbestritten!"

Marks blickte seiner Chefin in die Augen und meinte vorsichtig: „Weil ich der Ansicht bin, Irmgard, dass das in einer Klapsmühle schon mal leichter vorkommen kann als anderswo. Es braucht doch nur mal ein Anfallskranker einen epileptischen Krampfanfall bekommen und dabei stürzen. Und deren gibt es hier reichlich. Oder ein anderer Patient hatte einfach nur furchtbares Nasenbluten. Das ist für mich jedenfalls wahrscheinlicher, als dass sich der von uns Gesuchte ausgerechnet an der Stelle verletzt haben sollte oder dort besonders heftig geblutet hat."

Kuschke dachte kurz nach und nickte schließlich: „Wahrscheinlich hast du wohl recht. Ich denke, es war mehr Wunschdenken von mir, dass das unsere heiße Spur sein könnte."

„So wird es sein", stimmte der Kommissar zu. Er war innerlich erleichtert, dass das Gespräch nun nicht mehr in diesem abweisenden Ton verlief.

„Trotzdem werde ich die Probe komplett analysieren lassen. Blutgruppe, DNA und das komplette Programm. Man kann ja nie wissen!"

Marks seufzte tief durch und wagte so etwas wie eine Selbstkritik: „Wäre ja wirklich zu hoffen, dass endlich mal was Greifbares zum Vorschein käme."

Kuschke stimmte bitter zu: „Wem sagst du das! Seit Wochen eiern wir hier herum und haben noch nicht einmal das kleinste Ergebnis und den Ansatz einer Mini-Spur vorzuweisen. Die Presse macht sich schon lustig über uns und der Polizeipräsident hat bereits durchblicken lassen, ob ich mit der Leitung des Falles vielleicht überfordert bin!"

Marks wollte nach der Hand seiner Vorgesetzten greifen, wohl um ihr etwas Nettes zu sagen. Doch Irmgard Kuschke zog sie rasch zurück.

„Lass es sein, Thomas", sagte sie wieder reservierter. „So eine Art von Trost brauche ich jetzt ganz bestimmt nicht!"

***

Diese quälenden Gedanken ließen sie einfach nicht los. Immer wieder musste Stephanie Maldessa an jenes Sommerfest denken, auf dem sie Vladi mit der Patientin gesehen hatte, die der gesuchten Frau, deren Bild Zoppke vor längerer Zeit umhergezeigt hatte, sehr ähnlich sah.

Sicherlich, Stephanie hatte sich immer wieder eingeredet, dass es kein bisschen schlimm sei, wenn Petrow auf dem Sommerfest mit jemandem am Würstchenstand ein Schwätzchen hielt. Doch da war dieses ungute Gefühl des Zweifels, gegen das sie sich nicht wehren konnte. Auch wenn es völliger Unsinn war und die junge Frau keinesfalls wollte, dass dieser nette Patient, Vladimir Petrow, durch die Kripo irgendwelchen Ärger bekam, so wollte sie nichtsdestoweniger endlich Klarheit schaffen. Diese zermürbenden Zweifel sollten endlich aus ihrem Kopf. Und deshalb nahm sie sich vor, bei der nächstbesten Gelegenheit Vladi einfach darauf anzusprechen. Wahrscheinlich war das der beste Weg, diesen negativen Gedanken einen endgültigen Riegel vorzuschieben.

Und unverhofft ergab sich diese Gelegenheit. Der Patient saß ganz allein im Tagesraum und war damit beschäftigt, sich einen

Vorrat an gedrehten Zigaretten anzulegen. Petrow drehte nicht gern bei Bedarf, sondern legte sich stets einen kleinen Vorrat an, mit dem er sein Zigarettenetui auffüllen konnte, sobald es sich leerte. Seine Gehstöcke hatte er neben sich auf den Boden gelegt.

Eigentlich hätte Petrow die ihm verpassten Krücken gar nicht nötig gehabt. Doch je länger er sich damit bewegte, umso mehr wurde ihm deren Zweckmäßigkeit bewusst. Es war weniger ihre Funktion als Gehhilfe, sondern eher das, was als Zusatzprodukt dabei herauskam. Überall dort, wo er mit den Gehstöcken auftauchte, gab es Zuwendung ohne Ende. Und die Tatsache, dass Besorgungen für die Station von anderen Kräften erledigt wurden, tat ihm richtig gut. Außerdem bekam er von allen Seiten zu spüren, wie sehr seine Hilfe bei den Schwestern und Pflegern vermisst wurde.

„Hast du mal kurz Zeit für ein Schwätzchen, Vladi?“, fragte Steffi freundlich und setzte sich ihm gegenüber in den Clubsessel. Dabei versuchte sie, sich so gelassen wie möglich zu geben.

„Der Gebieter Jülrinaldi hat für hübsche Schwestern immer Zeit!“, lächelte Petrow.

Dabei genoss er beglückt die Anwesenheit der jungen Frau, die er im Grunde schon für sich vereinnahmt hatte. Doch davon konnte Schwester Stephanie noch nicht einmal im Entferntesten etwas ahnen!

„Oh, was für ein Kompliment!“, lachte die junge Frau.

Petrow drehte derweil weiter seine Zigarettchen.

„Das ist kein Kompliment, sondern eine Feststellung“, schmunzelte er. „Eine kleine Prinzessin hat neben dem Gebieter Platz genommen.“

Steffi beugte sich ein wenig vor: „Trotzdem möchte ich dich etwas fragen, was mir einfach keine Ruhe lässt, Vladi. Im Grunde quält mich das schon seit Tagen!“

„Frage, kleine Prinzessin, stell deine Frage!“

Die junge Schwester nickte mit ernstem Gesicht und begann vorsichtig zu ermitteln: „Das Sommerfest, das ist doch noch gar nicht so lange her.“

„Stimmt", nickte der Patient. Er konnte nicht ahnen, worauf seine kleine Prinzessin hinaus war.

„Du hattest an der Wurstbude gestanden, erinnerst du dich?"

Ein Schwall von Wärme durchströmte Petrows Körper, was durch die Ausschüttung von Stresshormonen bewirkt wurde. Ihm schwante denkbar Unangenehmes.

„Mag sein", antwortete er beiläufig. Doch seine Sensoren waren dabei voll auf Empfang geschaltet.

„Es war so, Vladi", beteuerte Steffi. „Ich stand etwas abseits von dir und hab dich gesehen."

Petrow zuckte mit den Schultern.

„Na und?", sagte er gleichgültig.

„Und neben dir an der Wurstbude stand eine Frau, mit der du dich unterhalten hattest. Weißt du das noch?"

Nun gingen bei dem Mann sämtliche Alarmsignale an. Er spürte drohende Gefahr. Während des Zigarettendrehens war fast unmerklich ein leichtes Zittern seiner Hände zu beobachten.

„Der Gebieter hat an diesem Tag mit mehreren Leuten gesprochen. Sie alle sind an diesem Tag sehr gesprächig gewesen", entgegnete er, ohne von seiner Tätigkeit aufzuschauen.

„Der Kommissar war nach dem Verschwinden der Patientin auf unserer Station und zeigte ein Bild von ihr herum. Die Frau, mit der du gesprochen hast, sah jener Vermissten verdammt ähnlich. Du hattest dir das Bild doch auch angeschaut. Eigentlich hättest du sehen müssen, dass da eine Ähnlichkeit bestand."

Petrow schaute von seiner Aktivität auf: „Es wird eine andere Frau gewesen sein", meinte er mit klassischem Dackelblick. „Schwester Stephanie wird sich da irren!"

Die Frau schüttelte den Kopf: „Nein, Vladi, ich glaube nicht, dass ich mich geirrt habe."

Vladimir blickte Stephanie frontal in die Augen und lächelte dabei: „Und wenn es so gewesen wäre, Schwester Stephanie, was soll´s? Der Gebieter ist danach gegangen und hat seine Arbeit verrichtet. Er hatte nur ein Würstchen essen wollen."

Dabei streckte er der Schwester demonstrativ beide Handflächen entgegen, was wohl ausdrücken sollte, dass danach nichts mehr war.

„Hättest du das nicht der Polizei sagen sollen, dass du mit der Frau gesprochen hattest?“, fragte Steffi nun etwas verunsichert.

„Wenn es wirklich die gesuchte Frau war, dann werden viele mit ihr gesprochen haben, Schwester Stephanie“, entgegnete Petrow, der durch Steffis Verunsicherung merkte, dass er Oberwasser bekam.

Stephanie Maldessa grübelte einen Moment nach. Schließlich meinte sie: „Du hast wohl recht, Vladi. Die Frau werden viele gesehen und gesprochen haben. Was hätte es der Polizei gebracht, wenn du gesagt hättest, dass du mit ihr ein paar Worte gewechselt hast.“

„So ist es, Schwerster Stephanie, genauso ist es ...“

VII.

Wie bereits erwähnt sind die herausragenden Symptome der Schizophrenie, neben den inhaltlichen und formalen Denkstörungen, Defizite der Affektivität und des Antriebs. Zwar sind alle Elemente abhängig von der Verlaufsform und Intensität dieser Erkrankung, doch eine Eigenschaft zeigen fast alle Personen dieses Leidens: Fehlende Motivation bei der Hygiene und Körperpflege sind bei nahezu allen dieser Menschen ein prägendes Krankheitszeichen. So wirken diese Personen in der Regel unsauber und schmuddelig und die Auswahl und das Tragen der Bekleidung entsprechen nur selten den von der Gesellschaft gesetzten Normen. So wird oftmals beobachtet, dass diese Geschöpfe häufig verwahrlosen, wenn niemand für sie verantwortlich ist, der auf ihr Äußeres achtet. Hinzu kommt dann noch die Uneinsichtigkeit der Betroffenen, was bei der Betreuung in der Regel immer wieder zu Spannungen führt.

Zwar trug Vladimir Petrow fast immer einen Schlips bei seiner Arbeit, seine Garderobe konnte man jedoch eher als schmutzige Lumpen bezeichnen. Und eine gewisse Duftnote umgab den Patienten, die auch die dickste Schicht Rasierwasser nicht überdecken konnte. Es war zumeist Sigfrid Sailer, dem es dann gelang, den Mann zu bewegen, mal Hose und Hemd zu wechseln. Andere Kollegen waren bei diesen Versuchen chancenlos und die weiblichen Pflegekräfte erst recht!

Doch immer wieder war es mit sehr viel Stress verbunden, Petrow soweit zu bringen, einem Wechsel der Bekleidung zuzustimmen. Ganz zu schweigen von der Körperpflege. Dann und wann Petrow mal in die Badewanne zu bekommen, war so etwas wie ein außergewöhnliches Kunststück. Und wenn sogar Sailer verzweifelte und sich geschlagen geben musste, war Dr. Fleischmann die allerletzte Hoffnung. Die Drohung von Arzneigabe oder Verlegung zog schließlich immer. Nur wollte Fleischmann dieses Element nicht zu oft anwenden und das wirklich als die allerletzte Option offen halten.

Stephanie Maldessa passte die offensichtliche Unsauberkeit des Mannes schon lange nicht mehr. So sehr sie ihn auch mochte und schätzte, in seiner Nähe zu verweilen war für sie beinahe ein Kraftakt. Vladi müffelte stetig vor sich hin und hatte einen schier unerträglichen Mundgeruch. Zudem war er so gut wie immer unrasiert und seine Bekleidung stand regelrecht vor Schmutz.

Mittlerweile hatte sich die junge Frau auf der Station Position und Ansehen erarbeitet. Und so fühlte sie sich eines Tages dazu berufen, endlich das umzusetzen, was sie schon lange störte. Irgendwie hatte sie sich an diesem Tag in den Kopf gesetzt, der Unsauberkeit Petrows einen Riegel vorzuschieben. Zwar hatte sie Schwester Diana eindringlich davor gewarnt, sich mit dem Mann anzulegen und dies lieber dem Kollegen Sailer zu überlassen, doch diese Ermahnungen brachten nichts. Der Gedanke war jetzt in ihrem hübschen Kopf verankert und sie wollte ihn endlich umsetzen!

„Lass sie doch ihre eigenen Erfahrungen sammeln", meinte Sailer zu Diana, nachdem er gehört hatte, welcher Ehrgeiz seine Kollegin gepackt hatte.

„Das geht doch niemals gut!", zweifelte die Stationsschwester. „Der Vladi macht die Kleine doch zum Hanswurst!"

„Na und, soll er doch! Für Steffi wird es ein Lerneffekt sein, den auch sie einmal erfahren sollte. Anschließend kann ich mir den Burschen noch vorknöpfen und ihn in die Wanne stopfen!", lachte Sailer köstlich amüsiert. „Bitter nötig hat das Ferkel es allemal!"

Und Steffi verwarf diese Warnung ihrer Vorgesetzten tatsächlich und passte Petrow, der wieder einmal im Tagesraum saß und seine Zigaretten drehte, ab.

Vorher hatte sie sich noch versichert, ob die mittlerweile verschorfende Wunde Petrows mit Wasser in Berührung kommen dürfe. Dr. Lindner hatte diesbezüglich nichts einzuwenden und empfahl zudem, dem Badewasser einen Schuss Kamillenlösung hinzuzufügen. Dies wäre bei der Säuberung der Wunde sogar förderlich, und eine Reinigung der Wunde war sowieso angeraten!

Die junge Schwester nahm ihren ganzen Mut zusammen und trat auf Petrow zu: „Vladi, du stinkst!“

Petrow stutzte und unterbrach seine Drehtätigkeit. Er blickte überrascht von seiner Aktivität auf, als hätte er überhaupt nichts verstanden.

„Ja, schau mich ruhig an. Du stinkst wie ein Ziegenbock!“, sagte Steffi couragiert.

„Die kleine Prinzessin schmerzt den Gebieter mit ihren Worten“, entgegnete Petrow richtig betroffen. Einen derartig konsequenten Umgangston hätte er dem Mädchen niemals zugetraut. Umso überraschter war er nun.

Stephanie deutete zur Tür des Tagesraumes: „Wir beide gehen jetzt zusammen ins Bad und ich lass dir Wasser ein!“, kam der eindeutige Befehl.

Petrow schüttelte energisch den Kopf und entgegnete in einem Ton, dem zu entnehmen war, wie unglaublich er die Forderung der Schwester empfand: „Da wird die kleine Prinzessin leider lange warten müssen, bis der Gebieter ihrer Aufforderung nachkommen wird!“

„Bitte, sei doch vernünftig, Vladi“, bat Steffi nun schon wesentlich sanfter. Ihr schien wohl erst jetzt so richtig klar zu werden, dass die zu knackende Nuss wesentlich härter war als gedacht.

Was sie nicht sah, waren Dr. Fleischmann und Sigfrid Sailer, die in der Tür des Tagesraumes erschienen und belustigt miteinander gestikulierten. Insbesondere Fleischmann war von dem Mut der jungen Schwester beeindruckt.

„Die kleine Prinzessin möge dem Gebieter Jülrinaldi nicht böse sein“, sagte Petrow beinahe feierlich. „Aber der Gebieter wird sich ihrer Anordnung niemals fügen!“

Dabei konnte man es dem Patienten deutlich ansehen, wie sehr er seinen Sieg gegenüber Stephanie genoss. Voller Selbstherrlichkeit hob er dabei wie ein Pastor beide Arme, als wolle er einen Segen aussprechen.

„Aber meiner Anordnung wirst du dich fügen!“, kam eine Stimme von der Seite her.

Petrow zucke zusammen und wandte sich erschrocken um.

„Bruder Hannes“, sagte er mit stockender Stimme. „Du hier?“

„Ja, ich hier“, lachte Fleischmann. „Und wenn ich dir jetzt sage, dass Schwester Stephanie dich in meinem Auftrag angesprochen hatte“, log er, „dann kannst du dir sicherlich denken, dass ich sehr sauer werden kann, wenn man meinen Anweisungen nicht nachkommt!“

Petrow stand mit offenem Mund und großen Augen da und war nicht in der Lage zu antworten. Zu sehr war er von der Situation überrumpelt worden.

„Ich kann das bestätigen, was der Doktor sagt!“, nickte Sailer, der neben dem Chefarzt stand.

„Das hatte mir die kleine Prinzessin nicht gesagt!“, stammelte Petrow in seiner Hilflosigkeit.

Natürlich wusste Petrow, dass er belogen wurde. Doch er wusste auch, dass er keine Chance hatte, wollte er nicht erhebliche Nachteile riskieren. Tatsächlich würde ihn Fleischmann niemals auf eine andere Station verlegen, darüber sorgte er sich nicht. Doch die Möglichkeit, dass er aus seinem Kellerdomizil weichen musste, die war äußerst real. Insbesondere deshalb, weil er offiziell sein Zimmer dort unten gar nicht haben dufte. Es entsprach nicht im Geringsten den bestehenden Brandschutzverordnungen und stellte somit für den Patienten eine Gefahr dar. Und dass Petrow trotzdem im Keller bleiben durfte, war einzig der Fürsprache Fleischmanns zu verdanken, der mögliche Konsequenzen mit den Behörden auf seine Kappe nahm. Dass sich der Chefarzt dabei nicht sonderlich wohl fühlte, war sogar Vladimir Petrow klar. Und noch klarer war ihm, dass es Fleischmann als Steilvorlage nutzen würde, sollte er sich jetzt bewusst querstellen und der Anweisung nicht nachkommen.

Während diese Gedanken in Petrows Kopf kreisten, nahmen seine Augen einen eigenartigen Glanz an. Hatte er Stephanie Maldessa bisher als seine kleine Prinzessin verehrt und behütet, so kippte das Ganze jetzt hin zu Enttäuschung und Wut. Nie hätte er erwartet, dass die von ihm Auserwählte es durchsetzte, ihn derart zu entwürdigen.

„Nun?“, meinte Fleischmann auffordernd. Innerlich genoss er ein wenig Petrows Bredouille.

Petrow atmete tief durch. Er sah ein, dass es keinen Sinn hatte und erhob sich vom Sessel.

„Jülrinaldi wird der Aufforderung unter Protest nachkommen“, sagte er mit verbissener Stimme. Dabei kochte er innerlich auf höchster Flamme.

Fleischmann nickte schmunzelnd: „Na, geht doch!“

„Dann lass ich dir schon mal Badewasser ein!“, rief Stephanie erfreut aus.

Schnell eilte sie los zum Bad, und kurz darauf hörte man auch schon das Wasser von dorther rauschen. Fleischmann und Sailer blieben derweil neben Petrow im Tagesraum stehen und warteten darauf, dass er sich endlich in Bewegung setzte. Noch trauten sie dem Braten nicht.

„Wartest du noch auf den Bus, Herr Gebieter, oder müssen wir dich ins Bad tragen?“, fragte Sailer mit drohendem Unterton in der Stimme.

„Ich bin bereit“, knurrte der Patient mürrisch.

Sailer streckte seinen Arm aus und verbeugte sich leicht: „Na, denn, nach Ihnen ...“

Dr. Fleischmann zwinkerte dem Pfleger noch kurz zu und entfernte sich. Petrow schlurfte Richtung Waschraum, eskortiert von Sigfrid Sailer. Der grinste dabei wie ein Honigkuchenpferd. Irgendwie hatte er seinen Spaß daran, Petrow derart kleinlaut und demütig zu sehen.

Im Badezimmer wandte sich Sailer mit leiser Stimme zu seiner Kollegin, während Petrow in der Ecke anfing, sich zu entkleiden. Das Einlaufen des Wassers übertönte Sailers Stimme: „Soll ich den Stinker nicht besser abseifen, Steffi?“

Doch das Mädchen hatte gerade ein Erfolgserlebnis hinter sich und war deshalb ziemlich mutig.

„Nichts da!“, erwiderte sie resolut. „Abseifen kann sich Vladi ja selbst. Ich achte nur darauf, dass er es gründlich tut. Nur Finger-

und Fußnägel bei ihm schneiden, dass mach ich dann lieber selbst. Ich habe letztens noch gesehen: Besonders an den Füßen beginnen die Dinger bald einzuwachsen. Das muss doch wehtun, einfach unglaublich!"

„Er könnte es dir mächtig übel nehmen, wenn er sich einer Frau fügen muss", warnte Sailer. „Das hat er bislang noch nie gemusst!"

Andererseits bereitete es dem Pfleger Vergnügen, wenn Petrow von seinen Höhenflügen etwas heruntergeholt wurde.

„Er kann ja die Polizei anschließend anrufen und Anzeige erstatten!", lachte die junge Krankenschwester.

„Ich hab dich gewarnt", lachte Sailer nun seinerseits und verließ dann das Bad.

Er hatte noch wichtige Pflegedokumentationen zu erledigen und war im Grunde froh, dass Steffi die Angelegenheit hier übernahm.

Nur widerwillig folgte Vladimir der Aufforderung Steffis, in die Wanne zu steigen. Ihm passte gar nicht, dass die junge Frau sich mit ihm abgab und nicht Pfleger Sigfrid. Es war dabei weniger der Umstand, dass er sich nackt zeigen musste – diesbezüglich sind die Schamgrenzen in psychiatrischen Einrichtungen zumeist ziemlich niedrig angesetzt – nein, es war das demütigende Gefühl, sich dieser jungen Frau unterordnen zu müssen, die noch vor kurzem für ihn die vom Übergeordneten Gesandte war. Das war es, woran er ganz erheblich zu knacken hatte, und seine ursprüngliche Ehrfurcht gegenüber Stephanie kippte so langsam um in Richtung Hass und Rachegedanken.

Und es kam noch wesentlich schlimmer! Petrow hatte gerade in der Wanne Platz genommen. Dabei machte er ein Gesicht als säße er in einem Salzsäure-Bad. Steffi griff sich den Brausekopf und wollte gerade seine Haare nass machen, um sie zu waschen. Doch unvermittelt stutzte sie und beugte sich hinunter, um sich die Haartracht näher zu betrachten. Dann fuhr sie erschrocken zurück.

„Iiiih, igitt!", ihr Aufschrei war derart schrill, dass sogar Petrow zusammenzuckte.

„Was ist denn?", kam seine unfreundliche Frage.

„Vladi, da zappelt es auf deinem Kopf, und frag nicht nach Sonnenschein!“, rief Steffi entsetzt.

„Die Schwester soll keinen Unsinn reden!“

„Doch, doch, du hast Läuse. Auf deinem Kopf tummeln sich ganze Heerscharen!“

Und schon setzte bei der Schwester jenes Phänomen ein, welches ein jeder von uns in einer solchen Situation haben wird: Es fängt einen überall zu jucken an.

Petrow wandte sein Gesicht nach oben zu Steffi: „Jülrinaldi hat keine Läuse!“, meinte er empört.

Durch den Aufschrei der Schwester alarmiert, stürzte Sigfrid Sailer ins Bad: „Was ist denn hier los?“

„Schau dir das an, Siggi“, erklärte Stephanie kopfschüttelnd und deutete auf Petrow: „Unser Vladi hat jede Menge ungebetene Gäste auf dem Kopf!“

„Sag bloß, der hat Läuse?“, kam die ungläubige Frage.

Mit zornigem Blick wandte sich Petrow erneut um: „Der Gebieter hat keine Läuse!“

Sailer ließ sich nicht beirren und schritt zur Badewanne, um sich zu dem Patienten herunterzubeugen. Mit nur einem Blick inspizierte er die Haarpracht Petrows und trat sofort einen Schritt zurück.

„Aber hallo!“, rief er bestätigend aus. „Da ist ja wirklich Leben auf deiner Birne, Vladi!“

Petrow sagte jetzt nichts mehr. Ihm fing die Sache wirklich an, peinlich zu werden. Auch wenn es für einen Gebieter über alles schier undenkbar war, Läuse zu haben, so musste das Gerede der Betreuer etwas an sich haben, was den Tatsachen entsprechen musste. In seinem schizoiden Gedankengut festigte sich deshalb die Fiktion, dass ihm die Viecher ein Kontrahent auf das Haupt gesetzt haben musste. Ja, genau, so wird es gewesen sein!

„Am besten, du gibst kurz Lindner Bescheid, damit er sich Vladis Kopf anschauen kann“, sagte Sailer zu Steffi. „Ich denke, dass *ich* jetzt besser bei unserem Gebieter bleibe!“

„Und strafen soll er jene, die es gewagt haben, Jülrinaldi derart zu demütigen!“, fügte Petrow hinzu.

Sailer verstand nicht, was Petrow damit sagen wollte: „Wen soll Linder bestrafen?“

„Jene, die mir diese Tiere auf mein Haupt legten!“, kam die empörte Antwort.

Ein wenig sauer wurde Sailer jetzt schon: „Du solltest nicht einen solchen Mist reden, Vladi. Dass du Läuse hast, ist einzig deiner Unsauberkeit zu verdanken und sonst nichts!“

„Bruder Sigfr...“

„Nichts da!“, unterbrach Sailer barsch. „Wer sich nur zu Weihnachten und Ostern wäscht, bei dem fühlen sich diese Viecher nun mal sauwohl! Ab sofort machen wir für dich einen Badeplan, ob dir das passt oder nicht!“

„Bruder Sigfrid mag sich nicht so aufregen“, war die kleinlaute Antwort.

„Und eine neue Frisur werde ich dir gleich verpassen. Da kannst du dich schon jetzt darauf einstellen!“

Petrow schwante nichts Gutes: „Neue Frisur?“

Sailer nickte schmierig grinsend: „Ja, natürlich! Glaubst du etwa, das ist mit Haare waschen getan? Runter muss die ganze Wolle und zwar bis zur Kopfhaut!“

Vladimir schluckte mehrmals hörbar, doch er blieb dabei ruhig. Dies war jetzt wirklich ziemlich viel für ihn.

Der Pfleger merkte die Betroffenheit seines Schutzbefohlenen. Doch was sollte er machen? Zwar gab es auch alternative Behandlungsmethoden, wie etwa die Behandlung mit Goldgeist-Lösung, doch hierfür hätte es der Mithilfe des Patienten bedurft. Leider war, was Hygiene und Mithilfe betraf, damit bei Petrow beileibe nicht nicht zu rechnen. Insofern bereitete Sailer den Mann schon mal auf die bevorstehende Glatze vor.

„In ein paar Wochen wachsen die Haare schnell wieder nach, Vladi“, versuchte Sailer tröstend auf den deprimiert wirkenden Mann einzuwirken.

„Es wird sehr erniedrigend für den Gebieter sein, Bruder Sigfrid", Petrow klang sehr niedergedrückt.

Und Sailer hatte dabei sogar das Gefühl, das hörte sich traurig an. Doch insgeheim gab es wohl kaum jemanden auf der Station, der nicht wenigsten ein bisschen Spaß daran hatte, Petrow mit Glatze zu sehen!

Und so kam es dann auch. Nachdem Schwester Diana über das Geschehene informiert wurde, war sie sich mit den Ärzten einig, dass die Glatze für alle die beste und am leichtesten durchführbare Lösung war. Alles andere wäre mit dem bekannten Stress und unendlichen Diskussionen mit dem Patienten verbunden gewesen. Und jetzt, wo man ihn in einer gewissen Demutshaltung hatte, war eine günstige Gelegenheit, zumal der Patient noch immer in der Wanne saß und das Badewasser mittlerweile derart abgekühlt war, dass Sailer warmes Wasser nachlaufen ließ.

„So, mein Freund", meinte Sailer schließlich, nachdem er grünes Licht für die Maßnahme bekommen hatte, „schreiten wir zur Tat. Schön durchgeweicht bist du ja inzwischen!"

Mit geschlossenen Augen ertrug Vladimir Petrow schließlich die Zeremonie der Radikalrasur. Zuerst stutzte der Pfleger mit der Schere das Haar so kurz wie möglich, um dann die Stoppeln mit einem Rasierpinsel einzuschäumen. Mit einem Nassrasierer entfernte Sailer schließlich gänzlich alles, was da noch sprießte, bis der Kahlkopf vollendet war ...

***

Vladimir Petrow wurde mit seiner Behandlung gerade noch rechtzeitig fertig zum Abendessen. Frisch gewaschen, rasiert und ansehnlich bekleidet ging er nach der entwürdigenden Zeremonie zögerlich in den Speiseraum. Er fühlte sich fürchterlich unwohl, denn er konnte sich allzu ausgiebig denken, was ihm nun bevorstand.

Besonders jene Patienten, die – wie man so schön sagt - bereits zum Inventar gehörten, also mehr oder weniger Dauergäste in der

Psychiatrie waren und Petrow schon lange kannten, stutzten verblüfft, als ihr Mitpatient in den Speisesaal einmarschierte. Dass Petrow Läuse hatte und einer Radikalkur unterworfen wurde hatte sich mittlerweile wie ein Lauffeuer herumgesprochen. Natürlich waren da Hohn und Spott nicht ausgeblieben.

„Ein neuer Patient!“, flachste der eine.

„Sind Sie Herr Kojak?“, frotzelte ein anderer.

Petrow hatte das Gefühl, er müsse Spießrutenlaufen. Mit hochrotem Kopf nahm er an seinem Tisch Platz und fing an, sich Kartoffelsalat aus der Schüssel auf den Teller zu füllen.

Da trat ein Mitpatient vom Nebentisch an ihn heran. Man konnte seinem Gesicht geradezu die beabsichtigte Gehässigkeit ansehen. In seiner Hand hielt er ein Blatt Papier und einen Bleistift.

„Kann ich ein Autogramm haben, werter Herr Kojak?“, fragte er grinsend.

„Hau ab, du Idiot!“, schrie ihn Petrow an.

Im Speisesaal war nur noch schallendes Gelächter zu hören.

„Bitte, nur ein kleines Autogramm für meine Enkel!“, zog ihn der Patient weiter auf.

Das reichte Petrow. Mit einem lauten Geschepper knallte er sein Besteck auf den Tisch und sprang von seinem Platz auf. Dann verließ er fluchtartig den Speisesaal. Hinter ihm erschallten weiterhin spöttische Lachsalven, nun jedoch in einer gesteigerten Form. Sie alle hatten ihren Heidenspaß an Petrows Verdrießlichkeit.

Petrow lief schnurstracks zu seinem Zimmer im Keller und schlug die Türe hinter sich mit einem lauten Knall zu. Da stand er nun und atmete tief durch. Diese unglaubliche Entehrung und Majestätsbeleidigung musste er erstmal verarbeiten.

Petrow trat an den Spiegel, der über dem Waschbecken hing, und betrachtete sich. Ein ihm völlig Unbekannter betrachtete ihn mit bösen Blicken. Ein Glatzkopf, der sogar seinem Besitzer fremd war. Unglaublich, diese Demütigung, die man ihm da angetan hatte!

Wut und Zorn durchströmten ihn. Zorn auf jenes junge Mädchen, das er als seine Prinzessin ehrte und das ihm heute so übel mitgespielt hatte. An seiner Seite sollte es einmal sitzen, wenn er die Herrschaft über die Welt und das gesamte Universum übernahm!

Petrow schüttelte den Kopf: „Das wirst du mir büßen!", sagte er leise zu dem unbekannten Antlitz, das ihn anschaute. „Auch du wirst am Pfahl landen, das gelobe ich hiermit!"

Der Mann schloss seine Augen und versuchte krampfhaft, sich gegen das Gefühl, was nun nach oben drängte, zu wehren. Doch es half nichts: Dicke Tränen rannen ihm über die Wangen. Tränen der Verbitterung, des Unmuts und der Enttäuschung. So hatte sich Vladi bisher selbst noch nie erlebt. Er schämte sich für diese Verhaltensweise, die eines Gebieters wahrlich nicht würdig war.

***

In den letzten Tagen empfand Stephanie Maldessa zunehmend Unwohlsein und Übelkeit. Auch eine gewisse Abneigung gegen Speisen, die sie sonst immer sehr mochte, wurde immer auffälliger. Dieses Gefühl setzte nicht von jetzt auf gleich ein, sondern wuchs langsam, aber stetig. Als dann auch noch ihre Periode überfällig war, schwante ihr etwas, was sie zwar nicht in Besorgnis, jedoch in ein eigenartiges Gefühl des Bedauerns versetzte. Bedauern deshalb, weil dies keinesfalls eingeplant war und ihren Plänen, beruflich weiterzukommen, überhaupt nicht entgegenkäme. Darum wollte sie schnellstens Gewissheit und besorgte sich aus der Apotheke einen Schwangerschaftstest.

Da der Morgenurin den höchsten HCG-Gehalt, also jenes Hormon, mit dem man eine Schwangerschaft nachweisen kann, enthält, wandte sie den Teststreifen gleich frühmorgens an. Gebannt wartete sie die wenigen Momente, bis das Ergebnis ablesbar war. Und siehe da: Er war wirklich positiv! Zwar liegt die Wahrscheinlichkeit dieser Tests bei 95 Prozent, doch im Zusammenhang mit ihren anderen Symptome, die ebenfalls darauf hinwiesen, war sich Stephanie völlig sicher: Sie erwartete ein Kind!

Die junge Frau lehnte sich erstmal zurück und musste nachdenken. Dirks und ihr Leben würde sich demnächst völlig verändern, das war klar. Doch wie sollte sie es ihm nur beibringen? Und würde er sich freuen oder gar ablehnend reagieren? Was würden ihre und die Eltern von Dirk dazu sagen?

Diese und hunderte andere Fragen schwirrten ihr durch ihren hübschen Kopf. Und sie war sich völlig sicher: Alle ihre Lieben würden sich mit ihr freuen und ihr und ihrem Schatz bei der künftigen Lebensplanung gern behilflich sein. Das erste Problem würde sich schon unmittelbar zeigen. Die gemeinsame, soeben erst bezogene kleine Wohnung war nicht groß genug für eine kleine Familie. Doch Stephanie hatte ein denkbar gutes Gefühl. Sie hatte einen netten Mann, den sie liebte und eine Familie, die zu ihr stand. Daher fühlte sie sich geborgen und ihre Welt schien in Ordnung. Hätte sie gewusst, was ihr noch bevorstand, wäre sie wesentlich weniger zuversichtlich gewesen ...

***

Dirk hatte an diesem Tag Spätdienst bis 22 Uhr. Oftmals kam es dabei vor, dass man sich noch mit dem ablösenden Nachtdienst verquatschte. Das bedeutete, dass es so manches Mal beinahe 23 Uhr wurde, bis der junge Mann nach Hause kam. Sehr zum Unmut von Stephanie, die sich meistens ärgerte, wenn ihr Liebster den Absprung nicht schaffte. Deshalb hatte sie ihn vorsorglich angerufen und mit geheimnisvoller Stimme eine kleine Überraschung in Aussicht gestellt.

Dirk war nun seinerseits neugierig geworden und sah zu, dass die Dienstablösung recht zügig vonstatten ging. Insbesondere deshalb, weil seiner Liebsten auch nicht mal der kleinste Hinweis zu entlocken war, was jene Überraschung betraf.

Zur Feier des Tages hatte sich die junge Frau bemüht, eines der Lieblingsgerichte ihres Teuersten zu kochen. Es waren bescheidene Spaghetti Bolognese mit dick Parmesan drauf, die er besonders gern aß. Zwar ist Essen zu derart später Stunde nicht die allergesündeste Maßnahme, doch da die beiden ihre Essgewohnheiten ihren Schichtdiensten anpassen mussten, waren unregelmäßige Mahlzeiten, oft auch am späteren Abend, normal für sie.

Voller Spannung saßen die beiden nun am Küchentisch und füllten ihre Teller auf. Steffi machte es spannend, denn sie wartete mit ihrer Nachricht und aß erstmal in aller Ruhe ihre Nudeln. Derweil wartete Dirk geduldig, dass seine Liebste endlich mit ihrer angekündigten Überraschung aufwartete. Die junge Frau merkte natürlich die angespannte Neugierde Dirks und amüsierte sich köstlich. Schmunzelnd schaute sie ihrem Gegenüber in das wartende Gesicht.

„Und ...?", fragte Dirk schließlich.

„Was, und?", grinste Stephanie.

„Tu doch nicht so blöd", knurrte Dirk. „Du wolltest mich doch mit irgendwas überraschen!"

Steffi winkte lachend ab: „Ach so, ja natürlich. Hätte ich fast vergessen!"

„Dann kann es ja nichts Besonderes gewesen sein", meinte Dirk nun ein wenig enttäuscht. Hatte er doch wirklich was ganz Tolles erwartet.

„Das kann man sehen, wie man will", schmunzelte Stephanie. „Es gibt Leute, die freuen sich darüber wie die Schneekönige und es gibt welche, die sind darüber entsetzt."

Dirk tippte sich gegen die Stirn: „Was soll das denn für ein Idiotentest sein? Entweder findet man etwas gut oder man findet es schlecht?"

„Richtig."

Der junge Mann kratzte sich am Hinterkopf: „Ich denke, da wirst du mir auf die Sprünge helfen müssen."

„Na, denk doch mal nach, was das sein könnte!"

Als Antwort gab es nur Schulterzucken.

Stephanie schaute ihrem Schatz ganz fest in die Augen: „Es gibt Männer, die freuen sich darüber und andere wiederum nicht, wenn sie Vater werden."

Dirk hatte gerade seine Gabel mit den aufgerollten Nudeln daran in den Mund gesteckt. Als er nun Steffis Worte vernahm, verschluckte er sich fast. Schnell kaute er seinen Bissen und schlang ihn rasch hinunter.

„Waaas?“, rief er ungläubig und freudig zugleich. Über das gesamte Gesicht strahlend lief er um den Tisch herum und nahm seine Steffi in den Arm, die ihm dabei ein paar Schritte entgegenkam.

„Wir werden eine kleine Familie“, lachte das Mädchen glücklich und erleichtert, weil Dirk die Nachricht genauso aufnahm, wie sie es erwartet hatte.

Dirk nahm ihr Gesicht in seine Hände: „Bist du dir denn auch ganz sicher?“, fragte er liebevoll.

„Eigentlich schon“, nickte die Frau. „Der Test zeigte es jedenfalls an. Ich werde morgen einen Termin beim Arzt machen, damit wir es zu hundert Prozent sind.“

***

Hauptkommissarin Kuschke atmete tief durch. Endlich so etwas wie eine Spur, mit der man ein bisschen was anfangen konnte.

„Die SPUSI hat sich noch einmal in jenem Park umgeschaut“, sagte sie zu Kommissar Marks. „Es war eher Zufall, dass einem der Mitarbeiter ein Aststück an einem Strauch auffiel, an dem die Spitze abgebrochen war.“

„Oha“, stimmte Marks interessiert zu, „und weiter?“

„Winzige Blutspuren konnten an der Spitze nachgewiesen werden“, fuhr die Hauptkommissarin fort. „Und ich gehe jede Wette ein, dass dies nur von unserem Gesuchten stammen kann!“

Marks nickte zustimmend: „Endlich mal was richtig Greifbares, Irmgard.“

Kuschke verzog etwas das Gesicht, weil der Kollege ihr allzu vertraut kam. Doch dass da früher eine Beziehung bestanden hatte, war nun mal eine Tatsache, die nicht zu ändern war. Deshalb war sie bemüht, sich nichts anmerken zu lassen und hielt ihren Dialog im dienstlich-steifen Vokabular.

„Und wenn sich dann noch die Blutprobe mit dem Blutfleck identisch zeigt, den wir unter der Laterne fanden, Herr Kollege, dann haben wir so etwas wie ein geringfügiges Bewegungsprofil des Täters.“

Marks konnte sich ein Grinsen über den „Herrn Kollege" nicht verkneifen: „Viel interessanter finde ich die andere Tatsache, Frau Kollegin", stichelte er, „dass uns das blutige Aststück einen wichtigen Hinweis gibt."

„Richtig. Der Gesuchte hat sich offensichtlich verletzt. Nun weiß man natürlich nicht, ob es sich bei der Wunde um einen kleinen Kratzer oder um eine gravierende Verletzung handelt. Trifft Letzteres zu, dann sollten wir uns auf den Stationen danach umschauen, ob dort jemand eine Stichwunde aufweist."

Endlich tat sich was in dem Fall! Bei Marks setzte die Anspannung ein, denn nun wurde Gott sei Dank etwas in Gang gesetzt, endlich kam Bewegung in die Angelegenheit. Die frustrierende Warterei und das ziellose Suchen schienen endlich Strukturen anzunehmen. Hoffentlich war das jetzt nicht wieder ein Irrläufer!

„Laut SPUSI müsste sich die Wunde in Höhe des Oberschenkels befinden", fuhr die Hauptkommissarin fort. „Sofern der Gesuchte aufrecht dagegen gelaufen ist. Er könnte natürlich auch hineingefallen sein."

Marks winkte ab: „Ist doch egal, Irm... äh, Frau Kollegin", fügte der Kommissar schnell hinzu. „Ich mach mich jedenfalls sogleich auf die Socken und klappere die Stationen ab!"

Marks schnappte sich seine Jacke und strebte zur Tür.

Irmgard Kuschke rief ihm hinterher: „Warte, ich begleite dich, Herr Kollege!"

Nun musste Marks laut auflachen: „Das können Sie halten, wie du willst, Frau Kollegin ..."

***

Die Waschmaschinen, die im Keller des Hauses 42 standen, wurden ausschließlich für die Privatwäsche der Patienten genutzt. Wie in jedem Krankenhaus erfolgte die Versorgung der Privatwäsche zumeist durch Angehörige oder Bekannte des Patienten. Doch einige dieser Kranken hatten niemand, der sie betreute und mit frischer Wäsche versorgte. Für sie standen eben diese zwei Maschinen im

Keller, die recht stark frequentiert waren. Um Streit zu vermeiden gab es eine Liste, in der jeder Patient eintragen konnte, zu welchem Zeitpunkt er eine der Maschinen nutzen wollte.

Und dann gab es da einen Zeitraum am Abend, wo beide Maschinen nur vom Personal betrieben wurden. Während dieses Zeitraumes wurde zumeist die Wäsche der Patienten gewaschen, die mit der Bedienung der Geräte überfordert oder krankheitsbedingt nicht in der Lage waren, eigenständig für saubere Wäsche zu sorgen. Und merkwürdigerweise waren das dann immer die Schwestern, die dieses Amt übernahmen, nur selten ließ sich einer vom männlichen Personal zu dieser niederen Arbeit herab, was dann und wann auch schon mal für Unfrieden im Kollegenkreis sorgte.

Stephanie Maldessa hatte sich den Wäschekorb von Sabrina Nußpickel geschnappt. Sabrina war viel zu schlecht drauf, als dass man sie mit ihrer Wäsche in den Keller lassen konnte, und unbeaufsichtigt schon gar nicht. Ihre Suizidalität war schon so etwas wie ein Standard-Zustand und für das Personal wahrlich nicht unproblematisch, denn man durfte diese Frau nicht einen Moment aus den Augen lassen. Und während eines Tagesablaufes, bei dem rund um die Uhr Konflikte, Problematiken und Bedürfnisse einer ganzen Station zu meistern waren, erwies sich das nicht immer als einfach.

Der Wäschekorb mit Sabrinas Wäsche war nicht gerade leicht, als Steffi ihn die Treppe hinunterschleppte. Mit der Offenbarung ihrer Schwangerschaft hatte sie sich noch zurückgehalten. Hierzu wollte sie das ärztliche Attest abwarten, das sie am morgigen Tag bekommen sollte.

Zudem war die junge Frau nicht eine von denen, die Krankheiten oder Missbefinden dazu benutzten, sich in den Mittelpunkt zu stellen. Und dass Schwangerschaft keine Erkrankung ist, sondern ein normaler Vorgang im Leben einer Frau, war für Steffi eine Selbstverständlichkeit - obgleich viele Ärzte den Frauen mit ihrer übertriebenen Vorsorge das gegenteilige Gefühl vermitteln. Dies mag größtenteils daran liegen, dass mit diesen vermittelten Ängsten ein Haufen Geld zu verdienen ist. Wobei diese Haltung mittlerweile dazu geführt hat, dass es kaum noch einfache Geburten gibt. Die Frauen werden so verunsichert, dass sich viele einreden lassen, ein Kaiserschnitt sei das Beste für sie und ihr Kind, obwohl diese Maßnahme in den meisten Fällen unangebracht ist.

Stephanie Maldessa hockte sich vor der Waschmaschine nieder, um sie zu befüllen. Eine Vorsortierung hatte sie schon vorher vorgenommen. Das Volumen des Gerätes war gerade ausreichend, um den gesamten Inhalt des Korbes aufzunehmen. Schließlich war sie fertig mit dem Befüllen und wollte sich gerade wieder aufrichten, als sie ein Schnaufen hinter sich hörte.

Erschrocken war sie im Begriff, sich umzuwenden. Doch soweit kam sie nicht mehr. Alles um sie herum verdunkelte sich plötzlich. Dass sie auf dem Boden aufschlug, merkte Stephanie nicht mehr. Sie war da bereits bewusstlos ...

***

Zuerst fiel es auf der Station gar nicht auf, dass Stephanie fehlte. Der Betrieb verlief so weiter wie bisher und bei einer Standartbesetzung von durchschnittlich sechs bis sieben Kollegen fällt ein Fehlen zumeist erst dann auf, wenn der Vermisste persönlich benötigt wird.

So kam es, dass Schwester Diana nach Stephanie fragte, weil sie von ihr eine Unterschrift für die Pflegedokumentation benötigte. Mit der Kladde in den Händen lief sie von Raum zu Raum und fragte nach ihrer Kollegin. Doch niemand wusste, wo sie sich aufhielt.

„Komisch“, meinte sie zu Sailer. „Sie hat sich doch bei niemandem abgemeldet!“

„Sie wollte in den Keller, um eine Maschine mit Sabrinas Wäsche zu füllen, soweit ich weiß“, entgegnete der erfahrene Pfleger.

Diana zuckte mit verzogenem Gesicht die Schultern: „Da war ich gerade. Die Maschine ist vollgestopft, aber nicht angeschaltet. Und der Wäschekorb steht auch noch davor. Als hätte sie schnell weggemusst!“

„Das ist jetzt aber wirklich komisch“, sagte Sailer nachdenklich. „So etwas macht sie eigentlich nie, einfach verschwinden, ohne Bescheid zu sagen!“

„Hoffentlich ist da nichts passiert“, meinte Diana besorgt. „Ein gutes Gefühl habe ich im Moment wahrlich nicht.“

Sailer lachte auf: „Ihr Frauen müsst immer gleich den Teufel an die Wand malen! Die musste dringend weg und hat es schlichtweg vergessen, uns zu informieren. Und sonst nichts!“

„Na, ich weiß nicht“, kam die skeptische Antwort.

Und tatsächlich: Von Stephanie Maldessa war weder etwas zu hören noch zu sehen. Die Minuten und später auch Stunden vergingen und nirgendwo eine Spur von ihr! Mittlerweile suchten alle Kollegen und Patienten, die sich ihr gegenüber verpflichtet fühlten, nach der Schwester.

„Jetzt bekomme sogar *ich* ein schlechtes Gefühl“, sagte Sailer zu Diana. „Normal ist das jedenfalls nicht.“

„Ich rufe mal in Haus 28 an“, meinte die Stationsschwester. „Vielleicht ist ja Dirk im Dienst und der weiß etwas!“

Als Dirk Schmidtchen ans Telefon gerufen wurde, dachte er an nichts Böses. Er fiel aus allen Wolken, als er von der Sache erfuhr.

Natürlich stürmte er sofort nach Haus 42. Sein Stationspfleger, Alfred Schleuter, hatte ihm sofort frei gegeben, damit der junge Mann nach seiner Freundin suchen konnte. In Anbetracht der bisherigen Vorfälle und der Vermissten und den sorgenvollen Gedanken, die sich jeder machte, war das selbstverständlich.

„Bist du dir wirklich sicher, dass Steffi nirgendwo hin wollte und du es einfach nicht wusstest?“, fragte Diana den jungen Kollegen.

„Diana, ich bitte dich!“, schüttelte Dirk mit dem Kopf. „So senil bin ich noch nicht. Wenn es so wäre, würde ich mit dem Arzt darüber sprechen!“, fügte er bitter hinzu.

„Das passt doch alles ganz und gar nicht“, wandte Sailer mit skeptischer Stimme ein. „Sie geht doch nicht einfach so weg, ohne was zu sagen!“

Die Stationsschwester ballte ihre Faust: „Es reicht, Leute. Ich rufe jetzt die Kripo an. Wenn sich da mal nicht etwas Arges zusammenbraut und ein Zusammenhang mit den anderen Verschwundenen besteht!“ Die Worte der Stationsschwester schienen so etwas wie ein Auslöser zu sein. Urplötzlich atmete Dirk Schmidtchen auffallend tief durch und raufte sich die Haare. Dabei zeigte sein Gesicht übergangslos eine Blässe, die Diana stutzen ließ und besorgt machte. Denn diese Form einer Panikattacke passte so gar nicht zu dem ansonsten so coolen Kollegen.

Sie legte dem Mann ihre Hand auf die Schulter: „Alles in Ordnung mit dir, Dirk?“

„Nicht so richtig, Diana. Da war noch was ...“, entgegnete er mit zitternder Stimme.

„Wir werden Steffi schon auffinden!“, versuchte Diana zu trösten, obwohl sie sich dabei selbst bescheuert vorkam. Die letzten Worte Dirks hatte sie überhaupt nicht richtig zugeordnet.

Doch eines wurde allen zunehmend klarer: Jetzt, wo man realistisch darüber nachdachte, dann blieb gar nichts anderes übrig, als das Schlimmste zu befürchten!

„Es ist alles viel dramatischer als du denkst, Diana“, sagte Dirk mit heiserer Stimme.

Die Stationsschwester schaute ihren Kollegen fragend an: „Noch dramatischer? Wie meinst du das?“

„Steffi ist schwanger ...“

***

Das erste, was sie wahrnahm, waren Geräusche, die sie nicht zuordnen konnte. Es waren dumpfe Töne, die aus weiter Ferne klangen. Schritte, Geklapper, leise Stimmen, alles aus weitem Abstand und in völliger Dunkelheit.

Doch dann wurde es langsam heller um sie herum. In dem Moment öffnete Stephanie Maldessa zögernd ihre Augen. Zu sehen waren jedoch nur verschwommene Konturen. Nur ganz langsam nahm das Gesamtbild schärfere Umrisse an. Doch verstehen und lokalisieren, was um sie herum stattfand, vermochte sie noch nicht. Sie wusste weder, wo sie sich befand noch, was mit ihr geschehen war.

Steffis Kopf schmerzte fürchterlich. Der Grund war jener Schlag mit der Eisenstange, den ihr Petrow verpasst hatte. Dabei hatte der Mann bei seinem Hieb wahrlich verhalten ausgeholt. Bei Hondong und insbesondere bei Barbara Großkämper hatte er sogleich den Schädel zertrümmert. Insofern könnte man den Hieb mit einer sanften Streicheleinheit vergleichen.

So langsam setzte die Erinnerung ein. Stephanie Maldessa erinnerte sich daran, wie sie vor der Waschmaschine stand und wegen eines Geräusches aufschreckte. Und dann wurde es um sie herum dunkel und sie wusste ab dem Moment nichts mehr.

Steffi begann nach und nach, ihr Umfeld zu erforschen. Ein wenig hob sie ihren Kopf an und blickte sich um. Wo war sie nur? Alles, was sie in dem Schummerlicht wahrnahm, waren Gewölbe, die sie von den Bildern alter Kellerräume her kannte. Außerdem konnte sie einen bestialischen Gestank riechen, ohne zu wissen, woher er kam und was es war.

Unweit von ihr befand sich ein hellerer Abschnitt, der mit Möbeln bestückt war. Hier standen ein Schrank, mehrere Anrichten und diverse Sitzgelegenheiten. Auf einem Sessel saß ein Mann, der ihr den Rücken zugedreht hatte. In der anderen Richtung, in dem dunkleren Abschnitt des Raumes, nahm sie mehrere säulenartige Gebilde wahr. Es war dort jedoch zu dunkel, als dass sie Einzelheiten erkennen konnte. Und das war im Moment wohl auch besser für sie, denn es waren die Leiber der gepfählten Vermissten.

Erst jetzt wurde dem Mädchen vollends bewusst, dass sie auf dem Boden lag. Aber immerhin relativ bequem, auf einer modrig müffelnden Matratze.

Vladimir Petrow hatte es nicht übers Herz bringen können, sie auf den kalten Boden abzulegen. Sein Innerstes befand sich im Zwiespalt. Steffi war seine einstige vom Übergeordneten gesandte Prinzessin, gegen die er Zorn und Wut hegte, weil sie ihn derart gedemütigt hatte. In seinem Bewusstsein existierten zwei Anteile, die gegeneinander stritten. Der eine Anteil, Achtung und Zuneigung für Steffi, gegen den anderen, Hass auf sie und der Wunsch nach Rache.

Mit Entsetzen stellte Stephanie fest, dass ihre Hände auf dem Rücken gefesselt waren. Zudem bemerkte sie, dass ihr rechtes Bein mit einer Kette an einer Säule neben ihr fixiert war. Voller Schreck wurde ihr klar, dass sie eine Gefangene war.

Das war eindeutig zuviel. Vor lauter Angst vor dem, was mit ihr passiert war, schrie sie laut auf.

Sofort fuhr Petrow herum. Langsam stand er von seinem Sessel auf und schritt langsam auf die Gefangene zu.

Voller Furcht sah Stephanie die Gestalt auf sich zukommen, die ihr Bein etwas nachzog. Irgendwie kam ihr dieser Bewegungsablauf ertraut vor. Im Dämmerlicht der spärlichen Beleuchtung sah sie zuerst nur Umrisse des Mannes. Doch je näher er kam, umso mehr nahmen die Umrisse Form an. Insbesondere der Kahlkopf war unverkennbar.

„Vladi", stammelte sie ungläubig, „du ...?"

„Ja, ich bin es, kleine Prinzessin", entgegnete Petrow beinahe entschuldigend.

Stephanie Maldessa schüttelte immer wieder den Kopf, als wolle sie nicht wahrhaben, was sie da sah. Und gleichzeitig setzte bei ihr die Logik ein und zeigte ihr die Zusammenhänge mit den verschwundenen Personen auf.

„Vladi", flehte Steffi, „sage, dass das alles nicht stimmt, was ich hier sehe!"

Hoheitsvoll antwortete der Mann: „Alles, was du sehen kannst, ist der Wille des Gebieters! Es wird der Tag kommen, an dem der Gebieter die Herrschaft über Gut und Böse übernehmen wird und Jülrinaldi der wahre Machthaber ist!"

Trotz ihrer prekären Lage reichte der Verstand Stephanies noch aus, Petrow als kranken Menschen zu sehen. Noch hatte sie nicht alles entdeckt, wozu dieser Mensch fähig war. Darum zwang sie sich jetzt, ruhig zu bleiben.

„Wo sind wir überhaupt und was machst du hier an diesem unheimlichen Ort?", fragte die Schwester, wobei sie sich um einen besonnenen Ton bemühte.

Petrow breitete seine Arme weit aus: „Wir sind im Reiche des allmächtigen Gebieters, tief unter der Erde. Hier ist der Ort, wo sich Jülrinaldi verwirklichen kann. Niemand wird es wagen hier einzudringen, um den Gebieter bei seinen Tätigkeiten zu stören!"

Stephanie mochte noch immer nicht glauben, was sich vor ihr auftat. Sie hatte einerseits tiefes Mitleid mit Petrow und gleichzeitig furchtbare Gefühle von Angst und Panik. Es war alles so unwirklich und sie konnte noch nicht so richtig begreifen, in welcher Lebensgefahr sie sich befand.

„Warum hast du mich entführt, Vladi?", bemühte sie sich freundlich zu fragen. „Was habe ich dir denn angetan, dass du mir so wehtun musstest?"

Beinahe mit Bedauern antwortete Petrow: „Du solltest meine Prinzessin sein und neben mir die Herrschaft übernehmen. Doch du musstest mich demütigen und hast damit dein Anrecht verwirkt, neben Jülrinaldi deinen Platz einzunehmen!"

Jetzt wurde Steffi plötzlich klar, warum er sie immer „meine kleine Prinzessin" genannt hatte. Unter anderen Umständen hätte sie das in gewisser Weise sogar geehrt, doch jetzt fand sie das bloß entsetzlich. Trotzdem versuchte sie, genau in diese Kerbe einzuschlagen.

„Und die kleine Prinzessin, die du so sehr verehrt hattest, hat jetzt keine Chance mehr bei dir?"

Petrow schüttelte den Kopf: „Der Übergeordnete will das nicht mehr, er hat es mir befohlen!"

Stephanies Gedanken drohten von Panik blockiert zu werden, denn ihr schwante nichts Gutes. Sie musste sich geradezu zwingen, ruhig zu bleiben: „Und was passiert jetzt mit mir?", ihre Frage war von nackter Angst geprägt.

„Du wirst leider deinen Platz neben meinen anderen Untergebenen einnehmen müssen!", sagte Petrow bedauernd, aber konsequent. Was er damit meinte, konnte die Frau auch nicht im Entferntesten ahnen!

Petrow deutete in die Richtung, in der im Dämmerlicht jene Gebilde standen, die Steffi bisher als Säulen wahrgenommen hatte.

„Schau in diese Richtung!", sagte er beinahe feierlich.

Dann schritt er zur Wand, wo sich verschiedene Lichtschalter befanden. Und nun schaltete Petrow einen Schalter nach dem anderen ein, so dass der Keller taghell beleuchtet war.

Die Augen der jungen Frau traten vor Fassungslosigkeit fast aus ihren Höhlen. Die drei gepfählten Gestalten, die jenen faulen Gestank ausdünsteten, der ihr sogleich aufgefallen war, traten in einiger Entfernung von ihr aus dem Dunkel. Bei den Körpern hatte der Verwesungsprozess eingesetzt, sodass die Leichname entsetzlich aussahen.

Stephanies Magen drehte sich und der Würgereiz setzte ein. Derart Grausames hatte sie noch nie ansehen müssen. Und dann konnte sie nicht mehr. Der Verstand der Frau setzte schlichtweg aus und sie begann wie am Spieß zu schreien. Sie konnte sich überhaupt nicht mehr beruhigen und erst die Bewusstlosigkeit ließ sie schließlich zur Ruhe kommen. Das Entsetzen hatte Steffi ohnmächtig werden lassen ...

***

Eigentlich hatte der Mann längst Feierabend. Zwar ist dieses Wort für einen Kriminalkommissar so etwas wie ein Fremdwort, doch am heutigen Abend hatte Kommissar Zoppke wirklich etwas Wichtiges vorgehabt. Als leidenschaftlicher Dart-Spieler war er Mitglied des Vereines „Arrowhead" und in der Organisation des Klubs äußerst aktiv. Und gerade heute war die Vollversammlung des Vereines angesetzt, bei der die Wahl eines neuen Vorstandes anstand. Carsten Zoppke rechnete sich beste Chancen aus, die Führung des Verbandes zu übernehmen, was für ihn sehr wichtig war.

„Ich habe nachher einen sehr wichtigen Termin, Chefin. Kann da nicht jemand anderes vorbeischauen?", fragte er flehend, als ihn Irmgard Kuschke nach Haus 42 schicken wollte. Diana Thorn hatte sie soeben angerufen und die vermisste Stephanie Maldessa gemeldet.

„Wen denn?", fragte die Hauptkommissarin etwas gereizt. „Pimpel ist krank, Marks ist bei einer anderen Sache eingespannt und ich kann hier nicht weg!"

Kuschke wirkte ziemlich nervös. Ihr Dienstvorgesetzter hatte sich in Begleitung des Polizeipräsidenten angekündigt. Aufgrund des öffentlichen Druckes und der gleichzeitig sehr dürftigen Erfolgsbilanz wollten sich die Herrschaften vor Ort nach dem Stand der Dinge erkundigen. Der Kommissarin war sehr bewusst, dass dies ihre Ablösung von diesem Fall bedeuten könnte. Sie hoffte jedoch, durch die Präsentation der neuesten Spur, die auf eine Verletzung des Gesuchten schließen ließ, einen Aufschub erwirken zu können. Die Hauptkommissarin spürte irgendwie, dass sie unmittelbar vor der Aufklärung dieses mysteriösen Falles standen.

„Was kommen diese Affen auch noch so spät", schimpfte Zoppke. „Das muss doch wirklich nicht sein!"

„Die werden sich mit ihrem Zeitplan sicherlich nicht nach uns richten!"

„Trotzdem!", gab Zoppke seinem Unmut Ausdruck.

Irmgard Kuschke spielte ihre Autorität aus: „Wir können doch nicht auf der Station anrufen und denen sagen, dass wir morgen kommen! Natürlich müssen Sie sich jetzt dort blicken lassen. Zoppke, da ist wieder eine Frau spurlos verschwunden!"

Der Kommissar hob beide Hände wie zur Abwehr hoch: „Ist ja gut, ich gehe ja schon!"

„Ich bitte darum!", rief die Hauptkommissarin ihm noch hinterher.

Dass die Tür hinter Zoppke ziemlich heftig ins Schloss fiel, machte die Frau umso mürrischer.

In Haus 42 wirkte der Kommissar dann getrieben. Man konnte ihm anmerken, dass er es eilig hatte. Zuerst gingen die Leute in den Keller, paradoxerweise an Petrows Zimmer vorbei. Nachdem Diana ihm den Wäschekeller gezeigt hatte, ließ er rasch die SPUSI kommen, die den Raum und das Umfeld auf Spuren untersuchten. Zwar bemühte er sich, ziemlich gelassen zu wirken, doch er konnte nicht verbergen, dass ihm dies alles nicht schnell genug ging.

Dann redete er noch kurz mit dem anwesenden Personal. Auch jene, die bereits Dienschluss hatten, waren aus Sorge um ihre Kollegin noch nicht nach Hause gegangen. Umso unpassender erschien ihnen deshalb die offensichtliche Ungeduld des jungen Kommissars.

Schließlich meinte Zoppke zu Diana und Dirk Schmidtchen: „Ich gehe davon aus, dass Sie das Haus von oben bis unten durchsucht haben."

„Im Haus ist sie nicht, da können Sie sicher sein!", bestätigte Diana.

Zoppke seufzte tief auf: „Ich denke, viel mehr können wir jetzt nicht tun."

„Soll das heißen, wir setzen uns jetzt hin und warten ab?", fragte Dirk entsetzt. „Man könnte doch Spürhunde einsetzen und sie die Witterung aufnehmen lassen!"

„Die sind erst morgen früh verfügbar", log Zoppke und fühlte sich dabei denkbar schlecht. Im Grunde kam er sich vor wie ein Drecksack, doch andernfalls konnte er sich den Traum vom erhofften Vereinsvorsitz von der Backe putzen.

„Wieso das denn?", rief Dirk ungläubig. „Und jetzt sollen wir nach Hause gehen und abwarten?"

„Schlagen Sie was anderes vor, was wir tun könnten", meinte Zoppke. Dabei blickte er heimlich kurz auf seine Armbanduhr, was den Umstehenden jedoch nicht entging.

„Meine Freundin ist schwanger!"

Zoppke zuckte mit den Schultern: „Das macht das alles natürlich noch viel schlimmer. Doch wir können jetzt wirklich nicht mehr tun!"

Dirk knurrte wie ein Tier und fing an, am ganzen Körper zu zittern. Für ihn war es offensichtlich, dass dieser Kommissar, aus welchen Gründen auch immer, schnellstens verschwinden wollte. Diana legte rasch ihren Arm um seine Hüfte.

„Lass gut sein, Dirk“, sagte sie beruhigend: „Ich bin sicher, die Polizei tut was sie kann.“

„Morgen früh gleich komme ich mit einem Kollegen und dann gehen wir die ganze Sache in Ruhe an!“, versprach Zoppke. Dabei war es ihm nicht mehr möglich, den besorgten Menschen in die Gesichter zu schauen.

Dann nickte der Kommissar kurz und verschwand mit ungewöhnlich schnellen Schritten. Er war froh, dass er sich jetzt zurückziehen konnte. Dass sein Verhalten ihm wahrscheinlich Ärger einbringen würde, ignorierte er. Die Aussicht des Vereinsvorsitzes war stärker als die Vernunft. Und anstatt sich im Büro bei seiner Chefin zurückzumelden fuhr er schnurstracks nach Hause, um sich auf seine Vereinssitzung vorzubereiten.

Wahrscheinlich hätte alles einen anderen Verlauf genommen, wenn Zoppke das getan hätte, was er eigentlich hätte tun sollen und was Hauptkommissarin Kuschke voraussetzte: Nach irgendwelchen frischen Verletzungen bei Patienten oder Personal fragen.

Das Gespräch der Hauptkommissarin Kuschke mit ihrem Dienstvorgesetzten sowie dem Polizeipräsidenten verlief an diesem Spätnachmittag relativ zufriedenstellend für die Frau. Zwar hatten die Herren geplant, sie von diesem Fall abzuziehen, doch es gelang ihr schließlich, die Herrschaften davon zu überzeugen, dass sie unmittelbar vor einer Auflösung stand. So kam es, dass man ihr noch einige Tage gewährte, um die Angelegenheit zu Ende zu führen. Die Spur mit der frischen Verletzung des Täters und die Aussicht, ihn alsbald aufspüren zu können, bewog die Vorgesetzten, sich umstimmen zu lassen und ihr eine neue Chance zu geben.

***

„Warum verlangst du das von mir, mein Übergeordneter?“, fragte Petrow mit flehender Stimme. Dabei hatte er seine Hände gefaltet wie zu einem Gebet und das Gesicht drückte die reine Verzweiflung aus.

Dann senkte er den Kopf und lauschte. Er lauschte, als hielte er sein Zwiegespräch mit einem realen Gegenüber. Dies war ein klassisches Anzeichen für jene beschriebenen inhaltlichen Denkstörungen, die auch akustische Halluzinationen genannt werden. Der Volksmund umschreibt dieses Phänomen schlicht mit „Stimmen hören" oder aber abwertend als „bekloppt sein" und „ballaballa". Deshalb kann sich der Außenstehende nur schwer vorstellen, wie real dieser Vorgang für den Betroffenen ist. Sie hören jene Stimmen und Geräusche wirklich, sie riechen und schmecken das Beschriebene in der Tat und empfinden haptische Reize, also Berührungen, als fänden sie wirklich statt. Für den Nebenstehenden kann das Ganze dann richtig witzig wirken und zieht in der Regel Hohn und Spott für den Kranken nach sich. Das Ganze kann extrem gefährlich für den Kranken oder sein Umfeld werden, wenn der schizophrene Patient sich bedroht fühlt und in einen Erregungszustand gerät.

Schon in der Kinderstube der Psychiatrie wird deshalb gelehrt: Wahnideen oder Halluzinationen sind krankhaft entstandene, nicht korrigierbare Irrtümer. Das heißt nichts anderes, als dass man es nie schaffen wird, einem Wahnhaften seinen Irrtum auszureden!

Petrow blickte aus seiner Demutshaltung auf: „Ich flehe dich an, mein übergeordneter Gebieter: Bitte nimm von deiner Forderung Abstand und lass sie am Leben. Ich empfinde sehr viel für diese Frau und sie soll später den Platz neben mir einnehmen!"

Dann wieder eine Pause des Lauschens.

„Bitte nicht, mein Übergeordneter. Bitte nicht!", rief er nun entsetzt aus.

Petrow schloss seine Augen und hielt seine gefalteten Hände beschwörend empor. So verharrte er einen Moment. Dann verfinsterte sich sein Gesicht wie zu einer Maske und er nickte demütig. Sein Antlitz drückte dabei schreckliche Enttäuschung aus. Wie von Gewichten niedergedrückt erhob er sich langsam, wobei kaum merklich eine winzige Träne in seinem Augenwinkel sichtbar wurde.

Stephanie war mittlerweile vollends erwacht und im Vollbesitz ihrer geistigen Kräfte. Verzweifelt drehten sich ihre Gedanken im

Kreis. Sie suchte nach Lösungen, inwieweit sie Petrow beeinflussen konnte. Sie konnte sich einfach nicht vorstellen, dass es ihr nicht gelingen könnte, irgendwie an den inneren Charakter des Mannes heranzukommen. Dass sein Kern im Grunde von Gutmütigkeit geprägt war stand außer Frage, dafür kannte sie ihn nun schon zu lange. Doch dieser Kern war überdeckt von Krankheit und Wahn. Hier war der einzige Ansatz, wollte sie halbwegs die Chance haben, unbeschadet aus dieser Sache herauszukommen. Nur durfte sie nicht in Panik verfallen und musste sich ihren Ängsten entgegenstemmen. Hysterie und Geschrei wären nun denkbar schlechte Ratgeber, soweit hatte sie sich noch im Griff. Doch wie lange konnte sie diese Disziplin noch durchhalten?

Steffi hört Petrow leise nuscheln. Für sie sah es aus einiger Entfernung aus, als bete er. Deshalb hütete sie sich, ihn zu unterbrechen. Erst als er sich langsam erhob und erneut auf sie zuschritt, wagte sie die ersten verhaltenen Worte.

„Vladi, was tust du nur mit mir?“, hauchte sie leise. Sie hatte dabei Mühe, ihre Tränen zurückzuhalten und nicht laut loszuschluchzen.

Petrow atmete tief durch, stellte sich vor ihr auf und meinte niedergeschlagen: „Der Übergeordnete hat seine Entscheidung gefällt. Ich kann nichts dagegen tun, denn sein Wille steht über allem!“

Steffi sträubten sich die Nackenhaare. Sie wusste, dass das nichts Gutes heißen konnte, was der Mann kompromisslos von sich gab.

„Was heißt das?“, traute sie sich ängstlich zu fragen.

„Dass du an den Pfahl musst!“, kam die knallharte, dennoch traurige Antwort.

So paradox es war, Stephanie empfand so etwas wie unendliches Mitleid mit dem Mann und seiner furchtbaren Erkrankung. Zwar empfand sie nackte Todesangst, jedoch gemischt mit Mitgefühl für Petrow. Deshalb versuchte sie, auf einer anderen Schiene an ihn heranzukommen und ihn irgendwie auf der gesunden Ebene zu erreichen.

„Ich möchte dich bitten, Vladi, es nicht zu tun“, flehte sie. „Lass uns mit Dr. Fleischmann darüber reden.“

Petrow lächelte traurig: „Das wird unmöglich sein, kleine Prinzessin."

„Warum denn nicht? Du bist krank!", beschwor Stephanie den Mann.

„Weil der Übergeordnete es so will", sagte Petrow müde. „Und was du in mir als Erkrankung ausmachst, ist nur ein Irrtum deinerseits!"

An diesem Punkt ging Steffi die Kraft aus. Ihr wurde klar, dass sie tatsächlich gepfählt werden sollte! Sie mochte das einfach nicht glauben, einfach zu unwirklich war das alles.

„Nein, Vladi, nein", presste sie voller Angst hervor. „Wann willst du das denn tun?"

„Jetzt gleich!", kam die harte Antwort.

„Jetzt gleich? Nein, Vladi, nein!"

Stephanie zerrte an den Fesseln und warf ihren Kopf hin und her. Sie wollte nicht wahrhaben, dass ihr Leben sogleich beendet sein sollte und sie merkte, dass sie erneut ohnmächtig werden würde, denn alles um sie herum wurde trübe. Es mochte so eine Art Schutzmechanismus eines Körpers sein, der dadurch ausblendet, Unerträgliches erleben zu müssen. Gleichzeitig war es der jungen Frau aber klar, dass sie aus dieser Ohnmacht nicht mehr erwachen würde ...

***

Kommissar Zoppke hatte einen äußerst zufriedenstellenden Abend erlebt. Alle seine beabsichtigten Ziele hatte er erreicht. Ab sofort übernahm er den ersten Vorsitz des Dart-Vereins „Arrow-Head" und war darauf mächtig stolz. Der Mensch braucht für sein Ego nun mal Erfolge. Und wenn es nicht im Berufsleben klappt, dann sollte das zumindest in privaten Bereichen stattfinden.

Doch das Ganze hatte einen gemeinen Haken: Es gab auch eine Zeit nach dem Abend, und die hatte den Mann jetzt eingeholt. Am Abend selbst hatte sich Zoppke – mit Zuhilfenahme von reichlich Alkohol - ein gewisses „Leck-Mich-Gefühl" zugelegt. Doch mit dem

Abbau des Nervengiftes kam am nächsten Morgen die Realität zurück und somit auch die Ernüchterung.

Er hätte sich am frühen Morgen übergeben können, so jämmerlich fühlte er sich. Doch es war weniger die Alkoholmenge, die den Brechreiz auslöste, sondern eher die Furcht vor dem Moment, in dem er sich seiner Dienstherrin stellen müsste. Und dass ihm ein gewaltiger Anschiss bevorstand war ihm völlig klar. Er hatte sich am Vorabend verhalten wie ein Stümper, dem alles rundweg egal war und der seine Pflichten vernachlässigt hatte. Nur weg von dem Ort, wo er gebraucht wurde und schleunigst dorthin, wo er eigene Vorteile für sich einheimsen konnte. Derartiges Verhalten ist eines Kriminalkommissars nicht würdig!

Mit schleppenden Schritten betrat Kommissar Zoppke das von der Klinik bereitgestellte Büro.

„Moin, moin", sagte er knapp und ging zu seinem Schreibtisch. Seine Anspannung versuchte er durch gespielte Lässigkeit zu überdecken.

Die Kommissare Kuschke und Marks warteten schon auf ihn. Gerade erst hatte Dr. Fleischmann von Haus 42 angerufen und seinen Unmut über das eilige Auftreten Zoppkes geäußert. Irmgard Kuschke war daraufhin völlig perplex und mochte einfach nicht glauben, was ihr da zugetragen wurde. Doch sie bezweifelte nicht, dass der Chefarzt die Wahrheit gesagt und nichts dramatisiert oder zugefügt hatte.

Die Kriminalkommissarin trat auf Zoppke zu. Er merkte das und spürte regelrecht ihren stechenden Blick in seinem Nacken, tat aber so, als sei er bei der Durchsicht diverser Akten hochkonzentriert.

Unvermittelt schlug die Hauptkommissarin mit der flachen Hand auf Zoppkes Schreibtisch. Hiermit hatte wohl keiner gerechnet, denn auch Marks zuckte vor Schreck furchtbar zusammen, obwohl er ihre Handlungen verfolgt hatte.

„Schluss jetzt mit dem Theater", schrie Kuschke erbost ihren Kollegen an. Sie musste sich wirklich zusammenreißen, um nicht außer Kontrolle zu geraten.

Mit ängstlichem Blick schaute Zoppke zu ihr auf. Sein Kehlkopf bewegte sich hektisch auf und ab, als er vor Aufregung mehrmals schluckte.

„Ja, gucken Sie ruhig", rief die Frau. „Wie war es denn gestern, in Haus 42?", fragte sie voller Ironie. „Irgendwelche neuen Erkenntnisse?"

„Äh ..., nee, eigentlich nicht", stammelte Zoppke.

Kuschke beugte sich zu ihm hinunter, so dass sich ihr Gesicht vor dem seinen befand. Sie durchbrach damit eindeutig seine persönliche Fluchtdistanz und drang in seine Aura ein: „Wenn man sich nur wenige Minuten am Tatort aufhält, um möglichst schnell wieder das Weite zu suchen, bleibt das natürlich nicht aus! Was haben Sie sich nur dabei gedacht, sind Sie verrückt geworden?"

Ungeachtet der persönlichen Beleidigung versuchte sich Kommissar Zoppke denkbar dämlich herauszureden: „Ich habe die SPUSI verständigt, mir den Tatort angeschaut, mit allen Zeugen gesprochen ..., mehr konnte ich nicht tun."

„Wollen Sie mich verarschen?", fauchte Kuschke wie eine Raubkatze. „Warum keine Spürhunde angefordert? Warum nicht das Gebäude selbst nach irgendwelchen Spuren abgesucht? Haben Sie sich nach frisch verletzten Personen erkundigt? Letzteres war doch der Schlüssel, nach dem wir gerade anfingen zu suchen!"

Zoppke gingen die Optionen aus. Fassungslos starrte er seine Vorgesetzte an, und dabei kramte sein Gehirn verbissen nach diversen Rettungsringen. Es gab keine!

„Nun, ich warte auf Ihre Antwort, Zoppke!", meinte die Hauptkommissarin gefährlich leise.

„Ich wollte dies alles heute früh in Ruhe und mit Bedacht machen", kam die törichte Antwort.

Diese unverschämte Erklärung raubte Kuschke für einen Moment die Fassung: „Sie gehören ja ins Irrenhaus, Zoppke!", schrie sie den Kollegen an.

„Irmgard!", rief ihr Marks warnend zu. Er hatte jetzt wirklich Sorge um seine Kollegin, die drohte, außer Kontrolle zu geraten.

Kuschke schluckte mehrmals und atmete tief durch. Schließlich sagte sie ganz langsam: „Hiermit entbinde ich Sie offiziell von Ihrer Tätigkeit unter meiner Verantwortung, Kommissar Zoppke!“

„Wie bitte?“

Der Mann schien nicht zu begreifen, was er soeben gehört hatte. Zu unwirklich schien ihm das.

„Sie haben völlig richtig gehört!“, nickte die Hauptkommissarin und sprach ganz langsam weiter: „Sie räumen jetzt Ihren Schreibtisch und melden sich im Polizeipräsidium. Dem Polizeipräsidenten Kämmerer habe ich schon eine Mail geschrieben. Ich weigere mich ab sofort, weiterhin mit Ihnen zusammenzuarbeiten. Auf solche Kollegen, die ihre Arbeit nicht ernst nehmen, kann ich locker verzichten!“

Zoppke war sprachlos und sein Gesicht nahm eine beängstigende Blässe an. Zwar hatte er damit gerechnet einen Rüffel zu bekommen, doch an eine solch konsequente Suspendierung hätte er nie im Leben gedacht.

„Sie können jetzt gehen, Zoppke!“, sagte die Hauptkommissarin knallhart und wandte sich von ihm ab.

Mit zittrigen Händen kam Zoppke der Aufforderung nach und packte seine paar persönlichen Habseligkeiten in eine Plastiktüte. Ohne sich umzuwenden strebte er dann zur Tür und verschwand. Was hätte es jetzt noch gebracht, zu verhandeln? Nichts! Und damit hatte er ausnahmsweise recht.

Kuschke und Marks schauten ihrem Kollegen hinterher.

„Weißt du, was den Zoppke dazu bewogen hatte, sich derart unkorrekt zu verhalten?“, fragte die Kommissarin ihren Mitarbeiter, als Zoppke zur Tür hinaus war.

„Irgendwas mit seinem geliebten Dart-Verein lag an, soweit ich weiß“, seufzte Marks. „Hauptversammlung mit Vorstandswahlen oder so.“

Kuschke zuckte mit den Schulter: „Tja, selbst schuld.“

„Es musste ihm unheimlich wichtig gewesen sein, hatte er durchblicken lassen.“

„Das entbindet ihn aber nicht von seinen Pflichten. Er hat sich den Beruf bei der Kripo selbst ausgesucht. Ansonsten hätte er Bäkker werden sollen, da hat er abends immer frei!"

„Und kann zudem seinen eigenen Mist noch selbst auffressen. Da hast du allerdings recht. Wer sich unseren Beruf aussucht, der hat noch nicht einmal frei, wenn er im Urlaub ist", meinte Marks bitter. „Frei hat man wirklich nur dann, wenn man im Koma liegt oder Ähnliches!"

„Das war *einmal*, dass ich dich aus dem Urlaub geholt hatte", lachte die Hauptkommissarin. „Das brauchst du mir nicht jedes Mal auf's Brot zu schmieren."

„Mach ich doch gar nicht. Für dich unterbreche ich meinen Urlaub so oft du willst", entgegnete Marks mit schiefem Grinsen.

„Schleimscheißer!"

***

In Haus 42 war der Unmut noch zu spüren, als Kuschke und Marks erschienen. Die Kriminalbeamten wurden sehr reserviert empfangen und Mimik und Gestik der Ärzteschaft und des Pflegepersonals verhehlten nicht die Geringschätzung, die sie für die Beamten empfanden.

„Ihr Kollege hatte es aber sehr eilig gehabt gestern Abend!", meinte Schwester Diana.

„Das Auftreten Ihres Kollegen war wirklich sehr beschämend, finde ich", schloss sich Fleischmann kopfschüttelnd an. „Und so etwas soll man unter kriminalistischer Arbeit verstehen? Die reine Stümperei ist das, und sonst nichts!"

Die Hauptkommissarin hob besänftigend die Hände empor: „Sie alle haben völlig recht, meine Damen und Herren!", beschwichtigte sie verständnisvoll. „Der Kollege ist soeben von mir suspendiert worden!"

„Der ist gefeuert?", fragte Diana ungläubig.

„Gefeuert zwar nicht, aber bezüglich seiner Karriere dürfte er es zukünftig nicht gerade leicht haben."

Schwester Diana nickte seufzend und deutete Richtung Kellertreppe: „Ihr Kollege sagte uns gestern Abend, dass heute früh die Spürhunde wieder verfügbar seien. Sollte man nicht versuchen, ob sie an dem Waschautomaten, an dem Stephanie zuletzt tätig war, irgendwas aufspüren können?"

Mit großen Augen blickte Kuschke ihren Kollegen Marks an. Was sie soeben über das Verhalten Zoppkes erfuhr, schlug dem Fass den Boden aus.

„Was hatte unser Kommissar über die Spürhunde gesagt?", fragte sie nochmals nach, weil sie es einfach nicht glauben konnte.

„Nun, dass die Tiere erst heute früh wieder verfügbar sind. Wir hatten ihm das mit den Hunden vorgeschlagen."

„*Sie* hatten ihm das vorgeschlagen und er hatte ...?" Die Kriminalbeamtin war vor lauter Entsetzen nicht in der Lage, den Satz zu vervollständigen.

Nun stutzte Diana. Beinahe hilflos traf ihr Blick Dr. Fleischmann, der nicht weniger betroffen war.

„Stimmte das etwa nicht, was er uns da aufgetischt hatte?", fragte sie skeptisch. Dabei breitete sich in ihrem Gesicht ebenfalls Bestürzung aus.

Kuschke atmete tief durch: „Ich denke, es ist besser, ich fordere jetzt erstmal die Hundestaffel an. Um alles andere kümmere ich mich später."

Diana und Fleischmann akzeptierten den Hinweis der Hauptkommissarin und verzichteten darauf, nachzuhaken. Ihnen war auch ohne die Antwort der Kommissarin klar, dass der junge Kommissar gelogen hatte. Es war im Moment jedoch wesentlich wichtiger, Stephanie aufzufinden.

Während die kleine Gruppe die Kellertreppe hinunter stieg, telefonierte Kuschke kurz mit der Zentrale, um jene Spürhunde anzufordern.

Dann wandte sie sich Diana zu und meinte eher beiläufig: „Wir haben die Vermutung, dass sich unser gesuchter Entführer bei seiner letzten Flucht verletzt hatte."

Erschrocken blieb die Stationsschwester auf dem Weg zum Waschraum stehen: „Wie bitte?"

„Sie scheinen so erstaunt?", fragte die Hauptkommissarin und spürte dabei gleichzeitig, dass in diesem Moment die Lösung des Falles anstand. Es war jener kriminalistische Instinkt, der sich in den vielen Jahren der Polizeiarbeit entwickelt hatte.

„Vladimir Petrow!", rief Diana erschrocken aus.

„Unser Vladi?", meinte Dr. Fleischmann ungläubig. „Das soll der Entführer sein? Schwester Diana, wissen Sie überhaupt, was Sie da sagen?"

„Wo finde ich diesen Mann?", drängte Kuschke mit entschlossener Stimme.

Diana deutete auf die Tür, vor der sie gerade standen: „In seinem Zimmer, denke ich. Wir stehen davor!"

Irmgard Kuschke drehte sich noch kurz um, bevor sie die Türklinke hinunter drückte: „Ist der Mann nicht der berühmte Lebensretter?"

Fleischmann und Thorn nickten nur. Sie konnten sich noch immer nicht vorstellen, dass ihr Vladi der Gesuchte sein sollte. Kommissar Marks zog derweil sicherheitshalber seine Waffe aus dem Halfter und entsicherte sie.

Ohne anzuklopfen drückte die Hauptkommissarin die Klinke hinunter. Die Tür war verschlossen. Auf ihr Anklopfen erfolgte keinerlei Reaktion.

„Warten Sie, ich habe einen Durchgänger-Schlüssel", sagte Diana und schloss die Tür auf.

Doch das Zimmer war leer. Die Kommissare betraten den Raum und schauten sich in der scheußlichen Unordnung um.

„Das ist eher eine Rumpelkammer als ein Wohnraum", Kuschke war entsetzt.

„Bei vielen Patienten ist es so gut wie unmöglich, sie zur Ordnung zu bewegen!", entschuldigte sich Fleischmann.

Kommissar Marks stutzte, denn er hatte etwas bemerkt. Er beugte sich neben dem Waschbecken hinunter und deutete auf einen getrockneten, dunkelroten Fleck. Seine Erfahrung sagte ihm gleich beim ersten Blick, dass dies Blut war.

„Wenn dieses Blut dort mit unseren gesammelten Proben übereinstimmt, dann haben wir ihn wirklich!“

„Sofort die SPUSI kommen lassen, Thomas!“, rief Kuschke erregt aus. Das Jagdfieber hatte sie erfasst.

Marks ergriff sein Handy: „Schon geschehen!“

Dann tippte er kurz auf dem Mobiltelefon herum. Auch ihm erging es mit dem Jagdfieber nicht anders als seiner Chefin. Von jetzt auf gleich wurde aus langweiliger Routine Spannung und Aufregung.

Mit fassungslosen Augen verfolgten der Arzt und die Stationsschwester das Geschehen. Geradezu unwirklich wirkte das Ganze auf sie. Und das alles zu begreifen war gar nicht so einfach.

„Unser Vladi, einfach nicht zu glauben!“, stammelte Diana.

„Wissen Sie, wo wir den Mann finden können?“, fragte sie die Hauptkommissarin.

Diana schüttelte den Kopf: „Nicht wirklich. Unterwegs kann er nicht sein, weil er krankgeschrieben ist. Allenfalls in der Cafeteria oder oben auf der Station könnte er sich aufhalten. Aber weit weg ist er bestimmt nicht.“

„Sofort Fahndung einleiten und SEK anfordern!“

Marks nickte nur und kam der Aufforderung nach.

Schon nach wenigen Minuten herrschte Hochbetrieb in Haus 42. Die Hundeführer mit ihren Tieren trafen ein und nahmen sofort ihre Arbeit auf. Und draußen vor der Tür tauchten kurz darauf die durchtrainierten Männer des SEK auf und warteten auf ihren Einsatz.

***

Da lag sie nun vor ihm, jenes Mädchen, das vor kurzem noch seine kleine Prinzessin gewesen war. Und jene übergeordnete Macht verlangte von ihm, ihr Leben zu beenden und den Pfahl durch ihren Körper zu treiben.

Petrow beugte sich zu der bewusstlosen Frau hinunter und streichelte ihr zärtlich über das Haar.

„Bitte verzeih mir, meine kleine Auserwählte", hauchte er leise. „Doch ich muss der Weisung des Übergeordneten folgen, so sehr ich dich auch liebe!"

Langsam hob Petrow jene kurze Eisenstange vom Boden auf, die schon andere Menschen das Leben gekostet hatte. Dabei traten dikke Tränen aus seinen Augenwinkeln hervor.

„Willst du es wirklich von mir verlangen, mein Übergeordneter Gebieter?", fragte er flehend.

So verharrte er mehrere Momente, als warte er auf Antwort. Dann schien er die Antwort empfangen zu haben.

„Nein!", rief er nun beschwörend. „Bitte, bitte, lass es nicht geschehen!"

Doch jener Übergeordnete schien kein Erbarmen zu haben. Langsam hob Petrow die Eisenstange zum Schlag. So verharrte er nun längere Zeit, als sei er eine in Stein gemeißelte Skulptur. Doch irgendwas schien ihn davon abzuhalten, den tödlichen Hieb auszuführen.

Tief atmete Stephanie durch und seufzte dabei laut auf. Sie schien aus ihrer Bewusstlosigkeit jeden Moment zu erwachen. Und Vladimir kniete gleichzeitig mit der erhobenen Stange vor ihr, im Begriff, das Leben dieser jungen Frau zu beenden. Ein bizarres Bild, denn der Patient schien in seinem Bewegungsablauf blockiert, als halte jemand seinen Arm zurück.

Stephanie schlug die Augen auf. Ihr Blick war verständnislos auf die Eisenstange gerichtet, die ihr Leben beenden sollte. Es dauerte einige Augenblicke, bis sie die Situation zuordnen und begreifen konnte.

„Vladi", hauchte sie leise.

Und so paradox es klingen mochte, sie hatte keinerlei Furcht. Als wüsste sie, dass sich dieser Arm niemals senken würde, lächelte sie sogar zuversichtlich.

„Du kannst es nicht, Vladi, das spüre ich. Ich spüre auch, dass dein Herz mich in das deine aufgenommen hat und deine Augen mich streicheln."

Mit weit aufgerissenen Augen starrte Petrow sie an. Wie eine Statue im Wachsfigurenkabinett verharrte er weiterhin in der bizarren Pose.

Trotz der akuten Lebensgefahr setzte bei Stephanie nun eine Überlebensstrategie ein. Sie spürte, dass sie ihr eigenes Leben retten konnte, wenn sie sich jetzt richtig verhielt.

„Lass es, mein lieber Vladimir", lächelte sie bemüht. „Auch ich empfinde sehr viel für dich, das weißt du doch!"

„Du?", fragte er ungläubig, weiterhin in der unbequemen Pose verharrend.

„Hast du denn nie gemerkt, wie sehr ich dich mochte?", schauspielerte Steffi jetzt.

„Entwürdigt hast du mich, als du mich kahl scheren ließest!", protestierte Petrow. Er schien nun völlig außer Fassung zu geraten.

„Weil mein Liebster gepflegt sein sollte! Das darf eine Frau doch verlangen dürfen!"

Petrow schien jetzt wirklich von der Rolle.

„Aber der Übergeordnete konnte das ni..."

„Lass den Übergeordneten! *Wir beide* sind wichtig, und sonst niemand!", hauchte Stephanie liebevoll und sie spürte, dass sie Petrow nun soweit hatte und eine leise Hoffnung keimte in ihr auf.

Petrow senkte langsam den Arm mit der Eisenstange. Er war jetzt völlig durcheinander. Ein Außenstehender, der nicht um die wahre Geschichte gewusst hätte, würde sicherlich Mitleid mit ihm bekommen.

„Nein, nein, das geht alles nicht!", stotterte Petrow.

„Doch, Liebster, es geht!", bekräftigte Steffi.

Petrow schüttelte mit entsetzten Augen den Kopf und schmiss die Eisenstange von sich, als wäre es ein Stück glühendes Metall. Dann wandte er sich, als würde er vom Teufel getrieben, um und flüchtete Richtung Ausgang. Dabei humpelte er noch immer erheblich, denn die Wunde an seinem Bein hatte sich mittlerweile entzündet ...

***

Der Hundestaffelleiter führte seinen Spürhund direkt zu der Waschmaschine, an der Stephanie zuletzt tätig war. Alles war auf Weisung der SPUSI so belassen worden. Daher hatte der Hund sogleich die Witterung aufgenommen und strebte aus dem Raum hinaus. Vor der Tür des technischen Raumes blieb er stehen und kratzte mit der Pfote daran.

„Der Heizungskeller?“, staunte Diana. „Was will der Hund denn darin?“

„Der wird schon wissen, warum“, entgegnete Kuschke. „Können Sie aufschließen?“

„Natürlich!“ Diana kramte den Durchgängerschlüssel hervor und öffnete den Raum.

Sofort strebte das Tier zu dem fensterähnlichen Eingang, der zu den Katakomben führte, und bellte laut.

„Was ist dahinter, Schwester Diana?“, fragte Kuschke aufgeregt.

„Das ist der Eingang zum unterirdischen Versorgungssystem der Klinik. Man sagt, es sei kilometerlang und ginge kreuz und quer. Ich selbst bin noch nie da drin gewesen.“

„Das ist es!“, rief die Hauptkommissarin aus. Sie war sich sicher, dass sie ganz nah dran waren. „Warum nur sind wir nicht eher darauf gekommen, nach so einem Tunnelsystem zu suchen, Thomas?“

„Frag mich was Leichteres!“

Kommissar Marks öffnete den Einstieg und leuchtete mit der Taschenlampe hinein. Sofort fielen ihm die diversen Lichtschalter an der Wand auf. Nach und nach betätigte er diese und mit jedem Schalter tauchte das Labyrinth nach und nach aus der Dunkelheit auf. Soweit man blicken konnte, waren die Gänge taghell beleuchtet.

Hinter dem Hundeführer mit seinem Tier kletterten Kuschke und Marks, gefolgt von drei schwer bewaffneten Männern des SEK, über die Brüstung des Einstieges.

„Einfach unheimlich, diese beengten Gänge“, meinte Kuschke zu ihrem Kollegen.

„Ich möchte nicht wissen, was sich hier alles für Getier tummelt“, fügte dieser hinzu.

„Hör auf damit", schüttelte sich die Hauptkommissarin angewidert. „Das will ich gar nicht wissen!"

Der Hund zog wie wild an der Leine und strebte laut hechelnd immer tiefer in das Gangsystem hinein. Fortwährend kreuzten allerlei Seitengänge den Hauptweg. In einen dieser Abzweige bog das Tier schließlich ab. Nach wenigen Metern blieb es vor einem Mauerdurchbruch stehen, vor dem offensichtlich ein großes Brett gestanden hatte. Dieses lag nun auf dem Boden davor.

„Ich habe das Gefühl, wir sind am Ziel!", sagte die Hauptkommissarin zu den Männern. Zumal am Ende dieses Durchbruches ein Lichtschein herausdrang.

„Seid mal alle ruhig!", rief Kuschke.

Der Hundeführer versuchte, seinen japsenden Hund zu beruhigen. „Was ist los?", fragte er.

„Ich glaube, ich hörte da was!"

Und tatsächlich. Aus der Richtung hörten sie alle so etwas wie leise Hilferufe. Das versetzte die Gruppe in höchste Anspannung.

„Jetzt aber los!", befahl Kuschke.

Man konnte nicht wissen, was sie dort erwartete. Dass Petrow bewaffnet war, schien zwar unwahrscheinlich, aber man konnte nie wissen. Deshalb winkte die Hauptkommissarin die Männer vom SEK heran, die sich schließlich, mit der Waffe im Anschlag, durch die Maueröffnung begaben.

„Alles okay, ihr könnt nachkommen!", rief einer von ihnen schon nach wenigen Momenten.

Nun folgte auch der Rest der Truppe inklusive dem Hund. Auffällig war der widerliche Gestank, der ihnen entgegenwaberte.

VIII.

Wie von der Tarantel gestochen war Petrow aus seinem Domizil gestürmt, ohne sich auch nur einmal umzudrehen. Jetzt war Stephanie völlig allein in dem unheimlichen Keller. Vor ihr waren die gepfählten und verwesenden Leichen der armen Kreaturen aufgebaut, teilweise schon im Begriff, von den Pfählen abzufallen, und von Ratten und anderem Getier angefressen.

Sie war heilfroh, dass sie noch lebte, doch andererseits hatte sie weiterhin Todesangst. Angst vor dem unheimlichen Raum, in dem sie sich gefesselt und angekettet befand und Angst davor, dass Petrow jederzeit zurückkommen könnte, um sein perverses Handeln fortzusetzen.

Steffi überlegte verzweifelt, was sie tun könnte, um dieser Pein zu entkommen. Käme Petrow nicht mehr zurück, dann hatte sie ein Problem, das nicht weniger gravierend war als das vorherige. Sie würde verhungern oder verdursten!

Ihr fiel nichts ein. Und je länger sie so verharrte, umso intensiver fiel sie wieder in den Zustand der Verzweiflung zurück.

Und dann brach es aus ihr heraus. So laut sie konnte schrie sie um Hilfe. Immer und immer wieder brüllte sie, bis ihre Kehle schmerzte und hoffte dabei inständig, dass sie von irgendjemandem gehört würde. Sie schrie, bis ihre Stimme versagte und ihre Stimmbänder den Dienst zu verweigern drohten. Dann brach sie zusammen, sie konnte nicht mehr.

Dass in den Kellerraum Menschen hineinkamen, bekam sie zuerst gar nicht mit. Erst als Hauptkommissarin Kuschke vor ihr stand, hob sie den Kopf und blickte die Frau an, als sei sie ein Gespenst.

„Es ist vorbei, Frau Maldessa!“, sagte Irmgard Kuschke zu ihr behutsam und hockte sich zu ihr nieder.

„Vorbei?“, fragte das Mädchen ungläubig.

Die Hauptkommissarin legte sanft den Arm um sie: „Ja, vorbei“, beteuerte sie leise.

Zuerst blickte sie der Kommissarin verstört in die Augen. Doch nachdem sie ihr Glück begriffen hatte, fing Stephanie an, ganz bitterlich zu weinen.

Derweil standen die Männer fassungslos vor den gepfählten Geschöpfen. Was sie sich da anschauen mussten, brachte selbst die hart gesottenen Kriminalisten an ihre Grenze. Auch diese Ausdünstung, die von den Leichnamen ausging, war fast nicht zu ertragen.

„So etwas Grausames habe ich noch nie gesehen!", sagte der Hundeführer zu Marks.

Der Kommissar nickte verbittert: „Wem sagen Sie das?"

„Wie können Menschen nur so barbarisch sein?"

„In früheren Zeiten war das gang und gäbe, was wir hier sehen", entgegnete Marks sarkastisch. „Es gab Herrschaften, die betrieben so etwas aus reinem Zeitvertreib."

„Nicht zu glauben!"

„Und die Menschen konnten sich gegen solche Tyrannen nicht wehren", fuhr Marks fort. „Sie mussten das ertragen und konnten nur auf das Glück hoffen, verschont zu bleiben. Und die Polizei anrufen, damit diese irren Herrscher in die Klapsmühle gesteckt werden, konnten sie auch nicht!"

Der Hundeführer seufzte laut auf: „Gott sein Dank, dass es derartiges heute nicht mehr gibt!"

„Nicht gibt?", lachte Marks spöttisch. „Wo leben Sie denn? Gukken Sie keine Tagesschau? Was meinen Sie, was in den Krisengebieten los ist?"

„Nun, ja, das stimmt schon", meinte der Hundeführer nachdenklich. „Wenn man das so sieht ..."

„Was die da in Afrika mit ihren eigenen Völkern machen, ist nicht weniger grausam! Sogar jene Länder, die sich als ‚Weltpolizei' hervortun, sind nicht minder pervers als diejenigen, die wir als Schurkenstaaten bezeichnen. Nur, das kommt zumeist erst später zum Vorschein, etwa durch Wistleblower oder die Recherchen der Medien, die diese Verbrechen dann aufdecken!"

„Ich möchte diese gepflegte Unterhaltung nur ungern unterbrechen“, meinte Hauptkommissarin Kuschke. Sie hatte mithilfe eines der SEK-Beamten Stephanie von ihren Fesseln befreit und war nun zu der Männergruppe hinzugetreten. „Doch wir hätten da noch einen Auftrag zu Ende zu führen. Die tiefsinnigen Gespräche sollten wir auf später verschieben!“

„Natürlich!“, nickte Marks und gab zu verstehen, dass er einsatzbereit sei, indem er sich demonstrativ seiner Chefin zuwandte.

Kuschke ignorierte dieses provozierende Kasperletheater und sagte ruhig: „Sie“, dabei deutete sie auf einen der SEK-Leute, „bringen Frau Maldessa hier heraus und gleich zum Doktor. Jetzt sofort!“

Der Mann nickte gehorsam, wandte sich Stephanie zu und legte vorsichtig seinen Arm um sie, um sie behutsam zu führen.

Kuschke deutete Richtung Mauerdurchbruch: „Und wir machen uns schleunigst auf die Socken, bevor dieser Irre noch mehr Unsinn anrichtet. Je schneller wir ihn haben, umso besser!“

Die Männer murmelten zustimmend und wandten sich zum Gehen. In ihren Augen war die reine Entschlossenheit zu erkennen.

„Hatte der Petrow irgendwelche Waffen bei sich“, fragte Kuschke noch, bevor sie losgingen.

Steffi schüttelte den Kopf: „Nein, keine. Bitte erschießen Sie Vladi nicht, Frau Kommissarin“, bettelte Steffi. „Er ist doch nur krank!“

„Keine Sorge, Frau Maldessa“, beruhigte Irmgard Kuschke die junge Frau. „Wenn es irgendwie möglich ist, werden wir ihm nicht wehtun. Versprochen!“

Mittlerweile hatte der Hundeführer aus der Ecke ein paar Wäschestücke geholt, die offensichtlich von Petrow stammten. Es waren Pullover und T-Shirts sowie ein Paar Handschuhe. Er hielt sie dem Hund vor, der daraufhin hochkonzentriert daran schnupperte. Schon nach wenigen Augenblicken schlug er an.

Der Hundeführer hielt demonstrativ seinen Daumen in Richtung Kuschke hoch.

„Er hat was!“
„Na, dann aber los!“

***

Petrow war völlig außer sich. Ziellos irrte er durch das Labyrinth und wusste nicht, was er tun sollte. Er hatte die Anordnung des Übergeordneten nicht befolgt, das war unverzeihlich! Zu sehr hatte diese junge Frau ihn verzaubert, als dass er ihr etwas antun konnte.

Immer wieder meldete sich die Stimme des Übergeordneten in seinem Kopf und forderte ihn auf, zurückzukehren und den grausamen Befehl auszuführen.

Petrow legte seine flachen Hände auf den Kopf, als wollte er sich schützen: „Nein, nein, das werde ich nicht tun!“, rief er dabei voller Entsetzen.

Und mit jedem Dialog, der in seinem Kopf stattfand, wurde er schneller. Immer schneller, bis er nur noch rannte, als ginge es um sein Leben.

Irgendwann konnte Petrow nicht mehr. Völlig außer Atem blieb er stehen, um sich zu orientieren, an welchem Punkt des Labyrinths er sich befand. Laut seines inneren Lageplanes müsste er sich unter einem leer stehendem Wohnhaus befinden, das einstmals Ärztewohnungen aufwies. Es war geplant, das Gebäude alsbald abzureißen, um einem Neubau Platz zu machen. Ähnlich wie in Haus 42 führte der vor ihm liegende Seitengang direkt in den technischen Raum des Hauses.

Petrow folgte dem Gang und war schon nach wenigen Metern vor dem Durchstieg zum Heizungsraum des Hauses. Natürlich war die Durchstiegsluke von innen verriegelt, denn so sehr er am Türgriff rüttelte, es tat sich nichts.

Vladimir Petrow griff in seine Tasche, um einen kleinen Schlüsselbund hervorzuholen. Natürlich war er im Besitz eines Durchgängerschlüssels, den Patienten eigentlich nicht beanspruchen durften.

Doch für Petrow war es überhaupt kein Problem gewesen, sich so ein Teil schon vor Jahren zuzulegen. Wenn man die richtigen

Leute kennt und entsprechende Zahlungsmittel aufzuweisen hat, dann kann man in der Klinik so ziemlich alles bekommen. Auch hier gibt es so etwas wie einen Schwarzmarkt für dubiose Dinge. Sogar Dr. Fleischmann und die Pfleger und Schwestern von Haus 42 vermuteten schon lange, dass ihr Patient ein derartiges Stück besaß. Doch man ließ es auf sich beruhen, zumal niemand Bedenken hatte, dass der so vertrauenswürdige Patient jemals damit Unsinn anrichten würde. Ein weiterer Irrtum, wie sich jetzt herausstellte.

Schnell hatte Petrow den Durchgang geöffnet und kletterte in den Kellerraum. Seine kleine Taschenlampe leuchtete ihm den Weg. Es war klug, dass er sie bei sich hatte, denn im Gebäude hatte man den Strom abgeklemmt.

Auch die Tür des Heizungsraumes war verschlossen und ließ sich mit jenem Zauberschlüssel problemlos öffnen. Nachdem Petrow die Kellertreppe hinaufgestiegen war, hatte er Tageslicht um sich.

Petrow blieb stehen und verharrte, als lausche er.

„Willst du wirklich, dass ich das mache?“, fragte er dann mit versteinertem Gesicht.

Wieder blieb er lauschend stehen. Schließlich senkte er den Kopf: „Wenn es dein Wille ist, dann soll es so geschehen!“ sagte er mit heiserer Stimme und kalkweißem Gesicht.

Als wäre er mit Gewichten behangen schritt Petrow langsam das Treppenhaus im leeren Gebäude empor. Es waren zwei Stockwerke, bis er im Dachgeschoss anlangte. Dort blickte er aus dem Fenster, als suche er etwas. Er schien das, was er suchte, erblickt zu haben, denn er schritt gezielt zu einem Fenster und öffnete es.

Wie schon erwähnt handelte es sich bei dem Gebäude um ein altes, wohl hundert Jahre altes Bauwerk, das einstmals als Ärztewohnungen diente. Rings um das Anwesen zog sich ein alter, schmiedeeiserner Zaun, dessen obere Kanten mit kleinen, zugespitzten Verzierungen versehen waren. Es sah aus, als handele es sich um kleine Pfeilspitzen, die gen Himmel ragten. Dort, wo Petrow das Fenster geöffnet hatte, verlief der Zaum exakt unterhalb der Maueröffnung.

Er kletterte auf die Fensterkante und stellte sich aufrecht hin. Dies war möglich, weil bei diesen Altbauten die Fenster extrem hoch waren.

„Ich möchte dich bitten, dies nicht von mir zu verlangen, mein übergeordneter Gebieter!", flehte Petrow inbrünstig. Dabei hörte sich seine Stimme an, als handele es sich um eine letzte Bitte.

Nach wenigen Momenten nickte Petrow demütig. Er schluckte mehrmals und sprang. Er sprang derart gezielt, dass bei seinem Aufprall auf dem Zaun der Bauch von mehreren Stäben durchbohrt wurde, die aus seinem Rücken heraustraten. Er sah grausam aus.

Das Ganze geschah just in dem Moment, als eine Frau mit Kinderwagen an dieser Stelle vorbeilief. Sie erschrak derart, dass sie vor Entsetzen auf die Knie fiel und zuerst gar nicht richtig überblickte, was da gerade geschehen war. Erst als sie den blutenden Torso Petrows vor sich hängen sah, begann sie fürchterlich zu schreien. Sie schrie derart durchdringend, dass sofort aus allen Richtungen die Menschen herbeiliefen.

Petrow lebte noch. Leise stöhnte er auf, als immer mehr Menschen an ihn herantraten. Der Schmerz, den er ertragen musste, war unfassbar groß.

***

Der Spürhund zog wie wild an der Leine. Gezielt zerrte er seinen Führer schnurstracks durch die Gänge des Tunnelsystems, gefolgt von den Kripobeamten und den Männern des SEK. An der Abzweigung zu jenem Haus, wo sich die einstigen Ärztewohnungen befanden, bog auch er ab. Vor dem geöffneten Heizungskellerdurchstieg blieb er stehen und bellte kurz.

„Brav, Manfred", nickte der Hundeführer und holte ein kleines Leckerchen aus der Tasche, das das Tier in seiner Schlabberschnauze gierig verschwinden ließ.

Kurz darauf machte der Hund einen Satz und befand sich am anderen Ende. Er verhielt sich jedoch ruhig, nachdem ihm sein Herrchen durch eine kurze Geste vermittelt hatte, stillzuhalten.

„Ich denke, wir sind ganz nahe dran!“, meinte die Hauptkommissarin, etwas außer Atem.

Jetzt begann sie, über den fensterähnlichen Einstieg in den Keller zu klettern. Zwar gehörte Sport zum regelmäßigen Programm von Kriminalbeamten, doch die Frau tat sich nicht gerade leicht damit, über den Vorsprung zu klettern. Deshalb legte Kollege Marks Hand an und half ihr etwas dabei, wobei er sich ein Grinsen nicht verkneifen konnte.

„Danke“, keuchte die Hauptkommissarin, als sie beide auf der anderen Seite standen.

„Immer wieder gern, Madam“, gab sich ihr Kollege demütig.

Irmgard Kuschke holte Luft, um die passende Antwort zu formulieren. Doch sie bremste sich angesichts der Begleitung.

Als sich dann alle im Heizungskeller befanden, forderte der Hundeführer sein Tier auf, lautlos weiterzusuchen, da man sich sicher war, dass Petrow in unmittelbarer Nähe sein musste. Es war erstaunlich, wie korrekt der Hund alle Anweisungen bereitwillig befolgte. Es war dem Tier anzumerken, dass es seinen Job mit Freude verrichtete.

Jetzt hechelte er nur noch verhalten, als er die Gruppe die Treppen zum Dachgeschoss hinaufführte. Als wüsste er genau, warum er sich ruhig verhalten sollte. Sicherheitshalber zogen die beiden SEK-Leute ihre Waffen und folgten dem Hundeführer als erste.

Bereits mehrere Meter vor dem geöffneten Fenster, aus dem sich soeben Petrow gestürzt hatte, vernahm die Gruppe den Trubel, der unten vor dem Gebäude herrschte. Mit gesenkten Waffen schritten sie zum Fenster und blickten nach unten. Betroffen registrierten sie den auf dem Zaun aufgespießten Petrow.

Kuschke und Marks blickten sich kurz an. Die Hauptkommissarin seufzte tief auf. Es war wahrlich kein alltäglicher Anblick, der sich den Leuten darbot. Auch wenn sie als Kriminalisten einiges gewohnt waren.

„Als ob das Schicksal so etwas wie Bestimmung für manche Angelegenheiten bereithält“, sagte die Hauptkommissarin nachdenklich. „Der Pfähler endet dadurch, dass er selbst aufgespießt wird!"

***

Als die Ordnungshüter nach unten vor das Haus kamen, waren wohl schon zwei Dutzend Menschen um Petrow herum versammelt. Dabei herrschte beinahe Totenstille, nur ganz leises Gemurmel des Entsetzens war zu hören. Bereitwillig traten sie alle ein paar Schritte zurück, als sich ihnen die Einsatzkräfte näherten.

Vladimir Petrow lebte noch immer. Mittlerweile hatten seine Augen jenen typischen, abgestumpften Glanz eines Sterbenden angenommen. Durch das Eigengewicht seines Körpers war er noch tiefer in die Zaunspitzen hineingedrückt worden. Mehr ging nicht mehr, denn dies ließ eine Querverstrebung, auf der er jetzt auflag, nicht zu.

Irmgard Kuschke trat auf den Sterbenden zu. Zwar empfand sie für dieses Monster eine gewisse Abneigung, trotzdem überwand sie sich.

„Herr Petrow", sagte sie eindringlich zu ihm, „können Sie mich hören?"

Ganz kurz schloss der Mann die Augen, was als Zustimmung zu deuten war.

„Möchten Sie uns noch etwas mitteilen, was wir alle wissen sollten?"

Der Patient bewegte seine Lippen zaghaft, als wollte er etwas sagen. Es war jedoch kaum zu hören, denn sein Körper hatte nicht mehr die Kraft, laut zu reden.

Die Hauptkommissarin brachte ihr Ohr so nahe an seinen Mund, wie es ihr möglich war. Dabei musste sie ihren Körper ziemlich hoch strecken.

„Versuchen Sie es nochmals!", bat sie sanft.

Ganz langsam und mühevoll gelang es Petrow noch, einige Silben zu formen: „Ste-pha-nie", hauchte er angestrengt.

„Stephanie? Sie meinen Stephanie Maldessa?"

Kaum sichtbar schloss Petrow seine Augen nur noch ansatzweise. Sogar dafür fehlte ihm nun die Kraft.

„Soll ich dem Mädchen etwas ausrichten?", fragte die Hauptkommissarin leicht gerührt. Sie konnte sich denken, worauf die Worte dieses Mannes hinzielten.

Petrow bewegte erneut seine Lippen, wobei Kuschke ihr Ohr ihm weiter entgegenhielt.

„Lie-be", kam es mit letzter Kraft über seine Lippen.

Dann erlosch der Glanz in den Augen Vladimir Petrows und die Spannung wich aus seinem Körper. Er starb, aufgespießt am Zaun.

***

Es war ein anonymes Wiesengrab ohne Grabkennzeichnung, das man für Petrow ausgesucht hatte. Die Polizei hatte der Klinik dazu geraten, weil sich gerade bei solchen extrem abartigen Mördern gern Gruppen bilden, die derartigen Verhaltensstrukturen einen gewissen Kultstatus abgewinnen konnten. In den zwielichtigen Spiritistischen Sekten könnte es passieren, dass das Ritual des Pfählens zum Brauchtum ihrer absonderlichen Treffen avancieren und eine Grabstätte Petrows zum Wallfahrtsort auserkoren würde. Bei derartigen Sekten, deren Verstand sich im unteren, grenzwertigen Bereich befindet, wäre das zumindest denkbar gewesen.

Doch dass der spektakuläre Tod Vladimir Petrows seine Runde machte, ließ sich nicht vermeiden. Und somit auch nicht das Interesse der Öffentlichkeit. So hatte die Polizei am Tag seiner Beerdigung den Friedhof weiträumig absperren lassen, da man mit regem Andrang von Schaulustigen rechnete. Sogar viele Pressevertreter waren vor Ort erschienen, die dann aus ihrem Unmut keinen Hehl machten, als man sie nicht auf den Friedhof ließ. Unter dem Vorwand des öffentlichen Interesses versuchten manche der Journalisten, die Absperrungen zu umgehen. Und einigen von ihnen gelang es schließlich, wenn auch nur aus großer Entfernung, mit ihren Super-Zoom-Objektiven ein paar Fotos zu machen, doch im Großen und Ganzen blieb die Beisetzung Petrows ungestört.

So war es schließlich nur der größte Teil der Pflegekräfte von Haus 42, die an dieser Beerdigung teilnahmen. Und natürlich auch Dirk Schmidtchen, der heilfroh war, dass es seinem Schatz, der ihr gemeinsames Kind in sich trug, wieder besser ging.

Nur wenige von den zumeist ziemlich neuen Kräften, die Petrow ohnehin nur flüchtig gekannt hatten, nahmen an dieser Beerdigung nicht teil, sondern verrichteten auf der Station freiwillig ihren Dienst.

Neben dem Pflegepersonal waren zudem die Ärzte Fleischmann und Lindner zugegen. Besonders der Chefarzt hatte zu Vladi ja eine sehr innige Beziehung gepflegt. Ihm fiel es deshalb besonders schwer, zu begreifen und zu akzeptieren, dass Petrow, den er doch so sehr in sein Herz geschlossen hatte, jener grausame Mörder war.

Am überraschendsten war jedoch, dass auch Hauptkommissarin Kuschke und Kommissar Marks zu dieser Zeremonie kamen. Zumal sie so gut wie keinen Draht zu dem Beigesetzten hatten. Es mochte eher an der Erleichterung Kuschkes gelegen haben, die sie empfunden hatte, als sie den Fall endlich abschließen konnte. Wahrscheinlich hätte ihr Polizeipräsident Kämmerer keine zwei Tage mehr gegeben, dann wäre ihr der Fall genommen worden. Doch so endete alles für alle Seiten denkbar zufriedenstellend. Zumal Kämmerer zugeben musste, dass sich dieser Fall ungewöhnlich verzwickt darstellte und es wirklich niemanden gab, der Vladimir Petrow auf seiner Rechnung hatte.

Der Klinikpfarrer hielt eine kurze Predigt, in der er auf die Erkrankung Petrows hinwies, ohne jedoch seine Schuld zu bagatellisieren. Dafür waren die Opfer einfach zu grausam zugerichtet worden. Doch um Vergebung bat er. Um die Vergebung für eine Seele, die einer Erkrankung zum Opfer gefallen war und deshalb auf ihrem letzten Weg auf Aussöhnung mit dem Herrgott hoffen durfte.

Nachdem der Sarg in die Grube niedergelassen worden war, warfen die Teilnehmer jeweils ein kleines Blumensträußchen hinterher oder nahmen sich das kleine Schüppchen, um ein paar Klumpen Erde hinunter zu werfen. So verharrte jeder noch einige Momente mit seinen Gedanken vor dem Grab, um einen letzten Blick auf den Sarg Petrows zu werfen.

Besonders Stephanie Maldessa konnte sich ihrer dicken Tränen nicht erwehren. Hauptsächlich ihr musste dieser Vorgang außerordentlich nahe gehen, denn es hatte wirklich nur eine Winzigkeit gefehlt, dann wäre sie es gewesen, an deren Grab die meisten von denen, die sich hier versammelt hatten, gestanden hätten.

Auf dem Rückweg von der Grabstätte legte Schwester Diana ihren Arm um sie. Sie hatte gemerkt, dass sich das Mädchen nur noch mit Mühe auf den Beinen halten konnte. Zwar hatte sich Dirk bei Steffi eingehakt, doch ihr Schritt war reichlich wackelig.

„Alles in Ordnung, Steffi?", fragte die Stationsschwester liebevoll.

„Es geht", schluchzte das Mädchen.

„Warte ab, in ein paar Tagen wirst du das alles verarbeitet haben."

„Glaubst du das wirklich, Diana?", fragte Dirk skeptisch. Natürlich konnte er sich denken, dass es Diana nur gut meinte, als sie seinem Schatz Mut zusprechen wollte.

„Das liegt natürlich auch ein bisschen an dir, Dirk", lächelte die Frau auffordernd.

„Da kannst du aber tausendprozentig sicher sein, dass ich alles erdenkliche tun werde, dass Steffi wieder auf die Beine kommt!", erwiderte der junge Mann nachdrücklich. „Schließlich sind wir bald zu dritt!"

„Weiß ich doch", nickte Diana und strich ihm über die Schulter.

„Ob es wirklich so etwas gibt wie ein jüngstes Gericht?", sinnierte Stephanie eher für sich.

„Wenn du ein gläubiger Christ bist, Steffi, dann kannst du davon ausgehen", erwiderte Diana.

„Ob Vladi jetzt in der Hölle schmort?"

Diana blieb stehen und blickte die junge Frau nachdenklich an: „Das glaube ich nicht. Auch der liebe Gott wird wissen, dass unser Vladi krank war. Er hat sich diese Krankheit nicht ausgesucht und wäre sicherlich viel lieber so gesund gewesen, wie wir es sind ..."

ENDE